文字斋学术丛书

The Narrative Ethics of Homeric Epics

荷马史诗的叙事伦理

何祥迪 著

中国社会科学出版社

图书在版编目(CIP)数据

荷马史诗的叙事伦理 / 何祥迪著. -- 北京：中国社会科学出版社，2025.3. -- (文字斋学术丛书).
ISBN 978-7-5227-3888-8

Ⅰ.I545.072

中国国家版本馆 CIP 数据核字第 2024CY1231 号

出 版 人	赵剑英
责任编辑	郝玉明
责任校对	谢　静
责任印制	李寡寡

出　　版	中国社会科学出版社
社　　址	北京鼓楼西大街甲 158 号
邮　　编	100720
网　　址	http://www.csspw.cn
发 行 部	010-84083685
门 市 部	010-84029450
经　　销	新华书店及其他书店

印　　刷	北京君升印刷有限公司
装　　订	廊坊市广阳区广增装订厂
版　　次	2025 年 3 月第 1 版
印　　次	2025 年 3 月第 1 次印刷

开　　本	710×1000　1/16
印　　张	18.25
字　　数	283 千字
定　　价	98.00 元

凡购买中国社会科学出版社图书，如有质量问题请与本社营销中心联系调换
电话：010-84083683
版权所有　侵权必究

荷马史诗是西方口头文学的叙事典范，它们迄今仍然回荡着西方文明最古老的智慧。荷马史诗所有伟大英雄都是悲剧的，英雄的伟大在于他总是意识到并努力超越自身的有限性，英雄的悲剧就在于他无论如何选择和行动也无法确保成功，甚至导致自身的失败和毁灭。但，人只有追求伟大才可能成为英雄，也只有英雄才能彰显人的伟大。

前　　言

大约公元前 12 世纪，希腊地区与特洛伊地区之间爆发了一场长达十年的战争，后世称之为"特洛伊战争"。战争结束后，歌手们将参战英雄的事迹编成歌曲四处演唱，经过一代代歌手口耳相传的创作和表演，这些歌曲在荷马手中被整合起来成为荷马史诗（包括《伊利亚特》和《奥德赛》）。当然，很多其他歌手也创作了类似的史诗，只是没有流传下来；荷马本人还创作了其他歌曲，同样没有流传下来。这样一来，荷马史诗便成为西方最古老的文献，不仅是西方口头文学的集大成者和终结者，也是西方书写文学的开端和楷模。古希腊人常年举办大规模的荷马史诗演唱比赛见证了其昔日辉煌，后世闪耀在西方文坛上的一系列著名作家也莫不从荷马史诗中汲取养分，比如古希腊悲剧之父埃斯库罗斯、古罗马诗人维吉尔、意大利诗人但丁、英国诗人弥尔顿、俄国作家托尔斯泰、爱尔兰作家乔伊斯，等等。

时至今日，荷马史诗在西方世界仍然是继《圣经》之后阅读最广泛的著作。不同专业和不同人士阅读荷马史诗会抱有不同视角和期待：语文学家致力于考据版本，校勘文本，注疏义理，解答荷马问题；历史学家试图构建青铜时代，探寻东方影响，追踪殖民扩张，揭示城邦起源；人类学和社会学家把目光集中在日常生活、经济形态、社会结构；民俗学家研究古代神话、宗教、祭祀；心理学家关注心灵发展、道德价值、宗教需要；哲学家研究宇宙观、思维发展、伦理观念；普通读者则喜欢故事情节、人物性格、文学风格、比喻；等等。

就我国情形而言，荷马史诗的读者是相当有限的。由于它们没有只言片语被选入中小学教材，也没有被列入教育部发布的《中小学生阅读指导目录》（2020 年），所以知道（更不必说阅读）荷马史诗的中小学生恐怕是凤毛麟角的，只有大学生才可能在课堂上接触到这两部著作。按照中国图书馆分类法，荷马史诗属于文学作品，而在我国大学专业分类和课程设置中，只有汉语言文学专业的外国文学史才会直接跟荷马史诗相关。我国大学专业培养方案和专业课程通常会依据时间先后顺序来设置，也就是说，荷马史诗作为最古老的文学作品通常会被放在大学一年级的第一讲，因此荷马史诗的预设读者主要是大学一年级的学生。即便如此，情形仍然是非常不乐观的，类似于外国文学史或外国文学课程基本上是以"史""概论""导论""引论"的方式进行教学的，这就导致课堂教学仅限于一般性的介绍和概述，极少触及荷马史诗原著本身。毋庸置疑，国人对荷马史诗的接触无论从人群还是从阅读层次来说都是极其有限的，这种寒腹短识的现状跟荷马史诗在西方人文教育的核心地位是相当不匹配的。如果我们不了解荷马史诗却自认为我们了解西方文明及其起源，岂不是就像一位西方人不了解《诗经》却自认为了解中华文明的起源一样荒唐可笑吗？

值得庆幸的是，二十多年来，在甘阳、刘小枫、孙向晨、李猛等学者的推动下，通识教育的理念和实践已经从星星之火发展为燎原之势。通识教育力图打破现代严格的学科界限和现代固化的专业堡垒，通过设置跨学科和交叉专业的全校通识课程，直接阅读和讲解各学科史上的经典著作，培养适应未来复杂社会变化的复合型人才。在通识课上，教师可以依据自己的研究专长来教授一两部经典著作，学生可以依据自己的兴趣爱好来选读相应的经典著作，师生围绕经典著作进行沉浸式的阅读和讨论。如果观察"全国通识教育联盟"高校的通识课，不难发现大量以经典著作直接命名的课程如雨后春笋一般冒出来，例如《论语》《道德经》《左传》《红楼梦》《荷马史诗》《理想国》《伯罗奔尼撒战争史》《神曲》等，这在传统专业教育和素质教育中是难以想象的事情。经典的力量和魅力是无穷的，学习一个学期的荷马史诗也许在了解文学常识方面不如学习一个学期的《外国文学史》，但是在理解文学、认识世界、感悟人生、培养核心价值观等方面的收获则是后者远远无法企及的。

本书正是在通识教育背景下讲授荷马史诗通识课程十多年的教学心得的结晶。笔者2013年秋季学期入职重庆大学之后便讲授荷马史诗全校通识课程，该课程共计 32 课时 2 学分，每个学期一个或两个班级，每个班级 90 人。2021 秋季学期又在博雅学院开设荷马史诗课程，该课程基本上复制了上述通识课的教学模式。迄今为止，已经完整讲授荷马史诗课程 24 门次，选课学生大约 1920 人。荷马史诗通识课程在 2019 年被建设为重庆大学校内 SPOC 混合课程，在 2021 年建设为 MOOC 课程并在智慧树网上面向全国推广，目前选修人数达到 604 人。经过十多年的建设，荷马史诗课程获得"重庆大学教改重点项目"立项（2014 年），获"重庆大学线上线下混合式课程"立项（2020 年），被认定为"重庆市一流本科课程"（线上线下混合式一流课程，2021 年）以及"重庆市高等学校课程思政示范项目"（2022 年）。此外，笔者在"古希腊文明""文明经典""人文经典选读""西方古典文史与古代哲学"等本科和研究生课程中也不同程度地讲授过荷马史诗，共计 20 门次，选课学生大约 840 人。

自 2021 年秋季学期以来，重庆大学建设了一门全国史无前例的"文明经典"通识核心课程。该课程由校长主持，高研院负责组织和教学，共分为"中华文明经典"（48 学时 3 学分）与"西方文明经典"（48 学时 3 学分）两门课程，每门课程讲解六部经典原著，要求全部本科一年级的学生都必修。由于荷马史诗是"西方文明经典"的第一讲，这就意味着每年有 6000 多名本科一年级的学生阅读到荷马史诗的部分原文。我们当然不会奢望所有大学都会这样做，这既没必要也不可能，毕竟每个学校的师资力量有所不同，而且西方文明经典浩如烟海，学习其他文明经典也同等重要，但是重庆大学这项革命性的课程改革无疑极大地推动了本校通识教育的进程。

在长期的教学和研究过程当中，我发现学生直接阅读荷马史诗译本是没有文字上的障碍的，毕竟经过几十年的积累，目前汉语学界已经提供了好几个质量优良的译本。但是由于缺乏相关知识和文化背景，学生在把握和理解荷马史诗的思想方面会存在巨大的困难。这些困难包括但不限于：（1）荷马史诗是如何创作的，它们何以被西方人视为文学典范，它们在西方世界的重要性是否被高估了？（2）荷马史诗笔下的古希腊人崇拜诸神，依据诸神的信仰来生活，这一切难道不是原始人的迷信吗？（3）荷马史诗描述了一个英雄时代、战争年代和冷兵器时代，而我们这个时代是人的时代、和平时代和信息战时代，它们的时代跟我们的时代大相径庭，我们今天去学习它们究竟有什么现实意义呢？（4）荷马史诗存在许多在今天看来不符合道德伦理的现象，例如乱伦，性别歧视，种族灭绝，没有平等和自由，等等，我们究竟应该抱着批判还是同情的态度来学习它们？

要解决这些问题仅仅通过教师在课堂上的讲解是远远不够的，依靠学生自己去网上寻找答案也是不现实的，因为学生本身缺乏这样的能力，而且网上的答案又五花八门，支离破碎，乃至错误频出。因此我们迫切需要做进一步的研究，出版或发表高质量的论著，以更通俗易懂的方式来解答这些问题。就目前看来，罗念生、王焕生、陈中梅、晏绍祥、程志敏、陈戎女、陈斯一、贺方婴等学者已经出版过荷马史诗相关研究著作，其中尤其以陈中梅教授用力最勤且论述深入。不过这些著作有些是介绍性的，有些则过于艰深，这仍然不能满足大学课程教学的需要。况且经过十多年来的讲疏，笔者也发现以往的研究有许多地方并不一定符合荷马史诗本身，有不少观点仍然是值得商榷的，例如诸神完全决定人的行为，荷马世界已经有民主萌芽，荷马谴责海伦，阿基琉斯最终恢复了理性，奥德修斯是完美的国王，等等。这就使得笔者坚信在现有基础上再出版一部荷马史诗研究论著绝不是画蛇添足的事情，而是一件迫不及待且十分有意义的事情。此前笔者曾经就相关问题发表过两篇研究论文：《埃涅阿斯当新王——〈伊利亚特〉新解读》，收入徐松岩主编《古典学评论》（第4辑），上海三联书店2018年版；以及《海伦的罪与罚——荷马史诗的伦理观念》，收入刘小枫、贺方婴主编《古典学研究》第八辑，华东师范大学出版社2021年版。目前这两篇文章也收入了本书当中。

本书的题目《荷马史诗的叙事伦理》已经表明它的主要研究对象是荷马史诗，研究内容是荷马史诗的叙事与伦理及其二者的关系。第1章简明扼要地介绍荷马史诗的故事情节，故事发生的特洛伊战争背景，故事在口头传统当中的形成和发展，故事被文字记录、整理和注解的成书过程，以及古今中外荷马史诗研究的五种基本范式。这样一来，读者大体上可以了解荷马史诗的内容和相关背景。

第2—5章研究荷马史诗的"叙事"伦理，也就是荷马叙述这些故事的规则。虽然叙事实践跟人类一样古老，但是直到现代叙事学兴起时人们才对叙事实践本身有充分的自觉意识，并在此基础上建立起各种叙事理论。通过分析现代叙事观与古代叙事观，我们可以发现两者的根本差异在于现代叙事观仅仅关注文本，而忽略了作者、读者和时代的作用，进而割裂了叙事与伦理的关系，而在古代叙事观当中叙事始终与伦理紧密相连。在这里笔者提出一种双重叙事伦理观：叙事规则就是"叙事"伦理（ethics of narration），生活规则就是叙事"伦理"（narrative ethics），在《荷马史诗》当中，这两种伦理是密切相关的，"叙事"伦理源于叙事"伦理"并反过来影响叙事"伦理"。需要说明的是，这里的"叙事"是指跟"理性"相对的语言系统规则，而"伦理"则是古典哲学意义上的广义伦理概念，它包括指导个人行为的伦理，以及指导群体行为的伦理（包括后来的政治学）。荷马史诗是口头创作的产物，是"诗、乐、舞"的集合体，为了利于口耳相传和观众获得听觉快感，它必须是合乎韵律的，必须是用程式和主题来创作的，必须采取对称和环形的叙事结构形式。然而，恰恰也是口头创造的特点又决定了荷马史诗在历史传播和即时表演过程中必然会发生变异现象，这些变异现象是由特定的场景条件、特定的观众需求、特定的作者思想、特定的时代要求所共同决定的，但是作者的思想是最核心的因素。从荷马史诗内部就可以看到这些变异，透过这些变异可以发现荷马对传统叙事的改编，而这些改编则进一步反映出荷马本人的意图。

第6—12章研究荷马史诗的狭义叙事"伦理"，也就是故事人物的行动与选择的关系。我们并不知道荷马史诗以外青铜器时代的古希腊人的生活方式，尽管学者们试图通过各种方式来还原他们的生活方式，例如历史学家的考古考据、人类学家的神话结构类比、社会学家的社会结构分析等，但是这就引出许多根本没有定论的争论。妥当的做法是在荷马史诗当中划分出人物的行动与荷马对人物行动的理解，这样一来我们就不能把任何叙事人物简单地等同于荷马的传声筒，荷马对传统的改编足以表明荷马的意图是独立于叙事人物之外的。我们还可以举一个例子，叙事人物都相信诸神决定人的行为，但是荷马实际上主张人必须为自己的行为负责，命运或诸神决定论这种表面的修辞是荷马用来表达行为选择与行为结果之间的必然性的诗性表述，也是他教育听众的一种修辞方式。所有人的任何行为都是自己选择的结果，都应该为自己的行为负责，在荷马史诗任何一个地方，我们都可以看到诸神只是给人提供建议，并确保人的选择与结果的必然性，这一点比较柏拉图《理想国》末尾的厄洛斯神话就清楚了。这样一来，所有人都必须充分运用自己理性能力，但是这并不足以解决两难处境和价值冲突的难题，因此人必须在意识到自己有限性的基础上保持一种虔诚和审慎的生活方式。笔者正是用这样的立场来分析阿伽门农、阿基琉斯、海伦、赫克托尔、帕特罗克洛斯和奥德修斯的人物悲剧。所有这些人物都代表人类某方面的能力所能达到的巅峰状态，例如阿伽门农的权力、阿基琉斯的力量、海伦的自由、赫克托尔的责任、帕特罗克洛斯的柔情以及奥德修斯的智慧，但是他们都错误地理解和滥用了这种能力，以为凭借这种能力的无限运用就能够获得成功。荷马向我们表明他们每时每刻都会陷入困境和冲突，他们在解决自己困境和冲突时会犯错或者无能为力，以及他们最终由于自身的有限性而导致自身的失败（悲剧）。荷马的伦理观看起来像悲观主义，实际上是一种积极主义，也就是说人类需要在意识到自身有限性的基础上充分利用人的理性而审慎地生活，并带着超越有限性的理想来积极生活。这正是笔者在第 12 章总结荷马史诗的英雄主义所要表达的观点。

第 13—15 章研究荷马史诗的广义叙事"伦理"，也就是荷马史诗对于人性和政治生活的理解。笔者试图通过解释荷马的人性观来理解荷马的理想政治生活以及政治制度变革的模式。荷马史诗表明生与死构成人的界限，人的现实有限性就在于人总是在生与死之间摇摆。生是灵魂与身体的结合，死是灵魂与身体的分离，但是灵魂与身体的分离并不意味着人的结束，灵魂在另一个世界的审判和奖惩才是对人的盖棺论定。灵魂的末世论不过是以超越生死的角度来理解生死和生活的方式。对于荷马而言，理想的政治制度是君主制，这并不意味着他的思想局限于他那个时代，而是由他所设定的叙事场景决定的，因为战争的残酷性导致权力集中于一人是不可避免的唯一选择。但是荷马也表明，理想的政治生活乃基于法律和理性的生活，荷马通过神义论指明了他所指法律应该是代表正义的法律，他又通过希腊人与特洛伊人的军师涅斯托尔与波吕达马斯这两个人物的建议表明理性对于生活的重要性。借助超越人类的神义论视角,荷马也向我们展示出他对于政治变革的思考:统治者的德性和能力以及神的谋划(无法由人掌控的偶然性或必然性)构成政治变革的三个根本要素。

经典跟其他著作的根本不同就在于它本身的丰富性和教导性。经典对世界、人性和生活有着丰富而深刻的理解,只有那种天赋异禀的作者才能达到这种理解,并且以"因材施教"的高超修辞手法叙述这种理解。经典在历史流传过程中被无数人进行解释,而那些重要解释本身又构成了人类思想史的一座座山峰,并推动着人类思想继续向前发展。如果我们仅凭自己的感觉和经验去理解世界、人性和生活,那么我们的认知是非常缓慢的,我们的所得也是非常有限的,但是如果去阅读经典并接受那些伟大人物的教导,我们就能站在巨人的肩膀上看得更远。然而巨人的肩膀并不是用来扛侏儒的,只有付出巨大努力、耐心、细心去研读那些经典,我们才有机会爬上巨人的肩膀。荷马史诗当然不是教导我们要像诸神和那些英雄那样去生活,毕竟我们并没有那样的天赋,荷马史诗只是叙述他们的言行举止及其结果,借以教导我们去思考应该保持谦虚谨慎的态度来生活。每个人都有权过自己想要的生活,但是每个人如何才能过得好则取决于每个人的努力、思考和运气。

关于引文的一点说明。本书大量使用了古希腊罗马的经典著作,这些经典著作在章节、段落和字行方面大多有国际通行的编码,我在引文当中也依照国际惯例只标出编码,不再标出具体著作的页码(通常在著作第一次出现时标注出版信息,后面不再标注,可参见本书的"参考文献")。本书涉及大量人名地名,这些专有名词目前学术界的翻译还没有统一,为了本书的统一性,我在引用相关著作时只能选择一种通行译法,其他不同译法则略作修改,特此统一说明,后面不再一一标明。本书在参考同一本经典著作时会使用不同译本,例如亚里士多德的《诗学》有罗念生与陈中梅的译本,我在引用原文时会在尊重原有作者的翻译基础上略微调整个别词语,后面也不再一一标明。

目录

第1章 荷马史诗及其学述史 ··· 1
  第一节 荷马史诗及其影响 ··· 1
  第二节 荷马史诗的成书 ··· 14
  第三节 荷马史诗的学述史 ··· 20

第2章 叙事与伦理 ·· 31
  第一节 当代叙事观 ··· 31
  第二节 古代叙事观 ··· 37
  第三节 叙事伦理 ·· 43

第3章 荷马史诗的韵律 ·· 59
  第一节 诗歌与韵律 ··· 59
  第二节 古希腊诗歌韵律 ··· 63
  第三节 荷马史诗的韵律 ··· 67

第4章 荷马史诗的创作 ·· 75
  第一节 程式创作 ·· 75
  第二节 主题创作 ·· 79
  第三节 结构创作 ·· 82

第5章 荷马对传统的改编 ·· 90
  第一节 判断改编的依据 ··· 90

第二节　传统叙事的改编 ………………………………………… 95
第三节　叙事传统的改编 ………………………………………… 104

第 6 章　阿伽门农的悲剧 …………………………………………… 111
第一节　阿伽门农的前世今生 …………………………………… 111
第二节　荷马史诗里的阿伽门农 ………………………………… 113
第三节　阿伽门农悲剧的原因 …………………………………… 116

第 7 章　阿基琉斯的悲剧 …………………………………………… 120
第一节　阿基琉斯的身份 ………………………………………… 120
第二节　阿基琉斯的第一次愤怒 ………………………………… 122
第三节　阿基琉斯的第二次愤怒 ………………………………… 126

第 8 章　海伦的悲剧 ………………………………………………… 132
第一节　凋零的女神 ……………………………………………… 133
第二节　海伦的三宗罪 …………………………………………… 137
第三节　海伦的惩罚 ……………………………………………… 141

第 9 章　赫克托尔的悲剧 …………………………………………… 146
第一节　家—国身份 ……………………………………………… 146
第二节　赫克托尔的真实性 ……………………………………… 150
第三节　赫克托尔的悲剧 ………………………………………… 152

第 10 章　帕特罗克洛斯的悲剧 …………………………………… 158
第一节　帕特罗克洛斯的怜悯心 ………………………………… 158
第二节　帕特罗克洛斯的死亡 …………………………………… 162
第三节　帕特罗克洛斯的悲剧 …………………………………… 166

第 11 章　奥德修斯的悲剧 ………………………………………… 172
第一节　奥德修斯的名与实 ……………………………………… 172
第二节　奥德修斯的归程 ………………………………………… 181
第三节　奥德修斯的再起航 ……………………………………… 191

第12章 英雄主义 ……………………………………………… 198
第一节 死亡意识 ……………………………………………… 200
第二节 社会意识 ……………………………………………… 202
第三节 超越意识 ……………………………………………… 204

第13章 荷马史诗的灵魂观 …………………………………… 207
第一节 灵魂与生命 …………………………………………… 207
第二节 灵魂与死亡 …………………………………………… 212
第三节 灵魂与末世论 ………………………………………… 216

第14章 荷马史诗的政治思想 ………………………………… 228
第一节 政治观念与实践 ……………………………………… 228
第二节 政治理想 ……………………………………………… 235
第三节 理性政治 ……………………………………………… 239

第15章 政治变革 ……………………………………………… 248
第一节 阿佛罗狄忒的谋划 …………………………………… 250
第二节 埃涅阿斯当新王 ……………………………………… 252
第三节 政治变革的模式 ……………………………………… 258

参考文献 ……………………………………………………… 265

第 1 章　荷马史诗及其学述史

荷马史诗（*Homeric epics*）是西方现存最古老的文献，它们以高超的叙事手法、动人的故事情节、深刻的思想内容，赢得了历代无数听众和读者的青睐，深刻影响了西方文学和文明的基本观念。荷马史诗主要指古希腊最著名歌手荷马（Homer）所创作和演唱的两部史诗《伊利亚特》（*Iliad*）和《奥德赛》（*Odyssey*），它们以特洛伊战争为背景，分别叙述阿基琉斯（Achilles）在特洛伊战争过程中一怒再怒的故事，以及奥德修斯（Odysseus）在特洛伊战争结束后流浪返乡的故事。荷马史诗围绕这两个主人公讲述了希腊人的战争和生活，描述了希腊人遭遇的更为广阔的充满强力的社会环境，还叙述了诸神世界对于人类生活的意义。[①]

第一节　荷马史诗及其影响

1. 特洛伊战争及其真实性

现代历史和考据研究表明特洛伊战争大约爆发于公元前 1180 年，这场战争的名称由胜利者希腊人所命名，这一命名本身表明这场战争是由特洛伊人挑起和负责的战争。[②] 根据希腊（Hellas）一般性的传说，特洛伊

---

① 诸神是自然神，他们被设想为自然世界和技术世界的掌控者，例如阿波罗（Apollo）掌控太阳、医术、音乐术、箭术等。由于人类也是自然世界的一部分，因此那强有力的诸神也是人类的掌控者，这样的掌控被理解为一种义务、一种行为（道德和政治）准则，例如宙斯作为众神之王代表"正义"这个最高义务和准则。

② 准确的命名应该体现事物的本性，关于战争的命名也体现战争的本性，例如波斯战争（Persian Wars）、伯罗奔尼撒战争（Peloponnesian War）、拿破仑战争（Napoleonic Wars）、抗日战争（War of Resistance Against Japan）等。任何以某个国家来命名的战争都暗示着这是一场由该国挑起和负责的战争。

（Troy）王子帕里斯（Paris）前往斯巴达寻找姑姑，他得到斯巴达（Sparta）国王墨涅拉奥斯（Menelaus）和王后海伦（Helen）的热情款待，却趁墨涅拉奥斯外出之际将海伦及其财产拐跑。① 墨涅拉奥斯寻求兄长阿伽门农（Agamemnon，阿尔戈斯王）的帮助。他们一起联合了当时大部分希腊部族②，集结1186艘战船，渡过辽阔的爱琴海（Aegean），远征特洛伊城邦③，旨在夺回海伦及其财产，并索取一笔可观的赔偿④。希腊人之所以愿意参加这场远征，主要原因在于履行海伦的婚约，而不是后来史学家所说的迫于阿伽门农和墨涅拉奥斯的权力。⑤

特洛伊是当时亚细亚西北地区最富足、最繁荣和最强大的城邦⑥，荷马史诗描写特洛伊城宏伟壮观，道路宽阔，城墙高耸，城门坚固，富藏黄金。特洛伊国王普里阿摩斯（Priam）以联姻方式联合许多城邦，并得到他们的支持⑦，其他亚细亚地区东部沿线城邦也纷纷加入战争抵抗希腊人。由于双方实力均衡，加上古代物资缺乏、技术落后等因素，导致远道而来的希腊人久攻不下，整场战争持续了十年之久。特洛伊战争当中最著名的故事便是阿基琉斯杀死特洛伊储君和将帅赫克托尔（Hector），但阿基琉斯又被阿波罗和帕里斯共同射杀。最后由奥德修斯设计"木马计"，希腊人里应外合才

---

① 后来的历史学家对此做出一个现实主义的阐释，例如希罗多德（Herodotus）认为海伦没有被拐到特洛伊，而是被拐到埃及（Egypt），希腊人发起攻打特洛伊的战争不过是为海伦的幻影而战罢了，或者说他们根本不是为了海伦而战，而是为了侵略和掠夺特洛伊而战。参见［古希腊］希罗多德《历史》（2.113-117），徐松岩译注，上海人民出版社2018年版。

② 值得注意的是，当时还没有"希腊"这个词，荷马史诗常常用阿尔戈斯人（Argos）、达那奥斯人（Dananns）、阿开奥斯人（Achaeans）来表述希腊联军。"希腊"这个词是后来才有的，希腊人在长期接触外族的语言、文化和制度的基础上逐步形成了独特的希腊文明，形成了希腊民族的自我认同。参见［英］基托《希腊人》（第二章），徐卫翔、黄韬译，上海人民出版社1998年版。

③ ［古希腊］荷马：《荷马史诗·伊利亚特》（2.484-759），罗念生、王焕生译，人民文学出版社1994年版。由于本书大量参考、引用《伊利亚特》，为了阅读方便，后面不再标出版信息，书名简称《伊利亚特》。

④ 参见［古希腊］荷马《伊利亚特》（3.381-387，9.337-339）。

⑤ 参见［古希腊］修昔底德《伯罗奔尼撒战争史》（1.9），何元国翻译、编注，中国社会科学出版社2017年版。

⑥ 特洛伊（Troy）也被称为伊利昂（Ilion），因为该城邦的创始人是特洛斯（Tros），真正建城者则是他的儿子伊洛斯（Ilus）。为阅读方便，本书统一使用特洛伊，凡是引用相关译文也一并改为特洛伊，后面不再一一说明。

⑦ 参见［古希腊］荷马《伊利亚特》（6.242-250）。

攻破特洛伊城门，洗劫和毁灭了特洛伊，终结了普里阿摩斯家族的统治。

根据后来罗马诗人和历史学家的说法，特洛伊战争结束后，埃涅阿斯（Aeneas）带领特洛伊流民四处漂泊，抵达意大利的拉丁姆（Latium）地区。流浪的特洛伊人跟当地的民族发生冲突，双方经过战斗后进行了妥协，埃涅阿斯跟国王共同掌权，进行政治联姻，建立新的政权，奠定了罗马共和国的开端。① 罗马人把埃涅阿斯视为鼻祖，因此他们也崇拜其母亲阿佛罗狄忒（Aphrodite）女神，罗马人称之为维纳斯（Venus）女神，罗马人的叙事旨在论证罗马历史悠久和罗马历史开端的正当性，这一叙事也表明希腊—罗马共同构成西方古代文明的起源之一。②

另一方面，希腊人虽然在特洛伊战争中大获全胜，洗劫和屠戮了特洛伊城，夺回海伦，获得无数财物，但他们同样损失惨重：无数战士战死沙场；许多人在凯旋途中葬身海底，部分人回到家后遭遇政变而亡，例如阿伽门农；部分人流浪许多年才回到家，例如墨涅拉奥斯流浪八年，奥德修斯流浪十年；只有少数人得以顺利到家享受胜利果实，例如涅斯托尔（Nestor）和狄奥墨得斯（Diomedes）。希腊人的归程以奥德修斯的流浪最长久、最曲折和最神奇，为此荷马专门创作了《奥德赛》。漫长且残酷的特洛伊战争导致希腊地区人口减少和经济衰败，进一步加剧了政治不稳定性，也许还有自然灾害和外族入侵［一说是多利安人（Dorian）入侵］等原因，最终导致青铜时代的希腊文明迅速衰落，希腊历史转入所谓的"黑暗时代"（铁器时代）。

特洛伊战争的真实性在古希腊社会很少受到怀疑，这场战争普遍被视为希腊历史上最伟大的战争，参与战争并作出重大贡献的国王和士兵也一直被当作伟大的英雄来歌颂。罗马统一希腊导致希腊政治和经济的衰落，

---

① 参见荷马《伊利亚特》（20.306-308）；［古罗马］维吉尔《埃涅阿斯纪》（2.293-5），杨周翰译，译林出版社1999年版；［古罗马］提图斯·李维《自建城以来：第一至十卷选段》，王焕生译，中国政法大学出版社2009年版，第9—11页。

② 罗马人（Romans）在希腊诸神的基础上融合拉丁地区各族宗教和其他地方的宗教创建罗马多神教；公元前1世纪耶稣从犹太教中脱离出来创立大公教（也称天主教，Catholic Church），大公教在392年代替罗马多神教而成为罗马国教；16世纪宗教改革家们以基督和《圣经》批判天主教会，由此建立种种新教（基督教），这些新教又逐渐代替天主教成为新兴民族国家的国教。因此，西方文明在地理和宗教意义上具有连贯性，但是在种族和政治上并没有连贯性。西方文明没有中华文明那种真正意义上的连贯性和统一性。

而基督教的崛起进一步削减了希腊文化的影响力，因此荷马史诗逐渐被视为讲述离奇故事的异教文学。随着现代人文科学研究的兴起，特洛伊战争的真实性越来越受到现代西方人的怀疑，这场战争被当作纯属荷马虚构的产物。19世纪以来的一系列考古发掘逐步证实了特洛伊战争的真实性，并探究了当时文明发展的方方面面。德国商人兼考古学家施里曼（Heinrich Schliemann）自幼深受荷马史诗的影响，他试图通过考古来证明荷马是诗人兼历史学家。1870年，施里曼在土耳其（Türkiye）西北部的希沙里克山（Hisarlik）进行考古发掘，发现了城墙遗址和大量金银器皿，他宣称这些就是特洛伊国王普里阿摩斯的宝藏，并把"特洛伊第七层（Ⅶ）"定位为特洛伊战争所发生的青铜器时期。1876年，施里曼又来到荷马史诗所记载的迈锡尼（Mycenae）地址进行发掘，发现了6座竖井墓坑，以及无数精美器物，包括一副黄金面具，他认为这就是阿伽门农的面具。不管施里曼的解读是否准确，但是他的考古发现确实证实了人们从未认识到的青铜时代存在着一个高度发达的文明，他的发现轰动了整个德国学界，深刻改变了人们对于特洛伊战争和荷马史诗的真实性看法，并将希腊历史往后推进了几百年。受到施里曼的启发，英国考古学家伊文思（Sir Arthur John Evans）于1900年在克里特岛（Crete）的米诺斯（Minos）遗址进行发掘，出土大量瓶罐、泥板（线形文字A和B）、宫殿、手工制品和壁画，他把这个高度发达的文明定义为米诺斯文明。1939年，美国考古学家布列根（Carl Blegen）继续施里曼的工作，在荷马史诗记载涅斯托尔的城邦所在地皮洛斯（Pylos）进行发掘，他发掘出了宫廷遗址和黄金，以及大约600块类似于线形文字A和B的泥板。1952年，痴迷于希腊文化的英国建筑师文特里斯（Michael Ventris）破译了这些泥板，并通过BBC发表了自己的见解。他认为这些泥板都是用一种古老的希腊语所写的，这些语言先于荷马史诗五百多年。1956年，文特里斯和查德威克（John Chadwick）合作出版了《迈锡尼时期的希腊语文书》（*Documents in Mycenaean Greek*），这部著作成为准确破译线形文字的标准本。① 如今几乎没有人再怀疑特洛伊战争

---

① 上述考古发现可以参见 Joachim Lataczm, *Troy and Homer: Towards a Solution of an Old Mystery*, trans., Kevin Windle and Rosh Ireland, Oxford: Oxford University Press, 2004, pp. 154-159。

和迈锡尼文明的真实性。

特洛伊战争结束后,参与远征的希腊英雄及其事迹就被吟游歌手编成各种歌曲传颂,一代代传播、累积和发扬光大。吟游歌手的足迹遍布当时的世界各地,他们不仅把这些歌曲演唱给希腊人听,也将这些歌曲带到非希腊地区。这样的情形在我们的现代生活中也比比皆是,例如那些参与抗日战争、解放战争、抗美援朝的英雄事迹也被文艺工作者们广泛传颂和歌颂。用不着寻找外在证据,我们从荷马史诗内部就能够发现不少内在证据,表明当时的人们就喜欢聆听这些故事,演唱这些故事,以及创作这些故事。阿基琉斯因不满阿伽门农而退出战斗,他在营帐里弹奏琴弦,跟帕特罗克洛斯(Patroclus)接龙"歌唱英雄们的事迹",借以愉悦心灵、赏心寻乐(《伊利亚特》9.185-191);为阿基琉斯打造的盾牌上描绘了"一个歌手和着竖琴神面的歌唱"的场景(《伊利亚特》18.604);在伊塔卡(Ithaca)的王宫里,特洛伊战争结束第十年时,歌手费弥奥斯(Phemius)正在为求婚者"歌唱阿开奥斯人由雅典娜(Athena)规定的从特洛伊的悲惨归程"(《奥德赛》1.326-327);费弥奥斯显然经常歌唱这样的故事,"因为人们非常喜欢聆听这支歌曲,它每次都有如新谱的曲子动人心弦"(《奥德赛》1.326-327)。在费埃克斯的阿尔基诺奥斯(Alcinuos)王宫里,歌手得摩多科斯(Demodocus)歌唱战神阿瑞斯(Ares)与爱神阿佛罗狄忒的爱情故事(《奥德赛》8.265-369),甚至当着奥德修斯的面歌唱奥德修斯的故事,他"歌唱英雄们的业绩,演唱那光辉的业绩已传扬广阔的天宇,奥德修斯和佩琉斯之子阿基琉斯的争吵"(《奥德赛》8.73-75),他又"歌唱木马的故事"(《奥德赛》8.492)。

歌颂英雄是所有民族文化的传统,它体现出人们对那些舍己救人、保家卫国、捍卫正义的英雄的崇拜,也包含着对现实生活各种喜怒哀乐的排遣。墨涅拉奥斯和海伦在子女们的婚宴上也安排了歌手弹琴歌唱(《奥德赛》4.17)。在一个只有口头语言而没有文字的时代,吟游歌者凭借记忆来学习歌曲、编造歌曲和演唱歌曲,这些歌曲经过一代代歌手的打磨,慢慢沉淀下来,形成固定的用语、形象、主题和韵律。荷马是口头文学传统的集大成者,他比所有人掌握更多的歌曲,比所有人更善于表演歌曲,也比所有人更能够将不同故事融会贯通，最终创作出流传千古的《伊利亚特》和《奥德赛》。

2. 荷马史诗的内容

现存《伊利亚特》共计 24 卷 15693 行，它描写特洛伊战争进展到第十年时 54 天之内[①]阿基琉斯与阿伽门农争吵的原因、过程和结果的故事。特洛伊地区克律塞城（Chryse）的保护神阿波罗的祭司克律塞斯（Chryses）来到希腊军中，请求用礼物赎回自己的女儿克律塞伊斯（Chryseis），但是阿伽门农不答应，于是克律塞斯祈求阿波罗神惩罚希腊人（第 1 天，卷 1）。阿波罗响应克律塞斯的祈求，给希腊军营降下瘟疫，导致大量士兵感染瘟疫去世（第 2—10 天，卷 1）。天后赫拉（Hera）鼓动阿基琉斯召开全军大会，阿基琉斯从先知卡尔卡斯（Calchas）口中得知瘟疫原委，要求阿伽门农归还克律塞伊斯，而阿伽门农则剥夺阿基琉斯的女俘布里塞伊斯（Briseis），以补偿自己的损失并羞辱阿基琉斯。阿基琉斯一怒之下退出战斗，希望母亲忒提斯（Thetis）女神请求神人之父宙斯（Zeus）帮助自己恢复荣誉（第 11 天，卷 1）。待诸神结束埃塞俄比亚（Ethiopia）宴会之后（第 12—23 天，卷 1），忒提斯前往天庭请求宙斯挫败希腊人，以此彰显阿基琉斯的重要性并恢复其荣誉（第 24 天，卷 1）。

宙斯托梦给阿伽门农，欺骗他可以攻下特洛伊城。阿伽门农决计开战，他考验士兵是否愿意继续战斗，最终由奥德修斯重新整顿军队秩序（第 25 天，卷 2）。希腊人与特洛伊人在交战之前安排了一场决斗，由墨涅拉奥斯与帕里斯进行决斗，以决定海伦及其财产的归属，并终止特洛伊战争（卷 3）。大埃阿斯（Ajax, the great）略胜赫克托尔，甚至狄奥墨得斯在雅典娜女神的帮助下击伤爱神阿佛罗狄忒和战神阿瑞斯，但是希腊军队总体上开始战败（第 25 天，卷 4—6）。战争双方停战一天，收集、焚烧和

[①] 惠特曼（Cedric H. Whitman）教授发现，这 54 天内发生的故事在"时间"和"事件"上形成了奇妙的"回环结构"：一方面是 1 天，9 天，1 天，12 天，1 天，1 天，1 天；另一方面是 1 天，1 天，1 天，1 天，12 天，1 天，9 天，1 天。参见 Cedric H. Whitman, *Homer and the Heroic Tradition*, Cambridge, Mass.: Harvard University Press, 1958, p.257。

埋葬尸体（第 26 天，卷 7.381—482）。翌日（第 27 天），双方继续战斗，希腊人进一步失败，并建筑防御体系（卷 8）；当晚阿伽门农在涅斯托尔的建议下被迫派使者向阿基琉斯求和，阿基琉斯则回应除非火烧到他的船边才参加战争（卷 9）；半夜时分，奥德修斯和狄奥墨得斯打探得特洛伊军情，成功偷袭特洛伊军营（卷 10）。

希腊人与特洛伊人第三次开战，希腊各部族首领和国王纷纷受伤（第 28 天，卷 11—15）。阿基琉斯派帕特罗克洛斯去打探军情，后者被涅斯托尔说服，并披上阿基琉斯的战袍出战，战火烧到希腊人军营，他杀死萨尔佩冬（Sarpedon）、赶跑特洛伊人却被赫克托尔所杀（卷 16—17）。阿基琉斯惊闻帕特罗克洛斯去世，愤怒不已，宣告要重返战场，杀死赫克托尔，替挚友复仇，并接受母亲送来的铠甲（卷 18）。阿基琉斯召集大会，跟阿伽门农释怨（第 29 天，卷 19），在当天战斗中，阿基琉斯杀死赫克托尔，击退特洛伊军队，扭转战局（卷 20—22）。随后，希腊全军火化帕特罗克洛斯（第 30 天），埋葬其骨灰，举办葬礼竞技（第 31 天）。但阿基琉斯仍然怒不可遏，反复蹂躏赫克托尔的尸体（第 32—43 天，卷 23）。宙斯派忒提斯告知阿基琉斯应该归还赫克托尔的尸体，当特洛伊国王普里阿摩斯赎回儿子赫克托尔的尸体时，阿基琉斯想起自己的父亲也将白发人送黑发人（自己）而痛苦，并愿意归还赫克托尔的尸体。特洛伊人为赫克托尔哭泣（第 44 天），收集柴火（第 45—53 天），火化尸体和埋葬骨灰（第 54 天，卷 24）。

现存《奥德赛》共计 24 卷 12110 行，描写特洛伊战争结束后第十年 38 天内奥德修斯流浪的故事，他从卡吕普索（Calypso）所在的奥古吉埃（Ogygia）出发，经过费埃克斯人（Phaeacian）所在的斯克里埃（Scheria）地区，最后返回故乡伊塔卡考验城邦公民并杀死求婚者。宙斯允许奥德修斯回家，雅典娜提议自己先去鼓励特勒马科斯（Telemachus）外出寻找父亲奥德修斯，并让赫尔墨斯（Hermes）去通知奥德修斯。在雅典娜的鼓励和帮助下，特勒马科斯首先在家里谴责求婚者，强调自己的家庭地位（第 1 天，卷 1）；接着召开城邦会议公开谴责求婚者，并宣布自己外出寻父的决定（第 2 天，卷 2）；然后偷偷前往皮洛斯向涅斯托尔打听父亲是否活着的消息未果（第3天，卷3）；又途经斐赖（Pherae）地区（第4天，卷3）抵达斯巴达，向墨涅拉奥斯和海伦打听到父亲还活着，而求婚者则企图谋杀特勒马科斯于归途中（第5天，卷4）。

赫尔墨斯来到奥古吉埃岛，向卡吕普索传达宙斯释放奥德修斯回家的决定（第6天，卷5），奥德修斯自行准备航海回家的竹筏（第7—10天，卷5）。奥德修斯辞别卡吕普索，航行20天抵达费埃克斯（Phaeacian）国土，因波塞冬（Poseidon）阻挠而落水，赤身裸体登陆（第11—30天，卷5）。奥德修斯被海边嬉戏的公主瑙西卡娅（Nausicaa）发现，并获得衣服和指引（卷6）；他独自前往阿尔基诺奥斯的宫殿，受到欢迎（第31天，卷7）。阿尔基诺奥斯用宴饮、颂歌、竞技、舞蹈、礼物盛情款待奥德修斯（第32天，卷8）；奥德修斯表明身份，叙述自己过去九年流浪所遇见的事情和遭受的苦难（卷9—12）。参见表1-1：

表1-1　　　　　　　　　　　奥德修斯流浪经历

出处	地点	事件
9.40	伊斯马罗斯（Ismarus）	打败基科涅斯人（Cicones），庆祝胜利而开怀痛饮，被敌人卷土重来袭击，仓皇逃跑，损失72名同伴（每条船死6人，共12条船）
9.84	洛托法戈伊（Lotus-eaters）	同伴误食洛托斯花（Lotus），忘却家乡，不愿意回家，奥德修斯强迫他们离开
9.150	库克罗普斯人居地（Cyclopes）	奥德修斯以"无人"为名，刺瞎巨人波吕斐摩斯（Polyphemus，海神波塞冬之子），并藏在绵羊身下逃离洞穴，6名同伴被吃掉
10.1	艾奥利埃岛（Aeolia）	艾奥洛（Aeolus）赠予风袋助行，但是同伴怀疑风袋有财物，好奇打开风袋，又返回艾奥利埃岛，却被驱逐
10.81	特勒皮洛斯（Telepylus）	遭到巨人族莱斯特律戈涅斯人（Laestrygonians）的攻击，同伴被吃，除了奥德修斯的船，所有船都被击毁
10.135	艾艾埃岛（Aeaea）	同伴被基尔克（Circe）变成猪，奥德修斯借助摩吕草战胜她并跟她同居一年；下冥府向特瑞西阿斯（Teiresias）问归程，见到大量亡灵

续表

出处	地点	事件
12.167	塞壬岛	用蜜蜡塞住同伴耳朵,把自己捆绑在船桅,倾听塞壬们(Sirens)的美妙歌声,顺利渡过海峡,塞壬们诱惑失败而亡
12.234	斯库拉海峡	被斯库拉(Scylla)袭击,6名同伴被斯库拉抓走和吞吃
12.261	赫利奥斯岛	同伴们偷吃了赫利奥斯(Helios)放养的牛,遭到宙斯惩罚,整条船被打碎,所有人被淹死,仅留下没吃牛肉的奥德修斯
12.450	奥古吉埃岛	奥德修斯在海面漂过卡律布狄斯(Charybdis),来到奥古吉埃,跟卡吕普索同居七年

奥德修斯在费埃克斯人护送下返回故乡伊塔卡(卷13);他受到郊外牧猪奴欧迈奥斯(Eumaeus)的盛情款待,却隐瞒自己的身份来考验牧猪奴(第33天,卷14)。与此同时,雅典娜鼓励特勒马科斯返回伊塔卡,奥德修斯继续考验牧猪奴(第34天,卷15)。奥德修斯与特勒马科斯在这个郊外的猪舍相认,一起谋划屠戮求婚者(第35天,卷16)。奥德修斯以乞丐身份进城,在路上遭到牧羊奴墨兰透斯(Melanthius)的踢打,在家里遭到安提诺奥斯(Antinous)和其他求婚者的辱骂和打砸(第36天,卷17);他在家里的宴会上制服另一位乞丐伊洛斯(Irus),又遭到女奴墨兰托的羞辱,却得到妻子佩涅洛佩(Penelope)的支持(卷18);当晚,奥德修斯与佩涅洛佩相互考验,而奶妈则从伤疤认出奥德修斯(卷19)。次日,奥德修斯继续考察女奴、牧牛奴菲洛提奥斯(Philoetius)和求婚者(第37天,卷20)。

佩涅洛佩设计射箭比赛难倒求婚者,拖延婚姻日期(卷21);奥德修斯借射箭比赛之机杀戮求婚者,在儿子、欧迈奥斯和菲洛提奥斯的协助下,将所有求婚者和不忠女奴杀死,饶恕歌手和传令官墨冬(Medon,卷22);终于跟妻子通过婚床标志相认(卷23)。求婚者的亡灵在地狱对话,奥德修斯前去考验父亲拉埃尔特斯(Laertes),并通过果树标志跟父亲相认;当求婚者家属前来报仇时,雅典娜干预了这场复仇,使得奥德修斯与求婚者家属达成和解（第38天，卷24）。

荷马史诗以特洛伊战争为背景，但并不是像编年史那样记录整个战争的来龙去脉，以及十年战争所发生重要事件，而是以阿基琉斯的愤怒和奥德修斯的返乡为主题，营造一个有始有终、连贯完整的故事情节。随着故事的深入展开，荷马史诗还涉及战斗、政治、经济、文化、教育、家庭、道德、技术等广泛内容，还表现权力、爱情、婚姻、友情、复仇、流浪、忠诚、正义等次要主题。荷马史诗有一个隐性的统一主题，那就是正义。正义是宙斯的化身，是宙斯的意志，是人在此世和冥府的必然法则。在《伊利亚特》中，帕里斯违背主客之道，第三卷决斗失败后又不归还海伦，甚至特洛伊人潘达罗斯（Pandarus）暗箭射伤墨涅拉奥斯，这一而再的不正义导致特洛伊人被毁灭。在《奥德赛》中，那些求婚者挥霍奥德修斯的家产，逼迫其妻子，谋杀其儿子，最终他们为这些不正义的行为付出生命的代价，而冥府亡灵的不同配额和处境也精确地显示出正义的必然性。荷马史诗采取六音步格的韵律，其风格整齐、率直、迅速、自然、雄浑。[①] 无论从内容还是形式上看，荷马史诗都是希腊文学不可逾越的高峰。

3. 荷马史诗的意义和影响

在古希腊世界，荷马史诗意味着太多东西。荷马史诗是希腊妇孺皆知和最喜闻乐见的诗歌，它们伴随着希腊人一生的成长过程，成为希腊人最忠实的人生伴侣，正如公元1世纪一位名为赫拉克利特（Heraclitus）的语文教师所说的那样：

> 他（荷马）的诗歌几乎可以说是我们婴儿期的襁褓，我们喝他的奶来滋养我们的心灵。他伴随我们每个人成长：我们渐渐长大，他就分享我们的青春；我们成年时，他也以其盛年出现在我们的灵魂中；

[①] 阿诺德（Matthew Arnold）说：" 荷马的译者首先得熟悉这位作者的四个品质：即他是极其快速的；他在思想推进和表达上（句法和言辞）都是极其明朗和率直的；他的思想主旨是极其明朗和率直的；最后，他是极其高贵的。" Matthew Arnold, *On Translating Homer*, London: Longman, Green, Longman, & Roberts, 1861, pp. 9–10。

甚至我们步入老年也从不厌倦他。一旦我们停下来，又渴望跟他重新开始。总之，对于世人而言，生命终结之日方是荷马剧终之时。①

荷马史诗描述了作为人生榜样的英雄，通过英雄和诸神的言行举止和思想习惯来指引着人们的生活。科洛封（Colophon）的诗人色诺芬尼（Xenophanes）尽管大肆攻击荷马，但是他也不得不承认"当初有荷马，所有人从他那里受到了教育"②。古希腊历史学之父希罗多德（Herodotus）说："我认为赫西俄德（Hesiod）与荷马的时代比之我的时代不会早过四百年；是他们把诸神的家世交给希腊人，把他们的一些名字、尊荣和技艺教给所有的人并且说出他们的外形。"③ 无论是荷马的崇拜者还是批评者，他们都把荷马视为最重要的教师和竞争对手，崇拜者认为人类的各种技艺都可以在荷马史诗里面找到，通过学习荷马史诗便可以了解和精通这些技艺，而批评者则认为从未有哪场战争胜利或哪个城邦治理是依靠荷马来实现的，而且荷马史诗因为错误和扭曲了真相而无法教育人和提高人的德性。不过，荷马史诗的强大影响力并不因为遭到思想界的批判而削减，因为荷马史诗塑造了古希腊的精神统一和认同，尤其是在语言、种族、文化和政治层面的统一和认同，因此荷马也被视为古希腊的世界公民（cosmopolitēs）。

荷马奠定了后世文学内容和风格的根基，④ 因此也成为希腊文学乃至所有后世文学之父。⑤ 我们从现存《英雄诗系》（Epic Cycle）可以推断，荷马史诗激发了一代代希腊诗人，围绕特洛伊战争及其前后的故事，创作了大量题材类似或不同的史诗作品。⑥ 古希腊三大悲剧家的很多作品都可

---

① Donald A. Russell and David Konstan Heraclitus eds. and trans., *Homeric Problems*, Atlanta, GA：Society of Biblical Literature, 2005, p. 3.
② ［德］恩斯特·狄尔编：《古希腊抒情诗集》（第1卷），王扬译注，上海人民出版社2018年版，第105页。
③ ［古希腊］希罗多德：《希罗多德历史 希腊波斯战争史》（2.53），王以铸译，商务印书馆1959年版。
④ 参见［古罗马］朗吉努斯《论崇高》（13.3），王洁导读注释，上海译文出版社2020年版。
⑤ Nonnus, *Dionysiaca* (25.265), 参见 Robert Fowler ed., *The Cambridge Companion to Homer*, Cambridge：Cambridge University Press, 2004, p. 235。
⑥ 参见［古希腊］荷马等《英雄诗系笺释》，崔嵬、程志敏译，华夏出版社2011年版。

以视为荷马史诗的续编，例如埃斯库罗斯（Aeschylus）的《奥瑞斯特斯》（*Orestes*）三部曲，索福克勒斯的《厄勒克特拉》（*Electra*）和《菲洛克忒忒斯》（*Philoctetes*），以及欧里庇得斯（Euripides）现存悲剧一半以上的著作。① 数量庞大的抒情诗也有很多体现出荷马的回响：阿基洛科斯（Archilochus of Paros）和斯特西科洛斯（Stesichorus）是十足的荷马派，以战争题材来鼓舞士兵勇敢作战；米姆涅墨斯（Mimnermus of Colophon）和西蒙尼德（Simonides of Ceos）都直接引用过《伊利亚特》（6.146）"人生如树叶枯荣"的意象，感叹人生无常和生命短促。② 只有萨福（Sappho）那种独特女性体验和情感世界的诗歌在多大程度上受到男性诗歌和男子汉价值的影响还是一个颇具争议的问题。

希腊化时期荷马的影响伴随希腊文化的传播而扩散，例如对埃及有文献上的影响，催生出埃及王子伊纳洛斯（Inaros）抗击波斯入侵的英雄诗歌。这个时期无法出现能够跟荷马史诗和古希腊戏剧相匹敌的文学经典，但是这个时期的文学几乎都是对以往作品——尤其是荷马史诗——的"改写、加工和润色"。③ 有雄心的老派作家不屑于粗鄙的新喜剧，希望重启荷马史诗的语言、韵律和风格来创作新史诗，对抗流俗文学的审美品位，例如阿波罗尼俄斯（Apollonius of Rhodes）的《阿尔戈英雄纪笺注》（*Argonuatica*，前3世纪）④，特里菲奥多洛斯（Triphiodorus）的《特洛伊的洗劫》（*The Sack of Troy*，前3世纪），昆图斯（Quintus of Smyrna）的《荷马史诗续集》（*Posthomerica*，前3世纪）等。

在古罗马时代，西方世界的政治和文化中心从雅典转移到罗马（Roma），荷马史诗失去了赖以生存的吟游诗人和希腊语群众基础，其影响力

---

① 欧里庇得斯现存19部悲剧，其中涉及荷马史诗故事传说的就有10部，包括《伊菲革涅亚在奥利斯》、《伊菲革涅亚在陶里克人中》、《奥瑞斯特斯》、《赫卡柏》、《海伦》、《厄勒克特拉》、《瑞索斯》、《特洛伊妇女》、《独目巨人》和《安德洛玛刻》。

② 参见［德］恩斯特·狄尔编《古希腊抒情诗集》，王扬译注，上海人民出版社2018年版，第1卷，第75页；第2卷，第521页。

③ ［英］吉尔伯特·默雷：《古希腊文学史》，孙席珍等译，上海译文出版社1988年版，第389页。默雷认为，德摩斯梯尼（Demosthenes）是希腊文学从古典时期转向希腊化时期的分水岭。

④ 参见［古希腊］阿波罗尼俄斯《阿尔戈英雄纪笺注》，罗逍然译笺，华夏出版社2011年版。

主要局限在罗马少数精英知识阶层。恩纽斯（Quintus Ennius，前3世纪）毕生的目标是成为"拉丁的荷马"，维吉尔模仿荷马史诗的题材创作了罗马人的史诗《埃涅阿斯纪》，歌颂特洛伊领袖埃涅阿斯流浪和战斗的业绩，谱写了罗马鼻祖披荆斩棘的建国史。政治家西塞罗（Cicero）、哲学家塞涅卡（Seneca）、讽刺作家卢西乌斯（Lucilius）在他们的著作中对荷马史诗的引用可谓信手拈来，不过很多时候这种引用也仅限于附庸风雅和卖弄学识。即便如此，精英知识阶层对荷马史诗的偏好自然会催生出社会各阶层对荷马史诗的兴趣，至少在公元1世纪，荷马史诗和维吉尔史诗已经成为罗马学校的核心课程之一，正如大教育家昆体良（Marcus Fabius Quintilianus）所言，"最好的原则就是从阅读荷马和维吉尔开始，尽管一个人需要更成熟的判断才能理解他们的品质。但是一个人总有成熟的时候，因为他将会不止一次地阅读这些作家"[1]。

从基督教登上政治舞台直到中世纪结束，荷马史诗作为异教文学代表自然被打入冷宫，因为基督教徒倡导完全从审美标准来鉴赏诗歌，把诗歌视为只是给人提供快乐的工具而已，甚至将异教诗人的道德教导和宗教教导视为错误的而加以拒斥。[2] 文艺复兴重新发掘古希腊资源之后，荷马史诗才逐渐得以重见天日，成为近现代那些最著名诗人和作家的创作源泉之一。但丁（Dante Alighieri）的《神曲》将荷马誉为"诗人之王"，并模仿奥德修斯下降哈得斯的故事来描写自己的地狱见闻。薄伽丘（Giovanni Boccaccio）的《菲洛斯特拉托》（*Filostrato*），乔叟（Geoffrey Chaucer）的《特洛伊罗斯与克丽西达》（*Troilus and Criseyde*）和莎士比亚（William Shakespeare）的《特洛伊罗斯与克丽西达的悲剧》（*The Tragedy of Troilus and Cressida*）都取材于特洛伊战争的同一个爱情故事。[3]

---

[1] Robert Fowler ed., *The Cambridge Companion to Homer*, Cambridge: Cambridge University Press, 2004, p. 267.

[2] 参见 Werner Jaeger, *Paideia: The Ideals of Greek Culture*, Volume I, Archaic Greece: the Mind of Athens, trans., Gilbert Highet, Oxford: Basil Blackwell, 1964, p. 35。

[3] 这个故事的梗概：特洛伊王子特洛伊罗斯（Troilus）在潘达罗斯的帮助下爱上和占有了年轻美貌的寡妇克丽西达（Criseyde，潘达罗斯的侄女），两人交换信物、互诉衷肠、海誓山盟；后来克丽西达作为人质被送往希腊军营，她又爱上了狄奥墨得斯；特洛伊罗斯感到自己被背叛了，他在战场上被阿基琉斯杀死，而克丽西达则身败名裂。

在17—18世纪的古今之争当中，荷马作为古希腊最伟大诗人而成为古代文明的代言人，因此对待荷马史诗类型与荷马史诗社会类型的立场也便成为衡量崇今派与崇古派之别的试金石，毕竟对待荷马史诗的立场涉及对待其他更广阔和更深层的知识问题的立场。受到罗马传统和基督教的影响，18世纪以前荷马虽然被视为希腊最优秀的作家，但是其地位在维吉尔（Vergil）、贺拉斯（Quintus Horatius Flaccus）之下，因为荷马史诗的人物被视为有道德缺陷，诸如阿基琉斯是极端愤怒和满怀仇恨的形象。19世纪以后，荷马史诗再次成为伟大文学作品的榜样。托尔斯泰（Alexei Nikolayevich Tolstoy）推崇和模仿荷马史诗，他说："我们称为荷马史诗的著作是艺术的、诗歌的和原创的著作。"[1] 美国著名文学评论家哈罗德·布鲁姆（Harold Bloom）曾经说过，"将乔伊斯（James Joyce）、普鲁斯特（Marcel Proust）、贝克特（Samuel Beckett）、卡夫卡（Franz Kafka）称作现代主义者是很荒唐的，他们的力量仍然来源于荷马传统"[2]，甚至说："目前每一位读写的西方人仍然是荷马的子女，不论其种族背景、性别和意识形态阵营是什么。"[3] 近半个世纪以来，荷马史诗成为西方人阅读最广泛的著作之一，仅次于《圣经》的阅读量，这是因为荷马史诗努力理解和揭示人类生活的本质，而且我们迄今仍然可以从其叙事中受益匪浅。

第二节 荷马史诗的成书

如前所述，特洛伊战争结束后，希腊英雄的事迹就被歌手们广为传颂。在一个没有文字的时代，这些英雄赞歌以口耳相传的形式被创作、表演和传播。由于这些英雄事迹广为人知，因此英雄赞歌的主题是相对固定的，但是其格律、主题、表现手法、思想内容却各有千秋。荷马也是在这个基础上创作和表演他的史诗。

---

[1] George Steiner, Robert Fagles ed., *Homer: A Collection of Critical Essays*, Englewood Cliffs, N. J.: Prentice-Hall, Inc., 1965, p.16.

[2] 邱迪玉：《以量取胜的挂名文学评论家？——记八年前对布鲁姆的一次攻击》，《文汇报·文汇学人》2019年11月1日第2版。

[3] Harold Bloom, *A Map of Misreading*, New York: Oxford University, 1975, p.33.

第1章　荷马史诗及其学述史

1. 古代荷马问题

荷马是谁？他是两部荷马史诗的作者吗？他如何创作？这些问题自古就成为聚讼纷纭且缺乏共识的"荷马问题"（Homeric questions）。古希腊哲人们讨论过这些问题，例如赫拉克利特的《荷马问题解答》、芝诺（Zeno of Elea）的《荷马问题》、亚里士多德（Aristotle）的《荷马问题》、德谟特里奥斯（Demetrius）《论荷马》和安提斯提尼（Antisthenes）《论荷马》等。① 18世纪以来这些问题又被现代学术翻出来讨论，例如沃尔夫（F. A. Wolf）的《荷马绪论》（1795年）、纳吉（Gregory Nagy）的《荷马诸问题》（1996年）等。由于荷马史诗本身没有关于荷马本人的任何记载，又没有任何文献能够提供强有力的支撑，因此有关荷马生平的所有论断都只是各种传说和猜测，因而无法取得确切答案和普遍共识。造成这种现象的根本原因是荷马本身是云游四方的吟游诗人，由于吟游诗人的社会地位非常低下，形如靠卖唱谋生的流浪汉，所以即使在他活着的时代也没有谁真正关心和了解他的确切身份。等到荷马名声远扬，反而被很多城邦视为本邦公民，以便分享他的荣誉。根据公元前3世纪的一篇文献报道：

> 首先，斯缪奈人（Smyrnaeans）说荷马是他们当地米利斯河（Meles）和克里特斯（Cretheis）仙女所生，所以他原先被称为米利斯基尼（Melesigenes），他失明以后就被称为荷马（Homer），荷马一词通常用于失明的人们。接着，开俄斯（chians）人证明荷马是他们的公民，说他们之中实际上存留他的某些后裔，也就是所知的荷马里达（Homeridai）。还有，科洛佛尼亚人（Colophonians）甚至表明有这种情节，他们说荷马是读写教师，以处女作《疯子》（*Margites*）开启创作生涯。②

---

① 参见［古希腊］第欧根尼·拉尔修《名哲言行录》（5.87, 7.4, 5.26, 8.81, 6.17），徐开来、溥林译，广西师范大学出版社2010年版。

② Martin L. West ed. and trans., *Homeric Hymns*, *Homeric Apocrypha*, *Lives of Homer*, Cambridge, Mass and London: Harvard University Press, 2003, pp. 319-321.

这篇文献还列举了许多关于荷马出身的说法：他的父亲被认为是麦翁（Maion），或米利斯（Meles），或德谟克利特（Democritus of Troezen，商人之神），或特勒马科斯（Telemachus，奥德修斯之子）；他的母亲则被认为是墨提斯（Metis），或克里忒斯（Cretheis），或忒米斯特（Themiste），或希涅托（Hyrnetho），或卡利俄珀女神（Muse Calliope），或波利卡斯忒（Polycaste，涅斯托耳之女）等。

学界一般遵循古希腊历史学之父希罗多德的说法，如前所引，希罗多德说："我认为赫西俄德与荷马的时代比之我的时代不会早过四百年；是他们把诸神的家世交给希腊人，把他们的一些名字、尊荣和技艺教给所有的人并且说出他们的外形。"[①] 希罗多德大约出生于公元前480年，正好是"波斯战争"结束那一年，由此推断荷马大约生活在公元前880年。如果这个说法可以接受，那么荷马距离特洛伊战争大约300年，这一方面解释了荷马为什么能创造如此鸿篇巨制，因为他之前已经有漫长的英雄赞歌传统，另一方面也解释了荷马确实是在没有文字的情况下创作和表演的，因为希腊文字普遍被认为是公元前750年才出现。

尽管荷马对于古希腊人而言已经是一个谜团，但是古希腊人却从未怀疑过荷马就是荷马史诗的作者，柏拉图（Plato）和亚里士多德都毫无差别地把两部荷马史诗当作荷马作品来引用和讨论。大约公元前3世纪，曾经有人依据两部史诗的差异性提出它们可能不是出自同一个人之手的疑虑，不过这个疑虑很快被同时代的权威校勘家和注疏家阿里斯塔库斯（Aristarchus）的另一个设想所推翻，即《伊利亚特》是荷马早期作品，而《奥德赛》则是荷马晚期作品作。18世纪以来西方史学获得快速发展，对古代事实和证据的掌握越来越多，催生出古典学者试图恢复古代世界整全面貌的科学热望，同时也滋生出对那些缺乏事实和证据的事件和文本的怀疑主义。在这个背景下荷马和荷马史诗的真实性也遭到怀疑，尤其以现代德国古典学之父沃尔夫在《荷马绪论》所提出的怀疑和论断最为极端。下一节还会论述沃尔夫，在这里我先说明一点，在没有足够否定性证据的情

---

① ［古希腊］希罗多德：《希罗多德历史 希腊波斯战争史》（2.53），王以铸译，商务印书馆1959年版。

况下（而且我们也许永远得不到这些证据），我们就应该相信荷马是荷马史诗的作者，荷马能够以口头方式创作这些诗歌。

荷马死后有很多崇拜者，这些崇拜者在荷马去世后继续演唱荷马史诗，他们被称为荷马里达（Homeridas），字面意思是"荷马后裔"。我们也知道，希腊各地举办的盛大节庆往往安排音乐竞赛，其中就包括荷马史诗"背诵—表演"竞赛，那时来自希腊各地的荷马里达们将以接龙的形式"背诵—表演"荷马史诗，获得竞赛冠军者将被授予很高荣誉。① 我们并不清楚荷马里达是不是一个有组织的团体，以及他们在多大程度上继承和修改了荷马史诗，因为无论如何也不可能，更没必要逐字逐句地背诵荷马史诗，否则特勒马科斯不会说每次听到歌手歌唱相同的故事"都有如新谱的曲子动人心弦"（《奥德赛》1.327）。

2. 荷马史诗的抄录

荷马过后大约一两百年，希腊人从外族借来字母发展出希腊字母表，随着语言系统、写作材料和写作技术的发展，将荷马史诗记录下来以获得更精确的故事的想法也逐渐付诸行动。据说斯巴达立法者吕库古（Lycurgus，约700—630BC）在亚细亚游历期间接触到荷马史诗，欣赏其政治教训和道德规范，于是按照次序把零散的荷马史诗编撰成册，并把它们带回斯巴达。② 另一种说法是雅典立法者梭伦（Solon，约638—559BC）规定："对荷马作品的诵读不得替代，应当以此进行，例如，第二个诵读者必须从第一个诵读者停止的那个地方开始。"③ 不过，我们现在没有证据表明梭伦曾经收集、记录和整理过荷马史诗。柏拉图在《希帕库斯》（*Hipparchus*，228b）中提出第三种看法：雅典僭主庇西斯特拉图斯的长子希帕库斯是智慧者，他首次将荷马史诗带到雅典，强迫诵诗人在泛雅典娜节庆上背诵它们，一个接着一个地背诵，直到现在还这样做；他以高规格仪式和重金豪礼邀请大诗

---

① 参见［古希腊］柏拉图《伊翁》（350a-b），王双洪译疏，华东师范大学出版社2008年版。
② 参见［古希腊］普鲁塔克《希腊罗马名人传》（1），席代岳译，吉林出版集团有限责任公司2009年版，第83页。这个传说可能吻合荷马史诗歌唱阿尔戈斯人的传统。
③ ［古希腊］第欧根尼·拉尔修：《名哲言行录》（1.57），徐开来、溥林译，广西师范大学出版社2010年版。

人阿纳克利翁（Anacreon of Teos）和西蒙尼德来到雅典城，以便教导出德性最好的公民。虽然柏拉图在这里对主希帕库斯的僭主式统治方式极尽反讽之能事，但是至少说明荷马史诗在希帕库斯已经得到收集、记录和整理，这项工作是在官方主持下、由大量高级知识分子来完成的，而且首要目的是服务于统治者掌握文化资源话语权来教育和统治社会精英阶层。

荷马史诗的成书过程或文字化过程是荷马研究中非常复杂和费解的学术问题。有人说希腊字母的出现为希腊人记录荷马史诗创造了便利条件，也有人认为希腊人为了记录荷马史诗而引入了希腊字母。但是可以肯定，鸿篇巨制荷马史诗的成书过程具有以下特征：（1）史诗的制作早于希腊文字的出现，但是史诗的成书必定晚于希腊文字的出现；（2）考虑到史诗的篇幅巨大问题，史诗的成书最初必定是片段性或章节性的，不可能一蹴而就为全集；（3）史诗的成书必定是在文字、书写材料和书写能力大大得到发展之后的结果；（4）史诗的成书也必定是许多政治家、诗人、知识分子共同参与完成的重大工程；（5）史诗的成书必定经历了漫长而且复杂的修订过程。

我们知道，在荷马史诗文字化的过程中，从公元前6世纪到公元前3世纪，举凡受过文字教育的人都会抄写和阅荷马史诗，那些著名的学者和作家更是根据自己的理解进行阐释和批判，在这方面史上留名的人包括诗人忒奥格尼斯（Theognis）、哲学家阿那克萨戈拉（Anaxagoras）、毕达哥拉斯（Pythagoras）、赫拉克利特（Heraclitus）、柏拉图、亚里士多德、伊壁鸠鲁学派（Epicureans）、斯多亚学派（Stoics）、智者普罗塔戈拉（Protagoras）、历史学家希罗多德、修昔底德（Thucydides）等。公元前3世纪的著名诗人阿拉托斯（Aratos）曾经问提蒙（Timon）如何才能得到可靠的荷马诗文，他回答说："除非人们遇上了古代的那些抄本，而不是那些已经被校订过的文本。"[①] 这个故事表明荷马史诗存在各种各样的抄本和校订本，而且人们开始寻求更古老和更权威的版本，这就为全部荷马史诗的正式成书提供了需要和条件，进而为更细致的文本校订和批评工作铺平了道路。

---

① ［古希腊］第欧根尼·拉尔修：《名哲言行录》（9.133），徐开来、溥林译，广西师范大学出版社2010年版。

3. 荷马史诗的文本校勘和注疏

经过亚历山大里亚学派三代人的努力，荷马史诗的成书才算是定型下来，形成了后人尊称的"通行本"或"权威本"。塞诺多图斯（Zenodotus of Ephesus），亚历山大里亚图书馆第一任馆长（284BC），首次收集和整理荷马史诗的校订者。他获得了许多手稿，在增删校订方面比任何继任者大胆，提供了一个形式上更连贯的文本。他的阐释和校订的技术不仅用于荷马，也用于抒情诗、悲剧、戏剧、历史、演说、医学等重要文类。同时他还开始规范希腊语语法的本性和结构，确定类比法则和优秀作家用法，对词语不同含义、同义词、同名异义词、方言等做出定义等。①

塞诺多图斯的继承人阿里斯托芬尼（Aristophanes Of Byzantium，257—180BC），他仔细审查早期遗留文本的权威性，首次细察希腊语语法，尤其是比喻以及其他哲学主题，还发明了可以用来断句的符号和语音标记单词，仅这点就足以标榜千古。他还注疏、评论和编辑了其他许多人的著作，例如赫西俄德、阿尔凯乌斯（Alkaius）、品达（Pindar）、柏拉图、阿里斯托芬（Aristophanes，尤其是解释其重点，艺术技巧，著作编年）等。②

阿里斯托芬尼的继承人阿里斯塔库斯（Aristarchus Of Samothrace，217-145 BC），据说写了800份以上的语法和批评注疏，他论述过荷马［例如《论〈伊利亚特〉和〈奥德赛〉》（$\Pi\varepsilon\rho I\ \mathcal{T}\lambda\iota\acute{\alpha}\delta o\varsigma\ \kappa\alpha'\iota\ \mathrm{O}\delta\upsilon\sigma\sigma\varepsilon\iota\alpha\varsigma$）］、埃斯库罗斯、索福克勒斯（Sophocles）、阿里斯托芬、品达等古希腊文学作品，可惜我们没有得到任何一份注疏，只有零散和残缺的句子。他最重要的工作是对荷马史诗进行校订、评注和润色，他遵循了"凡是不能证明是荷马的诗句都要拒斥"的原则，例如《伊利亚特》4.117，7.353，9.416，14.500，15.449-51，15.712，18.444-56，24.556-557等地方被视为伪作。在这个原则指导下，他确定了语法结构，重读原理，以及其他遵循连

---

① 参见 F. A. Wolf, *Prolegomena to Homer* 1795, trans., Anthony Grafton, Glenn W. Most and James E. C. Zetzel, New Jersey: Princeton University Press, 1985, pp. 167-168。

② 参见 F. A. Wolf, *Prolegomena to Homer* 1795, trans., Anthony Grafton, Glenn W. Most and James E. C. Zetzel, New Jersey: Princeton University Press, 1985, pp. 182-185。

贯比喻法则的正确拼法，可以说"所有语法方面的精妙开端都被归到阿里斯塔库斯"①。

自亚历山大里亚学派奠定荷马史诗文本的权威本之后，荷马史诗的校订工作大体完成，随后的工作便是转入注疏和研究。阿里斯塔库死后，其两位门徒进行了思想抢救：（1）阿里斯通尼科斯（Aristonicus）写了论文《论〈伊利亚特〉和〈奥德赛〉的标记》（Περί των σημείων των τής Ἰλιάδος και Ὀδυσσείας）；（2）狄迪莫斯（Didymus）写了论文《论阿里斯塔库的校订》（Περί τής Ἀρισταρχείου διορθώσεως），随后又有两位学者参与进来；（3）希罗狄奥斯（Herodian）写了论文《论〈伊利亚特〉和〈奥德赛〉的韵律》（Περί τής Ἰλιακής καὶ Ὀδυσσειακής προσωδίας）；（4）尼卡诺尔（Nicanor）写了论文《论荷马的标点》（Περί τής Ὁμηρικής στιγμής）。这些著作没有被完整流传下来，而是在5—6世纪被陆续收集起来，称为《四家注》（Viermänner kommentar），虽然这本书也没有流传下来，只有某些片段被保留下来了，但是它仍然构成后来学述发展的基础，一些抄本证实《四家注》确实存在，如10世纪的抄本Venetus A空白处还保留了阿里斯塔库所使用的标记以及大量批注。因此《伊利亚特》的批注可以分为有三组：四家注（确定拼读、重读、呼气等语法规则）、解经注（分析技巧、人物、情节、讲故事）和狄迪莫斯的注（讨论词汇表、神话问题、荷马问题）。②

第三节 荷马史诗的学述史

荷马史诗研究源远流长，迄今已有两千五百多年历史，几乎伴随着整个西方文明发展的基本轨迹，积累了汗牛充栋的研究文献，也形成了很多基本研究范式。这里主要围绕荷马史诗的"叙事伦理"问题来谈论相关学述史。现代学者对于荷马研究的学术史梳理比较多，国外重要的著作包括

---

① F. A. Wolf, *Prolegomena to Homer* 1795, trans., Anthony Grafton, Glenn W. Most and James E. C. Zetzel, New Jersey: Princeton University Press, 1985, p.199.

② 参见 Francesca Schironi, *The Best of the Grammarians: Aristarchus of Samothrace on the Iliad*, Ann Arbor: University of Michigan Press, 2018, pp.7-8。

沃尔夫的《荷马绪论》、阿诺德的《论荷马史诗的翻译》、帕里（Milman Parry）的《荷马诗文创作》、剑桥大学出版社的《荷马指南》等，国内比较全面的研究可参见程志敏的《荷马史诗导读》、陈戎女的《荷马的世界》、陈中梅的《荷马史诗研究》、陈斯一的《荷马史诗与英雄悲剧》等。纵观历史以来的荷马研究，基本阐释范式可以分为五种：（1）基于字面意思和伦理标准的"自然哲学阐释"；（2）基于象征和寓言的"寓意阐释"；（3）基于历史—语言学的"分析论阐释"；（4）基于文化观和结构主义的"统一论阐释"；（5）基于人类学和主题创作的"口头程式阐释"。

1. 古代荷马研究

最先讨论荷马史诗的是自然哲人兼诗人，他们向荷马发起批判，主要批判荷马的虚假叙事和可耻伦理，以争夺荷马作为人生导师的话语权。公元前6世纪的色诺芬尼说道：

> 荷马和赫西俄德两人把一切都算到了天神头上，
> 凡是人类中那些丢脸可耻的事情，却给算上了，
> （他们歌颂天神们犯下的种种违法的行为），
> 他们又是偷窃，又是通奸，又是相互欺骗。[①]

色诺芬尼是一位无神论的自然哲学家和诗人，他发现每个民族所描绘的神的形象各不相同，进而认为神不过是人依照自己的意志创造出来的罢了[②]，他以诗歌形式表达了"万物产生于大地，同样，万物回归于大地"和"一切能生存和繁殖的东西，皆是土和水"的本体论观点。[③] 因此他在这里实际上批判荷马和赫西奥德不仅虚构了神，还将神描绘成有悖伦理的存在者。色诺

---

① ［德］恩斯特·狄尔编：《古希腊抒情诗集》（第一卷），王扬译注，上海人民出版社2018年版，第105—107页。

② 参见［德］恩斯特·狄尔编《古希腊抒情诗集》（第一卷），王扬译注，上海人民出版社2018年版，第107页。

③ ［德］恩斯特·狄尔编：《古希腊抒情诗集》（第一卷），王扬译注，上海人民出版社2018年版，第111页。

芬尼的荷马批判在后来的自然哲学家那里得到回响：毕达哥拉斯学派（Pythagoreanism）挖苦荷马，说在冥府看到"荷马的灵魂被悬吊在一棵树上，让一条大蛇给缠着，这乃是对他们诽谤诸神而给予的惩罚"①；哲学家赫拉克利特则更犀利地指出"应当将荷马从各种大会上驱逐出去，并加以鞭挞"②。

众所周知，这样的批判——无论就其深度还是广度而言——在柏拉图那里达到顶峰。柏拉图同样认为"赫西俄德、荷马和其他诗人……给世人建构虚假的故事"③。对于柏拉图而言，诗人叙事的虚假性不在于诗人的能力或恶意，而根植于模仿作为诗歌的本质，因为模仿跟真理和善的理念隔了两层④，因此诗人不可能认识，更不可能讲述真正或完善的神和英雄的故事，进而需要哲学的指导和审查。柏拉图就不像色诺芬尼那样完全拒斥虚假的故事，而是强调虚假的故事讲得好也是对城邦有益的。虚假的故事是否讲得好，取决于讲故事的方式和内容，一方面诗人不能是多面手（混合模仿和叙事），而只能用合乎德性养成的音乐来从事纯粹的模仿，另一方面诗人不能把神描述成恶的、多变的和撒谎的，必须把神描述成善的、不变的和真实的。⑤ 哲学家对荷马的批判引发了诗人们的反驳，由此触发了著名而漫长的"哲学与诗歌的纷争"⑥。哲学与诗歌的纷争经由亚里士多德的调和得到缓解。尽管亚里士多德跟柏拉图一样将诗歌定义为模仿，但是他将诗歌的伦理功能定义为激发和宣泄人的恐惧和怜悯。亚里士多德把情感与理性并置为人的本性，进而将道德德性和理性德性并置为人的完美状态，所以他认为作为模仿的诗歌比作为叙述的历史更具有可能性和普遍性。他高度赞扬荷马的叙事手法，认为荷马在营造故事情节的逆转和发展方面技艺高超，最终确立了荷马的"诗人"代表的地位。⑦

---

① ［古希腊］第欧根尼·拉尔修：《名哲言行录》（8.21），徐开来、溥林译，广西师范大学出版社2010年版。
② ［古希腊］第欧根尼·拉尔修：《名哲言行录》（9.1），徐开来、溥林译，广西师范大学出版社2010年版。
③ ［古希腊］柏拉图：《理想国》（377d），何祥迪译，云南人民出版社2021年版。
④ 参见［古希腊］柏拉图《理想国》（第10卷），何祥迪译，云南人民出版社2021年版。
⑤ 参见［古希腊］柏拉图《理想国》（第2—3卷），何祥迪译，云南人民出版社2021年版。
⑥ ［古希腊］柏拉图：《理想国》（607b-c），何祥迪译，云南人民出版社2021年版。
⑦ 陈明珠：《亚里士多德〈诗学〉中的荷马》，《浙江学刊》2018年第6期。

第 1 章 荷马史诗及其学述史

为了回应哲学对诗歌的挑战，荷马研究者发展出寓意阐释的范式，为所谓荷马的"渎神"进行辩护。寓意阐释始于公元前 6 世纪的忒奥格尼斯，盛行于希腊化时期的斯多亚学派，复兴于 3 世纪的波菲利（Porphyry），影响到 5 世纪的普罗克洛斯（Proclus）、6 世纪的辛普里丘（Simplicius）、11 世纪君士坦丁堡哲学家帕塞鲁斯（Michael Psellus）和 14 世纪拜占庭史家格雷戈拉斯（Nicephorus Gregoras）。[1] 寓意阐释取法哲学对事物与是者（being）的区分，或者现象与本质的区分，强调荷马史诗存在着字面意思与内在寓意的区分，或者人物形象与人物象征的区分，因此合理的理解方式是透过这些虚构叙事理解荷马的宇宙原理和伦理原理。根据波菲利的记载，他们认为万物处于干与湿，热与冷，轻与重，水与火这些对立状态，对立转化导致局部产生和瓦解，但是整体是保持永恒的；荷马《伊利亚特》卷 20 的"诸神之战"象征万物构成要素的对立状态，例如荷马把"火"称为阿波罗、赫里奥斯和赫菲斯特斯，把"水"称为波塞冬，把月亮称为阿尔特弥斯（Artemis），把"气"称为赫拉等；同时，他们还解释了荷马用神的名字指代某一类人的特性的状况，例如把雅典娜称为智慧，把阿瑞斯称为无智慧，把阿弗洛狄特称为欲望，把赫尔墨斯则称为理性等。[2] 据说，从 3、4 世纪的诺斯替科普特文（Coptic，一种希腊字体写的埃及文）文献中也可以看到主题上的寓意阐释：奥德修斯和海伦的回家被比喻为人类灵魂如何返回真实家园，通过奥德修斯在卡吕普索的痛哭流泪和海伦渴望从特洛伊返回的欲望，表达对曾经沉迷于肉体快乐感到悔恨。[3]

寓意阐释确实有助于回避字面矛盾，为任何针对荷马史诗的字面指控做辩护，但是寓意阐释难以对每个地方做出一以贯之的理解，其边界的不确定性也容易导致曲解和"六经注我"的危险。因此，仍然有许多学者（包括那些批判或忠诚荷马的人）坚持字面解释以拒斥寓意阐释。雅典哲

---

[1] 参见 F. A. Wolf, *Prolegomena to Homer* 1795, trans., Anthony Grafton, Glenn W. Most and James E. C. Zetzel, New Jersey: Princeton University Press, 1985, pp. 49-152。

[2] 参见 John A. MacPhail Jr., *Porphyry's "Homeric Questions" on the "Iliad": Text, Traslation, Commentary*, Berlin: De Gruyter, 2011, p. 241。

[3] 参见 Richard Hunter, *The Measure of Homer: The Ancient Reception of the Iliad and the Odyssey*, Cambridge: University of Cambridge, 2018, pp. 20-21。

学家德米特里乌斯（Demetrius Phalereus）在《论风格》说寓意阐释是危险的；伊壁鸠鲁拒斥一切诗歌和音乐，否认荷马故事藏有任何学说；普鲁塔克（Plutarch）认为寓意阐释不适用于小孩，因为希腊神话无助于教导人类的善恶；亚历山大里亚学派认为寓意阐释纯属胡说八道，必须忠实于诗人诗句，从而着手校订、整理和注疏荷马史诗文本；塞涅卡也说荷马史诗没有寓意阐释的那些东西。[1]

罗马帝国时期（包括中世纪）的学术追求经世致用，少数精英对荷马史诗的兴趣也主要集中在以下几个方面：第一，模仿荷马以创造拉丁文学，例如维吉尔、卢克莱修（Lucretius）、奥维德（Ovid）、贺拉斯、昆图斯等；第二，引用荷马以彰显其博学和优雅，例如瓦罗（Varro）和西塞罗；第三，撰写各种荷马指南、注疏和辞典以供教学之需，例如阿皮翁（Apion）、欧斯塔提奥斯（Eustathius）。这个时期的诗歌和荷马史诗研究可以贺拉斯的《诗艺》为代表。贺拉斯认为诗歌不仅是模仿，还可以是虚构和创造；诗歌创作需要得体，即合情合理，和谐统一；诗歌目的在于"寓教于乐"，"诗人的愿望应该是给人益处和乐趣，他写的东西应该给人以快感，同时对生活有帮助"[2]。贺拉斯倡导学习希腊文学的范例，尤其是荷马史诗；他高度赞扬荷马在韵律、构思和人物方面均具有高超的叙事手法，他认为"帝王将相的业绩、悲惨的战争，应该用什么诗格来写，荷马早已做了示范"[3]；荷马"创出光芒万丈的奇迹……他的虚构非常巧妙，虚实参差毫无破绽，因此开端和中间，中间和结尾丝毫不矛盾"[4]。

2. 现代荷马研究

荷马史诗在中世纪几乎不为人所知。文艺复兴之后，特洛伊战争的事件以各种传奇的方式被挪用和改编到文学当中，例如乔叟、但丁、薄伽丘、莎士比亚等人的作品。荷马史诗作为特洛伊战争的最初叙事史也逐渐

---

[1] 参见 Richard Hunter, *The Measure of Homer：The Ancient Reception of the Iliad and the Odyssey*, Cambridge：University of Cambridge, 2018, pp. 20-21。
[2] ［古罗马］贺拉斯：《诗艺》，杨周翰译，人民文学出版社 1962 年版，第 155 页。
[3] ［古罗马］贺拉斯：《诗艺》，杨周翰译，人民文学出版社 1962 年版，第 141 页。
[4] ［古罗马］贺拉斯：《诗艺》，杨周翰译，人民文学出版社 1962 年版，第 145 页。

受到重视，各种现代校勘本和民族语言译本开始出现。① 在 16—17 世纪的古今之争当中，"崇今派"将荷马的叙事贬为原始、幼稚、矛盾和不合理的，并认为它描写的人物具有道德缺陷（例如阿基琉斯的极端怒气和复仇）；而"崇古派"也会认为维吉尔《埃涅阿斯纪》才代表史诗的最完美形式。② 18 世纪以来，伴随现代民族国家兴起而发展起来的历史—语言学才开始严肃对待和详细研究荷马史诗，尤其以德国古典学者沃尔夫的《荷马绪论》（1759）为典型代表。

沃尔夫被视为古典语文学的奠基人，也是荷马史诗"分析阐释"（analysis interpretation）范式的创始人之一。沃尔夫在新发现的《伊利亚特》抄件 A（Venetus A③）看到许多边注，他通过对比抄件、边注和通行本，提出古人可能会不断篡改荷马史诗的构想，正如当时的《圣经》研究者所做的那样。沃尔夫从文字起源（想象的神话起源）和书写（材料、字母表和抄写）发展的角度证明荷马时代没有文字，而且荷马史诗本身也缺乏跟文字和书写相关的用语，因而荷马史诗是口头文学而不是书面文学。沃尔夫认为，根本没有荷马这个人，即使有，他也只是创作一部分诗歌而不是全部荷马史诗，因为"诗人仅凭记忆来创造和传下这些史诗是不可信的"④。他继续论证到：荷马史诗是文字出现很久以后才被官方和私人零零散散记录

---

① 英国第一个《伊利亚特》校勘本由大主教乔治（George Bishop，1591）完成。早期英译荷马史诗比较著名的版本有：阿瑟·豪尔（Arthur Hall）译《伊利亚特》（1581），乔治·查普曼（George Chapman）译《伊利亚特》（1611）和《奥德赛》（1615），霍布斯（Thomas Hobbes）译《伊利亚特》（1676）和《奥德赛》1675），德莱顿（John Dryden）译《伊利亚特》（1700），蒲伯（Alexander Pope）译《伊利亚特》（1715）和《奥德赛》（1725）。法国第一个《伊利亚特》校勘本由克雷蒂安·威歇尔（Chrétien Wechel，1530s）完成，第二个则由纪尧姆·莫莱尔（Gillaume Morel，1560s）完成。法国第一个节译本是胡格斯·萨勒尔（Hugues Salel）的《伊利亚特》（1545，共 10 卷），阿玛狄斯·雅明（Amadis Jamyn）翻译另外 13 卷（1577），最终汇合为第一个全译本《伊利亚特》（1580）。

② 参见 Robert Fowler ed., *The Cambridge Companion to Homer*, Cambridge：Cambridge University Press, 2004, p.276。

③ Venetus A 据说是迄今为止发现最好的荷马史诗抄件，大约抄写于 10 世纪。1468 年红衣主教贝萨里翁（Bessarion）收集到该抄件，后来捐给威尼斯共和国图书馆。随后大约在 15 世纪 80 年代该抄件曾经被马丁努斯·斐勒提库斯（Martinus Phileticus）使用过，直到 1781 年该抄件又被德·维洛森（Dannse de Villoison）重新发现并整理出版（1788）。

④ F. A. Wolf, *Prolegomena to Homer* 1795, trans., Anthony Grafton, Glenn W. Most and James E. C. Zetzel, New Jersey：Princeton University Press, 1985, p.103.

下来的，直到亚历山大里亚学派搜罗各种抄件才汇编成型，因此非但荷马不是所有荷马史诗的创作者，甚至荷马史诗的艺术结构也是后世引入的。沃尔夫最后说道，由于古代抄录和校勘缺乏科学体系，古代语文教师、文法学家和批判家都是随意或依据个人的偏好来编订和阐释荷马史诗，因此校勘本越精良反而越容易破坏和玷污荷马史诗的原本面貌，"我们现在双手捧着的荷马不是在他那个时代的希腊人中脍炙人口的荷马，而是从梭伦到亚历山大里亚学派的时代经过各种改编、插补、修正和校订的荷马"①。

沃尔夫认为荷马史诗存在很多不一致的情况，例如《伊利亚特》第19—24卷的精神和语言的风格和特征跟之前有所不同，而且是全新的；《奥德赛》也是后来组合起来的，并不是原初就严格地组合在一起的；《奥德赛》与《伊利亚特》在思想和习惯用语方面存在差异，要么《奥德赛》的作者跟《伊利亚特》不同，要么只有一小部分是同一作者所作，它们最初并不是依据计划来设想的，甚至不是同一个作者。②

沃尔夫对荷马真实性、作者身份和荷马史诗的全面否定吸收了本特利（Richard Bentley，1662—1742，英国古典学者）③、维科（Giambattista Vico，1668—1744，意大利学者）④、沃德（Robert Wood，1717—1771，英国古典学者）⑤、赫尔德（Johann Gottfried Herder）、海伊涅（C. G. Heyne）等前人研究成果，并得到当时和后来许多主流古典学者的支持，包括洪堡（Alexander von Humboldt），赫尔曼（Hermann，1832，"On interpolations in Homer"），格劳特（G. Grote，1846，*History of Greece*），拉克曼（Lach-

---

① F. A. Wolf, *Prolegomena to Homer* 1795, trans., Anthony Grafton, Glenn W. Most and James E. C. Zetzel, New Jersey: Princeton University Press, 1985, p. 209.

② 参见 F. A. Wolf, *Prolegomena to Homer* 1795, trans., Anthony Grafton, Glenn W. Most and James E. C. Zetzel, New Jersey: Princeton University Press, 1985, 第二部分。

③ 本特利认为荷马史诗是松散的，直到五百年后（庇西斯特拉图斯时代）才编辑成文本形式，但其原初作者却是荷马本人。

④ 维科认为没有荷马这个人，荷马史诗也不是个人创作，而是全部希腊人民的杰作，这种集体性和原创性才彰显它们的伟大。

⑤ 沃德认为荷马史诗里面的场景和事件具有历史真实性，虽然荷马目不识丁，但他的口头创作与后世的文字创作有所不同，它具有无文字记忆的力量，而没有文字雕琢的机械。沃德说："博学和开化时代的口头传统大大误导了我们，如果我们从它们那里形成我们对那样一个时代（那时的历史没有别的资源）的判断。"参见 Robert Wood, *AnEssay on the Original Genius of Homer*, London, 1775, pp. 259-260。

mann，1847，"Studies on Homer's Iliad"），维拉莫维茨（Wilamowitz，1884，"Homeric studies"）等。① 分析阐释范式以语言学为基础，以历史主义为立场，从荷马延伸到赫西俄德、柏拉图、亚里士多德等一系列古代作家作品，甚至延伸到《圣经》研究领域，它试图最大程度地还原古代文本的原貌，可以说没有历史—语言学的努力，我们就无法获得对古代知识的更全面把握。然而分析范式在两个方面对荷马史诗构成致命的颠覆，其一是假定口头叙事无法创作鸿篇巨制，由此否定荷马作为荷马史诗的作者身份，将荷马史诗分解为许多人编撰的小篇幅诗歌，其二是从发展的角度来衡量荷马的叙事和伦理，将其视为原始的和初级的，进而否定了荷马史诗的神圣性和权威性。

然而，荷马史诗在其被阅读的任何历史时期都不缺乏拥趸，针对"分析范式"对荷马史诗的贬低和瓦解，许多学者同样利用现代科学从各层面证明荷马史诗的统一性，以及特洛伊战争和荷马身份的真实性。诸如歌德（Johann Wolfgang Von Goethe）、席勒（Johann Christoph Friedrich Von Schiller）、维兰德（Christoph Martin Wielands）此类的大作家和理论家，尽管深受沃尔夫的分析阐释的震撼，但内心还是宁愿相信荷马史诗的统一性和荷马的作者身份。② 尼茨（Gregor Wilhelm Nitzsch）通过对比成文与未成文传统、荷马史诗与其他史诗圈，指出《伊利亚特》和《奥德赛》不是单一的短诗的总和，而是长而完整的诗歌，由同一个作者有计划地创作，具有中心戏剧思想，因而荷马史诗自成一体。施里曼通过特洛伊遗址的科学发掘，确定特洛伊和特洛伊战争的真实性，颠覆了荷马史诗的虚构说。③ 真正立足于文本内部寻求荷马史诗统一性的努力在"一战"后才逐渐出现。斯各特（J. A. Scott）相信荷马史诗在创作中可能会改写了传统故事，但是自亚里士多德以来其情节完整性都得到了承认，因此他认为所谓的文本矛

---

① 参见 Adam Parry ed. *The Making of Homeric Verse*: *The Collected Papers of Milman Parry*, Oxford: Clarendon Press, 1971。

② 参见 John Adams Scott, *The Unity of Homer*, Berkeley, California: University of California Press, 1921, pp. 73-74。

③ 参见 John Edwin Sandys, *A History of Classical Scholarship*, Vol. III, Cambridge: The Cambridge University Press, 1908, pp. 105-106, p. 224。

盾和不一致不过是现代阐释者（尤其是沃尔夫）强加给荷马史诗的，并证明荷马史诗的内容一致，结构完美，情节连贯。①

随着俄国和法国的结构主义兴起和广泛运用到文学作品研究，荷马史诗的统一性在惠特曼发现的"环形创作论"当中得到根本性的证明。惠特曼认为，荷马史诗的叙事具有环形叙事的特点，所谓环形就是相同或相似的语言、概念、人物、主题、事件、时长等要素按照一定顺序出现，然后又以逆序方式出现，如此构成一个"环"（其基本形式是 A—B—C—B'—A'）。这种环形叙事几乎无处不在，小到几行诗句的人物对话或叙事，大到整本书的情节故事安排，因此构成大环套小环、环环相扣的奇妙结构。环形创作这种构造工具源于口头歌手将故事各部分简单连贯起来的需要，有利于歌手记住自己之前所说的，赋予作品环状和平衡；这种工具发展为建筑原则，跟几何艺术保持一致，它其实跟文本故事的意义没有太大关联。不过，荷马也将这种实践的工具作为一种艺术的工具，赋予自己著作以形状和清晰性。② 惠特曼从环形创作来论证《伊利亚特》的统一性，而迪莫克（George E. Dimock）则从形式统一和主题统一来证明《奥德赛》的统一性。迪莫克从奥德修斯之名的"痛苦"含义出发，确定痛苦是贯穿《奥德赛》任何地方的主题。这开创了"二战"以后从技术分析转向文学欣赏的先河。他认为，作为艺术品的诗歌统一性对应诗歌所描述的连贯世界，在荷马史诗的世界里名与物对应，每个人的名字都跟其本质匹配，进而论证在《奥德赛》里面没有任何多余、不连贯的地方。③ 不过，统一论者受到结构主义和形式主义的影响，主要关注荷马的叙事而忽略了荷马的伦理。

20 世纪影响最为深远的荷马研究范式是由帕里开创，经过洛德（Albert B. Lord）发展，最后由纳吉进一步拓展的"口头程式"理论。美国古典学者帕里并不是要解决"分析阐释"与"统一阐释"之间的长期论争

---

① 参见 John Adams Scott, *The Unity of Homer*, Berkeley, California: University of California Press, 1921, pp. 194-196。

② 参见 Cedric H. Whitman, *Homer and the Heroic Tradition*, Cambridge, Mass.: Harvard University Press, 1958, pp. 249-284。

③ 参见 George E. Dimock, *The Unity of the Odyssey*, Amherst: University of Massachusetts Press, 1989。

第1章 荷马史诗及其学述史

（直至今天），而是要解决荷马史诗的创作问题。他结合考古学和人类学方法，从南斯拉夫的田野调查中发现文盲歌手能够歌唱大量斯拉夫史诗，通过对比进一步发现，荷马史诗也属于口头诗歌创作，而且主要依据程式进行诗歌创作。帕里说："在吟游诗歌的措辞中，程式可以定义为：一种在相同韵律的条件下经常用于表达某种本质观念的表达方式。在某种观念中本质的东西是指拿掉所有风格上的附属物仍然保留着的东西。"[1] 比如"神圣的奥德修斯"，这个程式的本质就是"奥德修斯"，而"神圣的"不过是为了适应格律的需要而添加的修饰语。"修饰语不会通过其涵义为自己增加任何特有含义，即便它具有这种情况，我们也能够通过比较它在那里的使用与它在两部史诗其它诗行的使用，辨认出它的装饰含义。"[2] 程式语和修饰语的使用一方面是出于诗歌音韵的需要，为了满足诗歌的曲调而填词，通过固定的搭配来对应音韵和节奏，好比中国诗歌的对仗或词曲的词牌名；另一方面是为了使得口头表演能够吸引听众的注意力，正如歌曲的反复是为了使得听众知道哪些东西是所要表达的核心。正是在这个意义上，帕里表明在史诗中使用程式语既非谬误，亦非风格古怪，而是希腊口头史诗传统中诗歌创作的本质工具。帕里发现荷马史诗具有相同的修饰语及其用法，进而确定两部史诗完全是古代的，这也就是从现实调查和程式理论角度强有力地证明了荷马有能力凭借口头和记忆、利用传统形成的程式语和故事片段来创作史诗。[3]

继帕里之后，洛德将史诗创作分为程式、典型场景和故事范型这三个结构性层次；纳吉则考察荷马史诗的创编—演述—流布，美国学者弗里（John M. Foley）将史诗的文本类型分为"口头的或口传的，源于口头的，以及以传统为取向"的文本。[4] 很快，口头理论的运用从荷马史诗延伸到

---

[1] Adam Parry ed., *The Making of Homeric Verse：The Collected Papers of Milman Parry*, Oxford：Clarendon Press, 1971, p. 13.

[2] Adam Parry ed., *The Making of Homeric Verse：The Collected Papers of Milman Parry*, Oxford：Clarendon Press, p. 161.

[3] 参见 Adam Parry ed., *The Making of Homeric Verse：The Collected Papers of Milman Parry*, Oxford：Clarendon Press, pp. 189-190。

[4] 参见朝戈金《口头诗学》，《民间文化论坛》2018 年第 6 期。

其他古代口头诗歌，以及各民族国家的早期史诗，由此引起了口头诗学与书写诗学的大讨论，例如口头文学与书写文学的差异主要在什么地方，两者是否有本质差异，两者到底孰优孰劣，哪个才是文学的本质或发展方向，等等。甚至口头理论从史诗研究延伸到文艺学、古典学、语文学、人类学、信息技术、考古学、文化哲学等领域。早期口头理论要么将荷马的伦理问题置之度外，要么将叙事与伦理分离开来，直到纳吉才开始将荷马史诗的叙事与伦理结合起来。纳吉认为，在荷马史诗当中，没有一个完人的形象，最好的阿开奥斯人其实是在某个方面出类拔萃，而衡量英雄是否出类拔萃的统一标准在于荣誉，因此这种伦理完善是通过对观众的偏爱不断做出艺术回应才能获得，这些观众就是某个时代聆听英雄功绩的人。[①]

在伦理学研究方面，很多学者其实是以现代理性伦理的视角来理解荷马的叙事"伦理"，这种研究显然是犯了时代错置的错误。一种看法是荷马史诗里面存在很多不符合理性和逻辑的言行，它只是一种信念，一种彼此冲突的非理性的意见，因此其道德观其实是非道德的。第二种看法是荷马史诗里面宣扬那些凭借武力的"美德"，用拳头来实现"正义"，因此根本就是无道德的，例如许多人认为奥德修斯屠杀所有求婚者不过是原始复仇，而且这种复仇超出了正义而达到了令人恐怖的地步。第三种看法是所有道德都是相对的，这个文化体系被视为道德的东西在另一个文化中可能不是道德的，因此荷马史诗的道德只是那个时代和那个文化背景下的道德。第四种看法是荷马史诗强调的是价值而不是道德，它们主张竞争在价值上优越于合作。所有这些从道德哲学角度来理解叙事"伦理"都是片面的理解，因为这些思辨哲学抽离了荷马的叙事，抽离了荷马史诗的生活世界，从而无法触及荷马本人的伦理观。

---

① 参见 Gregory Nagy, *The Best of the Achaeans: Concepts of the Hero in Archaic Greek Poetry*, Baltimore: The Johns Hopkins University Press, 1979, p. 41。

第 2 章　叙事与伦理

第一节　当代叙事观

广义的叙事可以被定义为人创造和运用符号来描述生活世界和表达内心世界的活动，符号系统包括语音、文字、图画、肢体动作等，人类通过符号系统发展出文学、艺术、宗教、历史、哲学等文化形式。卡西尔（Ernst Cassirer）曾经把符号的创造和运用视为人类区别于其他动物的根本标志，他说："所有这些文化形式都是符号形式。因此，我们应该把人定义为符号的动物来取代把人定义为理性的动物。"[①] 就此而言，广义的叙事跟人类社会一样古老，当然这里所说的人类社会仅限于我们认知范围内的人类社会，因为我们只有通过符号系统和文化形式才能确证人类的起源和发展。狭义的叙事则是以语言（语音或文字）为媒介叙述生活事件和内在经验，通常来说，跟叙事活动相对的是论证活动，也就是人类的思维运用理性能力进行逻辑推理的论证活动[②]，毫无疑问，叙事活动比论证活动要早得多。已知人类最古老的叙事活动已有五千多年历史了，不过直到诗歌之后人类的叙事活动才算得上真正开端，毕竟世界各民族现存最古老的、真正发挥历史意义的叙事活动无一例外都是诗歌。

叙事始于人类社会活动，开端于诗歌，但叙事学是晚近几十年才发展起来的。叙事学是对叙事活动本身的自我意识和理论建构，我们必须从当代叙事学出发才可能获得对于叙事活动的意识和自觉，才能更清楚地对比

[①] ［德］恩斯特·卡西尔：《人论》，甘阳译，上海译文出版社 2004 年版，第 34 页。
[②] 参见赵毅衡《广义叙述学》，四川大学出版社 2013 年版，第 1 页。

古今叙事活动和叙事思想的差异，才能更清楚荷马史诗本身的叙事和伦理。当代叙事学（narratology）经历了两个重要发展阶段。第一个阶段是20世纪60年代以来，法国结构主义以索绪尔（Ferdinand de Saussure）语言符号学作为其理论基础，吸收20世纪20年代俄国形式主义的人类学和社会学研究，形成以叙事和叙事者为核心的语言形式框架，建立起逐渐代替传统小说理论的叙事学。① 正如语言作为一种活动有自身的语法、结构、功能和规则一样，叙事（文学作品）作为一种语言活动，应该也有自身的语法、结构、功能和规则。叙事学不再关心作者与作品、作品与外在环境的关系。第二个阶段是20世纪80年代以后的叙事学转向，形成了以女性主义叙事学、修辞性叙事学、认知叙事学等各种跨学科流派为主的"后经典叙事学"。② 后经典叙事学是在新技术和新媒体背景下产生的，它涉及后现代主义的政治批评和文化研究，注重语境——文化的跨学科研究，将叙事学的研究与女性主义文评、精神分析学、修辞学、计算机科学、认知科学等各种其他学科相结合，凸显出无综合性、无等级和怪异性。③

法国著名结构主义学家茨维坦·托多罗夫（Tzvetan Todorov, 1939— ）在其专著《〈十日谈〉语法》（1969）中率先提出"叙事学"（narratologie）这个概念，他把叙事学视为一门"关于叙事作品的科学"。该书从结构上类比叙事与语言：人物被看作名词，人物特征被看作形容词，人物行动被看作动词。从这一角度来看，每一个故事都是一个延伸了的句子，以不同方式将各种成分组合起来。④ 在《散文诗学》当中，托多罗夫从俄国形式主义那里获得两个放之四海皆准的叙事方面，一个是素材（fable），指生活当中发生的事件，另一个是主题（sujet），指作者呈现素材的方式。⑤ 他进一步建立自己的叙事学理论：（1）叙事学研究对象是叙事作品而不是作品

---

① 参见［美］华莱士·马丁《当代叙事学》，伍晓明译，北京大学出版社2005年版，第1—17页。
② 申丹、王亚丽：《西方叙事学：经典与后经典》，北京大学出版社2010年版，前言。
③ 后叙事学的这三个基本特征，参见［比］吕克·赫尔曼、［比］巴特·维瓦克《叙事分析手册》，徐强等译，中国人民大学出版社2020年版，第132—145页。
④ 参见申丹、王亚丽《西方叙事学：经典与后经典》，北京大学出版社2010年版。
⑤ 参见［法］茨维坦·托多罗夫《散文诗学：叙事研究论文选》，侯应花译，百花文艺出版社2011年版。

背后的生活事件;(2)研究叙事作品并不是描述每个作品的主题,而是从作品的主题中找出一些共同的叙事结构,因为叙事结构才是决定主题(或情节)的要素;(3)对叙事结构进行句法研究、主题(或情节)研究和修辞研究。[①] 托多罗夫的结构主义叙事学具有典型的二分法特征,例如叙事中的生活与叙述,叙述中的主题与话语,话语中的语法与结构和句法等。在这样的二分法当中,他发展出一种独立于历史主义、现实主义和逻辑分析的叙事学方法,不再强调文本的时代、环境和生活世界。

法国文学批评家热拉尔·热奈特(Gerard Genette)是经典叙事学的代表人物之一,他在其1972年出版的《叙事话语》中进一步区分出叙事(narrative)的三层含义。第一层含义是陈述(statement)和话语(discourse),它构成一个口头或书面的文本(text),讲述一个事件或一系列事件,例如奥德修斯向费埃克斯人所讲的故事,或抄写这些故事的《奥德赛》第9—12卷。叙事的第二层含义是作为这种话语之对象的一连串事件(events),以及事件之间连贯、反衬、重复等不同的关系,这些真实或虚构的事件和关系构成故事(story),例如奥德修斯从特洛伊沦陷到卡吕普索岛上的流浪经历。叙事的第三层含义是对这些事件的叙事(narrating)活动本身,它是讲故事得以生成的情境,例如奥德修斯的冒险时而由荷马讲述,时而由奥德修斯本人讲述,这种叙事话语是由讲述活动所产生的。[②] 热奈特将叙事还原为三个要素,包括作为能指的文本(由陈述或话语构成)、作为所指的故事(由事件及其关系构成)以及作为情境的叙事活动(由叙事者完成)。这个三要素划分的理论基础显然是直接挪用了索绪尔的语言符号学理论,因为索绪尔认为,语言包含"能指(符号)、所指(符号意义)和言语(符号表达)"三要素。

与热奈特相仿,荷兰文学批评家米克·巴尔(Mieke Bal)将叙事划分为文本(text)、故事(story)和素材(fabula)三个要素,他说:"叙事文本是叙述行动者或主体用一种特定的媒介,诸如语言、形象、声音、建筑

[①] 参见[法]茨维坦·托多罗夫《叙事结构分析》,田佳友、蒋瑞华译,《文艺理论研究》1989年第4期。

[②] 参见 Gérard Genette, *Narrative Discourse: An Essay in Method*, trans., Jane E. Lewin, Foreword by Jonathan Culler, New York: Cornell University Press, 1980, pp.25-26。

艺术，或其混合的媒介向叙述接受者传递（'讲'给读者）故事的文本。故事是这一文本的内容，它使素材具有特定的表现形式，曲折变化并富于'色彩'，使素材以一种特定的方式呈现出来。素材是按照逻辑和时间先后循序串联起来的一系列由行为者所引起后果经历的事件。"① 巴尔所说的素材主要是作为故事组成部分的事件，以及事件组成故事的方式（行为者，时间和场所），并将叙事者和叙事活动纳入"文本"要素，因此其理论只是跟热奈特采取不同视角来考察叙事，并无根本性的区别。

从以上叙事学家对于叙事的定义可以观察到他们的基本主张：叙事者比作者重要，文本比故事重要，故事的构造方式比故事的意义重要。当代叙事学区分作者与叙事者，它几乎完全不关心作者身份问题，而是认为叙事者身份的表现程度和方式构成文本独有特征，因此它将作者的主体性排除在叙事要素之外，消除作者作为文本和故事的意义的源泉。罗兰·巴特（Roland Barthes）在《作者之死》（1968）中认为作者的情感、思想、体验不再是文本意义的唯一源泉，甚至不是文本的起源和主题。福柯（Michel Foucault）在《什么是作者》（1969）中认为作者不是个人和主体，将作者的心理概念、意图、来源和意义排除在文本之外，并强调意义需要读者来构建。叙事学区分文本与故事，故事是以"文本"为媒介来"安排"想象性的"素材"的产物，故事之所以能够打动人并不是故事的内容，而是文本的效果和安排故事的方式。故事的构造方式是体现叙事独特性的关键点，这些构造方式包括时间、空间、顺序、人物等方面的安排，因此当代叙事创作或叙事研究都强调形式上和结构上的独特性。华莱士·马丁（Wallace Martin）指出，叙事学一方面在各种事件中寻找事件相互联系的因果关系，另一方面通过人类学、神话学的类比研究发现各民族早期叙事其实有相同或类似的故事结构，从而假定能够在叙事中抽离或创造出意义，也就是发现人类行为的一般规律和普遍法则。②

---

① ［荷］米克·巴尔：《叙述学：叙事理论导论》，谭君强译，北京师范大学出版社2015年版，第3页。
② 参见［美］华莱士·马丁《当代叙事学》，伍晓明译，北京大学出版社2005年版，第193页。

诚然，文本注定会脱离作者，而且能够比作者存活更久。因为作者是有生命的个体，而生命是终有一死的，但文本是抽离了现实世界的符号，符号则由于特定群体的普遍和持续使用而获得超越时空的相对稳定性。但是我们必须意识到，符号本身的意义虽然是普遍的，但文本作为符号组合体的意义却是特殊的，因为文本是作者的特殊情感或思想的产儿，所以作者才会像父母爱自己的孩子那样爱自己的文本。[①] 文本即使脱离了作者，仍然保留着作者情感和思想的基因，因此文本（文字）是"技艺和智慧的药"（柏拉图《斐德若》274e），对于作者而言，这是唯一可供选择以抵抗个体生命死亡的解药，因而是其个体形而上学的一种独特表达方式，对于读者而言则极可能是解药也是毒药。[②] 文本的意义对于读者而言是不同的，但是这种不同却是对作者赋予文本的意义不同阐释所造成的。纵然"一千个读者有一千个哈姆雷特（Hamlet）"，这里仍然是对一个哈姆雷特的不同阐释而不是对一个安提戈涅的不同阐释，仍然是对一个《哈姆雷特》作者莎士比亚的阐释，而不是对一个《安提戈涅》（Antigone）作者索福克勒斯的阐释。决定阐释的首要、重要和核心要素在于哈姆雷特和莎士比亚，而不是那一千个、一万个读者；无论读者的阐释有多么独到、精辟和深刻，这些阐释必须依附于哈姆雷特和莎士比亚，一旦读者以为可以摆脱哈姆雷特和莎士比亚而独立自由地阐释，那么他要么不必阅读《哈姆雷特》，要么只是从《哈姆雷特》里挖出他自己预先埋进去的东西。因此，所有试图专注文本独立性来抹除作者主体性的叙事理论，不过是在反对"作者"形而上学的同时转向"读者"的形而上学罢了。文字和文本不等于记忆和智慧，否则将字典背诵得滚瓜烂熟的人、对文献名目如数家珍的人，乃至于读书破千万卷的人将为记忆最好的和最富智慧的人。此外，仅仅关注文

[①] 参见［古希腊］柏拉图《理想国》（330c），何祥迪译，云南人民出版社 2021 年版。
[②] 德里达（Jacques Derrida, "Plato's Pharmacy", in *Dissemination*, trans., Barbara Johnson, Chicago: Chicago University Press, 1981, p. 98.）完全将作为文字的药视为毒药，以为破除文字中心主义就可以解除传统形而上学的毒害。这只能表明他看不到药也具有解药的性质，既误解了药的功能，也误解了文字的功能，更狭隘地理解了形而上学，以至于造成他本人不可避免的矛盾，他必须吃药以抗拒生老病死，他必须写作以表达自己的观点，他必须将这些观点重新设定为新的形而上学。

本本身不仅会给作者带来危险，也给读者带来危险，因为文本会传到适合的读者和不适合读者手中，不适合的读者可能会因为文本影响而加速败坏自己的品性，也可能会因为误解和曲解文本意义而攻击和批判作者。[1]

三十年河东，三十年河西。20世纪80年以来，结构主义受到后现代主义的挑战，作为结构主义上层建筑的叙事学也遭到批评和舍弃，催生出所谓的"后经典叙事学"转向。不过，后经典叙事学只是表面上批评和舍弃叙事学，实际上却以更加激进的方式延续和推进了叙事学，它在否定作者主体性的基础上进一步否定文字文本，强调读者阐释的可能性，以及叙事的"语境—文化"特征。英国教授柯里（Mark Currie）以"一切都是叙事、都是文本"为基础将叙事学扩展到社会学；美国教授赫尔曼（David Herman）提出"叙事学不再专指结构主义文学理论的一个分支，它现在可以指任何根据一定原则对文学、史籍、谈话以及电影叙事形式进行研究的方法"[2]；德国教授纽宁（Ansgar Nünning）甚至总结归纳出16类语境叙事学[3]。我国叙事学家[4]赵毅衡也提出"一个叙述文本包含由特定主体进行的两个叙述化过程：（1）某个主体把有人物参与的事件组织进一个符号文本中。（2）此文本可以被接收者理解为具有时间和意义向度"[5]。赵毅衡这个定义包含了"叙事主体、人物、事件、符号、文本、接受主体、内在时间和意义向度"这八个要素，跟其他叙事学家略有不同，他更注重叙事在叙事者、文本和接收者之间的互动性和变化性，进而将叙事理解为"文化的人的更根本性的表意行为"[6]。

后经典叙事学将叙事学研究方法和原则从文学领域扩大到其他诸多

---

[1] 参见［古希腊］柏拉图《斐德若》(274e—275e)，载《柏拉图四书》，刘小枫编译，生活·读书·新知三联书店2015年版。
[2] 谭君强：《叙事学研究：多重视角》，中国社会科学出版社2018年版，第16页。
[3] 参见谭君强《叙事学研究：多重视角》，中国社会科学出版社2018年版，第17页。
[4] 赵毅衡教授提出，应该将narration翻译为"叙述学"而不是"叙事学"，关于"叙述"与"叙事"这两个概念之翻译和使用的讨论可以参见赵毅衡《"叙事"还是"叙述"？——一个不能再"权宜"下去的术语混乱》，《外国文学评论》2009年第2期；申丹《也谈"叙事"还是"叙述"》，《外国文学评论》2009年第3期；孙基林《"叙事"还是"叙述"？——关于"诗歌叙述学"及相关话题》，《文学评论》2021年第4期。
[5] 赵毅衡：《广义叙述学》，四川大学出版社2013年版，第7页。
[6] 赵毅衡：《广义叙述学》，四川大学出版社2013年版，第8页。

学科领域，大大拓展了叙事学研究范围；同时又将马克思主义、殖民主义、女性主义、非自然主义等研究视角纳入叙事学研究当中，使得叙事学研究视角实现多元化和多样性；还将文本与语境结合起来，强调被经典叙事学排除在外的文化、意识形态、传记、社会地位等因素对于阐释文本的重要性。传统叙事在历史主义的批评下土崩瓦解，当代叙事学在批评历史主义的前提下诞生，却最终踏上了历史主义发展出来的语境主义道路。所谓的后经典叙事学不可避免要走向泛叙事化、相对主义和虚无主义。当一切都是叙事时，其结果就是无所谓叙事；当一切叙事的阐释都必须依赖特定语境，其结果就是无所谓阐释。我们必须超越叙事的泛化论，超越以种种"学"或"主义"来阐释文本和理解叙事当代叙事学，而超越当代叙事学的方式要么是依据叙事的未来，要么是返回叙事的原意。既然我们不是先知，也难以确定谁是先知，那么最稳妥的办法就是返回叙事的原意。

叙事学的产生、发展和广泛运用为理解叙事提供重要启示，但是叙事学仍然不足以全面把握叙事，甚至无法把握叙事的本质。当叙事学试图以"学/理"（logos）的方式来揭示叙事（narratio）的结构（structus）时，它就已经变得非常狭隘和自相矛盾了，因为抽象的、普适的、理论化的"学"根本无法把握具体的、个性的、非理论化的叙事。

第二节 古代叙事观

荷马史诗是西方现存最古老的文献，因此荷马史诗是目前所知西方狭义的叙事活动的开端。荷马史诗研究在古希腊已经开始，而且对于"叙事"术语的运用在古希腊古典时代逐渐流行起来了，因此，虽然古希腊作家们没有现代叙事学的自觉意识和理论，但是他们也广泛讨论过叙事和荷马史诗的叙事。古代叙事观尤其体现在希罗多德、柏拉图和亚里士多德关于"叙事"术语和概念的运用和讨论当中。

起初荷马和赫西俄德被称为吟游歌手（ἀοιδός），后来古希腊史学之父希罗多德将他们称为诗人（ποιητής）。希罗多德并非首创 ποιητής（制作者）这个词语，而是首次将ποιητής从广义的制作者（工匠）转向狭义的制作者（诗人），因此他可以被视为古希腊诗学的创始者之一。① 根据希罗多德的朴素诗学用法，叙事包含叙事活动（ἀφηγέομαι）和叙事内容（ἀπήγημα或ἀπήγησις）两层含义。动词ἀφηγέομαι作为叙事活动的主要含义是"告诉、讲述、描述和叙事"。例如希罗多德记载了关于美图姆那（Methymna）的阿利昂（Arion）的传奇故事：阿利昂是当时举世无双的竖琴手，他在西西里（Sicily）赚得盆满钵满，于是雇了一艘科林斯（Corinth）的商船打算荣归故里；水手们觊觎他的财产而在归途中逼迫他跳海自尽，阿利昂请求在他跳海之前允许他歌唱一曲阿波罗赞歌；当他唱完后便纵身跳入大海，不过他被一条海豚驮回了科林斯；待他回到科林斯后便向人们"讲述"（ἀπηγέεσθαι）他所经历的这些事情。② 名词ἀφηγέομαι或ἀπήγησις作为叙事内容的主要含义是"事情、故事、描述"。例如希罗多德说他曾经从埃及祭司那里听到关于埃及历史神话的各种说法，但是他认为任何地方的人对诸神的了解其实都是很少的，所以他并不相信埃及人这些说法，于是他说自己在写《历史》这部书时除了提到埃及诸神的名字之外，并不打算重述埃及人所说的"关于他们诸神的故事（ἀπηγημάτων）"③。希罗多德说："捉鳄鱼的办法是多种多样的。我现在只来谈在我看来是值得描述（ἀπήγησις）的那一种。"④

值得注意的是，除了在希罗多德的诗学当中特指叙事活动和叙事内容，ἀφηγέομαι在日常生活用语中还有"先走、带队、引导、指引和领导"等意义。⑤ 这暗示这个词具有政治、道德、教育等层面上的指导功能，也就是说叙事原初含义就是带有伦理目的的讲故事。一个人向另一个人讲述

---

① 参见刘小枫《希罗多德与古希腊诗术的起源》，《文艺理论研究》2019 年第 1 期。
② 参见［古希腊］希罗多德《历史：详注修订本》（1.24.6），徐松岩译注，上海人民出版社 2018 年版。更多故事参见《历史》（1.2.1；2.49.1；2.65.2；1.185.1）。
③ ［古希腊］希罗多德：《历史：详注修订本》（2.3.1），徐松岩译注，上海人民出版社 2018 年版。
④ ［古希腊］希罗多德：《历史：详注修订本》（2.70.13.125.3；5.65.3），徐松岩译注，上海人民出版社 2018 年版。
⑤ 参见 Henry George Liddell, Robert Scott comps., *A Greek-English Lexicon*, *Revised by Henry Jones*, *Roderick Mckenzie*, New York: Oxford University Press, 1996, pp. 287–289。

第 2 章 叙事与伦理

一个事件，无论是自己经历的事件还是听到的事件，一方面，所讲的事件应该是超出日常生活经验的，能够让听众感到特殊、陌生和神奇的事件；另一方面，讲故事的人必定会将自己的感受、想象、认识和理解融入这些故事当中，并通过这些故事来指导听众朝向更好的道德，例如阿利昂所讲的故事肯定包含对邪恶水手的惩罚和对善良的自己的奖励。

在希罗多德这种朴素诗学的基础上，柏拉图建立了一套更为系统和精微的诗学。他先从思辨哲学的角度严格区分了诗歌应该"讲什么"与"怎么讲"，然后将"怎么讲"划分为叙事与模仿这两个范畴。柏拉图的诗学对于当时的希腊人来说是比较新颖的，当《理想国》的苏格拉底（Socrates）试图做出这种区分和划分时，连具有文艺性质的阿得曼托斯（Adeimantus）也表示不理解，因此苏格拉底不得不解释什么是叙事与模仿。苏格拉底的观点主要体现在以下这几段话当中：

> 那些讲故事者（μυθολόγων）或诗人（ποιητῶν）所说的一切，岂不是叙事（διήγησις）已发生、或正生成、或将出现的［东西］？……他们肯定是通过叙事或模仿（μιμήσεως）二者之一来完成，或者通过二者来完成？①
>
> 当他［荷马］说出每个言辞，当他说出这些言辞之间的［话］，这就是叙事？②
>
> 他凭借声音或凭借形象，让他自己跟其他人相似，这是模仿任何他要与之相似的那家伙吗？……在这些情形当中，这位［荷马］和其他诗人似乎就通过模仿来制作叙事。③ 如果诗人没有在任何地方隐藏自己，他整首诗歌和叙事的产生就没有采用模仿。④
>
> 诗歌和讲故事（μυθολογίας）：一种是完全借助模仿，正如你所说的悲剧和喜剧；另一种借助诗人自己的报告，你会发现它在酒神颂诗

---

① ［古希腊］柏拉图：《理想国》（392d），何祥迪译，云南人民出版社 2021 年版。
② ［古希腊］柏拉图：《理想国》（393b），何祥迪译，云南人民出版社 2021 年版。
③ ［古希腊］柏拉图：《理想国》（393c），何祥迪译，云南人民出版社 2021 年版。
④ ［古希腊］柏拉图：《理想国》（393c-d），何祥迪译，云南人民出版社 2021 年版。

当中尤其如此；还有一种是借助两者，在史诗和其它许多诗歌当中［正是如此］。①

根据苏格拉底这里的用法，叙事（διήγησις）包含三层含义。第一层是作为讲故事这个叙事活动（διηγέομαι，narrate），意思是讲述和报告，这一点跟希罗多德相同。第二层是作为一种艺术表现手法的叙事（διήγησις，narrative），意思是诗人以自己的口吻来讲述和报告，而且叙事与模仿构成区分各种诗歌类型（史诗、戏剧、酒神颂诗）的两种艺术表现手法。叙事与模仿的区别类似于第三人称视角与第一人称视角的区别。第三层是作为一种文学体裁的叙事（διήγησιν，narration），也就是诗歌本身或神话故事（μυθολογίας），其素材包括节奏、韵律、音调、歌词等。值得注意的是，希罗多德使用ἀφηγέομαι一词表示叙事，而柏拉图则使用διήγησις这个术语表示叙事，但是柏拉图的διήγησις的三层含义包含并拓展了ἀφηγέομαι的双层含义，他为叙事增加了艺术手法和特指诗歌的含义。柏拉图并没有像当代叙事学那样拆分文本与故事。他不在文本作者之外虚构出文本叙述者（或隐含、暗含、暗示的作者），而是将所有叙述都视为诗人的制作，并强调诗人、故事与听众的相互关系。他也不把故事拆解为一系列事件（行动）及其关系，而是强调故事如何通过良好曲调（包括歌词、音调和节奏）塑造听众的好习惯和好品质。②

目前有关柏拉图诗学的分析往往存在几个错误和片面之处。其一是认为柏拉图将诗歌的本质理解为"模仿"。③ 恰恰相反，柏拉图是用"叙事"来定义诗歌，把"叙事"和"模仿"视为"叙事"（讲故事）的两种不同表现手法，它们的区别在于作者以自己的口吻与人物的口吻来"叙事"，类似于第三人称视角与第一人称视角的区别。其二是认为柏拉图依据"真理"标准谴责模仿的"虚假"，以及依据城邦正义的原则谴责模仿的错误、

---

① ［古希腊］柏拉图：《理想国》（394c），何祥迪译，云南人民出版社2021年版。
② 参见［古希腊］柏拉图《理想国》（396b-c），何祥迪译，云南人民出版社2021年版。
③ Nickolas Pappas, *Routledge Philosophy Guidebook to Plato and the Republic*, 2nd edition, London and New York: Routledge Taylor & Francis Group, 2003, pp. 51-52.

低级、多样化和不审慎。事实上，柏拉图并未批判叙事这种诗歌表现手法，他对模仿的批评和审查也是有所保留的，他承认用恰当的方式模仿好人物（好性格）有助于塑造公民的好习惯和好品质。其三是未能看到柏拉图也用"戏剧"的形式来创作哲学，进而未能深刻发现叙事与理性之间的张力问题。也就是说，在理解什么是真善美的层面上，理性与叙事从根本上是相互冲突的，但是在引导公民朝向真善美方面，叙事与理性却是互补的。

继柏拉图之后亚里士多德也讨论了叙事与模仿，但是其看法有所不同。亚里士多德在《修辞学》中将演说划分为法庭演说（针对过去）、政治演说（针对未来）和炫耀演说（也称葬礼演说，针对当下），而法庭演说包括"叙事"（διήγησις）和"证明"（ἀποδείξαι）两部分，而其他演说则基本不用叙事或无法使用叙事[1]，因为叙事是对于过去发生的事情的叙述[2]。他进一步就如何在法庭演说中安排叙事提供了必要的指导意见：（1）叙事应该按照一个个小片段进行，以便让听众（陪审员）容易记住和理解；（2）叙事"应该表现人物的习惯（伦理）"（ἠθικὴν δὲ χρὴ τὴν διήγησιν εἶναι）[3]，其中一个方法就是揭示人物的意图和目的；（3）叙事应该取材于跟感情相关的事情，叙述某个行为的后果、人所共知的事情以及论辩双方的差异。《修辞学》的叙事仅限于讲述已经发生的事情，尤其注重揭示影响人物行动的习惯和情感，这种关于"叙事"的用法也部分反映在《诗学》当中。

在《诗学》中，亚里士多德将艺术定义为模仿，不同艺术类别的差异在于其通过什么（媒介）用什么（方式）模仿什么（对象）。就"用什么"（方式）而言，诗人可以自己口吻来叙事，也可以按照人物行动来模仿。[4] 也就是说无论采取叙事、模仿还是两者混合都属于模仿的艺术。[5] 亚

---

[1] 参见［古希腊］亚里士多德《修辞术》（1414a37-38），颜一译，收入《亚里士多德全集》（第九卷），中国人民大学出版社1994年版。
[2] 参见［古希腊］亚里士多德《修辞术》（1417B10-15），颜一译，收入《亚里士多德全集》（第九卷），中国人民大学出版社1994年版。
[3] 参见［古希腊］亚里士多德《修辞术》（1417a16），颜一译，收入《亚里士多德全集》（第九卷），中国人民大学出版社1994年版。
[4] 参见［古希腊］亚里士多德《诗学》（1448a20-25），陈中梅译注，商务印书馆1996年版。
[5] 参见［古希腊］亚里士多德《诗学》（1459a16），陈中梅译注，商务印书馆1996年版。

里士多德提到"史诗是叙事的模仿"（διηγηματικὴν μίμησιν ποιοῖτο）[1]，不仅能够通过叙事（τὸ διήγησιν）来描述许多已经和正在发生的事情[2]，还能够利用英雄格律来叙事模仿，由于英雄格律最庄重和最有分量，因此最能容纳外来词和隐喻词，在这点上叙事模仿亦胜过其他模仿。[3]

可见，在亚里士多德的用法中，叙事是针对过去发生事情的陈述，而模仿是针对未来可能发生的事情的行动，因此他认为诗歌比历史更富有哲学意味。柏拉图把诗歌定义为叙事，其表现方式要么是通过叙事，要么是通过模仿，要么是通过两者的混合；而亚里士多德则把诗歌定义为模仿，其表现方式要么是通过叙事，要么是通过模仿，要么是通过两者的混合。这两者的区别体现出他们对于诗歌认识的偏差，柏拉图从史诗角度来理解和衡量戏剧和其他诗歌，认为史诗比戏剧更值得严肃对待；而亚里士多德则从戏剧角度来理解和衡量史诗等其他诗歌，认为戏剧是诗歌发展的完美体现。这种诗学差异也根植于他们的本体论和生成论。柏拉图将理念视为比现实事物更完美的存在者，认为现实事物模仿理念而产生却不如理念，因此他也认为被模仿的史诗显然比那些模仿史诗的诗歌更完美。亚里士多德则将现实事物视为潜在的事物本性的实现，因此后来发展出来的作为诗歌成熟阶段的戏剧显然比更早的史诗更能实现诗歌的本性。

现在可以看到，古希腊诗学的叙事观有明显的发展变化。叙事最初在日常用语中主要是"讲述"自己的个人经历、经验、体验和传闻。从希罗多德开始，这些叙事的经历、经验、体验和传闻构成"事件和故事"，叙事者通过这些"事件和故事"对听众进行引导和教育。在柏拉图那里，"叙事"被提升到文学的专有术语，诗人以"叙事"的艺术手法创作故事，并在表演中"叙事"这些故事，以便达到从情感上满足听众需要的效果。对于亚里士多德而言，叙事一方面从多元的文学术语演变成仅仅作为一种跟模仿相对的诗歌表达方式，另一方面则从文学虚构领域拓展到现实生活的法庭论辩，也就是当事人在进行法庭论辩时对已经发生的事件进行叙事。

---

[1] 参见［古希腊］亚里士多德《诗学》（1459b33-36），陈中梅译注，商务印书馆1996年版。
[2] 参见［古希腊］亚里士多德《诗学》（1459b27），陈中梅译注，商务印书馆1996年版。
[3] 参见［古希腊］亚里士多德《诗学》（1459b31-36），陈中梅译注，商务印书馆1996年版。

不管"叙事"这个概念的内涵在古希腊思想家那里如何变化，不管叙事是作为一种手段、文体还是活动，叙事始终是跟作者相关的，它是作者有意识地选择的行为、方式和产品。由于作者和听众都是生活世界的实体，因此围绕作者和听众展开的叙事活动必定涉及生活世界：它源于生活，表现生活，也为了生活。不管人们是用生活规则来批判叙事规则（柏拉图），还是用艺术规则来批判生活规则，这都充分表明叙事不仅有语言规则，也有艺术规则（它构成诗歌有别于历史和哲学的核心要素），还会受制于文化、传统、风俗这些社会的生活规则。当代叙事学更倾向于研究叙事的语言规则，但是语言规则虽然像语法和逻辑那样具有普遍性，却不能构成任何行动的动机和理由。"我爱你"与"你爱我"由于语法规则和语法功能而具有不一样的意义，但是这些规则和功能本身不会指向"我真的（唯一）爱你""我应该爱你"等伦理含义。在柏拉图和亚里士多德的诗学中，叙事伦理的问题已经开始出现，尽管他们都把理性伦理置于叙事伦理之上，但是他们都认为叙事不可能超越于伦理之外，叙事应该担负起伦理的任务和职责。一方面，他们探讨了好的叙事应该是什么样子，也就是规定了叙事本身的伦理要求，笔者将把这种艺术规则、叙事活动的规则、好叙事的条件定义为"叙事"伦理（ethics of narration）。另一方面，他们也要求叙事必须服务于塑造好人物和好情节，以便达到教育好公民的政治目标，笔者将这种生活规则、人物活动的规则、好叙事的目的定义为叙事"伦理"（narrative ethics）。

第三节　叙事伦理

1. 叙事与伦理的分离

叙事伦理虽在古希腊就开始得到实践和理论探讨，但是基督教的兴起使得《圣经》以外的文学和文学批评迅速衰落，因为基督教将《圣经》以外的文学的功能视为非道德的，也就是认为异教文学仅供人们在闲暇之余满足审美趣味罢了。正如耶格尔（Werner Jaeger）所言："伦理与审美在早期希腊思想中密不可分,两者的区分是相对较晚才兴起。……'诗歌于生活无益'这种观念首先在古希腊政治理论中出现,最后是基督教徒教导人们仅限于从审美标准来鉴赏诗歌——依据这个标准,他们就能拒斥古典诗人的道德和宗教教导,视之为错误的和邪恶的,却可以接受他们作品的形式因素,视之为审美上是有益和愉悦的。"①

至现代社会,科学兴起导致宗教衰落,小说兴盛导致诗歌衰落,而现代叙事则日渐发达。不过,现代叙事虽然具有叙事的意识和自觉,却没有在宗教伦理衰落的同时建立伦理,反而以科学主义的姿态远离和拒斥伦理。早在现代叙事学方兴未艾之时,美国芝加哥大学教授布斯(Wayne Clayson Booth)就指出它具有脱离了生活和伦理的苗头,他在《小说修辞学》(1961年)中指出:"我们无法将道德问题看作与技巧毫不相关而置之不谈"②,"当人们的行动被赋予形式,创造出一部艺术作品的时候,创造出来的形式就永远脱离不了人的意义,其中包括每当人行动时就暗含于其中的道德判断"③。

布斯的小说修辞学正是批判所谓纯粹现实主义、科学主义、非人格化和戏剧式的创作立场,这种立场认为作者应该避免任何先入之见,应该像所观看到的那样超然地描述事件。布斯认为虚构与现实、虚构事件与现实道德、虚构作品与作者道德责任之间都有潜在关系,因为作者的选择、视角和描述注定作者是在场而不是超然的,作品人物的言辞、思考和行动注定带有道德信念和倾向,以及读者在阅读和理解作品时必定会对人物有道德上的期待和判断——例如期待一个人因某种道德因素而成败,或者根据道德因素判断一个人的言行及其结果。在布斯看来,修辞并不是一种简单的语言技巧,而是一种文化和道德的表达方式;修辞绕不开文化和社会的背景,同时也反映着人类的价值观和行为规范;因为作者通过选择和运用修辞手法来表达自己的价值观和态度,进而影响读者的理解和态度。因此

---

① Werner Jaeger, *Paideia: The Ideals of Greek Culture*, Volume I, trans., Gilbert Highet, Oxford: Basil Blackwell, 1964, p.35.
② [美] 韦恩·布斯:《小说修辞学》,付礼军译,广西人民出版社1987年版,第390页。
③ [美] 韦恩·布斯:《小说修辞学》,付礼军译,广西人民出版社1987年版,第409页。

第2章 叙事与伦理

修辞和道德在小说中是密不可分的。具体来说,《小说修辞学》通过对各种修辞手法的分析,如对比喻、隐喻、象征的分析,凸显这些手法背后的道德和文化内涵。例如,比喻不仅可以使语言更加形象生动,还可以隐含作者的道德观和社会批判。相反,如果比喻不得当,就达不到表达的目的,并产生负面影响。再比如,在道德问题上,小说中人物的塑造和情节的发展也会通过修辞手法来体现。比如反讽手法,通过使用虚假的语言或行动来表达讽刺和批判,进而强调小说中的道德问题。布斯当然不是鼓吹文学只是道德的工具,而是表明根本不存在所谓独立于道德的客观性文学,这就强有力地驳斥了客观主义叙事理论的自欺欺人,并表明叙事伦理的可能性。

现代叙事学接过写实主义创作的接力棒,以拒斥作者意图和作品社会性来割裂叙事与伦理的关系。正如德国学者纽宁所抱怨的那样:"乍看起来,叙事学与伦理批评似乎同床异梦,甚至在关于叙事虚构作品的研究路径上分道扬镳。发端于二十世纪六十年代的经典叙事学主要聚焦于叙事作品的形式与结构特征,在很大程度上忽视了语境、历史、阐释、规范以及价值等问题;伦理批评也并未过多关注叙事形式和叙事技巧,相关学者也未能常从叙事学概念和模式中受益,因此回避涉及以叙述、聚焦、多视角、复调为叙事再现形式的话题以及范式与价值方面的对话和合作。"[①]

当代叙事学试图建立一种"科学"的叙事理论,试图像科学描述事物现象那样达到"客观性",其结果要么是使得伦理变得不可能,要么是把伦理问题从叙事领域分离出去,因为它只能看到或描述一个叙事"是"什么,而看不到或不愿意描述一个叙事"应该"是什么。事实与价值的分离是现代科学主义的弊病,施特劳斯(Leo Strauss)在批判现代科学主义时正确地指出了这个问题:"社会科学家引以为豪的是,只理解而不作褒贬。然而,没有一个概念框架或参照物,他就无法去理解"[②],"拒绝价值判断

[①] 转引自尚必武《从"两个转向"到"两种批评"——论叙事学和文学伦理学的兴起、发展与交叉愿景》,《学术论坛》2017年第2期。
[②] [美]列奥·施特劳斯:《自然权利与历史》,彭刚译,生活·读书·新知三联书店2003年版,第58页。

使得历史的客观性面临危机。首先,它使得人们不能够直言不讳。其次,它危及那种合理地要求放弃评价的客观性,亦即解释的客观性"①。

20世纪80年代的叙事转向在摧毁经典叙事理论的同时也为叙事伦理的回归提供了机会。"布斯在1988年出版的《我们的伴侣:小说伦理学》可以视为叙事伦理回归的先声,他继续沿用了早期'作者——隐含作者——叙述者——受述者——隐含读者——读者'的修辞学模式,但将这一模式完全伦理化了。"② 1997年,纽顿(Adam Zachary Newton)出版了《叙事伦理》一书,这本书应该是第一部以"叙事伦理"为书名的著作。在该书中,纽顿为叙事伦理给出一个定义的解释:

> 柯勒律治(Samuel Taylor Coleridge)的诗歌独立于任何外部赋予它的道德,它围绕一个主体间性关系的转子建立起来,而这个主体关系则是由故事来完成的。这个转子便是我称之为伦理的东西:叙事作为关系和人类链接性,作为说话结束和已经说过,或者作为需要用说话来解释的说话;叙事作为宣称,冒险,义务,礼物,价格。总之,作为一种伦理,叙事是表现或行动。……叙事伦理可以同时从两个方向进行解释,一方面将某种伦理地位归因于叙事话语,另一方面指伦理话语依赖于叙事结构的方式。③

纽顿区分了两种伦理,一种文学外部赋予它的伦理,包括历史、习俗、思想,另一种是诗歌内在的伦理,它是故事得以组织起来的"转子"。正如生活在法律之外还需要伦理一样,文学在语言规则之外还需要叙事伦理。不过,纽顿所关心的不是文学外部赋予它的伦理,也就是他并不是要通过文学来理解或解决生活伦理的问题或难题,他所关心的是艺术内部的、跟语言规则不一样的叙事伦理。因为所有文字写作的文类都必须遵循

---

① [美]列奥·施特劳斯:《自然权利与历史》,彭刚译,生活·读书·新知三联书店2003年版,第63页。
② 邓颖玲主编:《叙事学研究:理论、阐释、跨媒介》,北京大学出版社2013年版,第65页。
③ Adam Zachary Newton, *Narrative Ethics*, Cambridge, Mass., London: Harvard University Press, 1997, pp. 7-8.

语言规则，而文学与其他文类不同的是它有自身的叙事伦理。古罗马诗人和文论家贺拉斯曾经说戏剧的歌队应该扮演伦理指南的角色："它［歌队］必须赞助善良，给予友好的劝告；纠正暴怒，爱护不敢犯罪的人。它应该赞美简朴的饮食，赞美有益的正义和法律，赞美敞开大门的闲适……让不幸的人重获幸运，让骄傲的人失去幸运。"① 显然，纽顿试图突破长期以来把文学当作生活伦理工具的文学批判道路，毕竟赋予文学以生活伦理的功能虽然提升了文学的意义，但是也可能降低了文学的意义，一方面文学可能仅仅是作为一种工具，另一方面文学可能无法解决生活伦理的问题或难题。

刘小枫先生在《沉重的肉身》中划分两种伦理，这种划分方式在国内基本属于首次，因此对后来的叙事伦理学研究起到奠基性作用。他这样说道：

> 伦理学自古有两种：理性的和叙事的。理性伦理学探究生命感觉的一般法则和人的生活应遵循的基本道德观念，进而制造出一些理则，让个人随缘而来的性情通过教育培育符合这些理则。……［叙事伦理学］讲述个人经历的生命故事，通过个人经历的叙事提出关于生命感觉的问题，营构具体的道德意识和伦理诉求。……理性伦理学关心道德的普遍状况，叙事伦理学关心道德的特殊状况，而真实的伦理问题从来就只是在道德的特殊状况中出现的。叙事伦理学总是处于在某一个人身上遭遇的普遍伦理的例外情形，不可能编织出具有规范性的伦理理则。②

根据刘小枫的划分，理性伦理学是像哲学那样用理性的方式探究普遍的道德观念、规范和原则，由此来培养或判断道德行为，而叙事伦理学则是像文学那样用叙事个人的、特殊的、例外的体验，来揭示道德意识和诉求。生活的复杂性和流变性，以及个体的差异性和多样性，决定了寻求普

---

① ［古罗马］贺拉斯：《诗艺》，杨周翰译，人民文学出版社1962年版，第147页。
② 刘小枫：《沉重的肉身》，华夏出版社2020年版，"引子：叙事与伦理"。

遍性和规范性的理性伦理注定无法取得成功，同时也宣告了启蒙主义以来哲学家和思想家们希望建立普遍伦理规范的希望破产。刘小枫认为，叙事伦理才有可能准确理解和解决生活伦理的问题和难题，因为生活伦理的问题和难题是个性化、具体化、特殊化和例外化的。刘小枫的叙事伦理观在作家和文论家谢有顺那里得到进一步发挥。谢有顺提出一个"写作是身体的语言史"的命题，他认为作品乃作者用语言表达身体对世界的体验，但不是沉溺于身体感官或空洞言辞，而是把语言伦理与生活伦理结合起来的典范。他认为语言伦理是身体伦理，也是叙事伦理，注重理解个体生活和呈现生存状态；生活伦理是道德伦理，注重价值判断。[①] 较之刘小枫的叙事伦理观更偏向"生活"理解论，谢有顺的叙事伦理观则更偏向于"文学"表现论。

综合古今中外的叙事伦理观，笔者在这里提出一个具有双重性质的叙事伦理观。首先，我们必须承认人是一个物质存在者和社会存在者。物质存在者必须遵守物质规则，例如万有引力定律，热力学三大定律（能量守恒定律、熵增定律和第零定律）等。社会存在者则必须遵守社会规则，包括人类进化规律，国家法律和制度，以及个人伦理行为规范。其次，我们必须承认人类创造了只属于自身的一套符号系统，这套符号系统构成人类独有的符号世界。符号世界的核心是语言符号世界，也就是我们一开始所说的广义的叙事世界。语言符号世界可以划分为（狭义的）叙事世界和论证世界，它们共同遵守语言的规则，主要是语法规则。其中论证世界遵循论证的规则，也就是逻辑，而（狭义的）叙事世界则遵循叙事规则，也就是叙事伦理。最后，我们必须承认人类独有的世界本质上也是从人类所处的世界发展起来的，人类所处的世界经过表征、再现、表述、描述、叙述等方式转变成人类独有的世界，而人类独有的世界则反过来理解、模仿、适应、改造人类所处的世界（参见图2-1）。

在文学世界当中，叙事行动需要遵循叙事规则，这些规则便是"叙事"伦理（ethics of narration）。在生活世界当中，人的行动也需要遵守伦

---

① 谢有顺：《铁凝小说的叙事伦理》，《当代作家评论》2003年第6期。

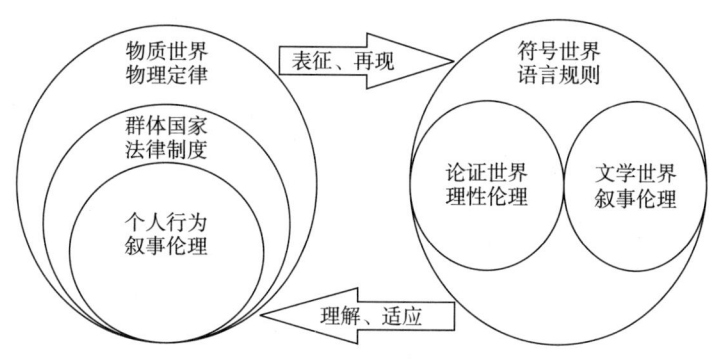

图 2-1　叙事伦理的双重性质

理规则，这些规则便是叙事"伦理"（narrative ethics）。由于生活的伦理既不是由法律来规定的（否则就无法判断法律的善恶对错），也不是通过理性论证推演出来的一系列规范，甚至也不是由古已有之的习俗主义来规定的，而是通过个性化的叙事才能得以理解和内化，正如通过《诗经》的教化人们才理解和内化"温柔敦厚"的伦理一样，所以笔者将生活的伦理称为叙事"伦理"。荷马的叙事"伦理"不等于英雄人物的伦理，英雄人物所认为善的、好的，不等于荷马所认为善的、好的。英雄追求荣誉，崇尚武力，重视友谊，并不意味着荷马不对他们的方式表示怀疑和否定。荷马的叙事"伦理"既不是非理性主义的，也不是理性主义的，而是在一个非理性的社会生活当中强调理性的主导作用，但是又通过一个非理性的社会生活来为理性设定一个限度。

"叙事"伦理是叙事行动在叙事世界中依据叙事环境的需要和影响不断演变形成的，它一旦形成就反过来规范和指导后来的叙事世界。好比唐诗宋词的种种艺术规则，一开始并没有一个人制定它，也没有严格规定，它是在诗歌创作过程中慢慢形成的，一旦形成便成为后世诗词创作不可越雷池一步的金科玉律。叙事伦理不仅规范叙事是什么，还规范叙事应该是什么，它就是文学、叙事活动的规则，好叙事的条件等。同道理，叙事"伦理"也要求叙事必须服务于塑造好人物和好情节，以便达到教育好公民的政治目标。叙事"伦理"是人物行动在生活世界中依据人物环境的需要和影响不断演变形成的，它一旦形成同样反过来规范和指导后来的生活世界。好比希腊人生活的宗教规定，谁也不知道它如何形成的，谁也不知道神是否存在，它是在人物行动中慢慢形成的，谁要是违背它就遭到世俗力量的惩罚，或者被视为注定遭到神的报复。但是荷马在继承传统的"叙事"伦理与叙事"伦理"中做出了自己的思考，自己的改编，自己的判断。他服从传统却不盲从传统，这是笔者探索他的叙事和伦理想要发现的东西。

"叙事"伦理（ethics of narration）与叙事"伦理"（narrative ethics）尽管在起源方面有相互交融之处，但是两者仍然有根本性的区别。亚里士多德说："经验证明了这一点：事物本身看上去尽管引起痛感，但惟妙惟肖的图像看上去却能引起我的快感，例如尸首或最可鄙的动物形象。"[1] 美国芝加哥大学教授雷菲尔德（James M. Redfield）也说："歌手歌唱悲伤和死亡，但他的歌带来快感。英雄歌曲的主题是关于毁灭和混乱的主题，但是歌曲本身是一种有序之物，听到的也是一种有序之物。"[2] 如果把两种叙事伦理混为一谈就像入戏太深的观众一样荒唐，竟然会因为一个演员塑造了一个邪恶的人物形象就断定这个演员是邪恶的，从而拔出枪来把这个演员枪毙掉。[3] 我们也不能把叙事伦理与生活伦理混为一谈。

我们既不能认为文学的"叙事"伦理（ethics of narration）比生活的叙事"伦理"（narrative ethics）更为重要，也不能认为后者比前者更重要，实际上共同构成评价文学作品的尺度。现代叙事学奠基人托多罗夫区分了行动话语与叙事话语，他认为行动话语是一种可能致命的危险，而叙事话语则是一种令人愉悦的艺术。他反对将人物（性格或心理）视为比行动更重要的看法，主张行动比人物更重要，因为人物（性格）是通过行动表现出来的，变化不定的行动决定固定形象的性格。他进一步指出，人物是一个潜在的故事，这个事实深刻影响了叙事的结构，例如当新人物出现就会导致故事中断和讲述新故事，从而不可避免产生离题与套嵌，因此离题和套嵌并不是主题

---

[1] ［古希腊］亚里士多德：《诗学》（1448b9—12），陈中梅译注，商务印书馆1996年版。

[2] James M. Redfield, *Nature and Culture in the Iliad: the Tragedy of Hector*, Chicago and London: The University of Chicago Press, 1975, p.39.

[3] 据说，1909年莎士比亚的《奥赛罗》在芝加哥剧场上演时，扮演恶人伊阿古（Iago）角色的演员被台下一名军官用自己的配枪杀死；1950年陈强出演《白毛女》中的恶霸地主黄世仁角色，在全国巡演中也差点被台下的士兵掏枪射杀。

的补充，而是叙事本身的基本属性。① 托多罗夫固然认识到文学与生活的差异，但是他倚重"叙事"伦理（也就是他所说的叙事话语和叙事行动）而降低叙事"伦理"的做法显然是现代叙事学剑走偏锋、矫枉过正的始作俑者。如果认为"叙事"伦理无关乎叙事"伦理"，那么色情文学、违反政治意识形态的文学、妖魔化民族的文学、贬低国家尊严的文学岂不是都可以名正言顺地出版和流通？这无论在任何国家和任何时代都是不可能的事情。

2. 史诗与叙事

"史诗"译自英语 epic，英语 epic 源于拉丁语 epicus，而拉丁语 epicus 则源于古希腊语 ἔπος（ἔπη/ἐπικός）。ἔπος 除了特指"史诗"，还泛指（1）言辞、字句和话语；（2）讲话、故事和歌词；（3）预言、神示、格言、谚语；劝告、诺言、信息、条令；诗句和诗。② 从词源学上看，"史诗"这个词语跟口头语言相关，但这种诗性的口头语言也跟日常交流的口头语言有所不同，它以合乎韵律和节奏的方式来歌唱③，更确切地说它跟口头语言中的唱、听、歌相关，而不是跟书面语言中的文字、阅读、思考相关。史诗产生之时古希腊人尚没有文字，很久以后他们才从腓尼基人（Phoenician）那里借来字母创造文字④，并将荷马史诗记录下来，由此史诗才具有书面文本形式，"史诗"这个术语才具有歌词、诗句、故事等含义。另外，"史诗"也跟口头语言有所不同，它由那种拥有神赋灵感的人所说出来的，代表着预言和神启，因此其内容对于听众而言具有劝告和条令的功能，也就是发挥着伦理榜样或伦理规范的意义。如果说"历史"仅

---

① 参见［法］茨维坦·托多罗夫《散文诗学：叙事研究论文选》，侯应花译，百花文艺出版社2011年版。
② 参见罗念生、水建馥编《古希腊语汉语词典》，商务印书馆2004年版，第321页。
③ 参见［英］吉尔伯特·默雷《古希腊文学史》，孙席珍等译，上海译文出版社1988年版，第4页。
④ 希腊人并不清楚文字的起源，他们分别把这门技术归于普罗米修斯（Prometheus）、塞克罗普斯（Cecrops）、俄耳甫斯（Orpheus）、里诺斯（Linus）、卡德摩斯（Cadmus）、帕拉米德斯（Palamedes）。它尤其被欧里庇得斯、阿基达姆斯（Archidamus）、高尔吉亚（Gorgias）、塔西佗（Tacitus）提及。这些意见分歧表明他们对这个事情并没有充分可靠的认识，他们缺乏批判方法而满足于将有价值的东西归于古代英雄，或者满足于在各种说法中接受自认为比较可信的说法。

限于人的"历史",那么史诗就是超历史的,因为神作为史诗的来源是超越历史的。"史诗"相对于口头语言的独立性和在生活中扮演的功能,恰恰对应了我们关于叙事伦理双重性质的区分。

词源学上的"史诗"含义也可以从思想史上得到印证。"史诗"是歌者的歌或诗而不是历史学家的史。前面我们说过,"诗歌"这个词经由希罗多德和柏拉图的论述才开始从广义的技术制作转向特指狭义的诗歌制作①,"吟诵"则从主要指诗歌创作和表演退化成主要指诗歌背诵和表演②。在希罗多德看来,虽然历史和诗歌都致力于保存人类的功业,但是"历史"的本义是探究、询问、调查和研究,而诗歌则主要是对人物和故事的制作。③ 因此希罗多德会从科学的角度批判诗歌,认为它要么是不知道真相,要么是故意扭曲事实。④

众所周知,希罗多德式的批判在修昔底德和柏拉图那里得到深深回响。不过,柏拉图最著名的学生亚里士多德却替诗歌进行了强有力的辩护,他认为诗与史的区别不在于韵律与散文这种表面的区别,而在于以下这三个区别。(1)诗讲述(λέγειν)按照或然律或必然律可能发生的事情(τὰ δυνατά),史讲述已经发生的事情(τὰ γενόμενα)。⑤ (2)诗讲述普遍的事情(τὰ καθόλου),史则讲述个别的事情(τὰ καθ' ἕκαστον)。⑥ (3)诗人讲述一个完整的情节,让各个事件相互有关联(ἀλλήλων);史讲述一个

---

① 参见刘小枫《古希腊语的"作诗"词源小辨》,《外国语文》2018 年第 6 期。
② "吟游诗人"(rhapsode)这个词首次明确出现在古希腊史学之父希罗多德的《历史》之中,"克利斯提尼跟阿尔戈斯人开战后,便把希巨昂地方的行吟〔吟游〕诗人的比赛停止了,理由是在荷马的诗篇里面,几乎全都是以阿尔戈斯人和阿尔戈斯为吟咏主题的"。[古希腊] 希罗多德:《希罗多德历史 希腊波斯战争史》(5.67),王以铸译,商务印书馆 1959 年版。
③ 希罗多德说,我从来不知道有一条叫作奥克阿诺斯(Oceanus)的河流,我想是荷马或者是更古老的诗人发明了这个名字,而把它用到自己的诗作里面来的。参见 [古希腊] 希罗多德《希罗多德历史 希腊波斯战争史》(2.23),王以铸译,商务印书馆 1959 年版;埃利达诺斯河(Eridanus)这个名字是某一位诗人所创造的希腊名字。参见 [古希腊] 希罗多德《希罗多德历史 希腊波斯战争史》(3.115),王以铸译,商务印书馆 1959 年版。
④ 希罗多德说,埃及祭司说海伦在埃及而没有到特洛伊,而荷马要么不知道这个真相,要么知道却仍然要编造海伦被帕里斯带到特洛伊。参见 [古希腊] 希罗多德《希罗多德历史 希腊波斯战争史》(2.113-117)。
⑤ [古希腊] 亚里斯多德:《诗学》(1451a35-40),罗念生译,人民文学出版社 2008 年版。
⑥ [古希腊] 亚里斯多德:《诗学》(1451b5),罗念生译,人民文学出版社 2008 年版。

第 2 章　叙事与伦理

时期所有事件，这些事件只有偶然关系（τύχης）。① 在亚里士多德看来，诗虽然也用历史的人物和故事，但是仅仅是为了让人相信所讲述的事情是可能的而已，并不是已经发生的真实的历史事实。诗讲述一个情节，但是这个情节里面的各个事件是相互关联的，这种关联通常被理解为基于或然律或必然律的"因果关联"。诗所讲述的事情无论在过去、现在还是未来，只要所处的语境类似就可能或必然会发生，因此诗所讲述的事情具有普遍性，或者诗揭示了生活的某些伦理真理（因为真理具有普遍性）。

无论"史比诗更真实"的观点，还是"诗比史更普遍"的看法，有关诗与史的认识的思想史论争都足以表明诗与史有本质上的区别，因此将ἔπος译为或称为"史—诗"本身就是自相矛盾的，而应该译为叙事诗。诗所讲述的"故事"并不是过去已经发生的事情，而是任何时候都可能发生的事情。这些事情不是发生在现实世界的普通人身上的事情，而是发生在神话世界的英雄和神身上的事情。最初看到这些事情并制作这些故事的并不是诗人，而是缪斯女神（Muses），因为缪斯是在场的，而诗人是不在场的（荷马《伊利亚特》2.485-493）。只有女神才有能力从某些事情看到潜在的可能性，才能从个别事情看到普遍的真理，才能把谎言编造得跟真实的一样。但是讲述这些事情的却不是神而是人，因为神只对英雄或诗人显现和讲话，而诗人对大多数人讲话。从本质上说，诗人通过祈求得到缪斯的礼物，得到缪斯的礼物才能敲开诗歌大门和讲述故事②，因此诗人讲故事其实是"述而不作，信而好古"。

史诗与"述"（叙事）的内在关联也揭示出史诗与其他诗歌的差异。古希腊诗歌可分为史诗、戏剧（悲剧与戏剧）和抒情诗，其中抒情诗的种类尤其繁多，例如挽歌（ἐλεγεια）、酒神赞歌（διθύραμβος）、抑扬格歌（ἴαμβος）、赞歌（ἐγκώμια）、舞曲（ὑπορχήματα），等等。③ 荷马史诗与悲

---

① 参见［古希腊］亚里斯多德《诗学》（1452a1-6，1459a20-24），罗念生译，人民文学出版社 2008 年版。
② 参见［古希腊］荷马《伊利亚特》（1.1）和《奥德赛》（1.1；8.73；8.488）。
③ 柏拉图的《小希庇阿斯》（368c-d）将诗歌分为：史诗（ἔπη）、悲剧（τραγῳδία）、酒神赞歌（διθύραμβος）、抑扬格歌（ἴαμβος）和散文（λόγος）。柏拉图的《伊翁》（534e）指出：史诗作为诗的一个种类，也跟其他诗歌有所不同。

剧代表古希腊文学的最高成就，而史诗与悲剧的区分也是非常明显的。史诗歌手只需要一个人配合一把琴来歌唱和讲述故事，而悲剧则需要三个演员和歌队在舞台上表演故事，因此柏拉图说史诗混合了叙事（διήγησις）和模仿（μίμησις），而悲剧则纯粹用模仿。① 亚里士多德对史诗与悲剧的区分有更多更细致的论述，他说史诗和悲剧的不同地方"在于史诗纯粹用韵文，而且是用叙事体；就长短而论，悲剧力图以太阳的一周为限，或者不起什么变化，史诗则不受时间的限制"②；"史诗是涉及叙事（διηγηματικῆς）和合乎韵律的模仿（μιμητικῆς）"③；"史诗的模仿通过叙事进行，因而有可能描述许多同时发生的事情"④。亚里士多德区分了史诗与悲剧在表现方法、故事时长和内容体量方面的三个区别，这其中实质性的区别则是表现手法上的区别。史诗通过叙事或模仿的方式来讲故事，史诗的吟游歌手不需要像悲剧演员那样借助各种道具、布景和身体动作进行表演，因此史诗的模仿根本上仍然是言辞上的模仿。言辞上的模仿实际上也属于叙事，因此史诗根本上是通过叙事的方式来讲故事，史诗就是狭义上的叙事诗。

　　史诗的最初或真正叙事者是缪斯女神，她们以不朽的和声述说过去、现在和将来发生的事情，也就是述说天地万物开始和繁衍的故事，歌咏奥林波斯（Olympus）的诸神，赞美永生者的法则（nomos）和伦理（ēthos）；她们能够把谎言说得跟真的一样，也能够述说真实。缪斯女神的歌声孕育出人类最早的叙事者，也就是史诗歌手。这些歌手秉承缪斯的言语叙事能力，他们不仅歌唱不朽的神灵，还歌唱前人的功绩（kleos），他们以甜美的歌声让人类忘却和治愈心灵创痛和灵魂悲伤。⑤ 古希腊现存最古老的歌手就是诗人荷马和赫西俄德。尽管荷马之前还有更古老的歌手，但是这些歌手也是通过荷马史诗保存下来，例如《奥德赛》的费弥奥斯和得摩多科斯⑥，

---

① 参见［古希腊］柏拉图《理想国》（392d-394c）。
② ［古希腊］亚里斯多德：《诗学》（1449b12-14），罗念生译，人民文学出版社2008年版，第17页。
③ ［古希腊］亚里斯多德：《诗学》（1459a15-20），罗念生译，人民文学出版社2008年版。
④ ［古希腊］亚里士多德：《诗学》（1459b30-40），陈中梅译注，商务印书馆1996年版。
⑤ 参见［古希腊］荷马《奥德赛》（1.325-352；8.63-93）；［古希腊］赫西俄德《神谱》（93-103）；［古希腊］柏拉图《伊翁》（535b-e）。
⑥ 参见［古希腊］荷马《奥德赛》（1.325-352；8.44-91）。

在这个意义上荷马就是古希腊最古老的歌手和诗人,也就是最古老的叙事诗人。

3. 史诗与伦理

在荷马史诗当中,我们经常会看到,人间的事情仿佛在冥冥之中早已由神灵决定好了,人不过是执行这个决定的工具,受神灵任意摆布的木偶罢了。就《伊利亚特》而言,每当故事情节发展到僵局时,神灵就召开集会,讨论和决定战争的走向,然后某位神灵会化身显灵,驱使某位英雄去行动。

根据不完全统计,诸神决定整个战争走向的例子主要有:在《伊利亚特》卷1,宙斯应忒提斯的要求,答应让特洛伊人打败希腊人以恢复阿基琉斯的荣誉;卷4,雅典娜主张重新挑起战斗;卷8,宙斯不允许任何神灵参加战斗,并通过黄金天平决定特洛伊人获胜;卷11,宙斯派埃里斯(Eris)号召所有人参加战斗;卷15,宙斯详细讲述了战斗进展的次序:帕特罗克洛斯杀死萨尔佩冬,赫克托尔杀死帕特罗克洛斯,阿基琉斯杀死赫克托尔,希腊人攻破特洛伊城;卷20,宙斯允许所有神灵参加战斗,但不允许阿基琉斯当天攻下特洛伊。

而诸神影响某个人物角色的例子主要有:卷1,阿基琉斯在赫拉的鼓励下召开公民集会;卷2,阿伽门农在宙斯的欺骗下盲目开战;卷4,潘达罗斯在雅典娜的怂恿下偷袭墨涅拉奥斯;卷5,狄奥墨得斯在雅典娜的帮助下战无不胜;卷7,赫克托尔在阿波罗的刺激下跟埃涅阿斯决斗;卷20,埃涅阿斯在阿波罗的挑拨下跟阿基琉斯决斗;卷22,赫克托尔在雅典娜的诱骗下跟阿基琉斯决斗;卷24,宙斯命令阿基琉斯归还赫克托尔的尸体。

以上例子似乎表明,神灵的决定是无法改变的,神灵的驱使是无法违背的,人作为神灵的木偶,不过是为了实现神灵的意志,按照那些已经注定的命运来生活。正如《伊利亚特》卷23,帕特罗克洛斯托梦给阿基琉斯,他道出他们已经注定的命运:

> 我们不可能离开我们的同伴,

> 坐在一起商议，死亡女神的裂口
> 已经向我张开，就要吞食我——这是我
> 出生那天抽到的（命运）。你也同样，
> 神样的阿基琉斯啊，你也有自己的命运，
> 那就是死在富饶的特洛伊城下。（《伊利亚特》23.77-81）

如此看来，作为木偶的人，其行动是没有动机、信念和目的的，进而我们不能对这些行动进行对错善恶判断。作为木偶的人，其存在是没有自身价值和意义的，进而我们会坠入一种虚无主义当中。然而，荷马真的没有对人物作出判断吗？人真的是木偶吗？人没有自身存在的价值和意义吗？显然不是。

第一，在荷马史诗当中，荷马同时扮演运动员和裁判的角色，他一边模仿人物的语言和行动，一边对他所模仿的人物作出对错善恶的评价。虽然荷马在作评价方面惜墨如金，但是我们仍然可以通过字里行间发现这些评价，发现他那些讳莫如深的教导。

在卷2，宙斯托梦给阿伽门农让他开战，阿伽门农自以为能够攻下特洛伊，而荷马则说"阿伽门农是个愚蠢的人"（《伊利亚特》2.38-9），再后来荷马又让阿伽门农再三承认自己"做事愚蠢"（《伊利亚特》9.115-120）。

在卷4，雅典娜怂恿潘达罗斯，暗中伤害墨涅拉奥斯，而荷马则说潘达罗斯"这个蠢人"（《伊利亚特》4.104）。

在卷11，阿西奥斯（Asius）不听波吕达马斯（Polydamas）的劝告，硬要带领一伙人驾战车，突破希腊人的堡垒，而荷马说"这些蠢人"（《伊利亚特》11.127）。

在卷16，帕特罗克洛斯请求阿基琉斯允许他上战场，而荷马说这是"非常愚蠢的请求"（《伊利亚特》16.46）。

在卷24，宙斯这样评价阿基琉斯："他并不愚蠢，不轻率，也不冒犯人。他会宽宏大量地饶恕一个祈愿人。"（《伊利亚特》24.157-8，比较《伊利亚特》24.186-7）

第 2 章　叙事与伦理

第二，如果我们仔细审查那些涉及"人是神灵的木偶"的例子，我们还会发现神灵不过是给人提供建议而已，人是否选择仍然取决于自身。从《伊利亚特》可见，英雄们在做出行动之前，总是有一番考虑、选择和决定，这是人类自己掌握自己命运的强有力证据。

在卷1，阿伽门农宣称要夺取阿基琉斯的女俘布里塞伊斯，荷马说：

> 佩琉斯的儿子感到痛苦，
> 他的心在他的毛茸茸的胸膛里有两种想法，
> 他应该从他的大腿旁边拔出利剑，
> 解散大会，杀死阿特柔斯的儿子，
> 还是压住怒火，控制自己的勇气。
> 在他的心灵和思想正在考虑这件事，
> 他的手正若把那把大剑拔出鞘的时候，
> 雅典娜奉白臂赫拉的派遣从天上下降。(《伊利亚特》1.188-195)

在女神没有干预阿基琉斯的选择时，阿基琉斯已经开始思考了，女神只是为阿基琉斯作出选择提供建议，阿基琉斯则完全有采纳或拒绝的自由。实际上阿基琉斯的命运也不是注定短命，注定战死沙场，如果他选择归隐，那么他的命运就是颐养天年。诸如此类的选择和行动，在《伊利亚特》当中比比皆是：在卷17，墨涅拉奥斯面对赫克托尔的进攻，反复思考是否应该放弃保护帕特罗克洛斯的尸体（《伊利亚特》17.91-95），在卷22，赫克托尔面对阿基琉斯，也反复思考是否要撤回城邦里面（《伊利亚特》22.96-130）。

人相对于诸神或自然界而言是渺小的，但是人也是伟大的，而且这种伟大首先体现在他的意识和思想当中，正如法国哲学家帕斯卡尔所言：

> 人只不过是一根苇草，是自然界最脆弱的东西；但他是一根能思想的苇草，用不着整个宇宙都拿起武器来才能毁灭；一口气、一滴水就足以置他死命了。然而，纵使宇宙毁灭了他，人却仍然要比置他于

死命的东西更高贵得多；因为他知道自己要死亡，以及宇宙对他所具有的优势，而宇宙对此却是一无所知。①

第三，既然人的行动根本上是出于自己的动机、信念和目的，那么人的对错善恶就不能归咎于神，而只能由自己来负责。在《奥德赛》开篇，宙斯就宣告了这个原则，他说道：

> 可悲啊，凡人总是归咎于我们天神，
> 说什么灾祸由我们遣送，其实是他们
> 因自己丧失理智，超越命限遭不幸。（《奥德赛》1.32-34）

因此，在《伊利亚特》卷19，阿伽门农把自己惹恼阿基琉斯的责任推给阿特女神（Ate）是不对的，根本原因在于他那贪婪的动机，他那错误的信念，他那虚荣的目的，使得他做出一个错误的选择和行动。如果说人确实有什么命运的话，那就是人的生老病死，这确实是人类无法突破的界限，但是关于人如何生活和死亡，这却不是由诸神来决定的，而是由人自己来决定的。由此我们可以得出一个结论，荷马史诗的人物言行不等于荷马的言行，那些人物所追求的、倡导的不等于荷马所追求的和倡导的，荷马必须从英雄的身上来观察伦理问题，但是荷马可以以超越的视角来理解伦理问题。

---

① ［法］帕斯卡尔：《思想录　论宗教和其它主题思想》，何兆武译，商务印书馆1985年版，第157—158页。

第 3 章 荷马史诗的韵律

纵观国内 80 多年的荷马研究，不难发现，在介绍故事情节（程志敏）、分析人物形象（陈戎女）、讨论诗与哲学之争（陈中梅）、研究政治社会（晏绍祥）等方面已有详细研究，唯独在荷马史诗的韵律方面，未见有专文或专著论述，这不能不说是一件憾事。近现代汉语界对韵律的讨论不可谓不多，如王力、朱光潜、闻一多、孙大雨、艾青等均有深入论述，但往往集中在中国诗歌上面，对于古希腊诗歌的韵律，尤其是荷马诗歌的韵律则往往一笔带过，鲜有深究。实际上，诗歌乃一件"诗、乐、舞"三合一的艺术品，它用韵律和语言来言志传情，而韵律又是诗歌的尺度，制约着诗歌语言的创作，因此不理解荷马史诗的韵律就无法深入理解荷马史诗本身及其创作问题。

第一节 诗歌与韵律

韵律（metre）就是尺度（μέτρα），它源于动词"测量"（μετρέω），作为名词具有尺度、分寸和标准等意义，作为形容词具有适度的、节制的和正义的等意义。我们在荷马史诗中可以看到，μέτρα 充当数量、长度和体积的尺度。[①] 正是凭借着尺度，人们能够去认识和衡量作为三维空间的事物，倘若没有尺度，人们对事物的认识就是杂乱无章的。后来的哲学家们将尺度的概念扩展到对整个宇宙的认识，它成为万物得以生成、转化和毁灭的基本原理。

[①] 数量尺度（《伊利亚特》7.471）、长度尺度（《奥德赛》4.389；10.539）和体积尺度（《伊利亚特》23.268，741；《奥德赛》2.355，9.209）。

据说，赫拉克利特认为宇宙是一团永恒的活生生的火（πῦρ），"按照一定的分寸（μέτρα）燃烧，按照一定的分寸（μέτρα）毁灭"；"火的转化是：首先成海，还得一半成为土，另一半成为闪光……〈土〉散而成为海，并以先前海变成土时的同样尺度（μετρέεται）为比例"[①]。也就是说，火是万物的基本元素，但它本身是永恒变化的和混乱的，只有通过尺度才能被固定和界定，从而产生各种不同的万物。类似地，毕达哥拉斯学派也主张：自然是永恒流动的（ἀενάου φύσεως）；四元（τετρακτύν，即数字1、2、3和4）产生比例（ἀριθμοῖς），比例产生和谐（ἀρμονία），和谐产生整个宇宙（σύμπας κόσμος）和万物（πᾶν）。[②] 毕达哥拉斯学派并没有提到尺度，但是四元和比例实际上等同于尺度，宇宙的产生正如音乐以7个音符和比例为尺度，谱成一系列和声一样。

后来柏拉图融合了前人关于宇宙本质（元素）和产生（数与比例）的学说，承认四种基本元素（火、气、水和土），但不承认它们是可感知的，同时把毕达哥拉斯的数学理论放在四元素之前。柏拉图在《斐勒布》中确定这个原则："任何合成物（σύγκρασις），不管由什么东西和通过什么方式制成，若没有尺度（μέτρου）或合尺度的本性（τῆς συμμέτρου φύσεως），必然会毁坏其各种成分（κεραννύμενα），而且首先毁坏自身（αὐτήν）；因为它并不是合成（κρᾶσις），而是某种非合成的拼凑（συμπεφορημένη），事实上，这样产生的事物对于占有它的人而言任何时候都是一种灾难（συμφορά）。"[③] 然后柏拉图在《蒂迈欧》（31a-55c）中加以解释说明：物质（ὕλη）本身是流变不定的，神通过数和比例构成基本的三角形，再把三角形赋予物质制造四种基本元素，这四种基本元素再通过数和比例产生宇宙身体、诸神和万物。数和比例实际上等同于赫拉克利特的尺度和毕达哥拉斯的数和尺度，它是万物生成的原因之一。尺度使得万物从混乱中生成，变得有界限、有序和和谐，进而使得万物实现自身，变得

[①] 苗力田主编：《古希腊哲学》，中国人民大学出版社1989年版，第37—38页。
[②] 参见［美］G.S. 基尔克, J.E. 拉文, M. 斯科菲尔德《前苏格拉底哲学家：原文精选的批评史》，聂敏里译，华东师范大学出版社2014年版，第354—455页。
[③] 柏拉图：《斐勒布》（64d-e）。

第3章 荷马史诗的韵律

自足、完美和完善，因此尺度就被视为道德上的适度、和谐、节制和正义等。①

没有规矩，不成方圆；万物如此，诗歌亦然。诗歌（ποίησις）本身就是一种制作（ποιέω）和一件产品（ἔργον），诗人（ποιητής）制作诗歌的技艺（ποιητικός），恰如德穆革（δημιοργός，为民众工作）制造宇宙的技术，必须依赖材料和尺度，并对样板进行模仿。按照古希腊的诗歌理论，诗歌的本质并不是从无到有的创造，而是对某种事物、行动和情节等东西的模仿（μίμησις）。② 诗歌作为一件产品则是由歌（μέλος）和语言（λόγος）所组成的，其中歌又包含节奏（ρυθμός）、音调（ἁρμονία）和韵律（μέτρον）。③ 按照王扬的解释，诗歌的节奏又分三种：（1）均等型（如长短短格、短短长格和长长格）；（2）双倍型（如长短格、短长格，长长短格）；（3）一倍半型（如长短短短、长短长和长长短）。④ 节奏是由长短音节相间所形成的，音节的长短决定节奏的长短和快慢。由此从时间维度来看，歌实际上就包含音节、节奏（音步）和韵律，正如罗念生先生所言：

> 诗的"格律"包含节奏、音步、韵等，诗的"音节"包含节奏、音步、意义上的"停顿"、平仄、韵、双声、叠韵等。"节奏"专指不同的字音有规则地排列所构成的"韵律"。所以"格律""音节""节奏"各有不同的含义。⑤

不同的音节、节奏和韵律构成不同的歌，再配上不同的语言，就可以用来模仿不同的事物、行动和情节。诗歌的制作就是在特定的韵律要求

---

① 对于毕达哥拉斯（Pythagoras）而言，尺度＝和谐；对于亚里士多德而言，尺度＝正义（《尼各马可伦理学》1135a2）；对于柏拉图而言，正义＝和谐（《理想国》443c-444c）。
② 参见柏拉图《理想国》（392d5-394c5）；亚里士多德《诗学》（1147a15）。
③ 参见柏拉图《高尔吉亚》（502c5-7）；柏拉图《理想国》（398d1-2）；亚里士多德《诗学》（1147a21）。
④ 参见[古希腊]柏拉图《理想国》，王扬译注，华夏出版社2012年版，第105页，注5。
⑤ 罗念生：《格律诗谈》，载《罗念生全集·第8卷，论古典文学》，上海人民出版社2004年版，第435页。

下，运用对符合韵律的单词进行排列组合，以向听众传达相应的主题。对于任何民族而言，早期的诗歌制作一定是韵律和音调决定和制约歌词和语言，而不是像后来哲学家们所主张的相反说法。① 哲学与诗歌之争，从哲学的角度看是λόγος与μύθος之争②，也是理性与情感之争③；从诗歌的角度看则是语言与韵律之争④，也是内容与形式之争⑤。诗歌在理性上降格为哲学的婢女，但在情感上仍然是哲学的皇后，不管哲学在过去取得多么大的成就，诗歌总归是先于哲学的人类经验，尤其是20世纪30年代以来，帕里-洛德的口头程式理论再次表明"韵律决定语言"这条诗歌制作的原理。

口头理论基本上成为当代荷马研究的新范式⑥，它的核心思想是：区分口头诗歌创作（早期各民族的诗歌）和文字诗歌创作，前者主要依赖代代相传的固定程式，程式被帕里定义为"一种在相同韵律的条件下经常用于表达某种本质观念的表达方式。在某种观念中本质的东西是指拿掉所有风格上的附属物仍然保留着的东西"⑦。这个定义基本上被学界所广泛接受，而且帕里的研究在文学和人类学领域都产生深刻的影响，更是通常被

---

① 参见柏拉图《理想国》（400a）；亚里士多德《诗学》（1451b27-32）。

② 陈中梅说："至公元前五世纪，μύθος大概已带上了某种变异，形容词'μύθωδης'开始表示'离奇的''不真实的'等意思。与此同时，人们亦开始有意识地区分μύθος和λόγος的不同——前者多指'故事''传说'，后者常指真实可信的叙述。"参见亚里士多德《诗学》，陈中梅译注，商务印书馆1996年版，第197—200页。更详细的论述，请参考陈中梅《"投竿也未迟"——论秘索思》，《外国文学评论》1998年第2期。

③ 参见［德］尼采《悲剧的诞生》，杨恒达译，译林出版社2007年版，第84—85页。

④ 萨弗兰斯基（Rudiger Safranski）说："因为词语的成功。逻各斯战胜了悲剧的激情。一旦语言从音乐中自我解放，过度地使用自己的逻辑，悲剧就成为过去。"参见［德］吕迪格尔·萨弗兰斯基《尼采思想传记》，卫茂平译，华东师范大学出版社2007年版，第61页。

⑤ 我国现代新诗在发展过程中也出现大量相关争论，一方主张诗歌就是格律（形式主义），另一方主张格律乃镣铐（精神主义），而孙大雨则正确地指出格律与语言不可偏废，参见孙大雨《诗歌的格律》，载孙近仁编《孙大雨诗文集》，河北教育出版社1996年版，第97—101页。朱光潜也主张诗歌——无论新旧——应该把内容与形式结合，参见朱光潜撰《诗论》，朱立元导读，上海古籍出版社2001年版，第216—224页。

⑥ 参见陈戎女《荷马的世界——现代阐释与比较》，中华书局2009年版，第4—19页。

⑦ Adam Parry ed., *The Making of Homeric Verse: The Collected Papers of Milman Parry*, Oxford: Clarendon Press, 1971, p.13. 帕里还说："在修饰语（epithet）的一般意义这个问题上，即在其装饰的意义这个问题上，我们能够推断，诗人在选择修饰语时受到诗律（versification）考虑的引导，绝不会受到场景的引导。"（p.149）

当作理解荷马史诗的必要前提。① 由此可见，韵律乃诗歌的尺度，它是诗歌得以产生的原因之一，是诗歌是其所是的原理之一，因此理解荷马史诗的韵律对于理解荷马史诗及其创作是必要和重要的。

第二节　古希腊诗歌韵律

任何语言都有音节，音节决定语言发音的长短；任何诗歌都有韵律，韵律就是音节和节奏排列组合所形成的尺度；如果说韵律是形式，那么音节是质料，形式决定质料，因此诗歌的韵律决定诗歌的语言。现代科学研究表明，语音包含音值（长短）、音势（轻重）、音调（高低）和音色，其中音值乃语音的本质，因为它占据时间维度上的长短，其他三者则是附属性质。长期以来人们以为古希腊诗歌韵律基于音值（音节长短），英文诗歌韵律基于音势（音节轻重）[2]，中国诗歌韵律基于音调（平仄），其实不然，按照孙大雨的说法，任何诗歌韵律本质上都是基于音值，只是在偶性上各种语言的表现特征有所不同而已。[3] 这种说法是相当科学和合理的，它同样适用于古希腊诗歌韵律的基本原理。

原理一：元音及其位置决定音节的长短。古希腊语有 24 个字母，7 个元音（α, ε, η, ι, o, υ, ω），17 个辅音（其中 ζ, ξ, ψ 分别算双辅音），辅音与元音构成音节。音节具有明显的长短之分，并取决于其元音长短或元音位置：如果该元音是长元音（η 和 ω），或双元音（αι, αυ, ει, ευ, ηυ, οι, ου, υι），或后面跟双辅音（闭音节），那么这个音节就是长音节；其他情况就是短音节。如果两个元音连在一起，但又不构成上

---

① 参见 C. M. Bowra, *Heroic Poetry*, London：Macmillan, 1952, pp. 215-218；[匈] 格雷戈里·纳吉《荷马诸问题》，巴莫曲布嫫译，广西师范大学出版社 2008 年版，第 14—15 页；[英] 多佛等《古希腊文学常谈》，陈国强译，华夏出版社 2012 年版，第 12—13 页。

② 比如克拉克（Matthew Clark）曾说，英语诗歌的韵律是定性的（qualitative），即基于轻重音节；古希腊诗歌则是定量的（quantitative），即按照音节长度，参见 Matthew Clark "Formulas, Metre and Type-Scenes", in Robert Fowler ed., *The Cambridge Companion to Homer*, Cambridge：Cambridge University Press, 2004, p. 119。

③ 参见孙大雨《诗歌的格律》，载孙近仁编《孙大雨诗文集》，河北教育出版社 1996 年版，第 116—118 页。

述八个双元音之一，那么就有可能产生省略（如 τὰ ἀγαθόν 省略为 ταγαθόν）、变体（如 εε 变为 η，οο 变为 ω）、合并（如 Πηληϊάδεω 的 δεω 合并为一个长音节）、ι 和 υ 辅音化（荷马史诗中少见），以及间断（如 Πηληϊάδεω 中的 η、ι、α）等这些情况，但音节的长短仍然根据上述原则来判断。举一则西蒙尼德缅怀温泉关战役烈士的铭文为例①：

— — ┝ — ┃ — ∪ ∪ ┝ ∪ ∪ ┝ — ∪ ∪ ┃ — ∪
Ὦ ξεῖ ν, ἀ γγέ λλει ν Λα κε δα ιμο νί οις , ὅ τι τῇ δε

— ∪ ∪ ┝ — ┃ — ∪ ∪ ┝ — ∪ ∪ ∪
κεί με θα, τοῖ ς κεί νων ῥή μα σι πει θό με νοι·

客人哟，去对拉凯达蒙人（lacedaemonians）这样说：
我们长眠于此，服从他们的命令！

从这里可以看出长元音 ω 和 η，双元音 ει 和 αι，以及闭音节 ἀγγέλλ 都构成长音节，两个短音节的音值等于一个长音节，这短短两行基本上属于长短短六音步格的韵律，第一行读起来沉郁顿挫，缓慢严肃，豪情悲壮，第二行后半部分突然转向短短长，具有舞蹈和庆祝的色彩。当然，在古希腊诗歌中，音节的长短未必完全符合这些原则，有时候会出现短音节长化或长短音节短化的情况，比如：

— ∪ ∪ ┝ ∪ ∪ ┝ — ┝ ∪ ∪ ┝ ∪ ∪ ┝ X
μῆ νι νἄ ει δε θε ἀ Πη ληϊ ά δε ω Ἀ χι λῆ ος
（《伊利亚特》1.1）
女神啊，请歌唱佩琉斯之子阿基琉斯的愤怒

— — ┃ — ∪ ∪ ┝ ∪ ∪ ┝ ∪ ∪ ┝ — ∪ ∪ ┝ X
αἱ δεῖ σθαί θ'ἱ ε ρῆ α καὶ ἀγ λα ὰ δέ χθαι ἄ ποι να
（《伊利亚特》1.23）

---

① 第一行是音节标记符号，长音节用"—"表示，短音节用"∪"表示，两个短音节下面的"┛"表示它们组成一个节拍单元。第二行是希腊语原文。

第 3 章 荷马史诗的韵律

尊重祭司，并接受丰厚的赎礼

第一行的θεὰ中短音节α被长化，而第二行的长音节καὶ和ποι则被短化，这些变化一方面是韵律要求和口头创作所造成的，另一方面是朗读或倾听产生音节连读或停顿所造成的，这些音变类似于现代汉语的音变（如变调、轻声、儿化和啊变等）。①

原理二：音节的组合构成各种节奏类型。两个以上的音节（至少有一个是长音节）便可以组成一个音步，构成一个基本的节奏单位，如长短（—∪）、长短短（—∪∪）或长长短（——∪）等节奏。按照罗念生的说法，这些节奏可分为四种："古希腊诗的节奏是由长短音构成的。第一种是短长节奏，适用于戏剧中的对话。第二种是短短长节奏，适用于舞蹈。第三种是长短节奏。第四种是长短短节奏，为史诗的节奏，比较缓慢、庄严。此外还有长长节奏，偶尔使用。各种节奏可以互相代替，以免单调，但不能在一首诗里混合使用两种或多种节奏。"② 但是按照前面王扬的说法，它们可以分为三类：均等型、双倍型和一倍半型，这种分类无疑更准确，因为它构成逻辑上全面和完整的分类。

一系列音步便可以组成一个完整的乐句（period）。乐句在韵律中是一个自足的单位，各个乐句里面有节奏上的连续性，乐句与乐句之间完全中断，正如语言中的句子。因此，上一句诗的最后一个音节不会影响到下一句诗的第一个音节。如果一个乐句由三个"短长"音步组成，就被称为"短长三音步格"（iambic trimeter）；如果由四个"长短"音步组成，则被称为"长短四音步格"（trochaic tetrameter）；如果由六个"长短短"音步组成，则被称为"长短短六音步格"（dactylic hexameter），其余的依此类推。

在一个乐句中，有两个问题需要注意，第一，乐句不等于语言上的句子，第二，乐句内部会有某些句法上或意义上的停顿（caesura）或休止

---

① 参见黄伯荣、廖序东主编《现代汉语》（上册），高等教育出版社 2002 年版，第 102—112 页。

② 罗念生：《格律诗谈》，载《罗念生全集．第 8 卷，论古典文学》，上海人民出版社 2004 年版，第 433 页。

(dieresis)。我们可以举《奥德赛》开篇两行为例：

— υ υ ‖ — υ υ ⊢ — υ ‖ υ ⊢ — υ υ ‖ — υ υ ⊢ ×
ἄνδ ρα μοι ἔνν ε πε, μοῦ σα, πο λύτ ροπ ον, ὃς μά λα πολ λὰ

— υ υ ⊢ — ‖ — ‖ — ‖ υ υ ‖ — υ υ υ υ ‖ ×
πλά γχθη, ἐ πεὶ Τρο ί η ςἱ ε ρὸ νπτο λί ε θρο νέ πε ρσεν

请为我叙说，缪斯啊，那位机敏的英雄，
在摧毁特洛伊的神圣城堡后又到处漂泊。(《奥德赛》1.1-2)

这两诗行（lines）在语言上其实是一个句子（sentence），但是在韵律上却是两个乐句（periods），因此，有时候一个句子会有很多个乐句，反之亦然——但不常见。同时我们也注意到，这两个乐句在朗读上有许多停顿（用"‖"表示），如果停顿在音步之内，那么就称为停顿（caesura），如第2、4、5和6处，这种停顿时间非常短促，如果停顿在音步与音步之间，那么就称为休止（dieresis），如第1和3处，这种停顿稍微长一些。停顿并不是说在朗读的过程中停下来，而是说在节奏上有一个停顿，使得乐句听上去更加具有旋律，相反，在朗读时停顿处甚至会拉长停顿音节的发音。[①]

停顿和休止实际上是根据意义和句法的需要，为了方便朗读和保持旋律悦耳所作出的各种调整，不过，停顿一定是在某个单词结束之后，而不能把某个单词一分为二。显而易见，每行三处停顿将一个乐句划分为四"截"（cola），各截的节奏构成几乎完全不同。由此可见，截通常是大于音步而小于乐句的单位。

原理三：同一首诗歌可以使用不同的韵律并重复形成反节。事实上，古希腊很多诗歌并不是一韵到底，相反，为了表达的需要，有很多诗人喜欢变化韵律，使得诗歌不至于太单调。因此，一首诗可能会有不同的韵律，甚至一行诗句也不止一种节奏。我们可以举萨福一首离别诗的其中两

[①] "中文诗每顿通常含两字音，奇数字句诗则句末一字音延长成为一顿，所以顿颇与英文诗'音步'相当。"参见朱光潜撰《诗论》，朱立元导读，上海古籍出版社2001年版，第151页。

第 3 章 荷马史诗的韵律

节为例①：

—∪ | —∪ | ∪—| ∪—
πόλλα καὶ τόδ' ἔειπέ [μοι·　她垂泪离开我，对我说：
——| —∪∪| —∪—
'ὤιμ' ὡς δεῖνα πεπ [όνθ] αμεν,　我们多么不幸，
——| —∪∪| —∪∪| —∪—
Ψάπφ', ἦ μάν σ' ἀέκοισ' ἀπυλιμπανω.'　萨福啊，我真不愿意就这样离开你。
—∪| —∪| ∪—| ∪—
τὰν δ' ἔγω τάδ' ἀμειβόμαν.　我如此回答她：
——| —∪∪| —∪—
'χαίροισ' ἔρχεο κἄμεθεν　去吧，祝好，
——| —∪∪| —∪∪| —∪—
μέμναισ', οἶσθα γὰρ ὥς σε πεδήπομεν.　勿忘我，因为你知道我多关心你。

很明显，这首诗就是由"长短格"（或短长格）和"长短短四音步格"组合而成的；前三行构成一节（Strophe），后三行构成另一节，整首诗就是通过重复这种相同的节所组成的。音步或截组成乐句，乐句又可以组成节，节是一个完整的旋律结构。一首诗往往是由这些乐句或节所重复组成的，如果节只重复一次，那么第二节则被称为反节，类似于汉语词曲的上下阕。由此观之，古希腊诗歌的韵律包含音步、截、乐句和节四个部分。

第三节　荷马史诗的韵律

众所周知，荷马史诗采用六音步格（hexameter）的韵律，但是六音步格包含哪些元素，又可以分为哪些部分，它们跟荷马史诗的创作又有什么关系，等等，这些问题并不是一目了然。当我们明白了古希腊诗歌韵律的

---

① 参见 David A. Campbell ed. and tran., *Greek Lyric*, *Vol.* 1, *Sappho and Alcaeus*, London: Harvard University Press, 1990, p.116。

基本原理之后，我们就能通过音节的长短、音步的多少、截的种类和节的对仗性来理解荷马史诗的韵律，不至于在面对荷马史诗原文时两眼一抹黑，或者生搬硬套六音步格的韵律公式，而没有进行具体问题具体分析。①荷马史诗的韵律非常完整，每行诗都是一个乐句，每个乐句都由六个"长短短"（— UU）音步组成，因此称为"长短短六音步格"（dactylic hexameter）。由于它的节奏比较缓慢、严肃和庄重，具有英雄气概，因此亦称"英雄六音步格"（heroic hexameter），通常在史诗题材中被使用，如赫西俄德的《神谱》、《劳作与时日》和《赫拉克勒斯之盾》，阿波罗尼俄斯的《阿尔戈英雄纪》等都是采用六音步格韵律。六音步格韵律的标准公式通常用如下符号表示：

—UU ‖ —UU | —U ‖ U | —UU ‖ —UU | — X
ἄνδρα μοι ἔννεπε, μοῦσα, πολύτροπον, ὃς μάλα πολλὰ
—UU | — ‖ — | — ‖ — | UU | — ‖ UU | —UU | — X
πλάγχθη, ἐπεὶ Τροίης ἱερὸν πτολίεθρον ἔπερσεν

请为我叙说，缪斯啊，那位机敏的英雄，
在摧毁特洛伊的神圣城堡后又到处漂泊。（《奥德赛》1.1-2）

我们看到，第一行的 αν、εν、λυτ、ος、πολ 本来是短音节，由于其元音后面紧跟一个双辅音（闭音节），所以变成一个长音节，而 μοι 本来是长音节，但它处于一个单词末尾，因此变成短音节。第二行的 θη 本来是长音节，并且应该与后面的音节ἐπ产生元音省略，但是这样一来就破坏了句法停顿和韵律结构，因此补救的办法是保留它的独立性并使其音节短化。这些就是元音长短及其位置与音节长短之间的变化关系。

---

① 比如，王柯平曾经把"ὅς κε θεοῖς ἐπιπείθηται, | μάλα τ᾽ ἔκλυον αὐτοῦ"的韵律理解为：— UU— UU— UU— UU— — ‖，而事实上正确的标识应该是：— UU | — ‖ UU | — — | ‖ UU | — UU | — X，他似乎没有注意到 πει 是一个长音节，停顿符号应该标在第 2 音步和第 4 音步的长音节之后，最后一个音节可长可短（X），参见王柯平《论古希腊诗与乐的融合——兼论柏拉图的乐教思想》，《外国文学研究》2003 年第 5 期。

第 3 章　荷马史诗的韵律

每个音步由长短短格构成，这种节奏类似于现代音乐中的四二拍；其中第六音步只有两个音节，第一个必定是长音节，最后一个则可长可短，如果是短音节则可以通过停顿来补足音值。在前五个音步当中，任何两个短音节在理论上都可以被一个长音节所替代，但是第五个音步一般不会出现这种替代情况，所以替换通常出现在前四个音节（如第二行第二音步）。

我们通常说荷马史诗的韵律是"长短短六音步格"，这实际上就其外在韵律的角度而言。在整个20世纪，西方学者讨论得比较多的是内在韵律，即各种停顿产生四截，以及这些部分与诗歌创作之间的关系。内在韵律非常复杂，它实际上是从荷马史诗中人为地提炼出来的某些规律，学者们在某些问题上有时候并不一定达成一致。关于荷马史诗的外在韵律与内在韵律的区分，我们可以用克拉克的话来加以说明：

> 内在韵律则不同于外在音律，它基本上关涉到单词的边界以及单词和短语在诗行中被使用的方式相关。从内在韵律的视角看，荷马的六音步非常倾向于分为四部分（sections），称为四截（cola，单数 colon）。这些部分由诗行里单词和意义的边界所决定。一个单词在某个音步内的边界称为停顿（caesura），一个单词某个音步末的边界称为休止（dieresis 或 diaeresis）。从技术上讲，每个词在诗行中的边界要么产生停顿，要么产生休止，但这样的某些停顿比别的停顿更常见和更重要。那些结合了单词停顿和意义停顿的停顿显得尤为重要。可是，重要的并不是停顿，而是词组；停顿只是划分点而已。根据内在音律理论，荷马的六音步格倾向于有三种停顿（breaks），由此形成四截。[①]

我们曾强调，诗歌是由歌与词结合的艺术品，因此，诗歌的朗读既要遵从韵律的节奏，也会受到诗词句法的影响，从而产生停顿，给人带来抑扬顿

[①] Matthew Clark, "Formulas, Metre and Type-Scenes", in Robert Fowler ed., *The Cambridge Companion to Homer*, Cambridge: Cambridge University Press, 2004, p. 120. Mark W. Edwards, *Homer: Poet of the Iliad*, Baltimore and London: Johns Hopkins University Press, 1987, p. 46.

挫的优美乐感。任何停顿都不应该把某个单词一分为二，而应该在单词的结束处；如果某个停顿恰恰跟意义停顿重叠，那么这种停顿就是必要和重要的。内在韵律并不是强调"停顿"，而是通过停顿来分析荷马诗歌创作的几种内在韵律模型。我们可以通过《伊利亚特》前七行来加以详细说明：

— ∪ ∪ | — ∪ ∪ | — ‖ — | — ∪ ∪ | — ∪ ∪ | — X

1. μῆνιν ἄειδε θεὰ Πηληϊάδεω Ἀχιλῆος

— ∪ ∪ | — ‖ — | — ∪ ‖ ∪ | — — ‖ — ∪ ∪ | — X

2. οὐλομένην, ἣ μυρί' Ἀχαιοῖς ἄλγε' ἔθηκε,

— — ‖ — — | — ‖ — | — ‖ ∪ ∪ | — ∪ ∪ | — X

3. πολλὰς δ' ἰφθίμους ψυχὰς Ἄϊδι προΐαψεν

— — | — ‖ — | — ∪ ‖ ∪ | — ∪ ∪ ‖ — ∪ ∪ | — X

4. ἡρώων, αὐτοὺς δὲ ἑλώρια τεῦχε κύνεσσιν

— — | — ∪ ∪ | — ∪ ‖ ∪ | — ‖ ∪ ∪ | — ∪ ∪ | — X

5. οἰωνοῖσί τε πᾶσι, Διὸς δ' ἐτελείετο βουλή,

— — | — ‖ — | — ∪ ‖ ∪ | — — | — ∪ ∪ | — X

6. ἐξ οὗ δὴ τὰ πρῶτα διαστήτην ἐρίσαντε

— ∪ ∪ | — ‖ ∪ ∪ | — ‖ — | — — ‖ — ∪ ∪ | — X

7. Ἀτρεΐδης τε ἄναξ ἀνδρῶν καὶ δῖος Ἀχιλλεύς.

我们可以看到，所有停顿（‖）都处于第一音步至第四音步之间，一般可以分为三类。第一类位于第一音步末尾和第二音步中间，分别称为"第一音步休止"和"一音步半停顿"；这类停顿通常是由于古希腊词语或短语的音节数所造成的，因此也被认为是偶然的，无关乎诗歌意义的停顿[①]，而且确实有些诗行并没有这类停顿（如1和5）。第二类位于第三音步的第一个长音节之后和第一个短音节之后，分别称为"两音步半停顿"（penthemimeral caesura）和"第三音步长短格停顿"（third trochaic caesura）；这类停

---

① 参见 G. S. Kirk, *The Iliad: A Commentary*, Vol. 1: *Books 1-4*, Cambridge: Cambridge University Press, 1985, p.29。

顿位于乐句接近中间的位置（但不在正中间），几乎出现在所有荷马诗行之中，通常结合了句法停顿和意义停顿，因此最为重要，自古以来就被承认。第三类则位于第四音步的中间和末尾，分别称为"三音步半停顿"（hephthemimeral caesura）和牧歌休止（bucolic dieresis）；这类停顿也是比较自由的，根据阐释者的理解会有所不同，比如第七行可以在καί的前面停顿，也可以在后面停顿，它有时候也是偶然的，甚至缺席的（如1和6）。

从内在韵律看，荷马史诗大部分存在这三类停顿，进而把整个乐句划分为"四截"；从逻辑上说，"四截"根据其停顿位置的不同就有如下不同的旋律单元[①]：

表 3-1　　　　　　　　　　荷马史诗诗行分截

第一截	第二截	第三截	第四截
—∪∪	∪∪—∪	∪—	—∪∪丨—X
—∪∪—	∪∪—	∪∪—	∪∪—∪∪丨—X
	—∪∪—	∪—∪∪	
	—∪∪—∪	∪∪—∪∪	

根据德鲁伊特（J. A. J. Drewitt）的研究，荷马史诗的停顿还有如下五种现象："六音步格不允许第四音步长短格停顿（4th trochaic break）；在短音节停顿处通常拒绝元音省略（elision）；在两音步半停顿基本上避免燕尾衔接的韵律朗读（dovetailed scansions，如ἕνεκα θνητῶν）；相反，这个停顿非常倾向于显得过长（比产生长音节所需要的辅音还要多，如ὣς εἰπὼν κατ' ἄρ' ἕζετο）；最后，在第四音步长长格（4th spondaic）处拒绝按位置的韵律朗读（如ἅμα δ' ἄλλον λαὸν ὄπασσον）。"[②] 第一、五种现象并没有什么特殊的理由，因为根据基尔克的说法，不过是碰巧罢了，第二、三和第四种现象则主要是出于朗读上的需要，因为省略必须连读，燕尾衔

[①] 参见 Matthew Clark, "Formulas, Metre and Type-Scenes", in Robert Fowler ed., *The Cambridge Companion to Homer*, Cambridge: Cambridge University Press, 2004, p. 123。

[②] J. A. J. Drewitt, "Some Differences between Speech-Scansion and Narrative-Scansion in Homeric Verse", in *The Classical Quarterly*, Vol. 2, 1908, p. 95.

接不利于停顿。但是，所有这些似乎都指向同一个目标，诗歌的写作和朗读受到韵律的制约。

　　荷马史诗的外在韵律是由长短短节奏的重复所构成的，比较简单和容易入律，而内在韵律则是由四截连缀所构成的，比较复杂和例外较多。诗人在创作的过程中只关注外在韵律，并没有意识到内在韵律，因为停顿本身并不构成诗句的意义单元，它只是潜藏于诗歌创作下面的韵律单元，是学者们从荷马史诗中根据读音法则提炼出来的，因此我们会看到有些诗行连第二类最重要的停顿都没有，如：

— —|— ‖ ∪∪|— —| ‖ ∪∪|— ∪∪| — X
κλαγγηδὸν　προκαθιζόντων,　σμαραγεῖ　δέ τε　λειμών
（《伊利亚特》2.463）

　　于是，这里产生一个问题：这种现象在荷马诗行中究竟是冰山一角，还是昙花一现？或者说，划分"四截"是否完全是人为的，无法彻底解释荷马史诗的创作问题？基尔克认为这并不是例外，实际上他还提出另一种停顿方式，"逐渐增长的三重韵"（rising threefold verse），即分别在第二音步中间和第四音步中间停顿，比如①：

—∪∪|—|—|∪∪|—　‖∪∪| — ∪∪| — X
διογενὲς Λαερτιάδη　πολυμήχαν᾽　Ὀδυσσεῦ
（《伊利亚特》 2.173）

— ∪∪|— ‖∪∪|— ∪∪|— ‖∪∪|—∪∪|—X
ἕζετ᾽ ἔπειτ᾽　ἀπάνευθε　νεῶν,　μετὰ δ᾽　ἰὸν ἕηκε
（《伊利亚特》1.48.）

—∪∪|— ‖∪∪|—∪∪|— ‖ —|—∪∪ |— X
εἰ δὴ ὁμοῦ　πόλεμός τε δαμᾷ　καὶ　λοιμὸς Ἀχαιούς
（《伊利亚特》1.61）

---

① 参见 G. S. Kirk, *The Iliad*: *A Commentary*, Vol. 1: *Books* 1-4, Cambridge: Cambridge University Press, 1985, p. 20。

第3章 荷马史诗的韵律

当然这三行也可以用"四截"来划分，但是基尔克在这里提出的备选方案再次表明内在韵律更多关乎朗读上的停顿，与诗句的意义无关。然而，它在我们重铸荷马史诗的朗读和创作上却是至关重要的，因为荷马史诗首先是用于朗读、背诵、吟唱和聆听的，这一切均与声音和韵律相关，只有通过理解读和听的规则，才能更好地理解诗歌本身。

"四截"在荷马史诗中起到一种程式的作用，荷马可以通过运用这些固定程式去建构诗歌：比如上述 2.173 中的 Λαερτιάδη（拉埃尔特斯之子）和 πολυμήχαν' Ὀδυσσεῦ（足智多谋的奥德修斯）就分别构成一个符合韵律的程式；前面提到 1.7 中的 Ἀτρεΐδης（阿特柔斯之子）和 δῖος Ἀχιλλεύς（神样的阿基琉斯）也分别构成一个符合韵律的程式。这种程式在荷马史诗中成千上万，它表明荷马并不是完全依靠个人能力创造，而是依靠大量这些程式创作和表演诗歌，这样就大量减少了创作的精力。①

古希腊语要满足这些"截"的旋律需求是很容易的：首先，古希腊语是以长短音节为单位，因此很容易入乐；其次，古希腊语注重性数格、时态语态等语法变化，而不太注重词语位置，因此很容易调整；最后，古希腊语有很多小品词，它们可以起到补救作用。通常来说，荷马史诗的程式表现为：代词—连词—分词—动词被连用，这种连用通常会跟着某个名词—修饰语所组成的主干，于是程式句子就出来了。但是我们必须警惕，这种程式并不是荷马有意为之，而是经过代代吟游者的改造和积累而形成的，因为吟游者经常需要寻找某些程式来满足韵律和表达思想，要是他找到一个好程式则会被其他人加以使用，否则就不会被其他人使用，无法进入传统。② 正是在这个意义上可以说"英雄诗歌是非个人的、客观的和戏剧的"③，或者说"英雄

---

① 正如拜尔（Charles Rowan Beye）所言，"诗人的语言是由韵律短语构成的，而不是由一个个词语构成；每个短语当然是比各个词语更大的诗行单元，所以这些短语就大大减轻了歌者-作曲者的工作，他不必在每个长短格诗行中应付那么多松散元素"。参见 Charles Rowan Beye, *Ancient Epic Poetry: Homer Apollonius, Virgil*, Ithaca, New York: Cornell University Press, 1993, pp.5-6。

② 参见 Adam Parry ed., *The Making of Homeric Verse: The Collected Papers of Milman Parry*, Oxford: Clarendon Press, 1971, p.56。

③ C. M. Bowra, *Heroic Poetry*, London: Macmillan, 1952, p.30.

史诗的本源不是颂词，不是宗教传说，更不是编年史，而是阶级出现之前的人民史诗"①。

由此可见，只有充分重视诗歌与韵律和语言的关系，我们才能够理解荷马史诗的韵律问题，也只有在这个坚实的基础上，我们才能够准确地解开荷马史诗的创作奥秘。② 在诗歌创作中，韵律先于语言，制约语言。在古希腊诗歌中，韵律主要基于音节长短、节奏类型和正反节。荷马史诗的韵律从外在来看是6个长短短音步组成，从内在来看则是由四类截组成，这些截形成千变万化的程式，这些程式是传统吟游者代代相传和固定下来的，荷马自觉或不自觉地灵活运用这些程式进行创作，最终形成古希腊诗歌的最高典范。

---

① ［俄］E.M. 梅列金斯基：《英雄史诗的起源》，王亚民等译，商务印书馆2007年版，第14页。

② 如前所述，关于荷马史诗的创作问题自现代以来争论不断：以沃尔夫为代表的分解派主张汇编说，以斯各特为代表的整一派则主张个人创作说，以帕里为代表的口头派则主张程式说，参见程志敏《荷马史诗导读》，华东师范大学出版社2007年版，第109—113页。

第 4 章　荷马史诗的创作

世界各民族最早的文学样式几乎都是诗歌，除了古希腊的荷马史诗，例如苏美尔的《吉尔伽美什》、古印度的《梨俱吠陀》、德国的《尼伯龙根之歌》、法国的《罗兰之歌》、西班牙的《熙德之歌》、英国的《贝奥武甫》，以及中国的《格萨尔王》（藏族）、《江格尔》（蒙古族）、《玛纳斯》（柯尔克孜族）、《亚鲁王》（苗族）等。各民族早期的诗歌基本上都是歌颂民族英雄的伟大壮举，这些英雄骁勇善战，建功立业，舍己为人和扬善惩恶，由此奠定了民族历史的开端或者于危难之际拯救了民族。20 世纪 30 年代以来的"口头理论"研究表明，各民族早期诗歌是在没有文字的时代创作的，是由历代歌者在表演中创作并以口耳相传的方式流传下来的。因此，口头文学与后世的书面文学在叙事方面有着根本性的区别，在这里笔者主要从程式创作、主题创作和结构创作这三个方面来探讨荷马史诗的叙事。

第一节　程式创作

我们阅读荷马史诗首先会发现一个有趣的现象，人物经常会冠以一些特定修饰语，例如足智多谋的奥德修斯、捷足的阿基琉斯、人民的牧者阿伽门农、白臂的海伦、杀人者赫克托尔、牛眼睛的赫拉。这些修饰语扮演着两种功能，一种功能是为了满足六音步格韵律的需要，这些修饰语与人物名字的固定搭配正好构成六音步格韵律的预制板块，无论这些预制板块放在哪个位置都是符合一个诗行的韵律的，另一个功能是揭示出人物的特点，虽然这个预制板块是个偏正短语，在诗歌叙事中本质上是要强调人物的名称，但是修饰语或者绝大多数都会跟人物的典型特点相关。如在《水浒传》中及时雨宋江、玉麒麟卢俊义、智多星吴勇、豹子头林冲、花和尚鲁智深、黑旋风李逵、九纹龙史进，等等。《水浒传》的人物绰号全都是三个字或四个字，跟荷马史诗的情形相仿，这一方面是为了满足字面工整、平仄读音和汉语节奏的需要，另一方面也为了揭示人物的典型特点。这种用具有固定搭配的预制板块来创作的方式，学术界称为"程式"（formula）创作。

如果我们对比书面文学就会看到，程式的大量使用是口头诗歌非常典型的特点。公元前3世纪的阿波罗尼俄斯用希腊语写成的《阿尔戈英雄纪》深受荷马的影响，但它是个人创作的英雄史诗，它对程式的使用比荷马史诗要少得多。古罗马诗人代表维吉尔用拉丁语写成的《埃涅阿斯纪》可以视为荷马史诗的续篇，不可避免地受到荷马的影响，但它同样是个人创作的英雄史诗，它对程式的使用也比荷马史诗少得多。程式作为口头诗歌的规则，其措辞比较复杂，它涉及口耳相传的诗歌的保存和改编，歌手的立场和思想，以及诗歌的韵律。

根据帕里的研究，荷马诗歌的程式表现为：代词+连词+分词+动词连用，这种连用通常会跟着某个名词+修饰语所组成的主干，于是程式句子就出来了，比如：ton（代词，他）+de（连词）+ paristamenē（分词，站在旁边）+ prosephē（动词，对……说话）+ rlaukōpis（修饰语，目光炯炯）+ Athēnē（名词，雅典娜）："目光炯炯的雅典娜站在他旁边这样说。"（《奥德赛》24.516）这样的程式可以通过更改不同的词语成分产生千变万化的句子：

  目光炯炯的雅典娜 + 激励他 + 这样说（《奥德赛》24.516）
  强大的波吕斐摩斯 + 抚摸它 + 这样说（《奥德赛》9.446）
  牧猪奴欧迈奥斯 + 讥讽他 + 这样说（《奥德赛》22.194）
  金发的墨涅拉奥斯 + 激励他 + 这样说（《伊利亚特》4.183）
  白臂女神赫拉   + 气愤地 + 这样说（《伊利亚特》24.64）
  集云神宙斯   + 回答她 + 这样说（《伊利亚特》24.64）

我们看到修饰主语部分的形容词有些是专有修饰语（particularized epithet），有些则是装饰修饰语（ornamental epithet）。"目光炯炯"这个修饰语专属于雅典娜，"集云神"这个修饰语专属于宙斯，这些修饰语跟主语形成固定搭配，不能用在其他人物形象身上。"强大的""金发的"可以用在任何男人身上，"白臂的"也可以用在任何女人身上，这些修饰语纯粹是为了适应韵律的需要，或者为了在歌唱时产生富于变化的效果。英雄的专有修饰语与装饰修饰语都涉及勇敢、强壮、名声、忠诚和神圣等品质，但所有英雄普遍具有的修饰语与单个英雄的修饰语有所不同：比如神圣的阿基琉斯指他捷足方面无人能敌，而神圣的奥德修斯则指他在计谋方面无人能敌，人民的牧者阿伽门农指他是希腊全军的统帅，而人民的牧者奥革阿斯则是埃里斯地区的君王，等等。诗人使用哪种修饰语取决于他本人的词汇量和韵律，当荷马所掌握的词汇非常多，掌握这些程式的样板非常多，而且能够在表演歌唱时形成熟练的应用时，他可以从他的程式库里面自由地抽取适合的形容词和分词。当然，不管如何变化，他必须保持相应的程式跟所要表达的思想观念一致。

过去人们并不能理解荷马为什么大量使用程式，甚至用书面文学的标准来批评这种用语的原始和幼稚。一些古代学者（如阿里斯塔库斯和波菲利）认为修饰语表示一般的意义，表示事物的本性，但跟上下文没有太大关系，比如"目光炯炯的雅典娜"表示雅典娜的本性是目光犀利，勇敢和智慧的，而并不是说雅典娜在当时的情境中瞪大眼睛——很好奇或很气愤。德国语文学家顿泽（J. Düntzer）认为荷马在选择固定修饰语时不可能同时兼顾其意义和韵律，因此，荷马的方法很幼稚，诗歌极为简单，一切固定修饰语都是作为装饰作用。19世纪中后期，学者们又普遍认为荷马史诗的每个词都是作者经过精心打磨的结果，固定修饰语表达某些道德含义。帕里则抱有一种更科学和合理的态度，他认为荷马的修饰语有些是传统的，有些则是不符合传统的，前者普遍起着装饰作用，而后者则可能具有特殊意义，但前者居多，后者非常罕见。

程式作为口头诗歌创作的现象和规则并不是荷马个人所为的，而是之前一代代的歌手个别地创作和缓慢地累积起来的，那些不适合韵律或者不够优美的程式就被淘汰了，那些优美的程式则经受了历史的检验而保存了下来。帕里说：

吟游歌手经常需要主格的名词—修饰语的程式，以便在三音步半停顿（hephthemimeral caesura）之后使用；因此，他们热衷于为史诗故事中扮演重要角色的每位神和英雄寻找那种长度的表达方式。一旦这样的表达方式得以找到，那么其他吟游歌手就热衷于不加修改地借用它，这样就使得它成为史诗短语的完整部分。但如果某位吟游歌手为一位很少在英雄世界中露面的英雄找到这种基本长度的程式，或者如果他为相对重要的英雄找到一种只能在少数情况下可以使用的拐弯抹角的表达方式，那么其他吟游歌手就不太可能借用这些表达方式，因此它们就不太可能进入传统。[1]

程式之所以能够成为规则，就在于程式不是诗人个性化的表述，诗人必须按照程式所规定的词组和句子来创作，因此程式也就是荷马的"叙事"伦理之一。在程式规则的约束下，诗人在用词和表述方面的创新是极为有限的，荷马的特点或者原创性在于他比其他诗人更频繁地使用某些名词—修饰语程式，或者很少使用某些名词—修饰语程式。如果荷马需要一个修饰语来描述某位英雄，但又没有专有的修饰语，他就得使用专门起韵律作用的普遍修饰语，比如荷马用"神样的"来修饰潘达罗斯（《伊利亚特》4.88），尽管他亲口说潘达罗斯是一个愚蠢的人（《伊利亚特》4.104）。如果他只晓得一个这种修饰语，那他就别无选择只能用它。如果这两种情况都不存在，那么他很可能就可以自己创造一个修饰语，不过这样的情况可能是非常罕见的。但是修饰语本身的属性基本上是固定的，它要么是特有的，要么是装饰的，诗人所创造的修饰语也必须符合这条规则。

我们需要谨记，荷马史诗最初是用来演唱的，它是"诗、乐、舞"三位一体的艺术，因此演唱必定跟听众相关，程式语的使用不仅是诗歌的内在要求，也跟听众的接受相关。帕里说：

---

[1] Milman Parry, *The Making of Homeric Verse: The Collected Papers of Milman Parry*, Adam Parry ed., Oxford: Clarendon Press, 1971, p.56.

第 4 章　荷马史诗的创作

对于荷马和他的听众而言，固定修饰语与其说装饰一行诗句或一首诗歌，不如说装饰英雄歌谣的整体。这些修饰语对他而言构成诗歌的一个熟悉要素，我们这些后世的人很难领悟这些要素，但它们对于诗人和听众的重要性通过荷马的一切表现出来：通过故事、人物、风格表现出来。在这个方面，固定修饰语就像诗歌的其他熟悉要素一样。如果吟游歌手剔除了它们，听众会感到无比惊讶；他努力将它们放进诗歌以便吸引听众的注意力。史诗诗行没有修饰语对于听众而言就像一位英雄人物没有其传统特点。[①]

由此可以看出，叙事规则从来不是仅限于文本本身，尤其是在口头传统诗歌的叙事当中，叙事规则是作者、听众和诗歌三种因素共同作用的结果，现代叙事学仅仅从文本来理解叙事规则是片面的。

第二节　主题创作

继帕里提出荷马史诗的程式创作特点之后，他的弟子洛德进一步提出了荷马史诗的主题创作特点。程式是在历代歌手的演唱中累积起来的固定用语，它具有节俭和经济的作用，也就是说它极大地方便了歌手对诗歌的学习、背诵和演诵，但是程式受到严格韵律的制约而极大压缩了歌手自由创作的空间。然而洛德发现，虽然程式是固定的，但是故事的主题却不是固定的，歌手可以用特定的程式表达不同的主题，也可以在同一个主题中使用不同的程式。就像搭积木一样，虽然积木只有双头、四头、八头，长方形、四方形，薄层、厚层，红色、黄色、蓝色、绿色等规定的几种形式，但是通过巧妙的搭配，不同的积木就能搭建出千变万化的作品。

洛德说："主题是用词语来表达的，但是，它并非一套固定的词，而是一组意义"[②]，"在歌手的日常积累中，一个重要的主题可以采用多种可

[①] Adam Parry ed., *The Making of Homeric Verse: The Collected Papers of Milman Parry*, Oxford: Clarendon Press, 1971, p.137.

[②] ［美］阿尔伯特·贝茨·洛德：《故事的歌手》，尹虎彬译，中华书局 2004 年版，第 97 页。

能形式。当他在新歌中唱到这种主题时，他更易于依据自己业已储备的材料来重新创作这一主题"①。程式和主题都是用词语来表达的，所不同的是程式无论在词语、词组、句子当中往往是固定的，但是主题作为故事想要表达的意义则是不固定的。文学的主题是非常多的，例如爱情、友情、亲情、战斗、集会、忠诚、冲突、背叛、革命、认识、成长、发现、复仇、流浪等，这些主题可以通过一些小的故事来表现，也可以由一系列小的故事组合宏大叙事来表现。当然，一个小故事也可以有多个主题，一部作品也可以有多个主题，但是核心的主题通常只有一个。

　　在荷马史诗当中，"争吵"这个主题表现在阿伽门农与阿基琉斯的关系当中，但是这个主题也表现在阿基琉斯与奥德修斯之间，表现在奥德修斯与大埃阿斯之间，表现在宙斯与赫拉之间等。"决斗"这个主题表现在墨涅拉奥斯与帕里斯之间，狄奥墨得斯与格劳科斯（Glaucus）之间，大埃阿斯与赫克托尔之间，帕特罗克洛斯与萨尔佩冬之间，阿基琉斯与赫克托尔之间等。"集会"这个主题也反复出现在希腊人阵营（召集者包括阿伽门农和阿基琉斯）与特洛伊（召集者是普里阿摩斯和赫克托尔）。"婚姻不忠"这个主题既表现在海伦身上，也表现在克吕泰墨涅斯特拉（Clytemnestra）身上，还表现在阿佛罗狄忒身上。而"忠于婚姻"这个主题既表现在安德罗马克（Andromache）身上，也表现在佩涅洛佩身上。"复仇"这个主题也是非常常见的，例如阿基琉斯的复仇、奥德修斯的复仇。如果我们仔细考察这些小故事，就会发现荷马用不同的故事来讲叙述相同的主题，但是他在不同的故事当中所采取的方式是完全不同的，从而产生了完全不同的意义，也产生了完全不同的伦理教导。荷马追求叙事方式上的变化和丰富性，目的是避免雷同、僵化和单调，给听众带来意料之外的惊喜和快感。反过来，在同一个故事中也可以表现不同的主题，阿伽门农与阿基琉斯争吵的故事表现了权威、正义、荣誉等主题，奥德修斯与佩涅洛佩相互考验表现了忠诚、正义、伦理、爱情等主题。

　　一部史诗就是由不同的故事通过一定的顺序创编而成的，因此一部

---

① ［美］阿尔伯特·贝茨·洛德：《故事的歌手》，尹虎彬译，中华书局2004年版，第115页。

史诗也包含着各种各样的主题。不过所有这些主题最终都会指向一个统一的、核心的主题,《伊利亚特》的主题就是"阿基琉斯的愤怒",《奥德赛》的主题就是"奥德修斯的返乡"。我们阅读《水浒传》同样就会发现它每一回讲述不同的故事,例如宋江怒杀阎婆惜、武松打虎、鲁智深拳打镇关西、林冲风雪山神庙、李逵江州劫法场等,虽然这些不同的故事有着不同的主题,但是所有这些主题最终服务于一个统一的主题,那就是"忠义"。

真正体现诗人创造力的地方在于他用什么样的方式把这些不同的故事组织起来,连贯成一个完整的整体。洛德说:"在建构一个较大的主题时,诗人的脑海里便有了一个计划,这个主题计划不仅仅限于叙事的必需要素。在主题群之中,有一些涉及顺序和平衡的因素。例如,对于集会这一主题的描绘,遵循着一种顺序,即从集会的头目,他的贴身护卫,到世袭的贵族,再到斟酒人,他是集会当中最年轻的人,因此他要服侍这些年长的人。而结束点则是故事中的主角。这种向前推进的方式帮助了歌手,给他提供了某种叙事的方法。"[①] "一个主题牵动另一个主题,从而组成了一支歌,这支歌在歌手的脑海里是作为整体而存在的。……口头诗歌中的主题,它的存在有其本身的理由,同时又是为整个作品而存在的。"[②]

这样一来,我们就可以明白,也许历代许多歌手都歌唱特洛伊战争的故事,但是他们所采取的方式是不同的,所要表达的主题也是不同的。这些差异跟每个歌手对故事的理解差异相关,也跟主题本身的变化多端相关,正如洛德所言:"对具体歌手或整个传统来说,并没有一个'纯粹'的主题的形式。主题的形式在歌手的脑海里是永远变动的,因为主题在现实中是变化多端的……主题并非静止的实体,而是一种活的、变化的、有适应性的艺术创造。主题是为歌而存在的。"[③]

主题创作能够解释或赋予歌手更多的灵活性和创造性,然而主题创作

[①] [美]阿尔伯特·贝茨·洛德:《故事的歌手》,尹虎彬译,中华书局2004年版,第132页。
[②] [美]阿尔伯特·贝茨·洛德:《故事的歌手》,尹虎彬译,中华书局2004年版,第135—136页。
[③] [美]阿尔伯特·贝茨·洛德:《故事的歌手》,尹虎彬译,中华书局2004年版,第136页。

会带来一个比较麻烦的历史问题，也就是我们手中的荷马史诗还是荷马所作的吗？一般认为荷马死后很多年才有文字，才有关于荷马史诗的记录，才有荷马史诗的文本，那么荷马死后他的诗歌被不断传诵，必然也会在流布过程中被那些诵诗人所改编。如果我们对比手中的荷马史诗跟柏拉图对话录所记载的荷马史诗就会发现两者有所差异，这种差异可能是由于柏拉图的记忆不准确所导致的，可能是本身就存在各种版本不同的荷马史诗所导致的，也可能是后人在整理和校勘柏拉图对话录和荷马史诗时人为地造成的。这个问题的难解之处在于我们所掌握的资料实在太少，以至于我们很难在现有的基础上做出明确的辨析和有效的判断。

第三节　结构创作

任何诗歌的创作都会存在结构化的倾向，某种结构一旦形成就会规范诗歌的创作。我国的唐诗在字句、押韵、平仄、对仗各方面都有严格规定，这些规定就构成了唐诗的格式，不管是绝句还是律诗都应该遵守这些格式，否则就被视为失粘，或拗字，或拗句，或拗体。同样，宋词有上千个词牌（常见的如一剪梅、临江仙、如梦令、菩萨蛮、卜算子、满江红、沁园春、鹊桥仙、虞美人、踏莎行、蝶恋花），根据每个词牌的格式不同，所填的词也有所不同。所有这些诗词的格式都属于诗歌的结构，它们规范或指导诗词的创作和演唱，因此它们也是诗词的"叙事"伦理。

前面我们分析了荷马史诗的韵律（包括音长、音高、节奏、音节等）问题，现在我们论述荷马史诗的行文结构问题，这里主要分析对称结构和环形结构。我们以《伊利亚特》第一卷来考察对称结构。荷马在《伊利亚特》第一卷叙述了两个世界，一个是人类世界，另一个是诸神世界。在人类世界当中，荷马叙述了四件事情：（1）克律塞斯携带礼物来请求阿伽门农归还他的女儿克律塞伊斯，阿伽门农不允许，从而导致阿波罗降下瘟疫惩罚希腊人；（2）阿基琉斯从卡尔卡斯那里得知希腊瘟疫的真相和原因，要求阿伽门农归还克律塞伊斯，而阿伽门农则以夺取阿基琉斯的女人布里塞伊斯作为补偿，双方产生激烈争吵；（3）涅斯托尔站出来调解阿伽门农与阿基琉斯的争吵;(4)阿伽门农与阿基琉斯分道扬镳。在诸神的世界里,荷马也叙述了四件事情:(1)忒提斯向宙斯请求,让希腊人在阿基琉斯没有参战的情况下败北,以便恢复阿基琉斯的荣誉;(2)赫拉因为支持希腊人而不同意宙斯挫败希腊人,双方发生激烈争吵;(3)赫菲斯托斯站出来调解赫拉与宙斯的争吵;(4)诸神在宴会结束后相互分离,各回各家。对比发现《伊利亚特》第一卷存在一个对称结构:

表 4-1　　　　　　　　　　《伊利亚特》第一卷结构

人类	诸神
请求(1.1-52)	请求(1.493-530)
争吵(1.53-247)	争吵(1.531-569)
调解(1.248-307)	调解(1.570-604)
分离(1.308-492)	分离(1.605-611)

在《伊利亚特》第二卷,荷马描述了希腊人与特洛伊人准备战斗的场景:(1)阿伽门农召开长老会,解释宙斯的梦境,决定向特洛伊进攻;(2)阿伽门农集合全军,宣布从特洛伊撤军,奥德修斯恢复军队秩序,准备战斗;(3)希腊联军的战士、舰船和马匹的罗列;(4)普里阿摩斯召开长老会讨论战事;(5)赫克托尔集合全军,准备迎接战斗;(6)特洛伊联军的战士的罗列。对比我们发现《伊利亚特》第二卷也存在一个对称结构:

表 4-2　　　　　　　　　　《伊利亚特》第二卷结构

希腊联军	特洛伊联军
召开长老会(2.1-83)	召开长老会(2.786-806)
集合军队(2.84-483)	集合军队(2.807-810)
联军目录(2.484-785)	联军目录(2.811-877)

再以《奥德赛》第一卷为例,我们看到荷马同样叙述了诸神世界和人类世界:(1)诸神举办宴会,宙斯感慨阿伽门农家族的不幸,雅典娜建议

释放奥德修斯让其回家,雅典娜谋划奥德修斯父子的行为;(2)求婚者举办宴会,特勒马科斯感慨自己家族的不幸,雅典娜建议他外出寻找奥德修斯;特勒马科斯在母亲和求婚者面前强调自己的家长权,并谋划寻父路线。这样一来,我们可以看到这一卷也存在对称结构:

表 4-3　　　　　　　　　《奥德赛》第一卷结构

诸神	人类
宴会(1.1-27)	宴会(1.106-155)
不幸(1.28-43)	不幸(1.156-251)
建议(1.44-79)	建议(1.252-324)
谋划(1.80-105)	谋划(1.325-444)

在《奥德赛》第二卷,荷马叙述了特勒马科斯外出寻父前的一系列准备。(1)特勒马科斯召开公民大会,他跟老英雄艾吉普提奥斯(Aigyptios)对话,指责城邦对求婚者的恶行无动于衷,他跟求婚者对话,表示对母亲婚事无能为力,谴责求婚者,并祈求宙斯惩罚求婚者;他请求城邦支持他出游寻父,并向雅典娜祈求帮助。(2)求婚者再次返回特勒马科斯家里准备宴会,特勒马科斯威胁求婚者却遭到他们的冷嘲热讽;他独自寻找奶妈,要求她准备出行所需要的物资,为他的出行严格保密;雅典娜为特勒马科斯召集帮手,并建议他立即趁月黑风高时出发。第二卷同样存在一个对称结构:

表 4-4　　　　　　　　　《奥德赛》第二卷结构

言辞	行动
集会(2.1-14)	宴会(2.296-300)
谴责(2.82-207)	威胁(2.301-336)
请求(2.208-256)	请求(2.337-381)
神助(2.257-295)	神助(2.382-434)

整部《奥德赛》也体现出严谨的对称结构:

表 4-5 《奥德赛》全书结构

\multicolumn{6}{c}{《奥德赛》整体结构}
1-12，海外旅行	1-4，寻父	建议寻父	准备寻父	寻父一	寻父二
	5-8，返航	遇难脱困	公主帮助	国王宴请	贵族竞赛
	9-12，回忆	独目巨人	基尔克	冥府	卡吕普索
13-24，回家考验	13-16，考验	考验雅典娜	考验牧猪奴	考验牧猪奴	考验儿子
	17-20，考验	考验求婚者	考验求婚者	考验女奴和妻子	考验牧牛奴
	21-24，考验	拉弓自证	屠杀求婚者	被妻子考验	考验父亲

对称是荷马史诗安排诗歌行文的重要方式，它在荷马史诗中随处可见，举凡场景、人物、事件、对话、行动等都可以看到对称的结构。对称带来平衡，平衡带来秩序。追求秩序之美不仅存在于诗歌当中，也存在于古希腊的音乐、建筑、雕塑、绘画等艺术类型当中。我们甚至可以说世界各民族的艺术都追求某种程度的秩序美，这种秩序美根植于自然事物的对称和自然规律的平衡当中，所以它才会有普遍性和永恒性。

除了对称结构，荷马史诗还存在一种环形结构。从 20 世纪 40 年代到 60 年代，关于荷马史诗的环形结构的研究已经趋向完善，而且广为荷马史诗研究界所认识和认同，例如程志敏说：

> 所谓环形，是指荷马史诗中，相同或相似的要素看法或概念，在故事的开头和结尾处都出现了，这种重复就是一个"环"。当该单元中一系列元素先是以某种顺序出现，如 A-B-C……然后又在结尾处以相反的顺序再现，即……C-B-A，这就是一系列的"环"。因此，"环形结构"是指在一段话或一段故事开头处重复了主题，在这一段的末尾有时一字不差、有时用或多或少相似的语言再重复一遍，这样一来就构成并凸现为一种离散的诗体。[①]

---

① 程志敏：《荷马史诗导读》，华东师范大学出版社 2007 年版，第 145 页。

我们可以通过《伊利亚特》的一些诗句来分析什么是环形结构。在《伊利亚特》卷6，荷马讲述了狄奥墨得斯与格劳科斯的决斗，决斗之前狄奥墨得斯问格劳科斯：

> 这位勇士，你是凡人当中的什么人？
> 我从未在人们赢得荣誉的战争中见过你，
> 但是你现在有胆量比别人前进得多，
> 来到我的有长影的枪杆下，只有那些
> 不幸的父亲的儿子们才来碰我的威力。
> 但是如果你是一位永生的神明，
> 自天而降，我可不愿意同天神作战。
> 甚至德律阿斯的儿子、那个强有力的
> 吕库尔戈斯（Lycurgus）也没有活到很长的寿命，
> 因为他同天神对抗，曾经把疯狂的
> 狄奥倪索斯（Dionysus）的保姆赶下神圣的倪萨山，
> 她们被杀人的吕库尔戈斯用刺棍打死，
> 手中的神杖扔在地上。狄奥倪索斯不得不
> 钻进海浪里逃走，忒提斯把惶悚的他
> 接到怀抱里，凡人的吼声仍使他战栗。
> 生活舒适的天神对吕库尔戈斯发怒，
> 宙斯弄瞎他的眼睛，使他短命，
> 因为他为全体有福的天神所憎恨。
> 所以我不愿同永生永乐的神明斗争。
> 如果你是吃田间果实的凡人中的一员，
> 你就走近来，快快过来领受死亡。（《伊利亚特》6.123-143）

这段话形成了这种环形结构：

第 4 章 荷马史诗的创作

　　A. 你是凡人，我就杀死你（6.123-7）

　　B. 你是神，我就不跟你作战（6.128-9）

　　C. 吕库尔戈斯跟神作战而死亡（6.130-140：a. 他夭折，b. 他跟神对抗，c. 他逃跑，b'. 神对他发怒，a'. 他短命）

　　B'. 你是神，我就不跟你作战（6.141）

　　A'. 你是凡人，我就杀死你（6.142-3）

在这段话里，不仅狄奥墨得斯的言辞有环形结构（A-B-C-B'-A'），而且他列举吕库尔戈斯的故事也有环形结构（a-b-c-b'-a'），也就是说环形结构套嵌着环形结构。惠特曼发现，这种环形结构不仅存在于特定言辞，特定场合，特定章节，而且弥漫着整个荷马史诗。通过一个个的套嵌，整部史诗构成了一个完整的环形结构[①]：

表 4-6　　　　　　　　　《伊利亚特》环形结构

卷数	1				2-7	7	7	8	9-10	11-17	18-21	22-3		24		
天数	1	9	1	12	1	1	1	1	求和	1	1	1	1	12	1	9	1
事件					战斗	埋葬	建墙	战斗		战斗	战斗	埋葬	竞赛				

其中卷 1 与卷 24 的环形结构可以列表如下：

表 4-7　　　　　　　　《伊利亚特》首尾环形结构

卷 1	卷 24
A. 瘟疫与葬礼	F'. 诸神争吵
B. 争吵和掠夺	E'. 忒提斯与宙斯
C. 忒提斯与阿基琉斯	D'. 忒提斯与阿基琉斯
D. 驶向克律塞	C'. 驶向希腊阵营

[①] 参见 Cedric H. Whitman, *Homer and the Heroic Tradition*, Cambridge, Mass.: Harvard University Press, 1958, pp. 257-260。

续表

卷 1	卷 24
E. 忒提斯与宙斯	B'. 和解和归还
F. 诸神争吵	A'. 葬礼

在口头诗歌当中，环形结构当然是跟记忆有关。通过这种顺序和倒序的叙事方式，诗人能够加深记忆，并能够通过有限的叙事歌唱了双倍的长度。由于口头叙事具有时间上的瞬时性，因此听众不一定能够完全记住歌手所唱的内容，歌手必须颠过来倒过去歌唱，正如我们说"重要的事情说三遍"一样。书面文学没有这种记忆和听觉上的缺陷，因此书面文学不必采取环形创作的方式，相反，如果谁这样创作，反而被视为一种画蛇添足。

不过我们要清楚，环形结构创作仍然是传统的习惯使然，并不是荷马发明的全新的创作手法。而且这种习惯并不仅限于文学，还广泛存在于其他艺术类型。惠特曼说：

> 环形创作这个名字的产生是因为这种由相同或非常相似的元素围成的外壳产生了圆形效果，即视觉圆形的声学模拟；各种圆形（尤其是同心圆）是原始几何陶艺术的主要母题。在后来的几何艺术中，这种设计并不常见，但圆形的理念在战士或哀悼者的楣板中得到实现，走进这些人物自身，其感人的美学原则就在于不间断的连续性，完美且永恒的运动。人们可能确实会发现，类似的圆形性渗透到所有荷马史诗的当中，尤其是《伊利亚特》，不仅在场景中，而且在整个诗歌中。同样，这一原则的根源在于实践需要。[1]

我们并不清楚惠特曼所发现的整本书的环形结构是不是荷马自觉设计和创作的结果，或者是后来编者自觉设计和编订的结果，但是它却解决了一个争论几百年的问题，也就是荷马史诗是一系列小故事堆砌的，许多章

---

[1] Cedric H. Whitman, *Homer and the Heroic Tradition*, Cambridge, Mass.: Harvard University Press, 1958, pp. 253-254.

节是离题的，与主题不太相干，整个结构是支离破碎和杂乱无章的。对于口头文学而言，演唱的流动性正如意识的流动性，这种流动性没有书面文学那样步步紧扣反倒是很自然的事情，正是这种流动性将这些小故事和离题汇成一个主流。如果这些离题与套嵌变得比主题更长、更大、更多，那么这些离题本身就构成了主题的不可分割的部分，它们就不再是离题，不再是主题的可有可无的补充了。

第 5 章　荷马对传统的改编

第一节　判断改编的依据

荷马史诗是荷马在传统歌曲的基础上进行再创作的产物，荷马作为荷马史诗的作者必定会无意识或有意识地将自己的立场、理解、观念融入他的作品当中去。我们首先可以从一个历史事实对这个论题进行论证。根据目前史学界一般的划分，古希腊历史可以分为六个时期[①]：

（1）新石器时代：7000—3000BC；
（2）青铜器时代：3000—1200BC；（以特洛伊战争结束）
（3）铁器时代/黑暗时代：1200—700BC；（以文字记载出现结束）
（4）古风时期：700—480BC；（以波斯战争结束）
（5）古典时期：480—323BC；（以亚历山大统一希腊结束）
（6）希腊化时期：323BC—30AD。（以罗马统一希腊结束）

特洛伊战争发生在青铜器时代晚期，而特洛伊战争的英雄故事在战争结束直到铁器时代不断被歌手们演唱和表演，直到荷马作为集大成者整合成荷马史诗。这个历史间距自然就引出一个学术争论问题：荷马史诗究竟反映了青铜器时代还是铁器时代呢？这个问题本质上是 19 世纪以来考古发现特洛伊遗址、迈锡尼遗址和米诺斯遗址的副产品，因为此前人们只把荷

[①] 参见［美］波默罗伊等《古希腊政治、社会和文化史》，周平等译，上海三联书店 2010 年版，第 7 页。

马史诗当作虚构的产物,也就不关心所谓荷马史诗体现哪个时代的问题,当考古学家证实了荷马史诗所指的世界确实存在之后,人们对于荷马史诗所指的时代便感兴趣起来了。

青铜器时代晚期最显著的特征是宫殿社会。从特洛伊的普里阿摩斯宫殿到伯罗奔尼撒的阿伽门农宫殿、墨涅拉奥斯宫殿、涅斯托尔宫殿,再到克里特的米诺斯宫殿,充分说明这个时期的人们已经开始定居生活,而且定居点的规模、复杂性和精细化程度都在增长,街道和房子的规划显示出高度组织的社会形态。在宫殿文化当中,随处可见的宗教壁画表明宗教仪式扮演非常重要的家庭凝聚和共同体认同作用①;墓穴显示出的集体埋葬和火葬说明围绕亲属关系建立起来的家族力量是获取和维护权力的主要手段;高大城墙、精良武器、体育竞技都表明精英之间为了社会地位和政治地位而相互竞争。在铁器时代,集体埋葬逐渐转向单独埋葬;随葬品也逐渐增多和丰富,尤其是铁兵器作为随葬品的增多反映出社会技术的变革和进步,外来商品作为随葬品也表明希腊共同体之间初步发展出开放和商品交换的社会网络;男女坟墓的区别从物品数量多寡转向物品类型和埋葬方式,表现出传统高度等级化的社会朝着平等化社会发展的趋势。②

以上依据考古发现对青铜器时代和黑暗时代的社会形态的推理同样以不同的形式体现在荷马史诗当中,由此产生了荷马史诗偏向哪个社会形态的讨论。一种看法认为考古发现证实了特洛伊文明和迈锡尼文明的存在,大大强化了荷马史诗反映出真实特洛伊战争的可能性,因此荷马史诗反映出青铜器晚期时代的社会状况。而且荷马史诗也可以找到很多内在证据,例如驯马的特洛伊人跟出土材料的特洛伊人对马的使用相吻合;"战争列表"应该是从古代传下来的,因为其地理特点与后来不尽相同;诸如雅典这种后来强大的城邦在古代并不是非常突出;等等。因此荷马史诗主要反映了迈锡尼时代的实际社会情况。另一种看法认为荷马史诗以希腊的方式

---

① 参见[法]库朗热《古代城邦:古希腊罗马祭祀、权利和政制研究》,谭立铸等译,华东师范大学出版社 2006 年版,第 31—32 页。

② 参见 Robin Osborne, "Homer's society", in Robert Fowler ed., *The Cambridge Companion to Homer*, Cambridge: Cambridge University Press, 2004, pp. 206-219。

来理解特洛伊人恰恰表明荷马并不了解特洛伊，例如特洛伊的宗教信仰、人物和地址的命名方式都跟希腊人相同；史诗记载的特洛伊人的职业数量和种类跟皮洛斯宫廷的相关记载相比要少得多；史诗基本上没有描写迈锡尼时代的宫殿社会状况，因此奥德修斯的世界晚于迈锡尼的世界，荷马史诗的世界也晚于迈锡尼的世界，也就是黑铁时代的世界。①

这里并不是要讨论和解决荷马史诗体现哪个社会的问题，而是通过这个问题的争论本身表明荷马史诗混合着青铜时代和铁骑时代的某些不同特征，这种不同和时代措置本身证明荷马史诗的历代歌手作者在创作过程中会不断将自己的立场、理解、观念融入其作品当中。荷马作为最富有创造力的歌手显然也不例外。荷马史诗作为一种叙事，它本身关注的重点不是历史事实，而是如何通过吸引观众的方式来传达一种伦理观和政治观，由此影响观众的伦理和政治生活。因此历史故事的陌生化和熟悉化都构成吸引观众的叙事方式，在这个叙事方式的运用当中，诗人必须思考如何运用和改编大家熟悉的传统故事材料，如何针对具体的观众进行适当的陌生化表演等。

接下来，我们可以从荷马史诗内在证据来分析荷马改编传统故事的可能性。如果荷马在创作过程当中具有自主意识，那么他就不会完全照搬传统材料，而且照搬传统材料既不会把他跟其他歌手区别开来，也就不会增强他对观众的吸引力。荷马的自主意识可以从他的希腊立场略见端倪，而他的希腊立场则可以从许多细微方面体现出来。任何一位作者都有立场，关于战争故事的作者的立场集中体现在他对战争双方的褒贬当中。

《伊利亚特》经常会将希腊人与特洛伊人对比起来：

> 特洛伊人列好队，每队有长官率领，
> 这时候他们鼓噪、呐喊，向前迎战，
> 有如飞禽啼鸣，白鹤凌空的叫声
> 响彻云霄，它们躲避暴风骤雨，
> 呖呖齐鸣，飞向长河边上的支流，

---

① 更多相关讨论可以参见晏绍祥的《荷马社会研究》第二章。

第 5 章 荷马对传统的改编

给侏儒种族带去屠杀和死亡的命运,
它们在大清早发动一场邪恶的斗争。
阿开奥斯人却默默地行军,口喷怒气,
满怀热情,互相帮助,彼此支援。(《伊利亚特》3.1-9)

特洛伊人的鼓噪呐喊与希腊人的沉着冷静,表明希腊人比特洛伊人更有纪律和决心。希腊人的沉着冷静得益于将领对士兵的有力领导和指挥,而特洛伊人的鼓噪呐喊源于他们是由不同语言的民族组成的(参见《伊利亚特》4.428-36)。这进一步表明希腊军队的统一性与特洛伊军队的混杂性。人们可以想象,这样两支军队相遇必然是希腊人更具有战斗力。显然,荷马在这里表现出对于希腊军队的赞赏。

《伊利亚特》总共叙述了希腊人与特洛伊人的四场战斗。在每场战斗开始时,荷马总是描述希腊人首先杀死特洛伊人(参见《伊利亚特》4.457-458;8.117-121,11.92-93;20.381-383)。在战斗期间,荷马经常会描述特洛伊人攻击希腊人未果而反过来被希腊人杀死的场面,但是相反情况的则没有;荷马还经常描述特洛伊士兵在遭遇被杀的紧要关头下跪并向希腊人求饶的场景,而相反情况也没有。荷马史诗还描述了四场著名的决斗场景:墨涅拉奥斯跟帕里斯决斗(《伊利亚特》卷3),狄奥墨得斯跟格劳克斯决斗(《伊利亚特》卷6),大埃阿斯跟赫克托尔决斗(《伊利亚特》卷6),以及阿基琉斯跟赫克托尔决斗(《伊利亚特》卷22),尽管每场决斗的结果都有所不同,但是毫不例外都是以希腊人战胜特洛伊人结束。所有这一切同样表明荷马是赞扬希腊人比特洛伊人更有勇气、战斗力、技巧和骨气。

也许有人会说荷马史诗的亲希腊立场是因为其作者荷马是希腊人,而且历史总是由胜利者来书写的。历史并不总是由胜利者来书写,尽管希罗多德的《历史》是由战胜波斯人的希腊人来书写的,但是修昔底德的《伯罗奔尼撒战争史》却是由斯巴达人所打败的雅典人来书写的。尽管希腊人(雅典人)希罗多德总是以胜利者的姿态来赞扬希腊人,尤其是赞扬雅典人,但是雅典人修昔底德对雅典人却包含着赞扬与贬斥。同样,荷马作为希腊人对希腊人的赞扬也包含着对希腊人的贬斥,尤其是对于阿伽门农的愚蠢行为和恶劣心理,以及阿基琉斯的怒不可遏和冷酷无情。反之,荷马对特洛伊人的贬斥也包含着某种程度的赞扬,例如对萨尔佩冬之死的怜悯以及对赫克托尔之责任心的赞扬。因此仅仅以荷马是希腊人来说明荷马的亲希腊立场并不充分,而且严重低估了荷马立场的客观性和高贵性。

荷马的亲希腊立场根本原因在于希腊人是正义一方。前面我们已经谈过,《伊利亚特》隐含着正义的线索:帕里斯违反宙斯的主客之道而拐走海伦及其财产,这是特洛伊人的第一次不正义行为;在《伊利亚特》卷3帕里斯跟墨涅拉奥斯的决斗战败,特洛伊人不仅不按约定归还海伦及其财产,甚至潘达罗斯还插手这场决斗,放出冷箭暗伤墨涅拉奥斯,这是特洛伊人的第二次不正义。由于特洛伊人一而再再而三地违反宙斯的法则,犯下不正义之行,所以希腊人才会萌生出毁灭特洛伊的想法。① 特洛伊人的不正义是一个不争的事实,即使后来罗马人把自己的祖先追溯到特洛伊人埃涅阿斯那里,他们也没有或者没能替特洛伊人翻案,他们充其量只是责怪希腊人在攻陷特洛伊时过于残暴地对待了特洛伊人。②

荷马的神义观或者正义观在《奥德赛》中尤其明显。那些求婚者逼迫佩涅洛佩改嫁,挥霍奥德修斯的财产,淫乱伊塔卡王宫的宫女,密谋杀害特勒马科斯,企图篡夺奥德修斯的王权。如果奥德修斯已经在海外死了,那么这些不正义行为尚且不足以构成他们的死罪,毕竟重新推举城邦的国王和重振城邦的秩序是尤为紧要的事情。然而,他们对"流浪者"奥德修斯的所作所为——侮辱、谩骂、殴打、取笑、戏耍——实则反映出他们对诸神的不敬,因为"神明们常常幻化成各种外乡来客,装扮成各种模样,巡游许多城市,探察哪些人狂妄,哪些人遵守法度"(《奥德赛》17.485-87)。因此,求婚者同样是一而再再而三地犯下不正义行为,倘若他们敬畏神明礼待所有流浪者,那么他们是不会被"流浪者"奥德修斯所杀的。

现在我们可以说,荷马在创作过程必然具有高度的自主意识,因此他

---

① 比较《伊利亚特》(3.160-165,6.56-61,7.439-402)。
② 参见[古罗马]提图斯·李维《自建城以来:第一至十卷选段》,王焕生译,中国政法大学出版社2009年版,第7页。

必然会在创作和表演过程当中依据自己的正义观来改编那些传统材料。与此同时，这种改编也不是随心所欲的，它必须循序某些艺术规则（艺术伦理），不能随意打破这些作为惯例的艺术规则，否则就会显得突兀而被听众识别出来，无法达到高级改编的"润物细无声"的效果。

第二节 传统叙事的改编

如何判断荷马对特洛伊战争故事的传统进行改编呢？这里的困难在于我们没有掌握比荷马史诗更早的文献。不过，我们掌握了除荷马史诗之外的其他文献，这些文献展示出比荷马史诗更加丰富的故事背景，例如赫西俄德的《神谱》，古希腊的《史诗诗系》和古希腊悲剧等。但是如果这些文献是从荷马史诗演绎出来的，那么我们依据它们来反推荷马对传统故事的改编可能会有时代错置的危险。因此我们还要结合荷马史诗内部的叙事来判断荷马的改编，这样一来我们就有可能发现荷马所描述的以及荷马所说的区别。

我们注意到重复是荷马史诗叙事常见的策略，重复的类型主要包括：（1）人名或物名的修饰语的重复，例如人民的国王阿伽门农（"人民的国王"重复37次），捷足的阿基琉斯（"捷足的"重复31次）；（2）若干词的重复，几乎出现在诗句的同一地方，例如"有翼飞翔的话语"；（3）整行的重复，例如"从你的齿篱里溜出什么话"；（4）整段的重复，例如奥德修斯罗列阿伽门农向阿基琉斯求和礼物；（5）某些场景的重复，例如穿装备、献祭、吃饭。古代和现代有人认为有些重复是原始的，有些是后人插入的，所以校勘者应该找出、标识，甚至删除那些不合理的重复。问题在于哪些是原始的呢？那些所谓插入的难道不也是必要的吗？它们如此之多，如果都删除岂不是只剩下轮廓了？帕里表明，史诗重复句子不是错误或风格怪异，而是口头文学创作的本质工具。[1] 重复是口头文学的本质特征。口头表达具有转瞬即逝的即时性，这使得听众一不留神，或者记不

---

[1] 参见 Matthew Clark, "Formulas, Metre and Type-Scenes", in Robert Fowler ed., *The Cambridge Companion to Homer*, Cambridge: Cambridge University Press, 2004, pp. 118-119。

住，或者沉迷于诗人叙事就会错过故事的原因、过程或结果，因此必须通过重复来加强听众的记忆，同时也有利于歌手对诗歌的记忆。口头表达还有一个类似于意识流的单向性，它受到线性时间的限制，无法同时叙述两条或更多线索，有时候重复有助于重返分岔路口开启另一条线索的叙述。

重复是必要的，但是重复并不是完全复制，很多地方有变异。这些变异可能是诗歌对于人物行动或事件发展的改编，也可能是荷马对于传统诗歌的改编。既然前面我们已经表明荷马具有自主意识，那么他就不太可能完全照搬传统，因此这些变异就不能全都当作传统的，它们被理解为荷马的改编是比较合理的。

在《伊利亚特》卷1，克律塞斯带着礼物前来希腊阵地赎回自己的女儿，阿伽门农不仅不归还，还斥责克律塞斯，克律塞斯感到"害怕"，"默默"离开，并祈祷阿波罗惩罚希腊人（1.33-36）。阿基琉斯在向母亲复述这个事件时，他说克律塞斯感到"愤怒"（1.380）。这里的重复发生了变异，从"害怕"变成"愤怒"。荷马的改编一方面符合阿基琉斯的愤怒，即阿基琉斯从自己对阿伽门农的仇恨角度来理解克律塞斯的心情，另一方面也表明阿伽门农不归还克律塞伊斯和夺取布里塞伊斯的行为是错误的。阿伽门农的错误表现在他不遵守希腊普遍的礼法，即通过礼物可以赎回俘虏的做法，也表现在他宁愿满足自己的情欲也不愿意以归还克律塞伊斯换取战争的胜利（1.19），更表现在他不尊重阿波罗神和最勇敢的士兵阿基琉斯（1.242-243）。

在《伊利亚特》卷2，宙斯派梦神托梦给阿伽门农，让他武装士兵，欺骗他能够攻下特洛伊，阿伽门农在长老会讨论这个梦境，在士兵面前却反其道而行之，像往常那样试探士兵并命令士兵返回希腊。宙斯发布计划，梦神重复了宙斯的计划，阿伽门农也重复了梦神的话，但是他却试探士兵而不是按照梦境来行事来（2.1-154）。我们并不清楚阿伽门农试探士兵是不是像他所说的那样是常有的事情（themis，法律、习惯的事情），因为《伊利亚特》没有任何地方再提到他试探士兵，唯一相关的场景是奥德修斯试探他的父亲（《奥德赛》24.235-240）。但是，荷马在这里显然是对阿伽门农的想法和行为做了改编，这种改编的意图在于批判阿伽门农的愚蠢（2.38-39），因为阿伽门农未能洞悉宙斯的计划（通过挫败希腊人来彰显阿基琉斯的重要性），居然以为在没有阿基琉斯帮助的情况下就能够攻破特洛伊。

在《伊利亚特》卷3，墨涅拉奥斯初见帕里斯时"心里喜悦"（3.24-29），因为他即将可以吞食（杀死）帕里斯，但是他听到赫克托尔说安排帕里斯跟他决斗后则感到"忧愁"（3.97）。荷马的改编符合墨涅拉奥斯心情变化的需要。墨涅拉奥斯原以为可以在希腊人的帮助下杀死帕里斯，而现在却必须接受帕里斯的单挑决斗，否则自己就是懦夫。但是墨涅拉奥斯如果输了则赔了夫人又折兵，如果赢了也只能拿回本来属于自己的东西（海伦及其财产），他不仅没能杀死帕里斯，更导致全军白白浪费九年的牺牲和损失，所以墨涅拉奥斯感到忧愁。为了解决墨涅拉奥斯的顾虑，荷马借阿伽门农之口修改这场决斗的规则。帕里斯提出跟墨涅拉奥斯决斗，谁证明自己"更强"（κρείσσων）则可以拥有海伦及其财产，战争就此结束（3.67-75）；赫克托尔重复了帕里斯的提议（3.88-94）；传令官重复了赫克托尔的话（3.253-258）。但是阿伽门农在宣誓当中重复这个提议时却做了修改，他说谁"杀死"（καταπέφνῃ，3.281）对方则可以拥有海伦及其财产，如果墨涅拉奥斯赢了，特洛伊人还要"赔偿"（ἀποτινέμεν，3.286）希腊人的损失，如果特洛伊人不赔偿则希腊人继续战斗。荷马的修改符合阿伽门农的想法。阿伽门农相信墨涅拉奥斯能够杀死帕里斯，但他认为这场旷日持久的战争不可能简单地以两个人的决斗就结束了，特洛伊人必须为这场战争负责和赔偿。[①] 阿伽门农还考虑到特洛伊人不守信的可能，并强调如果特洛伊人违约则继续战斗。荷马这样的修改表明，帕里斯罪已致死，但是特洛伊还没有到必然被毁灭的地步。特洛伊的毁灭是特洛伊人咎由自取的结果，因为帕里斯战败，特洛伊人不仅不归还海伦及其财产，潘达罗斯还插手决斗并射伤墨涅拉奥斯，这就违背了对众神（宙斯、赫里奥斯、该亚和报复神）的誓言，导致自己的毁灭。

在《伊利亚特》卷9，涅斯托尔建议阿伽门农派三位使者去劝说阿基琉斯平息愤怒并参加战争，涅斯托尔提议先让福尼克斯（Phoenix，作为阿

[①] 特洛伊人"向阿尔戈斯人付出值得后人记忆的可观赔偿"（《伊利亚特》3.285-287）。

基琉斯的老师或义父)先去,然后大埃阿斯和奥德修斯再去(9.167-168),意思是让福尼克斯先劝说阿基琉斯,而实际上则是他们一起去的,而且是奥德修斯先劝说阿基琉斯(9.223)。我们没有证据表明这个次序的改变是阿伽门农所为,我们也相信使者不可能擅自改变次序——因为涅斯托尔反复叮嘱他们,那么我们只能假定这是荷马的改编。荷马的改编使得"求和"没有达到涅斯托尔预期的效果,阿基琉斯既不接受阿伽门农的礼物,也不答应参加战斗。荷马的改编旨在推迟阿基琉斯参战以凸显阿基琉斯的重要性:阿基琉斯越推迟参战,希腊人就越失败,希腊人越失败就越表明阿基琉斯具有不可替代的核心作用。

在这次求和当中,奥德修斯重复了阿伽门农承诺给阿基琉斯的礼物,但是他做了一些改变:他删去了阿伽门农以"权威"和"年长"来逼迫阿基琉斯让步的话句,增加了阿基琉斯应该基于"同情"和"荣誉"参战的话句,甚至把阿伽门农对阿基琉斯不让步的恨改为阿基琉斯对阿伽门农及其礼物的恨(9.300-306)。荷马这个改写显然是要突出奥德修斯的足智多谋和能言善辩,奥德修斯能够针对不同的人或事情说出适合不同场合的话语。以奥德修斯的聪明才智,他是不会第一个发言的[①],因为他作为阿伽门农的代言人反而惹得阿基琉斯对他的厌烦和对阿伽门农的愤怒(9.311-313),而这恰恰反过来证明了奥德修斯第一个发言是荷马改编的结果。

《伊利亚特》还有许多重复和改变,例如埃里斯向波塞冬传达宙斯意旨,让波塞冬退出战斗,她省略了让波塞冬用"心理和理智好好想想"(15.163),添加了"帮助兄长"的劝告,最终成功地说服了波塞冬撤出战场。由于篇幅关系,我们在这里无法一一列出和讨论。让我们把目光转向《奥德赛》。

在《奥德赛》卷1,雅典娜说奥德修斯是"可怜的忧伤人",因为卡吕

[①] 奥德修斯为什么抢先说话?抄件的释经批注认为大埃阿斯迟钝且满腹牢骚,他没有理解当时处境,故而提示奥德修斯先发言。但是海恩斯沃思(Bryan Hainsworth)则认为,根据英雄史诗传统,代表智慧的奥德修斯与代表力量的阿基琉斯存在着竞争关系,因此奥德修斯无法忍受把此类事情的精妙部分留给任何人而不是他自己来完成,所以抢先说话,参见 Bryan Hainsworth, *The Iliad*: *A Commentary*, Vol. Ⅲ: Books 9-12, Cambridge: Cambridge University Press, 1993, p.92. 不过,这种解释低估了奥德修斯的智慧和语言艺术。

普索"一直用不尽的甜言蜜语把他媚惑",要他忘记伊塔卡,留在奥古吉埃岛(《奥德赛》1.55-57),所以她建议宙斯派赫尔墨斯去让卡吕普索释放奥德修斯,而她则去鼓励特勒马科斯外出打听其父亲奥德修斯的消息。当她完成任务回来后,发现宙斯还没有派遣赫尔墨斯,因此她又说奥德修斯"忍受极大的苦难",因为卡吕普索"强逼他留下"奥古吉埃岛(5.13-14)。宙斯迟迟不派送赫尔墨斯,因为他并不确定奥德修斯是不是自愿留在卡吕普索身边的,正如奥德修斯曾经自愿(被说服)留在基尔克身边忘了回家那样(《奥德赛》10.466-474)。雅典娜在没有了解奥德修斯内心的情况下重复了奥德修斯的处境,并改变了她对于奥德修斯心情的看法,旨在提醒和敦促宙斯派遣赫尔墨斯。如果奥德修斯留在卡吕普索身边是被迫的和痛苦的——荷马证实了这一点(《奥德赛》5.151-158),那么他离开卡吕普索就是应该的,因此宙斯向卡吕普索发出释放奥德修斯的命令将是正义。尽管卡吕普索嘴上抱怨诸神嫉妒和粗暴干涉她对奥德修斯的爱,但是她仍然有"正义的理智"和"仁慈的心灵"(《奥德赛》5.190-191),因此她服从宙斯的旨意并不是迫于宙斯的力量而是出于宙斯的正义。因此,雅典娜的重复和改变不仅是荷马推动故事情节向前发展的必要条件,也是荷马表达神与神、神与人之间的正义的内在要求。

同样是在《奥德赛》卷1,雅典娜化身外乡人门特斯(Mentes),建议特勒马科斯"首先去皮洛斯访问神样的涅斯托尔,再去斯巴达探访金发的墨涅拉奥斯"(《奥德赛》1.284-285)打听父亲的消息。当晚特勒马科斯思考雅典娜指出的旅行路线(《奥德赛》1.444),但是他在第二天召开的公民大会上说"我想前往斯巴达,再去多沙的皮洛斯"(《奥德赛》2.214),他跟奶妈欧律克勒娅(Eurycleia)也重复了这个说法(《奥德赛》2.359)。特勒马科斯在言辞上颠倒了雅典娜建议的旅行次序,但是他在行动上则遵循了雅典娜建议的旅行次序,即先去皮洛斯,再去斯巴达(《奥德赛》3.4,4.1)。特勒马科斯对求婚者的欺骗不是雅典娜的建议,也没有明确证据表明是他本人想出来的,最大的可能性是荷马的改编。荷马通过这个改编欺骗了求婚者,让他们误判特勒马科斯的路线,从而避免特勒马科斯在归程当中被谋杀(《奥德赛》4.678,785,847)。如果求婚者没有谋杀特勒马科斯的意图和行动，那么特勒马科斯完全不必欺骗他们，但是荷马添加了谋杀的情节，又要避免这场谋杀获得成功，因此特勒马科斯必须进行欺骗。这也反映出特勒马科斯具有类似于父亲奥德修斯的品质机智和审慎，为他后来跟父亲相认埋下伏笔：他不仅跟父亲长得像，而且内在品质也类似。[①] 荷马添加"谋杀"这个情节一方面是为听众设置了一个紧张又刺激的悬念，使得叙事情节跌宕起伏，另一方面则是加深求婚者的罪恶，他们竟然要谋杀无辜的特勒马科斯。

在《奥德赛》卷3，涅斯托尔提到希腊人在攻陷特洛伊后就如何返回希腊展开了两次纷争，第一次是阿伽门农要求献祭后才返回希腊，而墨涅拉奥斯则要求立即返回希腊，第二次是抵达特涅多斯（Tenedos）时奥德修斯要求折返特洛伊跟阿伽门农会合，而涅斯托尔、狄奥墨得斯和墨涅拉奥斯则坚持直接返回希腊。墨涅拉奥斯在卷4回忆归程时反思了自己在第一次纷争中的过错（《奥德赛》4.472），但他由于暂停苏尼昂（Sunium）而错过第二次纷争［《奥德赛》4.168，278-285，在列斯堡（Lesbos）跟涅斯托尔会合］。但是，奥德修斯在卷9—12向阿尔基诺奥斯叙述归程和在卷23向妻子叙述归程时对这两次纷争闭口不谈。荷马这样的改编符合叙事者的心态，涅斯托尔因其正确选择得以顺利回家而得意扬扬，而奥德修斯则因其错误选择流浪多年而倍感往事不堪回首。荷马在《伊利亚特》叙述阿基琉斯与阿伽门农的纷争，在《奥德赛》也表明阿基琉斯与奥德修斯的纷争也被后世歌手们广为传唱（《奥德赛》8.76，智慧与力量之争），奥德修斯本人则提到他跟大埃阿斯为了赢取阿基琉斯装备的纷争（《奥德赛》11.541-551）。结合所有这些纷争可以表明，荷马试图为听众塑造一个在言辞和行动上都堪称完美的奥德修斯形象，所以尽力刻意隐藏奥德修斯的错误。[②]

在《奥德赛》卷11，特瑞西阿斯预告奥德修斯，杀完求婚者后出游，

[①] 涅斯托尔说特勒马科斯的口才跟奥德修斯很相似（《伊利亚特》3.125）；海伦说特勒马科斯的长相跟奥德修斯很相似（《伊利亚特》4.141-146）；求婚者说特勒马科斯是勇敢的（《伊利亚特》4.663）。

[②] 奥德修斯当然会犯错误，但是如果这种错误是出于良好的动机，或者根本不会改变事件的结局，那么荷马也会指出来，甚至通过奥德修斯的口说出来，以便表现奥德修斯的悔恨，免去他的责任，博得听众的同情，参见《奥德赛》（12.226-233）。

找到一个未见过大海且不认识船桨的部族,然后献祭波塞,最后回家献祭众神,得以高寿并安然去世(《奥德赛》11.121-137)。后来他跟妻子佩涅洛佩相认之后,他重复了这个预言,但他稍作修改,即他将要漫游"无数的人间城市"(《奥德赛》23.267)。特瑞西阿斯指示奥德修斯出游的目的是要"找到"一个无知的部族,或者说"找到"一个没有参与过特洛伊战争的部族,而奥德修斯所理解的出游就是经历众多而艰辛的苦难(《奥德赛》23.249-250),以及"劫掠"无数城市的牛羊(《奥德赛》23.357)。"劫掠"本身与道德上的善恶是非无关,除非某种"劫掠"得到诸神的许可或谴责,这种神义论早已暗含在奥德修斯对牧猪奴的自我理解和自我介绍当中(《奥德赛》14.192-239)。① 但是奥德修斯未来的劫掠并没有得到宙斯的许可(《奥德赛》24.481-486),荷马的改编似乎暗含着对奥德修斯的劫掠本性(《奥德赛》14.222-226,246)的批判,这种批判在最高程度上可以说奥德修斯的劫掠是不正义的,在最低限度上是非道德的。其实不然,如果联系《奥德赛》的开篇,荷马讲到奥德修斯到处漂泊,"见识过不少种族的城邦和他们的思想"(《奥德赛》1.3),那么我们可以认为荷马的意思是说"劫掠"这个无知的部族就是克服无知,就是一条通往智慧的道路,它比诸神的正义和道德更可取。②

在《奥德赛》卷12,基尔克告诉奥德修斯,任何人听了塞壬的歌声都不可能"返回家园",需要用蜂蜡塞住耳朵才能渡过塞壬岛,如果奥德修斯想听就必须把自己的手脚捆绑在船桅上(12.39-54),而奥德修斯向同伴们复述这个预言时说听了塞壬歌声就遭到"毁灭",只有他自己"必须"(ἠνώγει) 聆听,但同伴要把他的手脚捆绑在船桅上(《奥德赛》12.154-164)。奥德修斯的改编强化了塞壬诱惑的可怕后果,以防其他人聆听塞壬歌声,因为他担心其他人缺乏定力而跳船。奥德修斯为什么把塞壬的"可听可不听"改为"必须"听呢?塞壬只知道过去发生的事情,他们无法知道

---

① 有关这个问题的更详细论述,参见[美]伯纳德特《弓弦与竖琴:从柏拉图解读〈奥德赛〉》,程志敏译,华夏出版社2003年版,第138—144页。
② 对于城邦而言,最高的德性是正义,但是对于个人灵魂而言,最高的德性则是智慧,比较[古希腊]柏拉图《理想国》(第四卷)。

将来发生的事情，奥德修斯已经从基尔克（从艾艾岛、塞壬岛、斯库拉悬崖到特里那基亚岛）和特瑞西阿斯（从特里那基亚岛、伊塔卡到自己死亡）那里知道他自己将来的事情。因此奥德修斯是希望听到过去的事情，尤其是希望听到别人如何赞扬他自己，所以他想要听塞壬的歌声。荷马的改编凸显奥德修斯具有好奇的本性，以及勇敢和智慧的哲人德性，因为听了塞壬的歌声后"见闻更渊博"（《奥德赛》12.188）；同时也表明奥德修斯是爱荣誉的，他想听到塞壬歌唱他自己的故事，因为塞壬知道特洛伊战争的故事和"知悉丰饶的大地上的一切事端"（《奥德赛》12.189-191）。从艾艾岛经由塞壬女妖和斯库拉悬崖，抵达特里那基亚岛。

在《奥德赛》不同章节，阿伽门农回到阿尔戈斯被杀害的故事经由不同的人物之口反复述说。(1) 在宙斯看来，众神曾经警告过埃吉斯托斯（Aegisthus），不要强占克吕泰墨涅斯特拉，不要试图谋杀阿伽门农，否则他本人也会暴卒，但是他仍然一意孤行，最终被阿伽门农之子奥瑞斯特斯复仇（《奥德赛》1.29-43）。(2) 涅斯托尔听说过求婚者追求佩涅洛佩的故事，他认为是埃吉斯托斯不断诱惑克吕泰墨涅斯特拉，克吕泰墨涅斯特拉抗拒，最终由于神明意志而屈服于罪恶（《奥德赛》3.262-310）。(3) 根据墨涅拉奥斯的说法，普罗透斯（Proteus）告知他，正是埃吉斯托斯摆鸿门宴杀死阿伽门农，但是普罗透斯没有提及克吕泰墨涅斯特拉（《奥德赛》4.512-537）。(4) 阿伽门农则说，她恶毒的妻子和埃吉斯托斯合伙杀死他和卡珊德拉（Cassandra），他严厉谴责妻子狠毒、无耻和罪行，却没有谴责埃吉斯托斯（《奥德赛》11.405-434）。如果宙斯和墨涅拉奥斯（普罗透斯）的说法是正确的，那么阿伽门农之死的原因全在于埃吉斯托斯，与克吕泰墨涅斯特拉无关；涅斯托尔的说法是埃吉斯托斯是主谋，而克吕泰墨涅斯特拉是被迫的合谋①；而阿伽门农则把妻子当作主谋来谴责，他显然认为妻子的背叛比插足的第三者更加可恨。奥德修斯并不知道宙斯、涅斯托尔和墨涅拉奥

---

① 涅斯托尔的说法纯粹是安慰和同情特勒马科斯，因为他先述求婚者逼迫佩涅洛佩的故事，然后述说（推测）阿伽门农之死的原因，因此，他一方面为克吕泰墨涅斯特拉脱罪，另一方面则赞扬佩涅洛佩的坚贞。当然，他也隐含这个可能，尽管佩涅洛佩足够坚贞，但是如果受到神灵意志影响同样会沦陷。在这个意义上说，涅斯托尔在宗教上有多虔诚，他在道德上就有多渎神，他把人间一切善恶的原因都归到诸神那里了。

第 5 章 荷马对传统的改编

斯（或普罗透斯）的说法，他只知道哈得斯里面特瑞西阿斯和阿伽门农的说法：特瑞西阿斯指示他用计谋或武力去杀死求婚者（《奥德赛》11.119-120），闭口不谈如何对待佩涅洛佩；而阿伽门农则建议他不可相信女人（《奥德赛》12.456），闭口不谈如何对待求婚者。奥德修斯采纳了这两个意见：考验妻子和杀死求婚者。荷马展示出不同人物对于同一事件的不同理解。这些不同理解只是部分真理，因为每个人都是基于自己的立场和观念来理解。我们只有将这些不同理解合在一起才构成对这个事件的全貌（整体真相或真理）的理解。

在《奥德赛》卷24，刚死不久的安菲墨冬（Amphimedon）的魂灵向阿伽门农的魂灵重述了求婚者被奥德修斯杀死的过程（《奥德赛》24.120-190），他依据自己的理解对整个杀戮事件进行改编。他认为佩涅洛佩一直为他们谋划死亡和毁灭，其实佩涅洛佩从未想过杀戮。他认为是恶神把奥德修斯引到牧猪奴那里跟特勒马科斯相认，其实是雅典娜女神。他以求婚者的视角夸大了佩涅洛佩的有意识作用，夸大了求婚者殴打奥德修斯的次数，也夸大了奥德修斯得到神助的自明性。安菲墨冬的讲述没有丝毫悔恨和忏悔之意，他只是恨自己没有认出奥德修斯，抱怨尸体未得到净化和安葬，希望亲人们替他复仇。[①] 阿伽门农在偏听了安菲墨冬的讲述基础上赞美佩涅洛佩。

荷马的改编让我们不禁追问，如果安菲墨冬看到奥德修斯随后饶恕了歌手费弥奥斯和传令官墨冬，那么他会不会为自己之前的行为感到懊恼和悔恨呢？奥德修斯连最无过失的预言家勒奥得斯都不饶恕，因此他也不可能饶恕安菲墨冬。如果人们觉得奥德修斯屠杀全部吃其牛羊的求婚者有点过于残忍，那么可以对比奥德修斯的同伴也是吃了赫里奥斯的牛而全部被宙斯所杀。因此，对于那些毫无羞耻之心、毫无胆识力量、毫无悔恨忏悔的求婚者，最适合他们的统治方式就是残暴和专制，奥德修斯（以流浪者的身份代表宙斯）不可能再施以仁慈，不可能跟他们结成朋友。

奥德修斯的自述：(1) 对阿尔基诺奥斯讲述自己的归程；(2) 对雅典娜谎称自己是克里特人，在特洛伊得到财富后被腓尼基人送到伊塔卡，强

[①] 参见［美］伯纳德特《弓弦与竖琴：从柏拉图解读〈奥德赛〉》，程志敏译，华夏出版社2003年版，第184—185页。

调为了财产而拼命；(3) 对牧猪奴撒谎，称自己是克里特人，备受宙斯青睐，在埃及遭劫掠后被腓尼基人卖为奴隶，突出自己敬畏神灵得到宙斯庇护；(4) 对妻子撒谎，声称自己是克里特人，暗含忠诚问题。这些自述的差异同样是荷马有意改编的结果。

第三节　叙事传统的改编

忒拜（Thebes）传统的改编。特洛伊战争之前最重要的希腊事件是忒拜战争，阿尔戈斯人曾经两次攻打忒拜：(1) 俄狄浦斯王（Oedipus）的两个儿子波吕尼刻斯（Polynices）和厄忒俄克勒斯（Eteocles）争夺王位，阿尔戈斯的国王阿德拉斯托斯（Adrastus）召集军队，兵分七路攻打忒拜①，试图帮助自己的女婿波吕尼刻斯夺回王位，但是最终失败了，除了阿德拉斯托斯被救回来，其余六个英雄都战死了，俄狄浦斯的两个儿子也互相残杀死掉了；(2) 十年后，阿尔戈斯英雄的儿子们（特洛伊战争这代）要为父辈报仇，他们在阿尔克迈翁（Alcmaeion）的带领下，组成八支队伍攻打忒拜②，忒拜人在特瑞西阿斯的指示下弃城而逃，阿尔戈斯人轻易地就摧毁了忒拜城。战争胜利后，阿尔克迈翁杀母亲厄里菲勒（Eriphyle，她为了一串项链而出卖丈夫，逼迫丈夫去打仗）为父复仇，遭到复仇女神追讨而逃亡，狄奥墨得斯成为阿尔戈斯国王。

根据雅典娜的说法，忒拜战争开始前，提丢斯作为信使前往忒拜，雅典娜奉劝他在宴会上不要出风头，他却勇敢地跟忒拜青年比赛，在雅典娜的帮助下而获得胜利（《伊利亚特》5.800-808）。阿伽门农重复了这个故事，还额外添加了一个情节：忒拜青年感到被羞辱，他们在提丢斯回程中伏

---

① 忒拜城有七个城门，这七路领袖分别是：阿德拉斯托斯（Adrastus）、安菲阿拉奥斯（Amphiaraus）、卡帕纽斯（Capaneus）、希波墨冬（Hippomedon）、波吕涅克斯（Polynices）、提丢斯（Tydeus，阿德拉斯托斯的女婿）、帕尔特诺派奥斯（Parthenopaeus）。另外一些版本是厄特奥克洛斯（Eteoklos）、墨基斯透斯（Mecisteus）。

② 安菲阿拉奥斯之子阿尔克迈翁（Alcmaeion）和安菲罗克斯（Emphilochus），阿德拉斯托斯之子埃吉阿琉斯（Aegialeus），卡帕纽斯之子斯特涅洛斯（Sttienelus），波吕涅克斯之子特耳桑得（Thersander），提丢斯之子狄奥墨得斯（Diomedes），帕尔特诺派奥斯之子普罗马科斯（Promachus），墨基斯透斯之子欧律阿洛斯（Euryalus）。后来参加特洛伊战争的是狄奥墨得斯和斯特涅洛斯。

击他，结果除了迈昂（Maeon）全部被提丢斯杀光（《伊利亚特》5.385-398）。在阿伽门农的说法中，提丢斯不仅在神的帮助下善于言辞（作为使者）和比赛（作为运动员），甚至在没有神帮助的情况下战斗。阿伽门农的本意是用"儿子不如老子"来激励提丢斯之子狄奥墨得斯，不过，狄奥墨得斯的同伴斯特涅洛斯（Sthenelus）却答复阿伽门农，真相是我们攻下了父辈们攻不下的忒拜城，"我们宣称我们比父辈强"。这里可以看出来，在荷马的改编当中，阿伽门农口中的提丢斯比雅典娜口中的提丢斯更卓越，而狄奥墨得斯则比父亲更卓越。事实确实如此，狄奥墨得斯不仅比父亲更擅长言辞（《伊利亚特》4.400，9.54，14.110-134）和比赛（《伊利亚特》23.507-510，825），也比父亲更擅长战斗，因为他打伤过美神阿佛罗狄忒和战神阿瑞斯。因此，荷马实际上在表明特洛伊战争的英雄比忒拜战争的英雄更卓越，因此特洛伊战争比忒拜战争更伟大，歌颂特洛伊战争故事的荷马自然也就比歌颂忒拜战争故事的歌手们更伟大。

　　荷马同样对忒拜传统的塞壬故事进行了改编。塞壬的故事是古希腊伊阿宋取金羊毛这个故事的一部分，金羊毛传说则跟忒拜传说相关。忒拜城国父卡德摩斯（Cadmus）有两儿四女，二女儿伊诺（Ino）嫁给玻奥提亚国王阿塔玛（Athama），并虐待阿塔玛与前妻涅斐勒（Nephele）的孩子赫勒（Helle）和佛里克索斯（Phnxus）。宙斯可怜这两个孩子，送来金羊毛，将他们从空中驮走，赫勒在飞驰途中恐高，坠入海中身亡，佛里克索斯则抵达科尔喀斯（Colchis），娶了国王埃厄忒斯（Aeetes）的女儿卡尔契俄柏（Chalciope），然后杀这头羊献祭宙斯，金羊毛则献给国王；国王将金羊毛保存在阿瑞斯的圣林中，并派火龙守护。阿塔玛没有了儿子，王位传给兄弟克瑞透斯（Cretheus）的儿子埃宋（Aeso）；后来埃宋的同母兄弟珀利阿斯（Pelias）夺取了王位[①]；埃宋的儿子伊阿宋（Jason）长大后想要夺回王位，珀利阿斯则要求伊阿宋取回金羊毛来交换王位，实则想要借这个几乎不可能完成的任务来除掉伊阿宋。

　　史诗《阿尔戈英雄纪》记载，伊阿宋召集一批英雄乘坐阿尔古（Ar-

[①] 珀利阿斯还有一个胞弟涅琉斯（Neleus），涅琉斯的儿子涅斯托尔正是特洛伊战争当中希腊人的头号军师。所以算起来涅斯托尔与伊阿宋是堂兄弟，因此他宣称自己统治达三代。

go）神舟前往科尔喀斯，不仅取回了金羊毛，还带回来公主美狄亚（Medea）。他们在返程中途经安特莫埃萨岛（Anthemoessa），岛上有两位半鸟半少女形象的塞壬，她们是缪斯女神特尔普希科瑞（Terpsichore）与阿刻洛俄（Achelous）的女儿，以甜美歌声诱惑过往的船员并剥夺其归程。俄耳甫斯（Orpheus）用琴声和歌声战胜塞壬的歌声，由此阿尔古神舟上的英雄们才能躲过一劫，但是布特斯（Butes）却沉迷塞壬歌声跳入大海，最后却被塞浦路斯女神（Cyprus）救走。① 在荷马的《奥德赛》当中，奥德修斯从基尔克所在的艾艾埃岛出发，第一站就抵达塞壬岛，他使用基尔克教授给他的办法战胜塞壬②：他用蜡塞紧所有同伴的耳朵，让同伴将自己捆在船桅上，最终奥德修斯听到了塞壬的美妙歌声，所有人也安然无恙地渡过了塞壬岛。奥德修斯战胜了塞壬，塞壬懊恼地倒在石头上死去，这个故事同俄狄浦斯的故事有异曲同工之妙，因为俄狄浦斯猜透斯芬克斯（Sphinx）之谜，斯芬克斯即从悬崖摔下来死亡。

《阿尔戈英雄纪》为公元前3世纪的阿波罗尼俄斯所作，这个文本在时间上大大晚于荷马的《奥德赛》，但是伊阿宋的故事却早于奥德修斯的故事。也许伊阿宋故事中的塞壬传说源于擅长在海上生活、抢劫和贸易的腓尼基人的传说，他们认为那些葬身大海无法返家水手正是受到了两位少女具有魔法歌声的诱惑。③ 不管如何，对比《阿尔戈英雄纪》版本的故事，我们可以说，如果塞壬被伊阿宋等人彻底打败而死去，那么奥德修斯遭遇塞壬的故事也就不会发生了。尽管俄耳甫斯战胜了塞壬，但是布特斯还是被诱惑跳了船，这表明塞壬没有被彻底打败。荷马对塞壬故事的改编或续写具有两个重要意义。其一，俄耳甫斯依靠神助（阿波罗的琴和缪斯女神的歌声）战胜塞壬，而奥德修斯则依靠人力战胜塞壬，这标志着在荷马史诗当中人逐渐能够依靠自身的力量来生存，尽管人也付出了巨大的代价，

---

① 参见［古希腊］阿波罗尼俄斯《阿尔戈英雄纪笺注》（4.891-916），罗逍然译笺，华夏出版社2011年版。
② 基尔克是伊阿宋之妻美狄亚的姑姑，后来伊阿宋拜访她，以净化他在旅途中所犯下的血罪，参见 Jasper Griffin, *Homer: The Odyssey*, New York: Cambridge University Press, 1987, pp.89-90。因此基尔克作为一名巫师很清楚塞壬的诱惑魔力和致命弱点。
③ 参见王以欣《塞壬的起源、形象与功能》，《古代文明》2019年第2期。

即最终只有奥德修斯一个人能存活下来。其二，荷马终结了塞壬的传说，后世作品不可能在奥德修斯之后再叙述任何有关塞壬歌声的故事，这种终结意味着奥林波斯文化战胜了更为原始的文化。[1]

诸神谱系传统的改编。在《伊利亚特》卷14，赫拉为了欺骗阿佛罗狄忒和宙斯，她谎称自己要去看望"众神的始祖奥克阿诺斯和始母特梯斯（Tethys）"，调和他们的争吵，让他们重新同床共枕，感谢他们的"抚养"和"照料"之恩（《伊利亚特》14.200-210，300-306）。荷马把奥克阿诺斯（环河）和特梯斯视为诸神起源，这个说法极可能来自俄耳甫斯教传统，根据柏拉图的记载，俄耳甫斯说："波光潋滟的奥克阿诺斯是第一个结婚的，他娶了自己的妹妹、母亲的女儿特梯斯。"[2] 奥克阿诺斯作为诸神的起源后来被泰勒斯（Thales）表述为"万物是水"的哲学命题[3]，而柏拉图则戏称如果万物是水，而水又是流变的，因此万物是流动和变化的后代[4]。荷马的说法跟赫西俄德的说法有所不同，《神谱》记载，混沌是夜神家族的起源，而该亚（Gaia）则是天神家族、海神家族和奥林波斯家族的起源；奥克阿诺斯和特梯斯只是该亚与天神的孩子，他们一起生下躁动的诸河之神。[5]

在众神的始祖问题上，我们无法确定究竟是荷马改编了传统，还是赫西俄德改编了传统，或者他们秉承了不同的传统，但是如果把荷马所说的"众神"改为"众河神"，正如阿基琉斯说奥克阿诺斯是"各条河流和所有大海、一切泉流和深井的源泉（《伊利亚特》21.195-197），那么荷马与赫西俄德便保持一致了。荷马史诗在这里不采用"众河神"，其主要原因在于加上"河神"（ποταμοί）便破坏了六音步格韵律的要求。不过，由于我们在其他记载中没有看到所谓奥克阿诺斯和特梯斯吵架不上床的说法，因此这个说法可以认定为荷马对传统的改编。奥克阿诺斯和特梯斯吵架而

---

[1] 尼采（Friedrich Wilhelm Nietzsche）在《悲剧的诞生》中说荷马史诗反映出奥林波斯文化的胜利。
[2] ［古希腊］柏拉图：《克拉底鲁》（402b）。
[3] 亚里士多德认为这是泰勒斯发现水是生命的必需品，所以把水视为生命的源泉。
[4] 参见［古希腊］柏拉图《泰阿泰德》（152e）。
[5] 参见吴雅凌撰《神谱笺释》（134，337），华夏出版社2010年版。

不上床，赫拉去劝说他们不吵架而上床，这就跟接下来宙斯和赫拉不吵架而上床具有内在关联。荷马史诗描述的性爱可以从目的层面分为四种，第一种是为了生殖需要的性爱，第二种是为了肉体快乐的性爱（帕里斯与海伦，阿佛罗狄忒与阿瑞斯），第三种是为了交换需求的性爱（赫拉与宙斯，奥德修斯与基尔克，奥德修斯与卡吕普索），第四种是为了灵魂爱情的性爱（奥德修斯与佩涅洛佩，奥克阿诺斯与特梯斯）。荷马的改编一方面是要凸显赫拉的机智，她欺骗阿佛罗狄忒，诱惑宙斯，帮助希腊人战胜特洛伊人，另一方面则借用高级的性爱来为宙斯低级的性爱打掩护。

根据赫西俄德《神谱》的记载，奥德修斯跟基尔克和卡吕普索都生育有后代：

> 许佩里翁（Hyperion）之子赫利俄斯的女儿基尔克，
> 钟情于坚忍的奥德修斯，生下
> 阿格里俄斯（Agrios）和完美强大的拉提诺斯（Latinos）。
> [还有特勒戈诺斯（Telegonus），在金色阿佛罗狄忒的安排下]。
> 他们在遥远的神圣岛屿的尽处，
> 统治着光荣无比的图伦尼亚人。
> 圣洁的神女卡吕普索和奥德修斯相爱结合，
> 生下瑙西托奥斯（Nausithous）和瑙西诺俄斯（Nausinous）。[①]

在荷马史诗当中，奥德修斯用了最长的篇幅来叙述他跟基尔克的一年生活（《奥德赛》10.132-12.152），他把自己的滞留归因于食物和性欲诱惑和言辞说服的结果，不过这掩盖不了他想要留下来的事实，毕竟是他的同伴敦促他回家。奥德修斯却用最短的篇幅来叙述他跟卡吕普索的七年生活（《奥德赛》9.244-266），同时把自己的滞留归因于完全的被迫和不情愿，但是他仍然无法掩盖他渴望不朽的欲望，只是他所设想的不朽方式（名声的不朽）跟卡吕普索所提供的不朽方式（身体的不朽）有所不同。

[①] 吴雅凌撰：《神谱笺释》（1011-1018），华夏出版社2010年版。

第 5 章 荷马对传统的改编

奇怪的是，奥德修斯的回忆完全没有提及他跟基尔克和卡吕普索的孩子。难道是她们没有孩子吗？基尔克精通音乐、药草和魔法，精通改变和治疗身体的技术，当然完全可能跟奥德修斯有孩子；卡吕普索也是一个丰产女神的形象，她跟奥德修斯的七年岁月也可能有孩子。那么奥德修斯为什么不提及？或者说荷马为什么要删除传统说法？

奥德修斯跟基尔克的生活还有很多同伴知道，他无法隐瞒；但是他跟卡吕普索的生活只有他自己知道，他选择了隐瞒。因此奥德修斯跟卡吕普索的生活是隐匿在他内心深处最隐秘的事情。奥德修斯与女神的秘密就是在于奥德修斯渴望不朽，但是这种不朽不是通过生儿育女的方式来实现，也不是通过（墨涅拉奥斯那种）生命不死的方式来实现，而是通过名声被后世传颂的方式来实现，而且最好的情况是活着的时候就看到自己已经实现。① 在基尔克那里，奥德修斯失去了对同伴的控制，也失去了同伴对他的崇拜；在卡吕普索这个神人罕至的地方，奥德修斯更是失去了（或者听不到）自己的荣誉。奥德修斯并不留恋尘世可变的世界，但是他留恋这个世界能够带给他的不朽荣誉。

对传统故事的隐瞒式改编。荷马在叙述阿伽门农权力来源时隐瞒了很多事情：

> 阿伽门农站起来，手里拿着权杖，
> 那是赫菲斯托斯为他精心制造。
> 匠神把它送给（δῶκε）克罗诺斯（Cronus）之子、大神宙斯，
> 宙斯送给（δῶκε）杀死牧人阿尔戈斯的天神，
> 赫尔墨斯王送给（δῶκεν）策马的佩洛普斯（Pelops），
> 佩洛普斯送给（δῶκ')人民的牧者阿特柔斯（Atreus），
> 阿特柔斯临死时传给（ἔλιπεν）多绵羊的提埃斯特斯（Thyestes），
> 提埃斯特斯又留给（λεῖπε）阿伽门农，使他成为
> 许多岛屿和整个阿尔戈斯的国王。（《伊利亚特》2.100-108）

---

① 奥德修斯已经从阿基琉斯的亡灵的悔恨那里得知，死后才知道自己被后人传颂仍然不是最好的情况。

阿伽门农的国王权杖代表其国王权力，他的权杖可以追溯到宙斯那里，因此他的权力也因宙斯和祖传获得正当性。不过，阿伽门农的权杖传承背后隐含着很多政治斗争的故事，而这些故事在荷马的改编当中被隐去了。首先，赫菲斯托斯很可能是在宙斯"弑父"登基大典时为其打造了这副权杖。根据赫西俄德《神谱》的说法，宙斯发起推翻父王克罗诺斯的政治革命，而荷马则进一步添加了宙斯革命成功后跟赫拉、波塞冬和雅典娜争夺神王之位的传说（《伊利亚特》1.397-406），荷马的改编突出了宙斯获得王权的艰难过程，以及宙斯神王地位从此至高无上且不可撼动（《伊利亚特》1.566-567，580-581；8.7-27）。其次，佩洛普斯同样是在"弑父（丈人）"的基础上获得王权，他跟埃利斯（Elis）国王俄诺马奥斯（Oinomaos）赛车，俄诺马奥斯被摔死，而他则赢得比赛、娶了公主希波达弥亚（Hippodameia）并当上埃利斯国王。因此宙斯派赫尔墨斯把权杖交给他，承认其统治的正当性。再次，阿特柔斯是在"弑兄"的基础上获得了王权和权杖，他和兄弟提埃斯特斯一起谋杀了同父异母的兄弟克吕西波斯（Chrysippus），然后又赶跑提埃斯特斯当上埃利斯国王。复次，提埃斯特斯同样是在"弑兄"的基础上获得了王权和权杖，当他的儿子被阿特柔斯煮了给他吃后，他暗中强暴自己的女儿生下埃吉斯托斯，后来父子俩合力杀死阿特柔斯。最后，阿伽门农在斯巴达国王的支持下，返回埃利斯驱逐提埃斯特斯父子，夺回王权和权杖。

权杖的前三次转移是主动的"送给"，后两次则是被迫无奈的"留给"，所有这些转移背后都隐含着政治斗争的腥风血雨。从史诗叙事而言，这部分仅仅是一个插曲，其功能是为听众呈现一个栩栩如生的拄着"权杖"的阿伽门农形象，因此这部分不宜过长和过详细，否则会分散听众的注意力。从伦理角度上讲，荷马并不希望将阿伽门农家族这些谋杀、背叛、乱伦、血罪的行为和盘托出，因为这些暴力夺取政权的方式很容易导致观众丧失了对于政治权威的敬畏感，也容易给观众造成"造反有理"的不良影响，甚至引发"以下犯上"的政治斗争。

第 6 章　阿伽门农的悲剧

第一节　阿伽门农的前世今生

让我们先从《伊利亚特》开篇的七行诗句开始，荷马说道：

> 女神啊，请歌唱佩琉斯之子阿基琉斯的
> 致命的愤怒，它给阿开奥斯人带来
> 无数的苦难，把战士的许多健壮灵魂
> 送往冥府，使他们（身体）成为野狗
> 和各种飞禽的食物，宙斯的意愿得到实现
> 从阿特柔斯之子人民国王与神样阿基琉斯
> 最初争吵分离开始。（《伊利亚特》1.1-7）

这里有很多地方需要加以解释。第一，荷马要歌唱阿基琉斯的愤怒，他的故事主角是阿基琉斯，因为阿基琉斯太重要了，他的愤怒使得大量希腊人和特洛伊人命丧黄泉。歌唱愤怒并不意味着歌颂愤怒，而仅仅是因为这种愤怒如此重要，以至于它可以成为歌唱的主题，好比一位流行歌手歌唱失恋，并不是歌颂失恋，而是因为失恋是我们人生中的重要主题。

第二，荷马不是以自己的身份进行歌颂，而是托名缪斯女神进行歌颂，因为他本人不在场，无法亲眼看见阿基琉斯的故事，因此必须让当时在场的缪斯女神来歌颂，也就是说，诗人是缪斯女神的传声筒，诗人获得灵感才具有创作诗歌的能力。

第三，在诗人看来，人可以分为身体与灵魂，死亡乃身体与灵魂的分离，身体可以被损毁和消失，但是灵魂则进入冥府。灵魂进入冥府要接受冥王哈得斯的审判，每个人得到跟自己生前事迹相应的奖赏或惩罚。

第四，阿基琉斯的愤怒是由阿伽门农所引起的，而阿基琉斯的息怒则是宙斯要完成的事情。因此我们从故事的开端讲起，也就是从阿伽门农讲起。

阿伽门农是迈锡尼的国王，也是整个希腊联军领袖，荷马称为"人民的牧者"。阿伽门农的父亲是阿特柔斯，阿特柔斯的父亲是佩洛普斯，佩洛普斯的父亲是坦塔罗斯（Tantalus），坦塔罗斯的父亲是宙斯。可见，阿伽门农的血统和身世是非常显赫的，他掌握最高权力有一定的正当性和合法性。尽管如此，如果我们考察阿伽门农的家谱和事迹，我们将会看到阿伽门农是一个悲剧人物，他的整个家庭和家族也是一出悲剧。

（1）宙斯与普鲁托（Pluto，吕底亚公主）生下坦塔罗斯。坦塔罗斯是亚细亚地区吕底亚（Lydia）的国王，深受宙斯宠爱，但是他得宠忘形，骄傲自满，蔑视诸神，曾经偷出神灵食物给凡人，又杀自己儿子给诸神吃，最终触怒宙斯，被打入地狱，泡在湖里承受饥渴和恐惧的痛苦。

（2）坦塔罗斯与狄奥涅（Dione）生下三个孩子：分别是尼奥柏（Niobe）、伯洛特阿斯（Broteas）和佩洛普斯。佩洛普斯是奥运会的创始人。前面我们说过，佩洛普斯为了追求希波达米娅而跟俄诺马奥斯赛车和竞技的故事。他贿赂俄诺马奥斯的马夫获胜，迎娶希波达米娅，当上皮萨城邦的国王，开展各种竞赛项目来庆祝，由此创立了奥林匹亚竞赛。这个故事在古希腊非常著名，例如在奥林匹亚的宙斯神庙的三角墙上，就雕刻了一组讲述这个故事的浮雕，这组浮雕可以说代表公元前5世纪希腊雕刻艺术的高峰。然而，佩洛普斯非但没有兑现承诺反而把那位帮助过他的马夫杀人灭口，马夫临死前诅咒佩洛普斯家族世世代代遭受惩罚。

（3）佩洛普斯和希波达米娅生下双胞胎阿特柔斯和提埃斯特斯；又和女神阿斯狄奥刻（Astyoche）生下私生子克律西波斯。他的三个儿子都不得好死，正应了那位马夫的诅咒。最小的儿子克律西波斯被忒拜国王拉伊俄斯（Laius）拐跑和诱奸后羞愧而自杀，还有一种说法是他被希波达米娅所杀，因为这位王后担心王位落在克律西波斯手里，而不是自己的亲生儿子手里。

（4）阿特柔斯和提埃斯特斯，这对双胞胎原本商定轮流当王，但是阿特柔斯当上国王就不愿意轮换了。于是提埃斯特斯想方设法夺取王位：先勾引阿特柔斯的妻子埃洛佩（Aërope），事发后被驱逐；又怂恿阿特柔斯的儿子普莱斯特涅斯（Pleisthenes）造反，阿特柔斯在无知的情况下误杀了亲生儿子，于是反过来杀光提埃斯特斯的儿子并煮给他吃；最后，提埃斯特斯强奸自己的女儿生下埃吉斯托斯，父子合力杀了阿特柔斯，夺了王位。

（5）阿伽门农和墨涅拉奥斯逃到斯巴达，后来，墨涅拉奥斯娶了斯巴达国王廷达瑞斯（Tyndareus）的小女儿海伦，继承了廷达瑞斯的王位；而阿伽门农则娶其长女克吕泰墨涅斯特拉，他回到迈锡尼夺取了提埃斯特斯的王位。阿伽门农有三个孩子，也就是儿子奥瑞斯特斯（Orestes），长女伊菲革涅亚（Iphigeneia），次女厄勒克特拉（Electra）。

（6）阿伽门农远征特洛伊的舰船遭遇风浪，他被迫杀死长女献给阿尔忒弥斯女神，以求得风平浪静。阿伽门农本人得胜归来，立即被他的妻子杀死，因为埃吉斯托斯在他远征十年间勾引了他的妻子，于是王权落入埃吉斯托斯手中。阿伽门农的儿子（奥瑞斯特斯）长大成人，回来杀掉母亲和埃吉斯托斯，替父亲报仇，并夺取了王位；奥瑞斯特斯年老时被毒蛇咬死，无子而终。阿伽门农的次女嫁给奥瑞斯特斯的好友庇拉得斯（Pylades）。至此，阿伽门农家族的男丁全部去世，其诅咒和惩罚才终结。

以上古希腊神话故事表明两点。其一，英雄时代尚未进入文明阶段，复仇是整个社会运作的主导原则，混乱不堪的人伦关系，腥风血雨的政治斗争，都是围绕复仇的行动来展开。其二，英雄时代的人跟诸神有密切关系：阿伽门农的悲剧源于其家族的悲剧，其家族的悲剧又源于对诸神的傲慢和放肆，这种原罪以血缘的方式不断遗传给后代，个体的命运由诸神和祖先所决定。

第二节　荷马史诗里的阿伽门农

荷马史诗试图净化古希腊神话故事，一方面，英雄时代无法容忍不忠和乱伦,也从复仇逐渐转向审判,另一方面,人的命运乃人自己判断、选择和行动的结果,跟诸神无关,诸神只是一种必然或偶然的象征。从这个角度看,荷马史诗的阿伽门农形象,完全不同于古希腊神话故事的阿伽门农,荷马进行了大胆的革新。我们主要从《伊利亚特》阿伽门农的言行来考察荷马的叙事。

第一,争吵的开端。在《伊利亚特》卷1,阿伽门农占有了一位漂亮的女俘克律塞伊斯,而阿基琉斯则占有了另一位漂亮的女俘布里塞伊斯,这两个女人构成阿伽门农与阿基琉斯相互争吵的导火索。正如海伦这个漂亮的女人构成墨涅拉奥斯与帕里斯相互决斗,乃至希腊与特洛伊相互战争的导火索。

克律塞伊斯的父亲是克里塞斯,阿波罗祭司,克里塞斯带来大量财宝,希望从阿伽门农手中赎回女儿,赎身是当时希腊社会通行的原则,所以希腊士兵们都欢呼表示同意,唯独阿伽门农不同意释放,并恐吓和赶走克里塞斯。克里塞斯无奈离去,却向阿波罗祈祷惩罚希腊人,于是阿波罗给希腊士兵带来严重瘟疫。阿基琉斯召集全军将士,商议瘟疫产生的原因和解决办法,卡尔卡斯认为这是因为阿伽门农不归还克律塞伊斯,因而得罪了克里塞斯和阿波罗。于是阿基琉斯要求阿伽门农归还克律塞伊斯,以平息神怒。阿伽门农虽归还自己的女俘,却夺取阿基琉斯的女俘,以补偿自己的损失,由此引发了阿基琉斯的愤怒,最终阿基琉斯退出了战争。

第二,争吵的结果。在《伊利亚特》卷2,阿伽门农做了一个梦,他以为自己第二天就可以攻下特洛伊城,于是召集军队准备开战。他佯装撤军,让士兵回家,然后又安排奥德修斯劝士兵不要回家;他在战斗开始前安排墨涅拉奥斯与帕里斯决斗,以便决定海伦及其财产的归属;他接着宣布开战,并来回鼓励各族首领。但是,连续两天的战斗(卷3—8)表明,在没有阿基琉斯的情况下,阿伽门农和希腊人节节溃败,无法抵御特洛伊的猛烈攻击。战败的表现是:特洛伊士兵之前不敢迈出城门一步,如今却敢于在城外过夜;而希腊士兵则开始做很多防御性工作,例如挖壕沟、建堡垒、守夜放哨、夜探军营等。

第三,求和失败。在《伊利亚特》卷9,阿伽门农吃了败仗,痛哭流涕，承认自己的过错，不应该抢夺阿基琉斯的女俘。在涅斯托尔的建议下，阿伽门农派遣三位使者去向阿基琉斯求和，允诺给阿基琉斯大量礼品，28位美女（包括自己女儿）和7座城池。在三位使者的劝告下，阿基琉斯虽然仍然对阿伽门农不满，但是他决定留下来，只是他不会立即参加战斗，要等到战火烧到希腊营帐和船只时，才会加入战斗。

第四，求和失败的后果。在《伊利亚特》卷11—18，也就是第三天和第三场战斗，希腊人彻底被特洛伊人打败。特洛伊人的战火烧到了希腊人的营地，希腊首领纷纷受伤，阿伽门农、狄奥墨得斯、奥德修斯、马卡昂、欧律皮洛斯都从战场上退下来。阿伽门农甚至想要偷偷一走了之，在狄奥墨得斯的建议下，他们一起去观看战斗，鼓励士气。

第五，和解。在《伊利亚特》卷19，阿基琉斯表示跟阿伽门农和解，因为他要重返战争，杀死赫克托尔，替自己的朋友复仇。阿伽门农仍然允诺之前给阿基琉斯的礼品，但是他却为自己的过错进行辩护。阿伽门农认为自己是受到阿特女神的欺骗，一时失去理智，才夺取了阿基琉斯的女俘。他还说连宙斯也曾经被阿特女神欺骗过。阿伽门农把责任推脱得一干二净。

阿伽门农的故事在《伊利亚特》里面就此结束了。而在《奥德赛》中，阿伽门农是以亡灵的身份出现的，他已经被他的妻子和堂兄所杀。他在《奥德赛》里面主要谈两件事情。其一，向奥德修斯打听自己儿子的情况，希望儿子能够为自己的惨死进行复仇，并夺回属于自己的王权。其二，向奥德修斯提出建议让其乔装打扮回家，千万不能相信任何人，尤其不能相信妻子，必须对任何人进行严格考察。

荷马的阿伽门农具有几个特点。其一，荷马的阿伽门农不是那个争夺王权、献祭女儿和被妻子谋害的阿伽门农，而是几乎受到全军拥戴的君王。涅斯托尔和奥德修斯这些最智慧的首领，都竭力维护阿伽门农的权威，批判阿基琉斯的任性。也就是说阿伽门农从负面形象转向正面形象。

其二，阿伽门农的悲剧并不是来自其家族的原罪，也不是来自诸神的惩罚。他在卷2交代阿伽门农的权力来源时，隐去了原罪和神罚。他说：

> 阿伽门农站起来，手里拿着权杖，
> 那是赫菲斯托斯为他精心制造。
> 匠神把它送给克罗诺斯之子、大神宙斯，
> 宙斯送给杀死牧人阿尔戈斯的天神，
> 赫尔墨斯王送给策马的佩洛普斯，
> 佩洛普斯送给人民的牧者阿特柔斯，
> 阿特柔斯临死时传给多绵羊的提埃斯特斯，
> 提埃斯特斯又交给阿伽门农，使他成为
> 许多岛屿和整个阿尔戈斯的国王。（《伊利亚特》2.100-108）

其三，从人的视角看，阿伽门农把战争的失败归咎于宙斯，把他跟阿基琉斯的争吵归于阿特神，但是从神的视角看，人的悲剧其实是他自己所造成的。在《奥德赛》开篇，荷马借宙斯之口说道：

> 可悲啊，凡人总是归咎于我们天神，
> 说什么灾祸由我们遣送，其实是他们
> 因自己丧失理智，超越命限遭不幸。（《奥德赛》1.32-34）

第三节　阿伽门农悲剧的原因

阿伽门农是一个悲剧人物。关于这一点，荷马并没有否认，但是什么原因造成他的悲剧，在这方面，荷马的看法跟古希腊神话故事有所不同。在分析阿伽门农的悲剧之前，我们需要界定什么是构成悲剧的核心要素。

我们一般在两个层面上使用"悲剧"这个词。一个层面是说，悲剧是一种文学体裁，例如，我们把古希腊文学划分为三种体裁，分别是史诗、戏剧和抒情诗，而戏剧又可以划分为悲剧与喜剧。笔者不是在这个意义上谈论阿伽门农的悲剧。另一个层面是说，人在某种处境下进行判断、选择和行动，最后导致自己的悲惨结局。这是悲剧这种体裁着重表现的主题，

也是下文将要讨论的悲剧含义。

关于这种悲剧,许多人提供许多定义。伊格尔顿(Terry Eagleton)说悲剧就是让"出人意料的丰富性,随着一个人死去而消失"①。鲁迅先生说:"悲剧将人生的有价值的东西毁灭给人看,喜剧将那无价值的撕破给人看。"(《再论雷峰塔的倒掉》,1925)黑格尔(G. W. F. Hegel)则说:"决定悲剧全部组织结构的基本形式就是揭示目的及其内容以及人物性格及其冲突与结局这两方面的实体性因素。"②

综上所述,笔者认为悲剧包含两个因素:其一,人处于一个具有多种可能性的处境当中;其二,人在各种可能性中的选择和行动,导致自身的失败或毁灭。我们正是要从这两个因素来分析阿伽门农的悲剧。

阿伽门农在每一件事情上都是存在各种可能性的。

第一件事情是要不要归还女俘克律塞伊斯。按照当时通行的社会交往原则:一个人被俘虏了,其亲人可以携带一定数量的礼品来赎回,因为这个俘虏被降格为奴隶,奴隶是可以被买卖的;一个人违法甚至杀人,他也可以通过赔偿的方式,求得对方的原谅和完成自己的惩罚。因此,阿伽门农归还克律塞伊斯是可行的,而不归还则是不符合社会规则的,因而遭到太阳神阿波罗惩罚,遭到先知卡尔卡斯和英雄阿基琉斯的指责,甚至遭到普通士兵特尔西特斯(Thersites)的辱骂。

但是阿伽门农不归还也是可以的。他喜欢克律塞伊斯,因为克律塞伊斯在美貌、身材和手工方面不亚于他的妻子。他对自己的奴隶有充分的支配权,归还与否完全取决于他本人的意愿。女俘还象征着阿伽门农的军功与荣誉,只有那些劳苦功高的士兵,或者那些至高无上的君王,才有资格分得最美好的战利品,而克律塞伊斯正是最美好的战利品。因此归还克律塞伊斯违背阿伽门农的意愿,而且损害了他的荣誉。

阿伽门农处于一种两难境地,最终他选择自我满足,进而践踏了公共规则,这就是他的错误选择和行动,也是他迈向悲剧的第一步。如果他能够克

---

① Terry Eagleton, *Sweet Violence: The Idea of the Tragic*, Oxford: Blackwell Publishing, 2003, p. 27.

② [德]黑格尔:《美学》(第三卷下册),朱光潜译,商务印书馆1981年版,第301页。

己复礼，遵守社会规则，从大局出发，那么他本来是可以避免他的悲剧的。

第二件事情是要不要夺取阿基琉斯的女俘。阿伽门农认为克里塞斯的礼物，不足以抵偿他的损失，因此他要求希腊人给予补偿，否则就要夺取阿基琉斯的女俘布里塞伊斯。作为一位君王，他其实并不缺乏女人，他之所以一定要夺取阿基琉斯的女俘，是因为阿基琉斯亲自召开全军大会，而且当众责备他，使他颜面尽失，权威无存，因此他要证明自己比阿基琉斯更强大。

然而他这种方式并不能证明他比阿基琉斯更勇猛，因为阿基琉斯是最伟大的战士，阿基琉斯可以让特洛伊人闻风丧胆，而阿伽门农无法抵挡特洛伊人的进攻。阿伽门农夺取阿基琉斯的女人，跟他不归还克律塞伊斯是一脉相承的，他为了自己的颜面和荣誉，得罪了最得力的盟友阿基琉斯，这个选择和行动构成他的悲剧的第二步。

第三件事情是要不要向阿基琉斯求和，或者说如何向阿基琉斯求和。阿伽门农即便吃了败仗，也没有表示出要向阿基琉斯求和的意愿，他的内心对于阿基琉斯是爱恨交加的。在涅斯托尔的建议下，阿伽门农才派人去向阿基琉斯求和，即便如此，他还强调自己更年长、更强大，阿基琉斯理应服从他。

这里我们需要注意阿伽门农求和的方式。其一，阿伽门农并没有亲自去，也没有立即送去礼品，而是派遣了三位使者去说服阿基琉斯。其二，涅斯托尔交代，先让阿基琉斯的教师福尼克斯去，然后再让阿基琉斯的好朋友大埃阿斯去，最后让代表阿伽门农的奥德修斯去；而实际上他们是一起去的，而且发言的顺序反过来了，从奥德修斯，到福尼克斯，再到大埃阿斯。

这里的关键在于阿伽门农是否应该亲自去，正如阿基琉斯所抱怨的："尽管他有狗的脸面，却不敢和我照面。"（《伊利亚特》9.372）阿伽门农如果亲自去，无异于承认自己的过错，而且有损君王体面，抬举阿基琉斯，日后更加难以统治全军。实际上阿伽门农只在长老会议承认自己的过错，从来没有在公开场合承认自己的过错。但是，阿伽门农如果不亲自去，阿基琉斯就无法释怀、无法原谅他。阿伽门农和阿基琉斯的心里都非

第 6 章 阿伽门农的悲剧

常清楚,这场求和其实就是一场交易,阿伽门农只是需要阿基琉斯来完成他的任务,而阿基琉斯也只是需要阿伽门农来恢复他的荣誉。阿伽门农在进退两难中,又一次作出错误的选择和行动,这使得求和没有获得直接的效果。

以上三件事情可以看出,阿伽门农每次都处于两难的选择当中,然而他每次都做出一个更坏的选择和行动,这就造成了他本人和希腊人的悲剧。他的悲剧是由他的欲望、他的情感、他的思想所决定的,既不是诸神的意志,也不是家族的原罪。

第7章 阿基琉斯的悲剧

第一节 阿基琉斯的身份

阿基琉斯是《伊利亚特》的主角,荷马开篇就说要歌唱他的愤怒,但是阿基琉斯开场亮相就退场了,直到最后一幕才重返舞台。我们不禁会问,荷马为什么要这样安排呢?为什么要让《伊利亚特》的主角在舞台上消失长达三分之二的时间呢?

英国著名的古希腊历史学家格劳特(George Grote)认为,《伊利亚特》的故事原本是描述"阿基琉斯的愤怒"的故事,那些跟阿基琉斯关系不太紧密的章节是后人添加上去的,他认为卷2—7、卷10—16、卷23—24都是后人添加的,理由是在卷2—7阿基琉斯并没有出场,在卷11—16阿基琉斯似乎忘了阿伽门农的赔偿,而卷10、卷23—24对于整部史诗而言显得相当奇怪。[①] 不过,笔者提出从口头理论来理解荷马史诗,口头理论强调荷马史诗的口头创作、口头表演和口头传播。荷马史诗是活生生的现场表演剧本,而不是用来阅读和思考的文本,荷马在表演时要追求一种欲扬先抑的戏剧效果,以便吊住观众的胃口,毕竟这么长的史诗要完整听完是非常考验听众的耐性的。所以,我们会看到荷马史诗里面有很多插科打诨的东西,有很多离题万里的东西,这些都是故事主线的调味品。

关于荷马的情节安排思路,古罗马的诗人贺拉斯有过精辟的论述,他说:"(荷马的)作法不是先露火光,然后大冒浓烟,相反他是先出烟后发

---

① 参见 George Grote, *History of Greece*, Vol. Ⅱ, New York: Harper & Brothers, Pyblishers, 1877, pp. 284-285。

光，这样才能创出光芒万丈的奇迹。"① 尽管贺拉斯这里主要谈的是《奥德赛》的创作，但是这种戏剧效果同样体现在《伊利亚特》当中。

根据希腊神话传说，阿基琉斯的世系可以追溯到宙斯那里：

1. 宙斯与埃吉娜（Aegina 1）生埃阿科斯（Aeacus）。
2. 埃阿科斯娶恩德斯（Endeis）生佩琉斯。
3. 佩琉斯娶女神忒提斯生阿基琉斯。
4. 阿基琉斯娶得达米娅（Deidamia）生涅奥普托勒摩斯（Neoptolemus，也称为 Pyrrhus）。
5. 涅奥普托勒摩斯娶赫尔弥奥涅（Hermione，墨涅拉奥斯与海伦之女）。

阿基琉斯出身王族，更是凡人和女神相爱所生的，所以他是半神半人，也就是古希腊神话里面那种天生的英雄。忒提斯与佩琉斯的婚姻是宙斯安排的，宙斯原本喜欢忒提斯，但是普罗米修斯（Prometheus，他因为分牛和偷火给人类而遭到宙斯惩罚）向宙斯讲述了一个预言：忒提斯注定会生下一个比父亲强大得多的孩子，宙斯担心如果娶了忒提斯就会生下一个比自己强大的孩子，自己的王位就有可能不保，于是把忒提斯许配给人间的国王佩琉斯。我们前面讲过，特洛伊战争的起因跟金苹果判断相关，而金苹果判断又跟阿基琉斯的父母婚礼相关，在这个意义上，阿基琉斯跟特洛伊战争有一定的关联性。

阿基琉斯纵然注定比父亲更强大，但是他也难免一死。据说他的母亲想要让他变得不朽，于是抓起他的脚，把他倒立起来，拿到烈火上焚烧，把一切凡人的性质都烧掉。就要大功告成的时候，阿基琉斯的父亲进来了，他感到很震惊，他以为忒提斯要烧死自己的儿子，于是阻止了忒提斯的行为，忒提斯撒手回娘家去了。阿基琉斯的蜕变功亏一篑，他全身都刀枪不入，唯有那没有来得及焚烧的脚踵最终成为他致命的弱点，这就是

---

① ［古罗马］贺拉斯：《诗艺》，杨周翰译，人民文学出版社1962年版，第153页。

"阿基琉斯之踵"的来历。它说明每个人都有自己的弱点，每个人都应该认识自己，扬长避短，以免暴露弱点，而被他人所伤害。

阿基琉斯是天生的战士和英雄。忒提斯知道儿子阿基琉斯有两条命运：如果他参加战争，则会战死沙场，但是能够获得不朽的荣誉；如果不参加战争，则会颐养天年。他的母亲不想失去儿子，为了阻止他上战场，便把他打扮成女孩子，放在斯基洛（Skyros）城邦的吕科墨德斯（Lycomedes）宫廷抚养。阿基琉斯与公主得达米娅相爱，并生下儿子涅奥普托勒摩斯。当奥德修斯来找阿基琉斯时，他无法从女人堆里认出阿基琉斯，于是他把一张盾牌和利剑放在地上，吹响战斗号角，那些女孩立即逃跑，唯独阿基琉斯本能地拿起盾牌和利剑，准备战斗。于是阿基琉斯被认出来，并被邀请去参加特洛伊战争。

阿基琉斯在特洛伊战争中表现神勇，取得杰出的成就，他曾经攻破和征服了23个城邦，一般将国王及其儿子杀光，抢劫女人和财产，例如安德罗马克的城邦（《伊利亚特》6.413-428），布里塞伊斯的城邦（《伊利亚特》20.291-6）。阿基琉斯最后死于阿波罗与帕里斯之手（《伊利亚特》22.360），他的儿子也协助奥德修斯攻下特洛伊城（《奥德赛》11.505-537），得胜后娶了海伦和墨涅拉奥斯的女儿（《奥德赛》4.5-7）。

第二节　阿基琉斯的第一次愤怒

在《伊利亚特》中，阿基琉斯的故事集中讲述他的两次愤怒，其一是他对阿伽门农的夺妻之恨，其二是他对赫克托尔的杀友之恨。

我们在前面提到阿伽门农与阿基琉斯在《伊利亚特》卷1的争吵。首先，阿伽门农不归还克律塞伊斯，于是阿波罗的祭司克里塞斯祈祷惩罚希腊人，阿波罗给希腊人降下瘟疫。其次，在赫拉的建议下，阿基琉斯召开全体公民大会，讨论瘟疫的原因及其解决办法，卡尔卡斯指出原因在于阿伽门农触怒神灵，而阿基琉斯则要求阿伽门农归还克律塞伊斯。然后，阿伽门农迫于压力交出克律塞伊斯，但是他掠夺了阿基琉斯的女人布里塞伊斯，作为自己的补偿。最后，阿基琉斯宣布退出战斗，并请求母亲忒提斯去寻找宙斯，让宙斯通过挫败希腊人来彰显自己的地位，恢复自己的荣誉。

阿伽门农与阿基琉斯的争吵可以分为三个层面。第一个层面是为了女人而争吵。阿伽门农喜欢克律塞伊斯，甚于喜欢其合法妻子，因为她的容貌、身材和手工不亚于其合法妻子（《伊利亚特》1.113-115），而阿基琉斯也喜欢布里塞伊斯，因为她是阿基琉斯攻下米涅斯城邦时虏获的，也是全军分配给阿基琉斯的礼物，她象征着阿基琉斯的巨大荣誉。他们双方都不愿意交出自己所爱的女人，但是他们又不得不放弃自己的所爱。为了女人而争吵，乃至发动战争，这是荷马史诗开创的西方文学母题。

第二个层面是为了荣誉而争吵。克律塞伊斯和布里塞伊斯，这两位女人都是战利品；战利品一般在战斗结束后分配给各联盟，由各联盟进一步分配给各首领和士兵；战利品的分配原则主要依据人们在战斗时所作的贡献，因此战利品的好坏多寡直接跟战士的军功大小和荣誉高低挂钩。

阿伽门农是全军统帅，他自然就可以优先挑选最好和最多的战利品，比如最美和最好的克律塞伊斯，而阿基琉斯是最勇猛的战士，他也可以被分配较好和较多的战利品，比如较美和较好的布里塞伊斯。阿伽门农认为归还克律塞伊斯意味着丧失他的荣誉，所以他要剥夺阿基琉斯的女人来补偿自己，而阿基琉斯认为战利品的分配本来就不合理了，如今阿伽门农还要剥夺他的战利品，那简直是得寸进尺，他说：

> 你竟然威胁我，要抢走我的荣誉礼物，
> 那是我辛苦夺获，阿开奥斯人敬献。
> 每当阿开奥斯人掠夺特洛伊人城市，
> 我得到的荣誉礼物和你的不相等；
> 是我这双手承担大部分激烈战斗，
> 分配战利品时你得到的却要多得多。（《伊利亚特》1.161-6）

荣誉当然是超越于物质之上的东西，但是荣誉的高低也可以通过物质的多寡来体现，阿基琉斯和阿伽门农争夺女人，背后是争夺最好的礼物和最高的荣誉，为谁是最好的阿开奥斯人而争吵。

第三个层面是为了社会地位而争吵。阿伽门农和阿基琉斯都是最好的阿开奥斯人，这应该从不同层面来理解。涅斯托尔正确地指出：阿基琉斯最有力量，是最好的战士；而阿伽门农最强大，是最有权势的国王（1.275-384）。然而，阿伽门农和阿基琉斯都依据自己的原则，认为自己比对方更强。阿伽门农认为阿基琉斯在挑战他的权威，而阿基琉斯则认为阿伽门农没有资格支配他。例如阿伽门农说：

> 这个人很想高居于众人之上，
> 很想统治全军，在人丛中称王，
> 对我们发号施令；可是会有人不服从。（《伊利亚特》1.287-9）

而阿基琉斯则反唇相讥：

> 如果不管你说什么，我在每一个行动上
> 都听命于你，我就是懦夫和无用的人。
> 你且把这些命令发给其他的人，
> 不要对我发号施令，我不会服从你。（《伊利亚特》1.293-6）

我们看到，在《伊利亚特》当中，希腊人召开过5次公民大会（1.55，2.50；7.385；9.10；19.40），前后两次是阿基琉斯召开的，中间三次是阿伽门农召开的。很显然，阿基琉斯僭越了自己的权力，他随意挑战阿伽门农的权威，不仅亲自召开公民大会，还在公民大会上讨论阿伽门农的过失。反观其他英雄，例如涅斯托尔、奥德修斯、狄奥墨得斯等，他们都极力维护阿伽门农的权威。

阿伽门农对阿基琉斯恨之入骨，他要通过打压和羞辱阿基琉斯，来证明自己的地位和权威，他说：

> 你是宙斯养育的国王中我最恨的人，

第 7 章　阿基琉斯的悲剧

> 你总是好争吵、战争和格斗。
> ……
> 但是我却要亲自去到你的营帐里，
> 把你的礼物、美颊的布里塞伊斯带走，
> 好让你知道，我比你强大，别人也不敢
> 自称和我相匹敌，宣称和我相近似。（《伊利亚特》1.176-187）

纵观整个争吵和求和过程，我们看到阿基琉斯最终失败了。阿基琉斯的失败是悲剧式失败，因为他始终面临多种选择，这些选择都是两难的，最终将他带入死胡同。

其一，我们看到是赫拉让阿基琉斯去召开公民大会的（《伊利亚特》1.55），也就是说阿基琉斯如果不照办则违背赫拉的意志，犯了不敬神之大罪，如果照办则僭越了自己的权力，挑战了阿伽门农的权威。其二，当阿伽门农扬言要夺取阿基琉斯的女人时，阿基琉斯如果拔刀相向，杀死阿伽门农，那么他就是杀了赫拉同样喜爱和关心的人（《伊利亚特》1.208），如果压住怒火，把女人交给阿伽门农，那么他无异于承认自己地位低下，应该服从阿伽门农，进而表明他挑战阿伽门农是不当之举。

解铃还须系铃人，阿基琉斯的困境很大程度上跟诸神相关，尤其跟赫拉相关，这种困境是人类智慧无法妥善解决的，必须诉之于诸神，尤其要诉之于比赫拉更强大的宙斯。因此阿基琉斯希望他的母亲去请宙斯出手帮助。根据这个线索，我们可以想见，在《伊利亚特》卷 9，阿伽门农向阿基琉斯求和是注定要失败的，尽管这个求和方案出自人类的最高智慧，即它是涅斯托尔一手策划，并经过阿伽门农修改的方案。

在求和过程当中，阿基琉斯仍然面临多种选择，但是这些选择仍然是两难的。阿伽门农开出最高规格的求和礼物，包括归还布里塞伊斯，赠送 26 位美女，许配自己的女儿，赠送大量财宝，划给七座城池，也派出最强的求和使者，包括足智多谋的奥德修斯、阿基琉斯的老师福尼克斯、仅次于阿基琉斯的英雄大埃阿斯。然而，阿基琉斯仍然不为所动，不答应求和，他认为阿伽门农只是收买他，因为阿伽门农没有亲自前来，也没有承认自己的错误。

阿伽门农这一招使得阿基琉斯第三次陷入困境。如果阿基琉斯接受了求和，那么就等于他服从了阿伽门农，他是可以收买的，甚至可以被玩弄于股掌之间的，那样一来他就没有荣誉和尊严可言。如果阿基琉斯不接受求和，那么他就违背了古希腊普遍适用的"求和"社会规则，即一个人或神应该接受大量礼物而息怒（《伊利亚特》9.496-523），进而承受巨大的道德舆论压力。我们也可以借用社会学家的理论来理解这一点，布迪厄提出了一个"象征暴力"理论，他认为赠品、交易、婚姻等隐含着某种暴力，这种暴力在运用上是几不可见的，它由于符合统治阶层的利益而被当作合法的："赠品交换使得由理性契约压缩与即时的交易在时间中展开，从而掩盖了这一交易的本质……同时也是建立持久的相互及支配关系的文艺手段，而时间间隔则体现了义务的初步制度化。"① 礼物包含一种权力支配关系，无论是阿伽门农的直接政治权力，还是社会规则所包含的舆论力量。

事实上，我们对比就会发现，在阿伽门农剥夺取了阿基琉斯的女人之时，连最普通、最丑陋的士兵特尔西特斯，都胆敢替阿基琉斯打抱不平（《伊利亚特》2.211-242）。可是，在阿基琉斯拒绝求和之后，整个社会舆论便从同情阿基琉斯，转向谴责阿基琉斯，例如奥德修斯（《伊利亚特》9.676-692）、狄奥墨得斯（《伊利亚特》9.696-709）、涅斯托尔（《伊利亚特》11.655-764）、帕特罗克洛斯（《伊利亚特》16.20-45）都谴责阿基琉斯本人自私自利，桀骜不驯，铁石心肠。

以上便是阿基琉斯在第一次愤怒中所面临的三次困境，尽管他是最伟大的战士，但是他也无法在这些困境当中找到良好解决办法，从而成为整个事件的受害者，在这个意义上，他是一个悲剧人物，他的言行举止构成了一出悲剧。

第三节　阿基琉斯的第二次愤怒

阿基琉斯最好的朋友——帕特罗克洛斯——由于太热爱和怜悯希腊

---

① ［法］皮埃尔·布迪厄：《实践感》，蒋梓骅译，译林出版社2003年版，第178页。

人，因此被涅斯托尔说服（《伊利亚特》卷 11）。在《伊利亚特》卷 16，帕特罗克洛斯哭着要亲自上战场，阿基琉斯禁不住他的哀求，也受不了他的谴责，于是答应让他带米尔弥冬人去参加战斗，而他本人则要等到战火烧到自己的舰船才参战。

我们再次看到，帕特罗克洛斯提出这个请求，实际上使得阿基琉斯陷入进退维谷的困境当中。其一，如果他不允许帕特罗克洛斯上战场，那么他的好朋友会一直伤心流泪，并从道德上谴责他。其二，如果他允许帕特罗克洛斯上战场，那么结局只能是二选一，要么是帕特罗克洛斯战死沙场，导致他失去最好的朋友，要么是帕特罗克洛斯得胜归来，导致他再也无法恢复自己的荣誉，因为他是可以被替代的。

阿基琉斯非常清楚自己的困境，所以他同意帕特罗克洛斯参战，同时也警告他不可恋战，他说道：

> 帕特罗克洛斯啊，尽力去打击特洛伊人，
> 去保护船舶免遭毁灭，不让他们
> 纵火烧船，截断我们神往的归程。
> 但是请听我要你这样做的用意是什么，
> 好使你在全体达那奥斯人中为我树立
> 巨大的尊严和荣誉，让他们主动把那个
> 美丽的女子还给我，连同丰富的赔礼。
> 当你把敌人赶离船只便立即回来，
> 即使赫拉的鸣雷的丈夫给你机遇，
> 赐给你荣耀，你也不要没有我单独同
> 好斗的特洛伊人作战，使我更让人瞧不起。
> 你可以屠戮特洛伊人，但不要贪恋
> 战斗和厮杀，率领军队追向特洛伊，
> 从而惹得奥林波斯的哪位不死的神明
> 下来参战：射神阿波罗很宠爱他们。
> 你一经解救了船只的危难便返回这里，

让其他的将士们在平原上继续与敌人拼杀。(《伊利亚特》16.80-95)

不幸被阿基琉斯言中,帕特罗克洛斯被阿波罗、欧福尔波斯（Euphorbus）和赫克托尔合力杀死。阿基琉斯的方案本来可以挽救帕特罗克洛斯,但是正如我们在第10章所分析的,帕特罗克洛斯过于博爱和怜悯的性格最终导致他的毁灭。阿基琉斯听闻好友的死讯,首先是伤心欲绝,虐待自己的身体:

> 阿基琉斯一听陷进了痛苦的黑云,
> 他用双手抓起地上发黑的泥土,
> 撒到自己的头上,涂抹自己的脸面,
> 香气郁烈的袍褂被黑色的尘埃玷污。
> 他随即倒在地上,摊开魁梧的躯体,
> 弄脏了头发,伸出双手把它们扯乱。(《伊利亚特》18.22-7)

然后是无比愤怒,决定要去杀掉赫克托尔,为朋友复仇,他说:

> 我的心灵不允许我再活在世上,
> 不允许我再留在人间,除非赫克托尔
> 首先放走灵魂,倒在我的枪下,
> 为杀死墨诺提奥斯之子把血债偿还。(《伊利亚特》18.90-3)

最后是冷静接受自己的死亡。他对母亲最后所说的话有三层意思：如果未能为朋友复仇,那么活着还不如死去（18.98-106）;他要跟阿伽门农和解,重返战场复仇（18.107-113）;如果复仇成功自己也会死去,那么自己也愿意在获得荣誉之后随时死去（18.114-126）。也就是说阿基琉斯无论上不上战场其实都跟死亡没有什么区别,他虽然活着却已经死去。荷马用很多方式暗示了他的死亡：第一,帕特罗克洛斯穿上他的铠甲,作为他的影子上战场，帕特罗克洛斯战死并被剥夺铠甲，某种意义上也是阿基琉斯的影子和另一个自我被杀；第二，阿基琉斯在地上打滚，用黑色的泥巴涂抹他的头发、脸蛋和衣服，这其实象征着他的自我埋葬，他的心早已随着好友的离开而死去，正如俞伯牙由于知音钟子期的死去而"破琴绝弦"一样；第三，阿基琉斯拒绝吃喝，他发誓在没有复仇成功之前绝食，但不再吃喝的人是"死人"一个；第四，在埋葬帕特罗克洛斯举办的竞赛中并没有参与竞赛，他不再加入人类社会的团体，不再追求通过竞赛获得人间荣誉，正如亚里士多德说的，离开了政治社会的人不是野兽就是神，阿基琉斯无论是野兽还是神反正也不再是人。这就是阿基琉斯的第二次愤怒，对于朋友被杀感到愤怒，对于仇敌赫克托尔的愤怒。荷马告诉我们，一个人充满愤怒而没有被理性指导，他就从英雄降格为普通人（阿基琉斯第一次愤怒退出战场，也就不再是英雄），一个人完全被愤怒所掌控而失去理性，他就失去了做人的资格（阿基琉斯第二次愤怒使得他成为行尸走肉）。

我们现在追问两个问题：阿基琉斯真的要跟阿伽门农和解吗？阿基琉斯又面临怎样的困境？阿基琉斯在卷19召开公民大会，要跟阿伽门农和解，他说："现在我已把胸中的怒火坚决消除，不想把害人的仇怨永远记心里。"（19.67-8）实际上他对阿伽门农的怒火并没有消除，而是被更大的怒火掩盖了，他既不关心阿伽门农是否真心承认错误（阿伽门农把自己的过错归咎于诸神），也不关心阿伽门农赔偿的礼物，甚至打算不让士兵吃早餐就战斗。

继帕特罗克洛斯的请求之后，阿基琉斯又面临第二个困境。如果他不跟阿伽门农和解，他就无法顺理成章地上战场，无法为朋友复仇，而实际上他跟阿伽门农的和解只是貌合神离。如果他跟阿伽门农和解，他能够上战场为朋友复仇，但是他并不能因此像他以为的那样获得荣誉了。他的老师福尼克斯在卷9劝说他时，已经讲明了这个道理，他说：

> 接受礼物吧！阿开奥斯人会敬你如天神。
> 要是你得不到礼物也参加毁灭人的战争，

尽管你制止了战斗，也不会受到尊敬。(《伊利亚特》9.603-5)

阿基琉斯在此时要求参战，远远不如在卷9答应参战那么令人尊敬了，因为现在他只是为了自己而战，不是为了他人而战；只是为了复仇而战，不是为了爱国而战；只是为了杀人而参战，不是为了荣誉而参战；只是为了死亡而战，而不是为了活着而战。如前所述，阿基琉斯已经是一个死人，他根本不在乎阿伽门农傲慢地允诺的礼物，而那些礼物实际上也是荣誉的象征，不过这种荣誉不是基于人自身，而是基于物质。也许阿基琉斯正是看到了这一点，所以对礼物不屑一顾，因为礼物可以被剥夺和被给予，而基于礼物的荣誉同样可以被剥夺和被给予。

阿基琉斯跟赫克托尔的仇恨是不共戴天的仇恨，他跟赫克托尔的决斗也是你死我活的决斗，这场决斗跟前面帕里斯与墨涅拉奥斯的决斗，赫克托尔与大埃阿斯的决斗，狄奥墨得斯与格劳科斯的决斗，以及阿基琉斯与埃涅阿斯的决斗都不同。因此阿基琉斯上战场后又会面临第三个困境：如果他被赫克托尔杀死，则无法复仇，毫无荣誉地死去；如果他杀死赫克托尔，命中注定他自己的死期也会来临，他母亲，他本人，他的战马，他的对手赫克托尔都清楚这点（《伊利亚特》18.95-6, 19.415-23, 22.355-360）。

阿基琉斯的悲剧是真正的、最大的、最可怕的悲剧，他的任何选择和行动都必然导致他的毁灭，而且是毫无意义的毁灭。他被愤怒所支配，被自身的力量所支配，他成为最无情的杀人工具，荷马把他比喻为"想要杀死农夫的雄狮"（《伊利亚特》20.165-175），"燃烧山林的烈火"（《伊利亚特》20.490-494），"吃掉无数小鱼的海豚"（《伊利亚特》21.20-25），"划破夜空预告凶兆的天狗星"（《伊利亚特》22.26-32），"追捕野鸽的雄鹰"（《伊利亚特》22.139-142），"追逐小鹿的猎狗"（《伊利亚特》22.188-192），"杀死绵羊的狼"（《伊利亚特》22.261-7），等等。在被愤怒和力量支配的层面上，阿基琉斯就是一头野兽，在拒绝重新返回人类社会，看透社会权力、道德、文化、价值的虚无层面上，阿基琉斯又像超越人类的神。阿基琉斯已经在人的层面上死去，他跟赫克托尔没有恢复冷静可言，也没有和解可言。荷马把和解放在诸神意志做出的决定之下，放在城邦之外的营帐内，放在半夜三更的时间点，这一切都表明这种和解在城邦内部和城邦与城邦之间是不可能的，或者是不能由人力所能为的。因此荷马的教育意义在于，政治上的世界主义、全球主义、一体化是不可能的。

作为生活的、行动的、伦理的阿基琉斯，他的存在是毫无意义的，他由于荣誉丧失而退出战斗，他试图重返战场恢复荣誉，他最终却毫无荣誉地死去。但是作为艺术的、思想的、审美的阿基琉斯，他的形象却是永垂不朽的，他让我们意识到人类生活始终存在困境，人类始终无法彻底解决这些困境，但是我们仍然要努力去理解人类生活的本质，仍然要尝试用理性去应对这些困境，否则我们就会被欲望、激情这些原始野性所支配，变得毫无意义。

第 8 章　海伦的悲剧

荷马史诗存在一个奇特现象：诸如帕里斯、海伦和阿伽门农等人物，他们犯下重大过失，但没有在战争当中遭到惩罚；而阿基琉斯、赫克托尔和萨尔佩冬等人物，他们几乎没有任何明显过失，却在战争当中遭受致命打击。这种罪与罚的错位，既不同于古希腊悲剧作品让罪行"世代相袭，经久不息"的现象①，也有悖于我们日常所谓"因果报应"或"惩恶扬善"的观念。

难道荷马史诗作为希腊人的教科书是宣扬一种无道德主义吗？显然不是，但是需要解释。海伦引发特洛伊战争酿成滔天大罪，而她最终丝毫不用承受任何惩罚，因此分析海伦这个人物形象的罪与罚，尤其能够理解荷马史诗这个奇特现象和奇特伦理观。

国内关于海伦的研究可以概括为两类。一类是比较研究。要么平行比较海伦与国内外相关女子，揭示古代"红颜祸水"的男权观念，要么比较不同时代的人对于海伦的评价，以此透视社会思想的演变。② 另一类是女性主义研究。要么强调海伦的悲剧是男权社会性别歧视和压迫的结果，要么宣称海伦出走象征妇女觉醒，并追求解放、平等和自由。③ 这些研究并未触及上述奇特现象，而且深受"五四"以来关于"娜拉出走"之论争的

---

① 参见［英］吉尔伯特·默雷《古希腊文学史》，孙席珍等译，上海译文出版社 1988 年版，第 241 页。

② 参见潘道正《海伦和西施：关于女性美的悲剧》，《河南师范大学学报》（哲学社会科学版）2008 年第 4 期；韩霞《传统与颠覆：论欧里庇得斯的〈海伦〉中海伦形象的塑造》，《河南师范大学学报》（哲学社会科学版）2010 年第 4 期。

③ 参见潘一禾《爱欲与文明的冲突——荷马笔下的帕里斯和海伦》，《浙江学刊》1997 年第 4 期；王晓红《试析海伦、娜拉出走之比较》，《中国科技信息》2006 年第 2 期。

影响，又借用了西方现代女权主义的资源，还常常脱离具体文本和历史语境，从而陷入了"强制阐释"的泥潭。① 因为我们可以反问：那些为海伦战斗和牺牲的男人难道不可以理解为海伦的玩偶吗？一位妻子抛夫弃子，跟另一个男人私奔，此等不负责任的无耻行径怎能冠之以"资产阶级"妇女觉醒和抗争的头衔？

在西方传统中，海伦形象也常常以两个极端呈现出来，一个极端是萨福和维吉尔严厉谴责她，另一个极端是高尔吉亚、欧里彼得斯、奥维德等人极力替她辩护。② 直到我们这个时代也如此，例如现代学者瑞安（G. J. Ryan）批判海伦是虚伪、自负和淫荡的③，而格劳顿（F. J. Groten）则主张海伦是真诚、自责和值得同情的④。海伦的故事被简化成淫奔的故事或被拐的故事⑤，对海伦的评价也被简化为"谴责"和"辩护"两种立场。

在荷马史诗当中，这种非黑即白的伦理观并不明显。实际上，一个人物往往是一个悖论，例如伟大而暴力的阿基琉斯；而一个行动往往也是一个悖论，例如阿基琉斯的"命运选择"，因此道德判断并不简单地从属于二元对立的范畴。本章首先从历史语境出发，考察海伦形象在古希腊社会的变迁；然后深入细致分析荷马文本的海伦形象，讨论她身上潜藏的美与丑、善与恶、自由与奴隶的悖论；最后引入亚里士多德的诗学理论，以及解释海伦罪与罚的不对称现象，表明荷马史诗的集体主义伦理观。

第一节 凋零的女神

在古希腊神话当中，海伦名义上是斯巴达王廷达瑞斯与勒达（Leda）的女儿，实际上是神人之王宙斯与勒达的女儿：宙斯变成天鹅勾引勒达，

---

① 参见张江《强制阐释论》，《文学评论》2014年第6期。
② 参见 Elizabeth Belfiore, "Ovid's Encomium of Helen", *The Classical Journal*, Vol. 76, No. 2, 1980, pp. 136–138。
③ 参见 George J. Ryan, "Helen in Homer" *The Classical Journal*, Vol. 61, No. 3, 1965, pp. 115–117。
④ 参见 F. J. Groten, "Homer's Helen", *Greece & Rome*, Vol. 15, No. 1, 1968, pp. 33–39。
⑤ 参见 Laurie Maguire, *Helen of Troy: From Homer to Hollywood*, Maiden, MA. and Oxford: Wiley-Blackwell 2009, p. 109。

勒达拥抱他而受孕，产下一颗蛋孵化出海伦。① 可以说，海伦出身高贵，她也是一位英雄，既然英雄（ἥρως）就是半神半人，就是神与凡人的爱欲（ἔρως）的产物（柏拉图《克拉底鲁》398c-e）。

在荷马史诗当中，海伦并不像她的父亲宙斯，而是像女神阿佛罗狄忒。在《伊利亚特》卷3，海伦首次亮相，特洛伊元老们说海伦"像永生的女神"（《伊利亚特》3.158）。这"永生的女神"自然是指阿佛罗狄忒，因为海伦和帕里斯的美貌都是来源于阿佛罗狄忒的恩宠和赏赐（《伊利亚特》3.413-417；3.64-66）。女神阿佛罗狄忒主司性爱和美貌，能让人变得漂亮和丑陋，也能使人（或神）浑身充满爱欲（《伊利亚特》14.214-217），进而丧失理智和情不自禁。② 用柏拉图的话来说，海伦之所以像女神，是因为她分有阿佛罗狄忒的美，海伦是流变和可感知的"美"，阿佛罗狄忒则是不变和可理知的"美本身"。

不过，根据现代语文学家和历史比较语言学家的研究，海伦这个人物形象原本并不是一位英雄，而是一位神！ἑλένη（海伦）这个希腊词的原意指"火把和火球；编织篮"③，这表明海伦跟光明、草木相关，即跟太阳神和丰产女神相关。

第一，荷马史诗认为海伦被拐到特洛伊，是另一种说法。海伦被拐到埃及，因此希腊人和特洛伊人只是为了海伦的幻影而战（柏拉图《斐德若》243a-b）。据此，古典学者韦斯特提出，海伦的原型可能是太阳神，因为早期希腊人只知道南方有埃及，所以海伦从希腊被拐到埃及，象征太阳南行（从夏至到冬至），而海伦从埃及返回希腊，则象征太阳北行（从冬至到夏至），因此斯巴达的海伦崇拜节是庆祝冬去春来，万物复苏。④

第二，太阳不仅跟草木生长相关，还跟丰产相关。例如赫丽生（Jane

---

① 蛋生人的传说盛行于东南亚一带，主要涉及宇宙形成、图腾始祖、民族英雄和凡间配偶四方面，参见傅光宇《"蛋生人"神话、传说与故事》，《民族艺术研究》1996年第4期。

② 参见［德］利奇德《古希腊风化史》，杜之、常鸣译，林立生、陈加洛校，辽宁教育出版社2000年版，第223页。

③ Henry George Liddell and Robert Scott comps., *A Greek-English Lexicon*, Revised by Henry Jones, Roderick Mckenzie New York: Oxford University Press, 1996, p.582.

④ 参见 M. L. West, *Immortal Helen: an Inaugural Lecture Delivered on 30 April 1975*, London: Bedford College, 1975, pp.7-13。

Ellen Harrison）这样解释赫拉克勒斯（Heracles）的瓶画形象：她右手的木棒象征他是草木之神，左手的丰饶角则象征他是丰产之神，而她完成的12项任务也象征太阳年（12个月）。① 同理，马圭尔（Laurie Maguire）也这样解释海伦，他说道：

> 海伦作为草木女神（δενδρῖτις）的神龛广为流传（例如，远至罗德斯岛也可见）。树木与海伦崇拜的其他田园关系保持一致，如河流和舞蹈，这表明她不仅是一位女神，还是一位丰产女神。舞蹈是对农业成长的模仿（跺脚唤醒大地，跳跃追赶高大农作物）；河流和树再现成长；发光的海伦，如前所见，跟太阳相关。农业是自然繁殖能力的结果，它被视为天地的神圣交合，阴性沃土接受神圣精华（种子），天降雨露再现性生活，带来丰收。②

第三，古希腊神话很多是从东方和埃及传入的。希罗多德曾说赫西俄德和荷马"把诸神的家世教给希腊人"③，据此，有学者认为，海伦的原型不太可能是太阳神，更像是印度吠陀神话的黎明女神乌莎。④

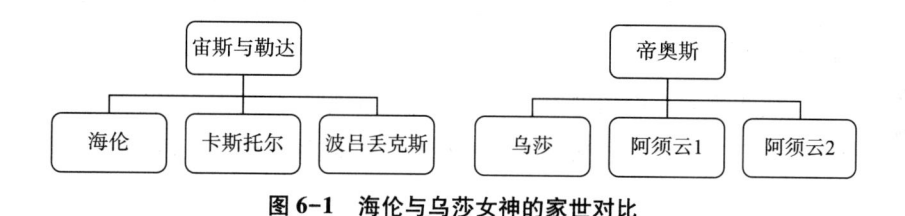

图 6-1　海伦与乌莎女神的家世对比

乌莎（Uşas）是天父帝奥斯（Dyaus）之女，她是一位黎明女神，周

---

① 参见［英］简·艾伦·赫丽生《古希腊宗教的社会起源》，谢世坚译，广西师范大学出版社2004年版，第361—367页。
② Laurie Maguire, *Helen of Troy: From Homer to Hollywood*, Maiden, MA. and Oxford: Wiley-Blackwell, 2009, p. 27.
③ ［古希腊］希罗多德：《希罗多德历史　希腊波斯战争史》（上），王以铸译，商务印书馆1959年版，第134—135页。
④ 参见 Otto Skutsch, "Helen, Her Name and Nature", *The Journal of Hellenic Studies*, Vol. 107, 1987, pp. 188-193。

身发光，赐予人类财富、子息和长寿；她也有两位名为阿须云（Aśvins）的孪生兄弟，代表晨星和晚星，驾驶马车，遨游天空。① 海伦则是天父宙斯之女，美艳照人，多夫多子；她也有两位孪生兄弟，即卡斯托尔和波吕丢克斯，前者是驯马手，后者是拳击手。②

如果以上说法是有可能的，那么我们可以看到，海伦形象从东方或南方流传到古希腊时，发生了许多变化。其一，海伦可以视为一位"凋零的女神"③，她不再是一位女神，而是一位女英雄，成为美貌（象征光明）和多夫多子（象征丰产）的女子。据说跟海伦有染的男人多达11位，而且海伦生下许多子女。④ 其二，海伦不再是造福人类的形象，而是令人可怕的女人，成为"害船害人害城邦"的祸害。⑤ 这种变化被认为反映出母权制向父权制演变的过程⑥，这种演变的痕迹可见于男权制伦理观念的矛盾：一方面男人追求和崇拜女人，甚至为之牺牲和献身，另一方面女人又成为男人猎取和征服的对象，以便强化父权的宰制力量。

而古希腊其他传统的海伦形象，到了荷马史诗这里又发生了变化。其一，海伦不是多夫多子，她只有两位丈夫，即墨涅拉奥斯和帕里斯，而且她只有一个女儿，此后便被神明绝育了（《奥德赛》4.12）。其二，海伦虽然是酿成特洛伊战争的原因，但是她并不必为此负责，最终又安然无恙地回到斯巴达做王后。

荷马如此改编海伦的形象，一方面是对于她的行为的批判，海伦不能继承她那丰产的形象，她那无节制的欲望和无耻的沉沦，只沦为不孕不育

---

① 参见 A. A. Macdonell, *Vedic Mythology*, Berlin, Boston: De Gruyter, 1897, p. 53；林太《〈梨俱吠陀〉精读》，复旦大学出版社2008年版，第135—140、153—160页；[古印度]《〈梨俱吠陀〉神曲选》，巫白慧译解，商务印书馆2010年版，第85—97页。

② 关于海伦与兄弟俩之出身和关系的种种传说，亦可参见[古希腊]荷马等《英雄诗系笺释》，崔嵬、程志敏译，华夏出版社2011年版，第100—104页。

③ Norman Austin, *Helen of Troy and Her Shameless Phantom*, Ithaca: Cornell University Press, 1994, pp. 86-88.

④ 参见 Laurie Maguire, *Helen of Troy: From Homer to Hollywood*, Maiden, MA. and Oxford: Wiley-Blackwell, 2009, p. 8.

⑤ [古希腊]埃斯库罗斯：《阿伽门农》，载《古希腊悲剧喜剧全集》第1卷，张竹明、王焕生译，译林出版社2007年版，第315页。

⑥ [英]参见简·艾伦·赫丽生《古希腊宗教的社会起源》，谢世坚译，广西师范大学出版社2004年版，第487—501页。

的交合，就像战争一样导致人类的灭亡①；另一方面是对于她的形象的同情，海伦作为"凋零的女神"的损失通过她拥有的绝世美貌、神奇能力、社交技巧和聪明才智得以弥补。海伦的美貌体现在元老们的惊叹之中，她的能力在于唯有她掌握一种忘忧药剂（《奥德赛》1.220-230），她的社交技巧体现在她安慰赫克托尔（《伊利亚特》6.343-358），她的才智则表现为她认出女神、特勒马科斯和奥德修斯（《伊利亚特》3.396-397，《奥德赛》4.138-146，4.250）。② 因此，荷马对于海伦的形象是非常复杂的，下面我们将透过海伦形象来窥探荷马史诗的伦理观念。

第二节　海伦的三宗罪

海伦是"凋零的女神"，这决定了她的美貌和聪明不是出于自然，而是基于女神阿佛罗狄忒，进而是有条件、被给予和偶然的。与此同时，她却有一种渴望回归"女神"状态的爱欲，企图通过她的美貌和智慧，赢得至高荣誉，从而超越当下的流变，达到永恒不朽的境界。然而，她的有限性和错误方法，导致她在无休止的追求中酿下三宗罪，并使得自己和他人成为这种追求的牺牲品，这三宗罪就是"为了爱而背叛家庭"，"为了荣誉而损害城邦"，以及"为了美而自我沉沦"。

在萨福的一份诗歌残篇里面，她提到海伦这三宗罪，而且严厉谴责她：

> ［阿佛罗狄忒］用海伦的乳房，撩拨阿尔戈斯人的心扉；那位特洛伊男子、主人的骗子为她而疯狂；她上了他的船，陪他渡过大海，撇下她的家园、她［孤独的？］女儿、她丈夫那张挂着贵重帘子的床榻，［既然］她的内心说服她［屈服于？］爱欲（ἔρωι）……多少他［帕里斯］的兄弟为了那个女人倒在特洛伊平原上，无数兵车［摧

---

① 参见 Barry B. Powell, *Homer*, Oxford: Blackwell Publishing, 2004, p.80.
② 这种认知能力是人类从神秘认知过渡到逻辑认知的桥梁。参见陈中梅《神圣的荷马：荷马史诗研究》，北京大学出版社 2008 年版，第11、12章。

毁?〕于尘土中,千万黑眼的〔战士〕被践踏和屠戮。①

关于第一宗罪——为了爱而背叛家庭,现代女权主义者可能会认为,海伦是古代扭曲婚姻制度的受害者,或者她应该有选择丈夫的自由,或者她的背叛本身包含对"自由"的追求。然而,亚里士多德却告诉我们,这种论证是"假冒的修辞式推论",因为她父亲曾经给过她选择丈夫的自由,"但是这个自由只是在第一次选择的时候有效,而不是永远有效,因为父亲的权力只是到第一次选择时为止"②。显然,个人选择婚姻的自由权利并不能够为海伦的背叛开脱。

虽然普里阿摩斯试图把战争的原因推给诸神(《伊利亚特》3.165),而海伦也把自己的私奔归咎于阿佛罗狄忒(《奥德赛》4.261),但是海伦的罪过也不能由诸神负责。一方面,荷马在《奥德赛》开篇也以宙斯口吻告诉我们,人类的灾难不应归咎于诸神,而应该归咎于人丧失理智(《奥德赛》1.32-35);另一方面,"如果悲剧〔罪过〕的最终责任落在喜欢恶作剧的众神身上,这并不意味着这种罪孽不存在。相反,《伊利亚特》中没有哪个地方不强调其〔罪过〕不可更改的特点"③。

与此同时,海伦的罪过也不能像高尔吉亚那样借助"被迫"——迫于命运、暴力、说服和爱欲这四种因素——而得以减弱。④ 因为在一个抢劫成风的时代,抢劫并不是什么可耻行为,而且被劫者未必会陷入痛苦,甚至任何"抢劫"在某种程度上都包含被劫者的意愿。⑤ 例如,我们看到海伦一次次哀叹和自责,却从未做出任何具有实质意义的行动。

---

① David A. Campbell ed. and tran., *Greek Lyric*, Vol. 1, *Sappho and Alcaeus*, London: Harvard University Press, 1990, p.333. 这首诗是一个残片,方括号的内容是笔者根据诗歌整体内容补充的。

② 〔古希腊〕亚里斯多德:《修辞学》,收入《罗念生全集》(第1卷),罗念生译,上海人民出版社2005年版,第291页。

③ George Steiner, Robert Fagles ed., *Homer: A Collection of Critical Essays*, Englewood Cliffs, N. J.: Prentice-Hall, Inc., 1965, p.101.

④ 参见 Hermann Diels, *Die Fragmente Der Vorsokratiker*, Berlin-Grunewald: Weidmannsche Buchhandlung, 1922, pp.249-255。

⑤ 波斯人认为女人只有基于某种自愿才有可能被抢劫,而希腊人据此侵略特洛伊是不对的,参见〔古希腊〕希罗多德《希罗多德历史 希腊波斯战争史》(上),王以铸译,商务印书馆1959年版,第2—3页。

第 8 章 海伦的悲剧

在荷马史诗里面,不仅海伦背叛了丈夫,她的姐姐克吕泰墨涅斯特拉更是谋杀了丈夫(《奥德赛》11.405-434)。这种背叛一方面反映出斯巴达女人地位较高而且放荡成风,另一方面则揭示出人类夫妻之间的紧张关系和深层危险。婚姻原本是人类生活的基本单位,它是两性情感、人类繁衍和社会发展的根基,然而它的基础并不牢靠,而且由于人类本能或第三者的介入而遭遇危机和危险。海伦的背叛是一个典型,典型地揭示出人类本身的局限性,即人无法彻底根除欲望,因而这种背叛潜藏着人类局限性。

在荷马史诗当中,英雄基本上都是用荣誉来衡量自己的社会地位和生命价值(《伊利亚特》1.490,6.208,12.310-328;《奥德赛》1.95),并树立起人生和社会的榜样。[①] 海伦既然是一位女英雄,她在荷马史诗当中也追求荣誉,以便重获女神般的不朽。然而,这种超越并不是像战士那样以保护城邦为前提,而是以伤害他人和毁灭城邦为代价,因此酿成她第二宗罪过。

在《伊利亚特》里面,海伦根本不关心世人的残酷战斗,她宁愿在封闭的空间里面织布,布匹上描绘全世界的男人为她而战斗和受苦的场景(《伊利亚特》3.125-128),她欣赏自己的杰作,享受处于世界舞台的快感,把自己的快乐建立在别人的痛苦之上。海伦深知自己是特洛伊战争的原因和目的,也明白这场伟大战争会给男人带来荣誉,因此,她也希望自己能够从中获得荣誉。她在《伊利亚特》第 6 卷对赫克托尔这样说:

> 大伯子,请过来,进来,在这张凳子上坐坐,
> 既然你的心比别人更为苦恼所纠缠,
> 这都是因为我无耻,阿勒珊德罗斯糊涂,
> 是宙斯给我们两人带来这不幸的命运,
> 日后我们将成为后世的人的歌题。(《伊利亚特》6.354-8)

最后一句的"我们"字面意思是"海伦和帕里斯",这表明海伦也希

[①] "英雄史诗可能会涉及任何这样的行动:一个人将他的生命押在他应该做什么样的人这个理想上。"参见 C. M. Bowra, *Heroic Poetry*, London: Macmillan, 1952, p.48。

望获得被后人歌颂的荣誉。但是考虑到整个这段话是海伦安慰赫克托尔，那么"我们"也可以理解为"海伦与赫克托尔"：海伦激发男人为自己行动，进而提升自己的名声，赫克托尔则在行动中获得自己的荣誉。[1] 海伦与赫克托尔的共谋，解释了赫克托尔对海伦的温情脉脉，以及海伦为赫克托尔之死而哭泣——实际上是为了自己再也无法获得荣誉而哭（《伊利亚特》24.760-775）。因为，海伦是继安德罗马克和赫卡柏（Hecuba）之后第三位哭泣的，这似乎有悖于古希腊悲剧的典型惯例，即哭泣的顺序依据悲痛的程度逐渐上升。如果从荣誉的角度来理解，我们就会发现海伦的哭泣并不是表现她跟死者的亲密和悲痛程度，而是表现从个体层面上升到普遍层面的感情关系。[2] 也就是说，安德罗马克为失去丈夫而哭泣，赫卡柏为失去儿子而哭泣，海伦则为失去荣誉而哭泣。

英雄主义本质上是自私自利的，它会不惜一切代价来获得荣誉，只有当英雄与共同体建立起"互惠互利"的依存关系时，即英雄保护城邦，城邦赋予英雄荣誉，英雄主义才能完成从利己向利他的转变。[3] 简而言之，只有那些为城邦和人民作出巨大贡献的英雄，才能够获得不朽的荣誉，并成为后世的"歌题"（《伊利亚特》9.189-191；《奥德赛》8.72-78）。赫克托尔的自私通过他的忠诚和牺牲完成了这个转换，海伦的自私则未能完成这个转换，因此她是"可怕的"，正如戴伊（Leslie Kirsten Day）在分析海伦哀悼赫克托尔时所指出的：

> 在《伊利亚特》，海伦被描述为这种女人，她使用适当的言语控制，无论是明显的自责还是潜在的自夸，以便支撑她跟男人关系的位置，即便在她的自恨表述也可能源于真正的羞耻感。这种控制将海伦刻画为危险和有威胁的，这种看法跟她作为一位妻子的性爱危险完全

---

[1] 参见 George Steiner, Robert Fagles ed., *Homer: A Collection of Critical Essays*, Englewood Cliffs, N.J.: Prentice-Hall, Inc., 1965, p.102。

[2] 参见 Maria C. Pantelia, "Helen and the Last Song for Hector", *Transactions of the American Philological Association*, Vol.132, No.1/2, 2002, pp.25-26。

[3] 参见 James M. Redfield, *Nature and Culture in the Iliad: the Tragedy of Hector*, Chicago and London: The University of Chicago Press, 1975, p.103。

一致，她给她的丈夫戴绿帽子，造成千万男人死亡。①

海伦的第三宗罪则是她的自我沉沦。在《伊利亚特》卷3，阿佛罗狄忒将战败的帕里斯救回房间，然后召唤海伦去陪伴和安慰失意的帕里斯，当时海伦羞愧万分，并严词拒绝，最后却不得不在阿佛罗狄忒的威胁下"缴械投降"。海伦起初嗔责帕里斯无能和无耻，继而劝告帕里斯不要出去战斗，进而陪他睡觉，最后愿意为他分担赫克托尔的指责。

我们或许会问，海伦为什么不抵抗到底？为什么她一遍遍自责却不去死？② 根本原因在于她不愿意放弃自己的美貌，甘愿沉沦为阿佛罗狄忒的奴隶。海伦的沉沦某种程度上也意味着斯巴达城邦的沉沦。贺方婴教授指出，在《奥德赛》当中，荷马通过特勒马科斯的造访，发现海伦和墨涅拉奥斯沉迷于财富和奢侈生活，揭示斯巴达城邦是一个充满"欲望的城邦"③。

海伦本身是绝对自由的，无论哪一方战胜都不会改变她作为王妃的身份，因为她作为"凋零女神"的美不可能为任何凡人所占有和奴役。然而，她将自己的超越道路建立在荣誉之上，又将荣誉建立在美貌之上，这迫使她为了美貌而放弃羞耻，为了荣誉而放弃善，最终沦为性欲、美和荣誉的囚徒。海伦对美的追求非但没有使得她成为美的主人，反而使她成为美的俘虏；非但没有使得她上升到美本身或善的领域，反而让她堕落为丑陋和无耻的女人。

第三节 海伦的惩罚

海伦登场佩戴的"面纱"，以及她每逢开口之前的"自责"，证实了她

---

① Leslie Kirsten Day, *Bitch That I Am！：An Examination of Women's Self-Deprecation in Homer and Virgil*, Ph. D. dissertation, Arkansa: University of Arkansa, 2008, p. 98.
② 古代世界没有让海伦去死，直到十六七世纪，人们才设想让海伦自杀谢罪，参见 Laurie Maguire, *Helen of Troy：From Homer to Hollywood*, Maiden, MA. and Oxford: Wiley-Blackwell, 2009, p. 18. 这反映出古代与现代伦理观念的差异，对于古代伦理而言，灾难的原因和责任是分离的，海伦是战争的原因，但是她未必要为战争的灾难负责。
③ 贺方婴：《荷马之志：政治思想史视野中的奥德修斯问题》，华东师范大学出版社2019年版，第6页。

对自己的罪有清醒认识。不过，在荷马史诗之中，很多人都为海伦开脱：阿尔戈斯人宣称海伦被特洛伊人"劫走"而日夜"呻吟"（《伊利亚特》2.355，2.590）；赫克托尔从未责备海伦，反而经常谴责帕里斯（《伊利亚特》3.38-52；6.325-331；13.769）；普里阿摩斯主张海伦和特洛伊人都是无辜的，战争的责任归咎于诸神（《伊利亚特》3.164-166），墨涅拉奥斯和佩涅洛佩似乎也是这样认为（《奥德赛》4.274-275；23.218-224）。这至少在表面上显示荷马本人没有谴责海伦。[①]

奇怪的是，后人多半认为荷马谴责海伦，并以各种方式为海伦辩护，譬如斯忒西科洛斯（Stesichorus）的"幻影论"、高尔吉亚的"被迫论"、伊索克拉底（Isocrates）的"好人论"[②]、奥维德（Ovid）的"爱欲论"等[③]。难道是后人误解了荷马？情况恐怕并非如此简单。我们需要弄清楚荷马在什么层面上谴责海伦，又在什么层面上原谅海伦。

首先，荷马史诗中的人物是典型的善恶矛盾体。荷马并没有后世那种反战观，对于荷马笔下的人物而言，战争是财富、权力和荣誉的来源，而对于荷马自身而言，战争则是检验人类生活之最大可能性的试金石。荷马歌颂英雄，因为他们蕴含着人类的最大可能性，包括好的和坏的可能性，例如阿基琉斯那无双的勇武与愤怒，奥德修斯那至高的智谋与残忍，赫克托尔那无双的忠诚与羞耻心，乃至海伦那绝世的美貌与丑行。

因此，英雄的悲剧在于其"坏的可能性"毁灭其"好的可能性"，这令人恐惧而不是愤怒，值得怜悯而不是指责。况且海伦这个人物塑造得比其他英雄更好，因为她有自我批判的精神，从而博得了他人的同情。正如格劳顿所言："帕里斯使得特洛伊人陷入困境，他不可置疑是有罪的，但是海伦不同，她赢得我们的同情，因为她关心他人，忏悔过去，她公开承

[①] 在维吉尔那里，情况有点复杂，埃涅阿斯谴责海伦，阿佛罗狄忒则将责任归于诸神，参见［古罗马］维吉尔《埃涅阿斯纪》，杨周翰译，译林出版社1999年版，第47页。

[②] Isocrates, *Isocrates*, vol.Ⅲ, with an English translation by Larue van Hook, Cambridge, Mass.: Harvard University Press, 1944, pp.55-99. 参见亚里士多德的《政治学》（1255a37-1255b3）和《修辞学》（1362a；1398b）。

[③] 奥维德说："当墨涅拉俄斯不在，海伦为不独守空闺，温柔的夜里去宾客的胸膛寻求温存。"［古罗马］奥维德：《爱的艺术》，肖馨瑶译注，商务印书馆2023年版，第195页。

认不能完全归咎于她。"①

其次，荷马认为海伦的罪是由于过失引起的，但是不排除她仍然是一个好人。亚里士多德在《诗学》（1453a7-10）区分了一个人陷入不幸的三种原因，即缺陷（κακίαν，vice）、恶劣（μοχθηρίαν，wickedness）和过失（ἁμαρτίαν，mistake）。②"缺陷"与德性是相对立的概念，前者指某事物在其本性方面的不足，比如：眼花耳聋，少年理智不成熟等，有这种缺陷的人就容易陷入不幸；后者则指这些方面的完满，比如：眼明耳聪，哲人理智成熟，达到这些境界则不会招致不幸（柏拉图《会饮》181e；《理想国》348c）。"恶劣"指恶劣条件或缺乏能力，更多时候指道德方面的恶习和不足（柏拉图《理想国》609e；《政治家》302a；《法律》734d）。"过失"则指实践或判断错误（柏拉图《法律》660c；亚里士多德《尼各马可伦理学》1148a3）。

从这个角度来看，荷马认为海伦陷入罪行，并不是由于缺陷和恶劣，而是由于过失，正如海伦所言："这都是因为我无耻，阿勒珊德罗斯糊涂。"（《伊利亚特》6.356）海伦认为自己和帕里斯都是一时失足，而犯下无耻罪行，因而这种罪行是可以辩护和矫正的。麦金太尔也认为，在荷马史诗当中，好人犯了"个别"错误，但是他仍然是善的，因而就免去了他的过失责任。③

最后，正义会迟到，却不会缺席。荷马并没有像现代霍布斯那样把人视为个体的人，而是从集体主义角度把人视为民族、社会和城邦的一员。因此，"一人做事一人当"的原则不太符合荷马史诗的伦理要求，例如：阿伽门农不归还克律塞伊斯，但阿波罗却惩罚其他希腊人，而阿基琉斯没有明显过错，却要遭受丧友之痛，并面临自己的死亡。荷马固然原谅海伦本人，但不因此赦免她的罪行，而是转移和深化她的罪行，让所有为她而战的人承担这个罪行的惩罚。

---

① F. J. Groten, "Homer's Helen", *Greece & Rome*, Vol. 15, No. 1, 1968, pp. 33-39.
② 参见［古希腊］亚里士多德《诗学》，陈中梅译注，商务印书馆1996年版。
③ 参见［美］阿拉斯代尔·麦金太尔《伦理学简史》，龚群译，商务印书馆2003年版，第29—34页。亦可比较亚里士多德《尼各马可伦理学》第3卷对"意愿行为"的讨论。

至此，我们就能够理解本书开头提出的荷马史诗里面的奇特现象。对于帕里斯、海伦、阿伽门农等人物，他们的确有过失，但是这种过失并不是他们作为个体的缺陷或恶劣，而是作为处于这种地位、关系、情形里面的人物可能会陷入的错误，因此荷马把这种过失归结为人类本身可能存在的限度。人完全有可能受性欲、权力、荣誉的诱惑，从而产生过失，导致灾难，因此这种过失实际上是人类本身的限度所造成的，它酿成的后果就不应该让行动者独自承担，但必须有人来承担这种后果，以便化解个人的责任，因此海伦的过失上升为普遍的人类过失，这种过失的后果则由全人类来承担。

反之，像阿基琉斯、赫克托尔、帕特罗克洛斯等人物，他们本身没有过失和恶劣，却拥有某种缺陷，阿基琉斯的过于暴躁，赫克托尔的过于羞耻，帕特罗克洛斯的过于怜悯，正是这些缺陷使得他们的命运跟海伦紧紧相连，成为海伦所造成的后果的罹难者。这正是荷马史诗关于罪与罚的伦理观念的复杂性和重要性所在，它通过一系列过失与缺陷的转换，使得个体命运成为人类普遍命运的象征，听众、观众或读者透过这些典型个体能够领悟人类本身的局限。

荷马史诗之所以有如此宽广的视野和复杂的思想，原因就在于史诗是世代相传的口头文学，它是人民集体创作的民族史诗，因而具有质朴性、普遍性和客观性。早在18世纪20年代，意大利思想家维科在他的《新科学》里面就提出，"荷马纯粹是一位仅存于理想中的诗人，并不曾作为具体的个人在自然界存在过"（873段），荷马是"希腊各族人民自己"（875段）。[1] 20世纪60年代，俄国神话学者梅列金斯基（Yeleazar Meletinsky），在他的《英雄史诗的起源》里面，仍然通过马克思主义方法得出这个结论："史诗历来就具有人民性，应该从民间文学发展的最初阶段去探寻史诗创作的根源……英雄史诗的本源不是颂词，不是宗教传说，更不是编年史，而是阶级出现之前的人民史诗。"[2] 如今影响广泛的口头程式理论（帕

---

[1] 参见［意］维科《新科学》（下册），朱光潜译，商务印书馆1989年版，第471—472页。
[2] ［俄］E.M.梅列金斯基：《英雄史诗的起源》，王亚民等译，商务印书馆2007年版，第14页。

里、洛德和纳吉），根据各民族现存的口头史诗表演和荷马史诗的程式创作，证实了史诗的确是凭借"固定程式"、"口耳相传"和"逐步演进"的模式形成，并由某位伟大的表演者推向高峰和固定下来，但是其词汇、句式、主题、观念等无疑带有整个民族和时代的烙印。①

由于荷马史诗具有这些特征，因此它那种罪与罚的伦理观念，就显得跟后世个人创作的文学作品迥然不同。由此，我们可以通过荷马的伦理观念来反思现代西方人的两种普遍缺陷，第一种是政治上对权力和帝国的爱欲，第二种是婚姻上对自由和快乐的爱欲，这些爱欲本身具有追求高贵的品性，然而却在无休止的追求过程中陷入反人类和灭绝人类罪，使得人类成为它们的囚徒。

---

① 关于"固定程式"，参见 Adam Parry ed., *The Making of Homeric Verse: The Collected Papers of Milman Parry*, Oxford: Clarendon Press, 1971, p. 13。关于口头与书写的区别，参见［美］阿尔伯特·贝茨·洛德《故事的歌手》，尹虎彬译，中华书局 2004 年版，第六章。关于"演进"的再创编模式，参见［匈］格雷戈里·纳吉《荷马诸问题》，巴莫曲布嫫译，广西师范大学出版社 2008 年版，第三章。

第 9 章　赫克托尔的悲剧

这一章我们主要分析赫克托尔这个人物形象，分别考察他的多重身份，他的真实性，以及他的悲剧人生。赫克托尔是特洛伊城邦的合格储君，是特洛伊联盟的全军统帅，更是特洛伊阵营最骁勇善战的英雄。在《伊利亚特》当中，赫克托尔这个名字是唯一出现在所有章节的人物名字，他要么以自己身份出现，要么通过别人之口说出来。可见，赫克托尔对于特洛伊人而言是最重要的人物，对于荷马而言也是最重要的角色之一。

第一节　家—国身份

赫克托尔跟埃涅阿斯是堂兄弟，埃涅阿斯在《伊利亚特》（20.200-258）讲述过自己的家世，据此我们也可以得知赫克托尔的家世：

(1) 宙斯和厄勒克特拉（Electra）生达尔达诺斯（Dardanus）。

(2) 达尔达诺斯和芭忒娅（Bateia）生埃里克托尼奥斯（Erichthonius）。

(3) 埃里克托尼奥斯生特洛斯（Tros）。

(4) 特洛斯生伊洛斯（Ilus）、阿萨拉科斯（Assaracus）和伽倪墨德斯（Ganymede，宙斯司酒）。

(5) 长子伊洛斯和欧里狄克（Eurydice）生拉奥墨冬（Laomedon）。

(6) 拉奥墨冬生普里阿摩斯（Priam）、托尼诺斯（Tithonus，被黎明女神拐走）、兰波斯（Lampus）、克吕提奥斯（Clytius）和希克塔昂（Hicataon）。

（7）普里阿摩斯和赫卡柏生赫克托尔（Hector）、帕里斯（Paris）、波吕多罗斯（Polydorus）等。

（8）次子阿萨拉科斯生皮卡斯（Capys）。

（9）皮卡斯生安基塞斯（Anchises）。

（10）安基塞斯和阿佛罗狄忒生埃涅阿斯（Aeneas）。

（11）三子伽倪墨德斯成为宙斯的酒司。

赫克托尔并非普里阿摩斯唯一的儿子，普里阿摩斯可能有50个儿子和12个女儿（《伊利亚特》6.242-250，24.495），不过这些儿子几乎都战死沙场（《伊利亚特》24.249-251）。赫克托尔也不是普里阿摩斯最喜欢的儿子，普里阿摩斯最宠爱那位年龄最小、脚步最快的波吕多罗斯（《伊利亚特》407-410）。赫克托尔也许是普里阿摩斯的长子，因此他具有继承王权的优先性。但是这并不重要，重要的是赫克托尔是最后一位能够充当"城邦和人民的保卫者"（24.498）。

赫克托尔有一位非常忠诚的妻子安德罗马克。安德罗马克本是忒拜城邦的公主，现在却只能依靠赫克托尔，因为阿基琉斯洗劫了她的城邦，杀死了她的所有父母兄弟，所以她说"赫克托尔，你成了我的尊贵的母亲、父亲、亲兄弟，又是我的强大的丈夫"（《伊利亚特》6.429-430）。安德罗马克为赫克托尔生下一位儿子，此时还在襁褓之中，如果赫克托尔不死，他的儿子本来可以成为未来的王。

赫克托尔是唯一一位具有完美家庭的人物，他上有老下有小，在家庭当中扮演多重身份，他既是儿子，又是兄弟，既是丈夫，又是父亲。尤其重要的是，赫克托尔在所有这些角色当中都是优秀榜样。

作为儿子，他尊重他父亲的权威，努力保护父亲的地位，在《伊利亚特》第3卷，他请普里阿摩斯为帕里斯与墨涅拉奥斯的决斗发誓（《伊利亚特》3.116-7），他默默地执行父亲的决议（《伊利亚特》3.313-4），他是唯一优秀到足以继承父亲的财产和王权的儿子，他的父亲称赞"他是人中之神，不像凡人的儿子，而像天神的儿子"（《伊利亚特》24.259-260）。

作为兄弟，赫克托尔每次见到帕里斯，都会拿最严厉的话去谴责他、教导他，但是他也会尽力保护自己的兄弟周全，他有权力将海伦及其财产归还给希腊人（《伊利亚特》22.113-4），但是他没有这样做，所以帕里斯坦然接受赫克托尔的批评，海伦也说赫克托尔从未对她冷言恶语。赫克托尔接受兄弟的良好建议，比如在卷6，赫勒诺斯（Helenus）建议他回城，给雅典娜女神献祭，他立刻照办。

作为丈夫，赫克托尔跟妻子一往情深，他返回城邦的间隙还忘不了跟他的妻子告别，他安慰他的妻子，让她别担心他。他说人总是要死的，人的死期是注定的，谁也不能违反和改变这个命运（《伊利亚特》6.485-490）。这番话也可以用在他的妻子身上，要是以后特洛伊沦陷，而他的妻子被变卖为奴的话。

作为父亲，他希望自己的儿子成为最勇敢的战士，声名远扬的英雄，以及最强大的君主（《伊利亚特》6.476-481）。这是荷马史诗笔下父亲教导儿子的标准教科书。格劳科斯的父亲这样教育他（《伊利亚特》6.207-210），阿基琉斯的父亲这样教育他（《伊利亚特》11.783-4），帕特罗克洛斯的父亲也这样教育他（《伊利亚特》11.785-9）。

赫克托尔不仅属于家庭，更加属于城邦。他自始至终都是一名骁勇善战的英雄。他首先以"杀人者"的身份出现在《伊利亚特》当中，而且是经由最勇猛的阿基琉斯之口说出来的。在第1卷，阿基琉斯发誓咒骂阿伽门农，他说：

> 总有一天阿开奥斯儿子们会怀念阿基琉斯，
> 那时候许多人死亡，被杀人的赫克托尔杀死，
> 你会悲伤无力救他们；悔不该不尊重
> 阿开奥斯人中最英勇的人，你会在恼怒中
> 咬伤自己胸中一颗忧郁的心灵。（《伊利亚特》1.240-4）

赫克托尔被称为"杀人者"（androphonoio），而战神阿瑞斯则被称为"杀凡人者"（brotoloige，《伊利亚特》6.31，6.455，6.518），因此赫克托

尔是一名如战神般的战士。杀人者这个属性只能属于战士,因为杀人者只有在战场上才被视为正义的和高贵的。赫克托尔本质上是一位战士,他的家园就是战场。

在卷6,赫克托尔作为"杀人者"(《伊利亚特》6.497),他必须辞别妻儿,离开城邦,奔赴战场,战死沙场,那个真正属于他的地方(《伊利亚特》6.494-502)。在卷16,赫克托尔作为"杀人者"(《伊利亚特》16.77),带领特洛伊人攻到希腊人船边,阿基琉斯咒骂阿伽门农的誓言成为现实。在卷17,赫克托尔成为"杀人者"(《伊利亚特》17.428),他杀死帕特罗克洛斯及其驭者。直到卷22,面对父母的苦苦哀求,赫克托尔没有丝毫返回城邦的意思,最终被阿基琉斯所杀,阿基琉斯唯一一次成为"杀人者"(《伊利亚特》24.479),赫克托尔不再被称为"杀人者",而是被称为"驯马者"(《伊利亚特》24.804)。

赫克托尔毫无疑问是最杰出的特洛伊战士。荷马曾经把他比作一条咆哮着奔流入大海的江河,让当时表现最勇猛的狄奥墨得斯也感到颤抖(《伊利亚特》5.596-600)。赫克托尔并非像帕里斯所说的那样,仅仅是一把砍杀敌人的斧子,他想要成为英雄,追求不朽人生,也就是建功立业,被后世传颂(《伊利亚特》6.358,7.91)。

赫克托尔除了是战士和英雄,他还是一位负责任的领袖。作为领袖,赫克托尔不是像阿伽门农那样发号施令,而是秉承"全心全意为人民服务"的宗旨,更多地到城邦和战友最需要的地方去。可以说,哪里需要赫克托尔,哪里就有赫克托尔的身影。

在《伊利亚特》卷3,帕里斯说要跟墨涅拉奥斯决斗,以决定海伦及其财产的归属,以及整个战争的胜负,赫克托尔立即为他安排决斗。在卷5,萨尔佩冬呼吁赫克托尔参与战斗、命令首领和士兵们坚守阵地,于是赫克托尔立即鼓励士兵们。同样在卷5,当萨尔佩冬受伤并请求赫克托尔保护时,赫克托尔二话不说就过来驱赶希腊人,确保萨尔佩冬安全撤退。在卷6,赫勒诺斯建议赫克托尔回城,向雅典娜女神献祭,赫克托尔立即跳下战车,背着大盾牌回城。在卷12,波吕达马斯建议特洛伊部队下车,走过希腊人的战壕,赫克托尔迅速照办。

第二节　赫克托尔的真实性

赫克托尔几乎是一位完美的男人，他有爱，有温度，有耐心，有担当，有责任，有勇气，有能力，等等。然而，这样完美的赫克托尔真的存在吗？荷马为什么要塑造一位完美的特洛伊人？这两个问题分别涉及历史真伪问题和价值判断问题。

我们知道，西方史家记录或编修历史，大都遵循秉笔直书的原则，以实现客观科学的精神。例如，古希腊史学之父希罗多德，在其《历史》开篇便说他写历史"是为了保存人类的功业，使之不至由于年深日久而被人们遗忘，为了使希腊人和异邦人的那些值得赞同的丰功伟绩不至于失去它们的光彩"[1]。

我们也知道，荷马史诗并非全然是历史著作，而是根据历史事件点染而成的文学作品。

根据荷马的偏爱或者说爱国主义，他本不应该会塑造一位完美的特洛伊人，但是他却塑造了几乎完美的赫克托尔，他不仅歌颂赫克托尔的功绩，还对赫克托尔之死深表同情，这不能不说是一件很奇怪的事情。

19世纪的古典学者维拉莫维茨认为，荷马史诗关于赫克托尔的描述，是从之前就存在的歌颂赫克托尔的史诗那里挪用过来的。也许在荷马史诗之前，的确存在歌颂赫克托尔的史诗，但是这应该是特洛伊人创作的才对，而不该被收入希腊人的荷马史诗。甚至有古典学者认为《伊利亚特》的绝大部分英雄都是从其他诗歌、歌手挪用过来的，这些英雄本来跟特洛伊战争无关；而赫克托尔原本是一位忒拜英雄，理由是赫克托尔的坟墓在忒拜。[2] 这个说法不太靠谱，毕竟我们无法断定忒拜那个坟墓就是赫克托尔之墓，而且，如果赫克托尔是忒拜人，那么后来的忒拜作家应该会提到

---

[1] ［古希腊］希罗多德：《希罗多德历史　希腊波斯战争史》（上），王以铸译，商务印书馆1959年版，第1页。

[2] 参见 John A. Scott, *The Unity of Homer*, Berkeley, California: The University of California Press, 1921, p.220。

这一点,然而最著名的赫西俄德根本没有在任何作品中提到过赫克托尔,同样著名的品达也跟荷马一样把赫克托尔称为特洛伊人。

20世纪前期,著名古典学者司各特(John A. Scott)提出他的新见解,即荷马对于特洛伊首领并不熟悉,这些首领的形象很大程度上带有希腊人的色彩,进而他认为荷马无中生有创造了赫克托尔这个人物,他说道:

> 帕里斯是传统上特洛伊的领袖和将军,但是由于道德而无法被安排为诗歌主角。因此,诗人谴责帕里斯,并创造一位英雄,这位人物的高贵性足以为帕里斯的过失赢得人们的同情。在荷马笔下出现的赫克托尔是诗人所创造的,正是这位诗人构想出《伊利亚特》的思想;没有荷马就没有赫克托尔传统。[①]

司各特的道德论解释是非常精彩的,我们阅读《伊利亚特》也有这样一种感受,如果没有赫克托尔,那么特洛伊人简直罪不可赦,死不足惜,但是有了赫克托尔,我们会发现原来特洛伊人并不完全是懦弱、出尔反尔、毫无道德的人;有了完美的赫克托尔,我们对于这一位英雄的毁灭多少有一些同情,乃至于对于特洛伊的沦陷多少有一些同情。

但是司各特的解释也存在牵强之处,比如他说帕里斯才是领袖,他说荷马"从无到有"创造赫克托尔。因为帕里斯根本没有任何领袖气质的言辞和行动,荷马也没有这么大的能耐可以无中生有地创造大量特洛伊人物。

从口头理论来看,荷马史诗的故事情节是众所周知的,人物形象基本是定型的,修饰语为了满足韵律的需要也是固定的。荷马不是开端,而是终结,他在已有诗歌和歌手的基础上进行再创作,他进行自由创作或虚构的空间是比较小的,好比说施耐庵不会无中生有创造宋江这个人物一样,这既违反口头诗歌创作的规律,也不会被当时的人们所接受。

在这一点上,我特别同意坎贝拉克(F. M. Combellack)的看法,他认

[①] John A. Scott, *The Unity of Homer*, Berkeley, California: The University of California Press, 1921, p. 226.

为，荷马要么继承传统，要么修改传统，但是不太可能完全虚构人物或故事，"这样一位荷马形象简直难以置信"①。因此，我们的结论是，赫克托尔实有其人，至少在荷马史诗之前，他已被歌手吟唱，荷马在已有基础上对他进行加工和润色，如此才能塑造出一位几乎完美的男人。荷马之所以创作这个人物，一方面是为了让读者看到特洛伊人并不是那么不堪，只有他们也足够高尚，作为敌手的希腊人才能更高尚；另一方面是为了体现他的悲剧观，也就是说，哪怕再完美的男人，他毕竟不是神，也比不上神，他同样会失败。

第三节 赫克托尔的悲剧

我们之前分析阿伽门农、阿基琉斯和海伦的人物形象时，强调他们的多种可能性处境，以及他们在选择和行动中无可避免的失败，我把这种可能性和失败视为悲剧的两个核心要素。现在我们同样依据这条标准，探究赫克托尔的悲剧。赫克托尔的悲剧可以分为三个层面，其一是家庭身份与城邦身份的两难选择，其二是城邦身份当中统帅与战士的两难选择，其三是战士角色当中生存与死亡的两难选择。

1. 家庭身份与城邦身份的两难选择

赫克托尔具有双重身份，一个是家庭身份，他扮演儿子、兄弟、丈夫和父亲的角色，另一个是作为城邦身份，他扮演战士和统帅的角色。赫克托尔可以自由地在这两种身份中进行选择，他的悲剧本质上不在于选择一个身份就无法选择另一个身份，而在于他无论选择哪个身份都注定会失败。这种命运的不可更改和无法违背才是古希腊悲剧的要义。

在《伊利亚特》卷6，赫克托尔曾经回城向雅典娜献祭，并向他的妻子安德罗马克告别，而他的妻子则建议赫克托尔回归家庭，不要出去战斗，她说：

---

① Frederick M. Combellack, "Homer and Hector", *The American Journal of Philology*, Vol. 65, No. 3, 1944, pp. 209–243.

第9章 赫克托尔的悲剧

> 你得可怜可怜我,待在这座往楼上,
> 别让你的儿子做孤儿,妻子成寡妇,
> 你下令叫军队停留在野无花果树旁边,
> 从那里敌人最容易攀登,攻上城垣。(《伊利亚特》6.431-4)

赫克托尔答复道:

> 夫人,这一切我也很关心,但是我羞于见
> 特洛伊人和那些穿拖地长袍的妇女,
> 要是我像个胆怯的人逃避战争。
> 我的心也不容我逃避,我一向习惯于
> 勇敢杀敌,同特洛伊人并肩打头阵,
> 为父亲和我自己赢得莫大的荣誉。(《伊利亚特》6.440-446)

我们从这对夫妻的对话可以看到,一方面,安德罗马克把赫克托尔的家庭身份与城邦身份对立起来,如果赫克托尔要做一位合格的丈夫和父亲,那么他就应该留在城邦里面,不要出去战斗;如果赫克托尔要做一位合格的士兵和统帅,那么他必须离开家庭,出去战斗。按照这种对立关系,赫克托尔选择了城邦身份,他由于羞耻感而不能停留在家里,由于荣誉感而必须走上战场。

另一方面,赫克托尔认为,即便他选择了家庭身份,他最终仍然要离开家庭。赫克托尔的家庭身份认同不是通过他的妻子和儿子来完成,而是通过他的父母和兄弟来完成,他首先是一位儿子,然后才是父亲。也就是说即便他站在家庭立场,他的首要任务也是保护父亲,其次才是保护儿子(《伊利亚特》22.486-7)。赫克托尔认为,保护父亲就是要为父亲赢得荣誉,他也是这样教导自己的小孩,而荣誉就是体现在"杀死敌人,带回血淋淋的战利品"(《伊利亚特》6.480-1)。赫克托尔的出城意味着所有男人都要离开母亲和家庭,走上以父亲为代表的社会,正如诺特威克所言:

"对于赫克托尔而言，正如对于所有古代英雄诗歌世界的男人而言，认同紧随分离。男子汉英雄有两条规则：远离母亲的哺乳怀抱，接受那以某种方式表现在父亲中的坚硬智慧。"①

这是赫克托尔第一层面的悲剧：他在家庭身份与城邦身份的选择当中处于两难境地，而且他无论做何种选择都注定要失败。正是出于这种选择的内在矛盾，他意识到这种矛盾不可调和，他唯一能够做到的，就是以极端方式来安慰妻子，也就是说，所有人都是有死的，每个人的死期都是注定的，不必担心他，也不必担心自己。

实际上，赫克托尔最终必须选择城邦身份，他回家告别，但仍然属于战场，他无法真正回家。当然，如果一个人毫无羞耻心，毫无荣誉感，毫无责任心，他就不会遇到这种选择矛盾，比如帕里斯。帕里斯是一位随遇而安的多变人物，他可以上战场耀武扬威，也可以退缩投降，他不会遇上赫克托尔这种两难选择。

2. 统帅角色与战士角色的两难选择

赫克托尔跟所有特洛伊男人都不同，他既是一名战士，又是一名统帅。作为统帅，赫克托尔的宗旨是"为国家而战"（《伊利亚特》12.248），"为国捐躯"（《伊利亚特》15.496），他的任务是防止一切危害国家的行为发生，跟一切危害国家的行为作斗争，帮助特洛伊盟军战胜希腊人。

在《伊利亚特》里面，他的第一次发言就是谴责他的兄弟帕里斯，骂他是"父亲、城邦和人民的大祸"（《伊利亚特》3.50）。他的第一个行动就是"鼓励将士战斗，引起可怕的喧嚣"（《伊利亚特》5.496）。他使用"人民的财富，作为礼物和给养"，召集盟邦参战，鼓励盟友士气（《伊利亚特》17.220-6）。他对于自己犯错导致军队折损深感自责（《伊利亚特》22.104-5）。赫克托尔是一位合格的统帅，他的责任心和人格魅力让他赢得了其他领袖的支持和喜欢，比如潘达罗斯（《伊利亚特》5.210）、萨尔佩冬（《伊利亚特》5.683）等。

---

① Thomas von Nortwick, "Like a Woman: Hector and the Boundaries of Masculinity", in *Arethusa*, Vol. 34, No. 2, 2001, p. 223.

第 9 章 赫克托尔的悲剧

但是赫克托尔更愿意做一名战士、一名杀手、一名英雄。这样一来,他就可以做纯粹的自己,他不需要出于责任而帮助别人,他可以出于荣誉而为自己奋斗。他告别妻子、走出家庭、迈向战场的第一步就是要挑战任何希腊人,杀死任何胆敢应战的希腊人,以便日后别人可以传颂他的事迹,进而"名声将不朽"(《伊利亚特》7.91)。他挑战大埃阿斯不成功,又扬言要挑战作战神勇的狄奥墨得斯,他这样说道:

> 但愿我在自己的日子里能
> 长生不老,像雅典娜、阿波罗受尊重,
> 像明天会给阿尔戈斯人带来祸害一样。(《伊利亚特》8.539-541)

现在我们看到,赫克托尔选择了城邦身份,但是他同时扮演两个角色,一个是为他人作嫁衣的统帅,一个是为自己而战斗的战士。如果他做统帅,他可以协调、指挥、组织和帮助所有首领和士兵,但是他只能获得一半的荣誉,正如他所言:

> 如果有人能够把帕特罗克洛斯的尸体
> 拖进驯马的特洛伊,迫使大埃阿斯退却,
> 我将把战利品分他一半,我自己获得
> 另外一半:荣誉和他共享均分。(《伊利亚特》17.229-232)

如果他做战士,那么他可以获得全部荣誉,但是他将无法指挥全军,无法顾全大局,当他亲自夺得帕特罗克洛斯的铠甲,"为他带来巨大荣誉"(《伊利亚特》17.131)时,他却没有去保护盟友萨尔佩冬的尸体,从而先后遭到格劳科斯两次的严厉谴责(《伊利亚特》16.538-547;17.141-168)。

赫克托尔的麻烦就在于,他必须在这两种角色当中来回切换,这使得他在任何一个角色方面都无法做到极致,因而赫克托尔看上去显得并不那么突出。实际上,赫克托尔是最好的战士,他说:"在好战的特洛伊人中,我是最杰出的枪手。"(《伊利亚特》17.834-5)赫克托尔也是最好的统

帅，这可以从他死后他父亲的话看出来，普里阿摩斯说："我那么多儿子正值华年被他（阿基琉斯）杀死。我曾为他们惨遭不幸伤心地哀苦，但这次为赫克托尔却使我悲痛欲绝。"（《伊利亚特》22.423-5）

这就是赫克托尔第二层面的悲剧，他最终选择了做一名战士，做一名英雄。在《伊利亚特》卷22，赫克托尔要在城外跟阿基琉斯决战，他的父母苦苦哀求，让他返回城邦，以免被阿基琉斯杀死。此时此刻，他想到的不是家庭，也不是城邦，而是他个人的羞耻感和荣誉感。正是这个选择导致他走向第三层面的悲剧。

3. 战士的生存与死亡的两难选择

赫克托尔选择做一名战士，一名英雄，这样一来他就会面临生存与死亡的两难选择，这种选择我们称之为"阿基琉斯的难题"。阿基琉斯在《伊利亚特》卷9谈到他的命运，他说：

> 我的母亲、银足的武提斯曾经告诉我，
> 有两种命运引导我走向死亡的终点。
> 要是我留在这里，在特洛伊城外作战，
> 我就会丧失回家的机会，但名声将不朽；
> 要是我回家，到达亲爱的故邦土地，
> 我就会失去美好名声，性命却长久，
> 死亡的终点不会很快来到我这里。（《伊利亚特》9.410-416）

这就是阿基琉斯的两难选择：要么战死而短寿和不朽，要么回家而长寿和无名。在赫克托尔悲剧的第一个层面，他同样面临回城还是出城的两难，但是那里并没有明确出城就一定会死，尽管那里已经有所暗示。也就是说，赫克托尔即便选择做一名战士，他也未必会碰上阿基琉斯的难题，实际上在卷22他的父母曾经恳求他回去，他回去再出来未必就不是战士。

然而，赫克托尔拒绝回家，当他面对阿基琉斯的时候，他意识到自己的死亡，他说："或者我杀死他胜利回城，或者他把我打倒，我光荣战死

第9章 赫克托尔的悲剧

城下。"(《伊利亚特》22.109-110)根据荷马史诗的环形创作手法,第二种可能性一般会成为现实。

此外,宙斯也已经明确表明他的意志:

> 天父取出他的那杆黄金天秤,
> 把两个悲惨的死亡判决放进秤盘,
> 一个属阿基琉斯,一个属驯马的赫克托尔
> 他提起秤杆中央,赫克托尔一侧下倾,
> 滑向哈得斯,阿波罗立即把他抛弃。(《伊利亚特》22.109-110)

赫克托尔接受了他的死亡,他懂得人总是要死的,但他更懂得他有权选择过怎样的生活,以及以怎样的方式死去。他希望选择一种可以超越生死的人生,他说:

> 我不能束手待毙,暗无光彩地死去,
> 我还要大杀一场,给后代留下英名。(《伊利亚特》22.304-5)

赫克托尔的伟大不在于他能够战胜阿基琉斯,而在于他曾经有那么一瞬间意识到死亡,毫不畏惧死亡,试图超越死亡。他选择一种英雄的人生,他做一个纯粹的自我,成为后人歌颂的榜样。赫克托尔的悲剧是一出文化的悲剧,凸显出人类文化的局限性。文化的多样性赋予一个人多重身份和多重价值,而这些身份和价值常常是彼此冲突的,当人处于这种冲突处境时,无论他做出任何的选择,都必然会导致其他身份和价值的毁灭。文化和价值决定了一个文化人的悲剧,哪怕一个文化人像赫克托尔这样完美,他也无法避免文化内在的界限。但是赫克托尔的悲剧又以文化的方式,超越了死亡的界限,因为在文化的意义上他将被火葬和埋葬,他的石头坟冢诉说着他的英雄事迹,他被后世铭记而超越死亡。文化从赫克托尔身上剥夺去的东西又以另一种文化的方式给予了足够的补偿。

第 10 章 帕特罗克洛斯的悲剧

帕特罗克洛斯是《伊利亚特》的一位关键人物之一。一方面，他是一位非常柔情且勇猛的战士，能够给特洛伊人带来巨大伤害，给希腊人带来巨大利益。荷马用了整整三卷的篇幅描述他的战斗、死亡和葬礼，足见他的重要性以及荷马对他的重视程度。另一方面，他是《伊利亚特》故事情节逆转的关键点，由于他的死亡，阿基琉斯才得以顺理成章地重返战场和恢复荣誉。

第一节 帕特罗克洛斯的怜悯心

我们先来看看帕特罗克洛斯的家世，据称他是宙斯的后裔，我们并没有确切证据，但是从已有记载来看，他的家世也是很显赫的。

1. 爱奥罗斯（Aeolus）和厄那瑞忒（Enarete）生了 7 个儿子和 5 个女儿，其中 7 个儿子分别是：克里忒奥斯（Cretheus），西西弗斯（Sisyphus），阿塔玛斯（Athamas），萨蒙涅奥斯（Salmoneus），戴奥斯（Deion），马格涅斯（Magnes）和伯里厄瑞斯（Perieres）；五个女儿分别是卡娜克（Canace），阿西奥涅（Alcyone），彼西狄刻（Pisidice），卡丽刻（Calyce）和伯里墨德（Perimede）。

2. 戴奥斯和狄奥墨德（Diomede）生了阿克托尔（Actor），阿斯得罗佩亚（Asteropeia），埃涅透斯（Aenetus），克法洛斯（Cephalus），斐拉科斯（Phylacus）。

3. 阿克托尔和埃吉娜（Aegina 2）生了墨诺提奥斯（Menoetius）

第 10 章 帕特罗克洛斯的悲剧

和阿斯提奥克（Astyoche，女，2.512）。

4. 墨诺提奥斯和波吕墨拉（Polymele）生了帕特罗克洛斯（Patroclus）。

帕特罗克洛斯的祖父阿克托尔是奥庇斯（Opis）地区的国王；曾祖父戴奥斯是佛基斯（Phocis）的国王，高祖父爱奥罗斯是色撒利（Thessaly）的统治者，据说也是希腊爱奥里亚族系的鼻祖。

帕特罗克洛斯原本是奥波埃斯人（Opoeis），因杀人而跟父亲逃到佛提亚（Phthia），被佛提亚的国王佩琉斯所收容，成为阿基琉斯的随从，他在《伊利亚特》第 23 卷托梦给阿基琉斯时讲述了这段故事，他说：

> 父亲在我儿时带着我从奥波埃斯
> 来到你的国土，因为我犯了可怕的杀人罪，
> 那天我一时愚蠢杀了安菲达马斯（Amphidamas）的儿子。
> 我不是故意的，而是一起玩骰子游戏，
> 策马人佩琉斯友善地把我留在宫中，
> 呵护我成长，让我做你的随从。（《伊利亚特》23.85—90）

在荷马史诗的世界里，还没有国家主权和法律，因此犯重大罪行的人为了避免被复仇，一般选择逃亡到其他地区，但是他因此丧失自由人的身份，而成为别人的家丁或奴隶，例如福尼克斯因为忤逆父亲也逃到佛提亚，被佩琉斯收容，成为阿基琉斯的奶爸和教师（《伊利亚特》9.432—495）。这说明了古希腊社会环境的残酷性，那时没有现在的移民一说，凡是到其他城邦的人都会变为奴隶，最好的情况下是寄人篱下的家奴。

帕特罗克洛斯不仅仅是阿基琉斯的随从，更是阿基琉斯最得力、最值得信赖的助手，这明显体现在《伊利亚特》的描述当中：在卷 1，他听从阿基琉斯的命令，把布里塞伊斯带出来交给阿伽门农的使者；在卷 9，他听从阿基琉斯的命令，招待求和使者和安排福尼克斯夜宿；在卷 11，他被阿基琉斯派出去打探战场上的消息。

帕特罗克洛斯还是阿基琉斯最亲密的朋友，他们一起出生入死，一起吃喝玩乐，可谓形影不离，情同手足。帕特罗克洛斯可以为阿基琉斯鞍前马后，哪怕死后也要跟阿基琉斯同葬；阿基琉斯也可以为帕特罗克洛斯复仇，哪怕复仇后自己立即死去也在所不辞，但如果未能复仇他就觉得生不如死。这两个人有着完全不同的性格，仿佛是一个事物的正反面：阿基琉斯动辄暴跳如雷，铁石心肠，凡事都要用拳头来解决，而帕特罗克洛斯则柔情侠骨，乐于助人，常怀怜悯之心。他们之所以能够成为备受后人羡慕的"基友"，恰恰因为他们的性格能够互补，或者说他们彼此把对方视为自己缺失的一部分，视为需要补充的另一个自我。陈斯一说："阿基琉斯在帕特罗克洛斯身上看到了一种在英雄社会中难能可贵甚至独一无二的柔软，因此将自己内心深处潜藏的柔软保留给他。正是在这个意义上，帕特罗克洛斯成为阿基琉斯的另一个自我。"[1] 笔者在此想要补充的是，荷马描述了两个极端的人，让他们成为密友，这反映出他对人性的看法，即每个人自身都会有两面性，这两面不是善恶是非的两面性，而是两种好的且相对的品质的两面性，例如勇敢与怜悯，慷慨与节约，智慧与忠诚，等等。

帕特罗克洛斯是荷马史诗当中最有怜悯品质的英雄。最初，阿基琉斯分得女俘布里塞伊斯作为战利品时，帕特罗克洛斯安慰了布里塞伊斯，后来布里塞伊斯为帕特罗克洛斯之死哭泣，她说出了她为何如此喜欢他的原因：

> 我曾经看见父母把我许配的丈夫
> 浑身血污，被锐利的铜枪戮杀城下，
> 我还曾看见我那母亲为我生的
> 三个亲爱的兄弟也都惨遭灾难。
> 当捷足的阿基琉斯杀死我丈夫，摧毁了
> 神样的米涅斯（我丈夫）的城邦，你劝我不要悲伤，
> 你说要让我做神样的阿基琉斯的

---

[1] 陈斯一：《荷马史诗与英雄悲剧》，华东师范大学出版社2021年版，第198页。

第10章 帕特罗克洛斯的悲剧

合法妻子,用船把我送往佛提亚,

在米尔弥冬人(Myrmidons)中隆重地为我行婚礼。

亲爱的,你死了,我要永远为你哭泣。(《伊利亚特》19.291-300)

阿基琉斯攻下了米涅斯国王的城邦,杀死布里塞伊斯的丈夫和兄弟,帕特罗克洛斯却安慰一个女俘布里塞伊斯不要悲伤,并允诺促成她跟阿基琉斯的婚姻。布里塞伊斯与阿基琉斯的爱情或婚姻在今天看来有点扭曲,也就是一个人愿意嫁给自己的仇敌,但是从残酷的战争背景来看就好解释,毕竟嫁给阿基琉斯还可以做一个高贵的自由人,否则就被杀掉或做奴隶。这里我们主要看到,帕特罗克洛斯哪怕对于一名俘虏都是饱含怜悯之情的。

帕特罗克洛斯还是《伊利亚特》当中唯一被感动和被说服的人。在卷11,当他被阿基琉斯派出去打探消息时,他来到涅斯托尔的营帐,涅斯托尔语重心长地劝说帕特罗克洛斯,让他去说服阿基琉斯或者自己上战场。帕特罗克洛斯听到希腊人战败的消息,他被涅斯托尔所打动了,而且很快按照涅斯托尔的计划行事。

当帕特罗克洛斯亲眼看到欧律皮洛斯(Eurypylus)受伤后,他的怜悯之心油然而生,他娴熟地为欧律皮洛斯疗伤(11.837-848),荷马说"一剂止痛药止住了他所有的痛苦",这里的痛苦包括身上的箭伤之痛,以及灵魂的痛苦。其他希腊人只会制造痛苦,而帕特罗克洛斯则可以治疗痛苦。

当帕特罗克洛斯打听到消息回禀阿基琉斯时,他为希腊人的失败和伤亡而伤心难过、痛哭流涕,"脸上淌着热泪,有如昏暗的泉源,顺着陡峭的悬崖淌下灰暗的水流"(《伊利亚特》16.3-4)。阿基琉斯把他比喻为小姑娘,哭着向母亲索求抱抱,而帕特罗克洛斯则埋怨阿基琉斯铁石心肠,冷酷无情,并要求阿基琉斯参战或允许自己参战(《伊利亚特》16.1-35)。其实,阿基琉斯何曾不也像一位小姑娘,多次向母亲哭诉,并请求母亲帮忙呢?所不同的是帕特罗克洛斯为他人而哭,而阿基琉斯为自己而哭。因此,阿基琉斯也有像帕特罗克洛斯那样有脆弱的、无助的一面,只不过他从来没有将这一面展示给众人看而已。

帕特罗克洛斯的存在既是为了反衬阿基琉斯的硬心肠，也是为阿基琉斯重返战场做好铺垫。从故事情节的安排来说，阿基琉斯既无法被说服，也无法被收买，那么需要某种东西让他回心转意，而且这个东西必须是在他看来最重要的，愿意为之牺牲的东西。在阿基琉斯看来，朋友或友谊是他值得牺牲的东西，因此，帕特罗克洛斯是情节安排中最重要的一环。

帕特罗克洛斯的存在更有其自身的理由，他的爱，他的柔情，他的怜悯，成为我们理解人性的另一个角度，让我们看到人世间除了冰冷还有温暖，除了坚硬还有柔软。然而，恰恰是这些品质造成了他的死亡。

第二节 帕特罗克洛斯的死亡

在探讨帕特罗克洛斯的悲剧之前，我们先来看看造成他死亡的原因，我们要知道，死亡并不等于悲剧，原因很简单，世上每个人都会死，但是并不等于每个人的生活都是悲剧的。死亡仅仅是一种自然现象，而悲剧乃一种生活现象，一种关于人类选择与行动的生活现象。

帕特罗克洛斯不仅是一位柔情的男人，也是一位非常骁勇善战的英雄。他披着阿基琉斯的装备上场，人们都以为他是阿基琉斯，他一出场也表现出阿基琉斯的气场。他首先用标枪远程射杀了派奥尼亚（Paeonian）最勇敢的首领皮赖克墨斯（Pyraechmes），把这些派奥尼亚人从船边赶跑，让特洛伊人惊慌逃跑（《伊利亚特》16.284-305）；然后他在堑壕屠杀了大量的特洛伊人，甚至驾车追赶屠杀前面已经撤离堑壕的特洛伊人。帕特罗克洛斯的勇猛表现的高潮部分体现在于他杀死了宙斯的儿子萨尔佩冬。宙斯想救儿子却被赫拉阻挠，只得"把一片濛濛血雨洒向大地，祭祀儿子"（《伊利亚特》16.459-60），荷马通过渲染一种悲壮的气氛表明他对萨尔佩冬之死的同情，[①] 同时似乎也隐含着对帕特罗克洛斯将死的悲叹。《伊利亚

[①] 荷马对萨尔佩冬的同情表现在他不忍心让萨尔佩冬死去，他一而再让萨尔佩冬受伤之后不要重返战场。这种同情反映出他对萨尔佩冬的喜爱，这种喜爱并不是由于他是宙斯的儿子，而是由于他来自最遥远的吕西亚（Lycia），他不为利益、不为复仇、不受强迫而仅仅是为了荣誉来参加战斗，他是最纯粹的英雄。

第10章 帕特罗克洛斯的悲剧

特》提到被帕特罗克洛斯杀死的特洛伊人有53位之多，当然还有很多是没有提到的。

帕特罗克洛斯从中午杀到日落西沉，从希腊阵营跨过堑壕，穿过平原，抵达特洛伊那巍峨的城墙，很快他迎来了自己的死亡，被阿波罗、欧福尔波斯和赫克托尔联合绞杀。荷马写道：

> 阿波罗站到他身后，向他的宽肩和后背
> 拍击一掌，拍得他两眼鼓起直发花。
> ……
> 他的理智模糊了，匀称的四肢变瘫软，
> 他呆木地站着，一个达尔达诺斯人走近他，
> 用锐利的长枪从后面刺中他肩间的脊背。
> 此人是潘托奥斯的儿子欧福尔波斯。
> ……
> 赫克托尔看见勇敢的帕特罗克洛斯
> 被锐利的铜枪击伤后退，放弃战斗，
> 便穿过队伍冲上前来，一枪刺中
> 他的小腹，枪尖一直把身体穿透，
> 他砰然倒地，阿开奥斯人无比悲伤。（《伊利亚特》16.783-822）

阿波罗不仅把帕特罗克洛斯打晕，还打掉了他从阿基琉斯那里借来的所有装备：打掉他的头盔，粉碎他的长枪，脱落他的圆盾，除掉他的胸甲。唯有如此，凡人才可能伤及帕特罗克洛斯的身体，然后被一名首次上战场的欧福尔波斯刺伤。但是帕特罗克洛斯并没有死亡，还可以退到同伴中躲避死亡，直到赫克托尔再补上一枪，帕特罗克洛斯才倒下和死亡。荷马说如果没有阿波罗的阻挠，希腊人在帕特罗克洛斯的带领下本来是可以攻下特洛伊的（《伊利亚特》16.698-700），在这里自然是有点夸张了，毕竟过去九年帕特罗克洛斯和阿基琉斯都在场时希腊人也未能攻下特洛伊，不过荷马旨在向观众展示帕特罗克洛斯的勇猛。不过，人就算再勇猛也不

是神，根本无法跟神抗衡，神之于人犹如人之于蝼蚁。

帕特罗克洛斯的死亡原因主要有哪些呢？帕特罗克洛斯因为"贪婪"（《伊利亚特》16.754），也就是"恋战"，而没有看到阿波罗向他走来（《伊利亚特》16.788），最终抵达自己生命的极限。不过，阿波罗其实早已警告过他：

> 宙斯养育的帕特罗克洛斯，赶快退下，
> 尊贵的特洛伊城未注定毁于你的枪下，
> 阿基琉斯也不行，尽管他远比你强大。（《伊利亚特》16.705）

帕特罗克洛斯也为了避免阿波罗的愤怒而后退过。这恰恰说明，他的生死本来是可以由他来选择的，他可以选择避开阿波罗，也可以选择疯狂作战。他最终选择了疯狂地作战，而他之所以要疯狂地作战，根本原因并不在于他对特洛伊人的恨，而在于他对希腊同胞，尤其是那些受伤和死去的希腊同胞的爱，这种过度的爱使得他将生死置之度外。

也许我们会说，如果帕特罗克洛斯不上战场，或者如果他跟阿基琉斯一起参加战斗，那么他就不会死去，或者至少不会这么快死去。如此看来，他的死其实跟阿基琉斯有紧密关系，因为他把帕特罗克洛斯推上战场。在卷11，荷马就为帕特罗克洛斯的死亡埋下线索，当时他被阿基琉斯派去打探消息，荷马说："帕特罗克洛斯应声出营，样子如战神，就这样开始了他的不幸。"（11.603-4）帕特罗克洛斯的不幸是阿基琉斯最先挑起的。

然后帕特罗克洛斯见到军师涅斯托尔，涅斯托尔给帕特罗克洛斯提出一个致命的计划，要么说服阿基琉斯出战，要么帕特罗克洛斯亲自出战。涅斯托尔当然知道阿基琉斯是无法说服的，他所能期待的最好的结果就是：阿基琉斯允许帕特罗克洛斯出战。帕特罗克洛斯果然向阿基琉斯请求出战，荷马指出，"他这样说，作着非常愚蠢的请求，因为他正为自己请求黑暗的死亡"（《伊利亚特》16.46-7）。帕特罗克洛斯请求独自上战场无异于请求死亡，因为他没有阿基琉斯很难全身而退。

第10章 帕特罗克洛斯的悲剧

然而，阿基琉斯必须要为帕特罗克洛斯之死负责吗？答案显然不是。帕特罗克洛斯有选择的余地，他可以不理会涅斯托尔的计划，然后像阿基琉斯那样待在船边，但是这样一来他的怜悯性格会使得他的内心更加痛苦。最重要的是，阿基琉斯送他上战场时候曾经这样警告他：

> 当你把敌人赶离船只便立即回来，
> 即使赫拉的雷鸣的丈夫给你机遇，
> 赐给你荣耀，你也不要没有我单独同
> 好斗的特洛伊人作战，使我更让人瞧不起。
> 你可以屠戮特洛伊人，但不要贪恋
> 战斗和厮杀，率领军队追向特洛伊，
> 从而惹得奥林波斯的哪位不死的神明
> 下来参战：射神阿波罗很宠爱他们。
> 你一经解救了船只的危难便返回这里，
> 让其他的将士们在平原上继续与敌人拼杀。（《伊利亚特》16.87–96）

阿基琉斯给帕特罗克洛斯的建议，虽然主观上是为了让希腊人尊重自己，而不是尊重帕特罗克洛斯，但是客观上却可以保护帕特罗克洛斯不被杀掉。然而帕特罗克洛斯杀得起劲，忘了阿基琉斯的建议，进而从希腊人的船边进攻到特洛伊城墙下。因此，帕特罗克洛斯之死主要归咎于他的过失，而不是阿基琉斯。

也许我们还会进一步说，帕特罗克洛斯的死是注定的，因为他的死源自宙斯的意志，也是情节安排的必然要求，而阿基琉斯和涅斯托尔只是构成这个必然性的一系列偶然性罢了。在卷8，赫拉要干预凡人的战斗，而宙斯坚决不允许，并说道：

> 强大的赫克托尔不会停止战斗，
> 直到佩琉斯的捷足儿子从船边奋起，

> 那一天阿尔戈斯人将在船尾环绕着
> 死去的帕特罗克洛斯，在可畏的困苦中作战，
> 那是预先注定。（《伊利亚特》8.473-7）

在卷15，赫拉勾引宙斯，把他的注意力从战场引开，以此干预凡人战斗，让希腊人在波塞冬的帮助下取得战斗优势。宙斯醒过来痛骂赫拉，他再次谈到战争进程的必然逻辑：

> 阿基琉斯将派好友帕特罗克洛斯去参战，
> 光辉的赫克托尔将在特洛伊城下用枪
> 把他打倒，他将先杀死许多将士，
> 其中包括神样的萨尔佩冬，我的儿子。
> 神样的阿基琉斯被震怒，再杀死赫克托尔。（《伊利亚特》15.64-68）

毁灭特洛伊是雅典娜的意志，而宙斯的意志仅仅在于恢复阿基琉斯的荣誉，这是他答应过忒提斯的。宙斯的计划就是，通过帕特罗克洛斯之死，刺激阿基琉斯参战，以便恢复阿基琉斯的荣誉。帕特罗克洛斯之死是注定的，连宙斯也无法更改，正如宙斯也无法挽救自己的儿子萨尔佩冬一样。然而，从文学创作来看，设定这个必然性的人是荷马，荷马应该为帕特罗克洛斯这个角色的死亡负责，但是他也无法为帕特罗克洛斯这个人的死亡负责。

第三节　帕特罗克洛斯的悲剧

帕特罗克洛斯的死亡终究是由他本人所造成的。他在任何行动之前，其实都存在各种可能性，但是他做出了错误的选择和行动。他的错误在于他太过于爱和怜悯他的朋友，同时也太过于想要获得自己的荣誉，以至于激发了他对敌人的愤怒，对战争的贪婪，对诸神的放肆，最终酿成自己的

第10章　帕特罗克洛斯的悲剧

悲剧。古希腊人有句名言，"认识自己，万物过度"，也就是说，做人做事要保持理性和清醒的头脑，凡事过犹不及，行动需保持中庸。对老弱病残的爱是怜悯，但是无所不爱则是滥情，任何事物都不爱则是绝情。帕特罗克洛斯因为他的爱、怜悯和荣誉而死亡，这不能不说是一出悲剧。

帕特罗克洛斯的选择有三个，在这三个选择当中，他都做出了不适合自己身份的选择，这一次次的选择导致他的悲剧。当然，正如我们前面所言，只有他实际上无论做出任何选择都会陷入困境，我们才能称他的死亡为真正的悲剧，而造成他跟别人不同悲剧的原因在于他跟别人不同的品质。

当帕特罗克洛斯来到涅斯托尔打探消息时，涅斯托尔讲述了自己年轻时候的事迹：他勇猛地杀死了伊提摩纽斯（Itymoneus），抢夺了他300头牛羊马，以抵偿埃利斯人的欠债，雪耻了长期遭受埃利斯人欺凌的屈辱；而后，埃利斯人为了复仇而围攻皮洛斯，而他又勇猛杀敌，机智地破解了敌人的围攻，从而获得被族人称颂的至高荣誉。所以他希望所有人都要为同胞和民族谋求利益，尤其是要勇敢作战，他给帕特罗克洛斯提供了一个选择方案：要么说服阿基琉斯参战，让希腊人转败为胜；要么自己带兵上战场杀敌，并披上阿基琉斯的铠甲吓唬特洛伊人，为希腊人赢取喘息的机会（《伊利亚特》11.785-803）。

帕特罗克洛斯并没有去说服阿基琉斯，他向阿基琉斯报告了希腊人的伤势和失败，并谴责阿基琉斯铁石心肠，无情无义，贪生怕死，然后他选择了涅斯托尔提供的第二个方案：请求自己出战并披挂阿基琉斯的铠甲。尽管阿基琉斯陷入困境当中，但是他还是同意帕特罗克洛斯的请求，正如我们前面分析阿基琉斯的悲剧所表明的。不仅如此，阿基琉斯还让帕特罗克洛斯带领所有米尔弥冬参战。由此看来，在涅斯托尔提供的两个选项当中，帕特罗克洛斯无论做怎样的选择，他都是必然要出战的，因为如果他说服了阿基琉斯，那么阿基琉斯也会带领所有米尔弥冬人参战，包括帕特罗克洛斯本人。帕特罗克洛斯的选择只能决定阿基琉斯是否参战，并未能影响他必然要参战的结局，这正是他的悲剧开端。

我们需要注意到，帕特罗克洛斯的参战并不是为了自己获得荣誉，而是出于他本人的怜悯心。实际上,阿基琉斯把帕特罗克洛斯的参战视为树立阿基琉斯"尊严和荣誉"(《伊利亚特》16.85)的行为,而且帕特罗克洛斯在激励所有参战的米尔弥冬人时也表达了相同的看法,他说"朋友们,要勇敢啊,显示你们的勇气,为佩琉斯之子争取荣誉"(《伊利亚特》16.270-1)。当他披着阿基琉斯的铠甲以阿基琉斯的替身出战时,就注定他的功绩只能归属于阿基琉斯。

阿基琉斯对帕特罗克洛斯的作战建议进一步表明,帕特罗克洛斯在战场上作战的方式和程度仍然是可以选择:要么在阿基琉斯不在场的时候单独和特洛伊人作战到底,要么把敌人从希腊人的船边赶走就撤回来,让其他人在平原上跟敌人作战。当帕特罗克洛斯杀死萨尔佩冬之后,他就应该撤回来,因为特洛伊最勇猛的英雄埃涅阿斯和赫克托尔将会为了保护萨尔佩冬而前来跟他作战,然而他的怜悯心使得他在热血之中仍然选择继续作战。荷马说"善驭马的帕特罗克洛斯啊,你为朋友之死,就这样愤怒地迅猛追击吕西亚人和特洛伊人"(《伊利亚特》16.584-5)。帕特罗克洛斯本人也对同伴说:

> 墨里奥涅斯(Meriones),杰出的战士,何必多废话!
> 亲爱的朋友,咒骂不可能使特洛伊人
> 丢开尸体,大地还得先收受一些人。
> 战斗由臂膀决定,说话是会议上的事情。
> 用不着跟他(埃涅阿斯)多废话,让我们继续去作战。(《伊利亚特》16.627-631)

帕特罗克洛斯由怜悯变得愤怒,由愤怒表现出"勇敢",这将使得他陷入第二个悲剧关头。荷马说是宙斯谋划了帕特罗克洛斯的死亡:

> 宙斯始终未把双眼移开激烈的战场,
> 他全神注视,心中不断暗暗地思忖,
> 对如何杀死帕特罗克洛斯决定不下,

第 10 章　帕特罗克洛斯的悲剧

> 是让光辉的赫克托尔在这次激烈的战斗中，
> 用铁器把帕特罗克洛斯杀死在神样的
> 萨尔佩冬的尸体旁，剥下他肩上的铠甲，
> 还是让帕特罗克洛斯再杀许多人立大功。
> 宙斯心中终于断定最好的安排是，
> 让佩琉斯之子阿基琉斯的高贵同伴
> 再把特洛伊人和披铜甲的赫克托尔
> 赶向城边，使他们许多人丧失性命。（《伊利亚特》16.645-655）

这里似乎表明帕特罗克洛斯的死亡是注定的。其实不然。我们需要明白，古希腊人的命的观念并不是说命是注定的，人生下来，冥冥之中就决定了自己的路线和结局，而是说命是由人选择的，选择必定会带来一定的结果，一次次的选择带来一次次的结果，这一次次的结果就构成了最终的结局。选择与结果之间的必然性才是由神来掌握的，神代表一种必然性的原则，就像西蒙娜·薇依（Simone Weil）所言，这种必然性比几何学的必然性还要精确。[①] 阿基琉斯要求帕特罗克洛斯从平原撤回来，而帕特罗克洛斯则要穿过平原进攻到特洛伊，这是他的选择，但是这种选择必然会导致他陷入更大的危险：特洛伊人必然会为了保家卫国而殊死搏斗，希腊将领已经纷纷受伤缺乏足够的进攻能力。过去九年希腊人也未能攻破特洛伊城门，在目前的情况下，帕特罗克洛斯更加不可能攻破特洛伊城门。

就在帕特罗克洛斯三番五次试图冲击特洛伊城墙时，阿波罗用巨掌猛击他的大盾，并警告他："宙斯养育的帕特罗克洛斯，赶快退下，尊贵的特洛伊城未注定毁于你的枪下，阿基琉斯也不行，尽管他比你强大"（16.707-711）。阿波罗这个警告实际上也给他提供了选择：要么撤退，要么继续进攻。他在那么一瞬间曾经后退，以免惹怒阿波罗，但是很快他做出了更加错误的选择：他"从战车跳到地上"（16.733）用石头作战。这不仅使得他根

[①] 参见［法］西蒙娜·薇依《〈伊利亚特〉，或力量之诗》，吴雅凌译，《上海文化》2011 年第 3 期。

本无法全身而退，而且直接导致他的战斗力急速下降，因为相比利剑和长枪而言，利用石头作武器是不太具备杀伤力的近身搏斗行为（参见表10-1[1]）。

表10-1　　　　　　　　《伊利亚特》的武器及其杀伤力

部位	结果	武器				
		石头	剑	枪	箭	共计
头	致命	4	8	17	2	31
	非致命	1	0	0	0	1
	未确定	0	0	0	0	0
脖子	致命	1	4	8	0	13
	非致命	0	0	1	0	1
	未确定	1	0	0	1	2
身躯	致命	1	4	59	3	67
	非致命	1	0	5	3	9
	未确定	0	0	3	0	3
手臂	致命	1	1	0	0	2
	非致命	0	0	6	1	7
	未确定	0	0	1	0	1
腿脚	致命	1	0	0	0	1
	非致命	2	0	3	2	7
	未确定	0	0	3	0	3
共计		13	17	106	12	148

在这样的情况下，帕特罗克洛斯很快走到他的生命尽头，阿波罗代替宙斯贯彻了帕特罗克洛斯选择与结果之间的必然性，所以他说"是残酷的命运和勒托之子杀害了我"（16.849-50）。一个被神遗弃的人是没有任何意义的人，连战场的最弱者也可以轻松将他刺伤，正如阿基琉斯被神遗弃之后被最

---

[1] Bryan Hainsworth,, *The Iliad: A Commentary*, Vol. Ⅲ: *Books 9-12*, Cambridge: Cambridge University Press, 1993, p. 253.

第 10 章　帕特罗克洛斯的悲剧

无耻和最无能的弓箭手帕里斯所杀一样。帕特罗克洛斯因其高贵而过度的怜悯品质导致自己的悲剧,这同样展示出荷马史诗的悲剧观,人总是可以选择自己的行为,人应该为自己的行为思考和负责,但是人的思考并不能保证他的成功或幸福,因为人总是会处于进退维谷的两难处境当中。

第 11 章 奥德修斯的悲剧

第一节 奥德修斯的名与实

奥德修斯是伊塔卡的国王，娶佩涅洛佩为妻，他是我们在荷马史诗中看到的唯一一位父亲还健在就继承王权的国王。奥德修斯的血统可以追溯到宙斯那里，他的父亲拉埃尔特斯（Laertes）和母亲安提克勒亚（Anticleia）的家世都源于宙斯。

（1）宙斯和欧里奥狄娅（Euryodia）生阿尔克西奥斯（Arcesius），阿尔克西奥斯和卡尔科墨底萨（Chalcomedusa）生拉埃尔特斯。①

（2）宙斯与迈亚（Maia）生赫尔墨斯，赫尔墨斯与喀俄涅（Chione）生奥托吕克斯（Autolycus），奥托吕克斯与安菲特埃（Amphithea）生安提克勒亚（Anticleia）。

（3）奥德修斯娶佩涅洛佩为妻，生育一个儿子特勒马科斯（Polemachos）。② 佩涅洛佩是斯巴达伊卡里奥斯（Icarius）与水仙女佩里波厄娅（Periboea）的女儿；她还有一个妹妹伊弗提墨（Iphthime），嫁给斐赖的欧墨洛斯（Eumelus）。③

算起来，佩涅洛佩跟海伦和克吕泰墨涅斯特拉是堂姐妹，然而佩

---

① 《奥德赛》（16.117-119）。
② 特勒马科斯在伊塔卡可谓孤立无援，他没有兄弟姐妹，爷爷和外公都无力提供帮助，城邦公民也畏惧求婚者而不敢支持他。
③ 《奥德赛》（4.797-8）。伊卡里奥斯膝下无子，势单力薄，因此特勒马科斯没有去找他帮忙。

第 11 章 奥德修斯的悲剧

涅洛佩的忠诚却与她们的放荡形成鲜明对比。

奥德修斯的父系乏善可陈，没有什么值得歌唱的功绩。拉埃尔特斯看起来简直就是一位无能之辈：他曾经以二十头牛的代价买来欧律克勒娅，却惧怕妻子的怨气而不敢碰她一下[①]；他在二十多年前就把王位传给奥德修斯，从城市退居乡下，七年前失去妻子，如今过着孤苦伶仃的痛苦生活[②]；他的孙子受到生命威胁时，他唯一能做的也许是向人们哭诉，看看有没有人怜悯他并帮助他挽救孙子[③]。阿尔克西奥斯尽管贵为宙斯之子，荷马史诗却没有提及其任何值得称赞的事迹，相反，阿尔克西奥斯仿佛受到神明的诅咒一样四代单传，而这极容易导致他的家族血脉断尽，随之断尽的还有他的家族王权和名声。[④] 奥德修斯的母系那边反倒比较著名。赫尔墨斯作为奥林波斯山神和宙斯信使，其名声远扬自不必多说。奥托吕克斯（Autolycus）的名字是"狼人"（wolf-man）的意思，像狼一样狡猾和凶狠，正好体现出他是一位具有冒险精神、伪装能力和战斗力的人。得益于其父亲赫尔墨斯的传授，他在"盗窃和诅咒"两方面异于常人：他曾经前往埃勒昂潜入阿明托尔的坚固宅第进行盗窃[⑤]，也曾经偷过阿波罗的牛[⑥]，而且他经常在帕尔涅索斯山（Parnassus）上狩猎，并且在通往阿波罗的圣山的路上盗窃。[⑦]

在《奥德赛》中，荷马以一个最长的离题来描写奥德修斯的伤疤的由来，其中谈到奥德修斯的名字的来历：奥德修斯出生时，他的外公奥托吕克斯来看望女儿，并给奥德修斯取了"奥德修斯"（Odysseus）的名字，这个名字的字面意思是"愤怒"。因为奥托吕克斯从前来到伊塔卡的时候曾经对（或让）当地许多男女感到"愤怒"（odysamenos,《奥德赛》19.406-409）。

[①] 参见《奥德赛》（1.430-433）。
[②] 参见《奥德赛》（1.189-193；11.187-196；24.226-231）。
[③] 参见《奥德赛》（4.738-741）。
[④] 参见《奥德赛》（4.755, 14.182）。
[⑤] 参见《伊利亚特》（10.266）。
[⑥] 参见张巍主编《赫尔墨斯颂诗》，复旦大学出版社 2018 年版。
[⑦] 参见 Benjamin Stephen Haller, *Landscape Description in Homer's Odyssey*, Ph. D. dissertation, Pennsylvania：University of Pittsburgh, 2007, p.204。

odysamenos 作主动态用法则是奥托吕克斯对许多男女感到愤怒，即他作为小偷曾经侵犯过伊塔卡人；作被动态用法则是奥托吕克斯遭到许多男女的愤怒，即他作为小偷而遭到伊塔卡人的怒斥。① 奥托吕克斯为伊塔卡人"期盼已久"的王子取这个"愤怒"的名字。这似乎是对奥德修斯的诅咒，正如墨涅拉奥斯所言"任何阿开奥斯人都未受如此多的艰难，有如奥德修斯承受了那么多危难和艰苦，就像他生来受苦"（《奥德赛》4.106-8）。同时奥德修斯的"愤怒"也是对伊塔卡人的"诅咒"：奥德修斯对求婚者的恶行感到无比愤怒并杀光求婚者，奥德修斯则由于在特洛伊战争和返航中丧失无数勇士、船只和军旅而遭到伊塔卡人的怒斥，更因为杀死求婚者而遭到死者家属的愤怒报仇。②

奥德修斯本人更多地继承了其外公的火暴脾气和勇敢机智，而不是他父亲那种忠厚老实的特征。在《伊利亚特》当中，当士兵们不听从长官的安排时，奥德修斯会怒斥和殴打那些胡乱叫嚣的普通士兵，尤其是特尔西特斯（《伊利亚特》2.197-265）；当阿伽门农误会他不准备战斗时，他立刻火冒三丈，反唇相讥（《伊利亚特》4.329-356）；当阿基琉斯不接受他的劝告时，他也向阿伽门农表达自己的不满之情（《伊利亚特》9.676-690）；甚至阿伽门农在战败后想要私自逃跑时，他也感到气愤，并严厉指责阿伽门农缺乏说话艺术（《伊利亚特》14.82-102）。在《奥德赛》当中，当费埃克斯青年欧律阿洛斯（Euryalus）讽刺奥德修斯不懂竞技时，奥德修斯顿时充满怒火，甩出一块超过所有人标记的铁饼（《奥德赛》8.158-198），当同伴欧律洛科斯（Eurylochus）指责奥德修斯犯错导致很多同伴死去，从而不同意跟随奥德修斯前往基尔克府邸吃住时，奥德修斯愤怒得几乎要杀掉欧律洛科斯（《奥德赛》10.429-448）；当牧牛奴墨兰透斯羞辱和踢打乞丐模样的奥德修斯时，奥德修斯同样愤怒得几乎要狂揍他（《奥德赛》17.212-238）；当侍女墨兰托（Melantho）不断嘲讽和辱骂奥德修斯时，他怒目而视对她发出死亡的威胁（《奥德赛》18.320-339，19.65-88）；当看到侍女们跟求婚者嬉戏

---

① 参见 Benjamin Stephen Haller, *Landscape Description in Homer's Odyssey*, Ph. D. dissertation, Pennsylvania: University of Pittsburgh, 2007, p. 268。

② 参见《奥德赛》（24.426-437）。

鬼混时，奥德修斯"他在胸中怒吼"和"咆哮"，简直想要冲上去杀死她们（《奥德赛》20.6-16）；当佩涅洛佩不断考验奥德修斯以证实其身份时，奥德修斯不由得气愤起来（《奥德赛》23.182）。

不过，奥德修斯的愤怒跟阿基琉斯的愤怒最根本性的区别在于，奥德修斯在做出任何行为之前都有缜密的思考，而且能够控制自己的愤怒情绪，尤其是他屡次遭到求婚者的辱骂和殴打却仍然保持异常冷静，丝毫没有透露出半点愤怒情绪和表现出半点不合乞丐身份的举动。安提诺奥斯用脚凳击打奥德修斯的右肩脊背，奥德修斯纹丝不动，点点头，心中谋划灾殃（《奥德赛》17.462-465）；欧律洛科斯用脚凳扔打奥德修斯，奥德修斯蹲下来躲过去，脚凳击中司酒人的右手（《奥德赛》18.394-398）；克特西波斯（Ctesippus）用牛蹄砸奥德修斯，奥德修斯头一偏同样躲过去，并报以轻蔑的一笑（《奥德赛》20.299-302）。

奥德修斯对愤怒的强有力控制展示出他无比坚韧和克制力，这进一步揭示出他的智慧，这种智慧尤其体现在他继承外祖父那种善于伪装、欺骗和计谋的本性，从而证明他那"足智多谋"的绰号是名副其实的。海伦曾经这样向普里阿摩斯介绍奥德修斯：

> 那个人是拉埃尔特斯的儿子、足智多谋的
> 奥德修斯，生长在巨石嶙峋的伊塔卡岛，
> 懂得各种巧妙的伎俩和精明的策略。（《伊利亚特》3.200-202）

普里阿摩斯当然不是第一次见到奥德修斯，只是他可能年事已高和老眼昏花，看不清奥德修斯而已。当特勒马科斯来到皮洛斯打听父亲奥德修斯的消息时，涅斯托尔当面赞扬奥德修斯是最智慧（μῆτιν）的希腊人：

> 在那里没有一个人的智慧能与他相比拟，
> 神样的奥德修斯远比其他人更善于
> 谋划各种策略，我说的就是你父亲，
> 如果你真是他儿子。（《奥德赛》3.120-123）

涅斯托尔所说的"谋划各种策略"在海伦和墨涅拉奥斯的口中得到具体描述,后两者也是当着特勒马科斯的面赞扬奥德修斯的狡诈(κερδοσύνη)和坚强(κῆρ)。海伦讲述了奥德修斯打伤自己潜入特洛伊城内刺探消息的那事件:

> 他把自己可怜地鞭打得遍体伤痕,
> 肩披一件破烂衣服像一个奴仆,
> 潜入敌方居民的街道宽阔的城市,
> 装成乞丐,用另一种模样掩盖自己,
> 在阿开奥斯船舶上从未见过这模样。
> 他这样潜入特洛伊城市,瞒过众人。(《奥德赛》4.244-250)

墨涅拉奥斯则讲述了奥德修斯设计的最著名的"木马计":

> 我曾经有机会见识过许多英雄豪杰的
> 谋略和智慧,有幸探访过许多地方,
> 却从没有在任何地方见到一个人,
> 像饱受苦难的奥德修斯那样坚强。
> 这位杰出的英雄还受过这样的磨难,
> 藏身平滑的木马里,让所有阿尔戈斯精华
> 一同隐藏,给特洛伊人送去屠杀和死亡。(《奥德赛》4.267-273)

奥德修斯的智慧也体现在他所讲述的一系列战胜敌人的事情上,尤其是战胜库克洛普斯的独目巨人波吕斐摩斯这件事情上,他说自己是"无人"、用酒灌醉巨人、用烧红的尖木桩刺瞎巨人眼睛、最后藏在绵羊肚皮下面得以逃出洞穴。这一切都基于他的仔细观察、谨慎思考、细致准备、大胆行动、言辞魅力等智慧。他的智慧在他返回伊塔卡时达到了炉火纯青的地步,他(在雅典娜的帮助下)把自己打扮成一个乞丐,其衣衫褴褛的

第 11 章 奥德修斯的悲剧

形象骗过了所有亲人和熟人,唯有他以前饲养的一条名为阿尔戈斯的狗能够认出他来,但是它无法言语,几乎无法动弹,而且在认出奥德修斯之后立即死掉了(《奥德赛》17.301-327)。当然,奥德修斯的智慧和狡诈对于诸神而言简直如小儿科,雅典娜一眼就看破了他的诡计:

> 一个人必须无比诡诈狡狯,才堪与你
> 比试各种阴谋,即使神明也一样。
> 你这个大胆的家伙,巧于诡诈的机敏鬼,
> 即使回到故乡土地,也难忘记
> 欺骗说谎,耍弄你从小喜欢的伎俩。
> 现在我们这些暂不说,你我俩人
> 都善施计谋,你在凡人中最善谋略,
> 最善词令,我在所有的天神中间
> 也以睿智善谋著称。可你却未认出
> 我本就是帕拉斯·雅典娜,宙斯的女儿。(《奥德赛》13.291-300)

奥德修斯的智慧只属于人类,既无法跟诸神相提并论,也无法被动物所明了(唯一能够辨识的狗在认出他之后立即去世)。人类生活在一个二元世界当中,一个是自然世界(事物、影像、现象、本性、属性等),一个是人类世界(感觉、观念、语言、符号、想象、逻辑、思想等),因此人类总是难免要受到欺骗而犯错或失败。

奥德修斯还是一位善于言辞的英雄。普里阿摩斯的一位亲家安特诺尔(Antenor)说,有一次奥德修斯作为使者出使特洛伊城,其言辞简直无人能及:

> 足智多谋的奥德修斯站起来的时候,
> 他立得很稳,眼睛向下盯住地面,
> 他不把他的权杖向后或向前舞动,

>   而是用手握得紧紧的，样子很笨；
>   你会认为他是个坏脾气的或愚蠢的人。
>   但是在他从胸中发出洪亮的声音时，
>   他的言辞像冬日的雪花纷纷飘下，
>   没有凡人能同奥德修斯相比，
>   尽管我们对他的外貌不觉惊奇。（《伊利亚特》3.216-224）

奥德修斯的外表与内在显得非常不一样，他的外表看起来很笨拙，仿佛暴脾气和愚钝，但是他却舌灿莲花，言辞无人能及。而且他能够根据不同的场合说不同的话，除了前面我们分析过他代表阿伽门农向阿基琉斯求和的改编，他也经常代表阿伽门农向士兵发言。在《伊利亚特》第二卷阿伽门农以放弃战争来考验士兵时，士兵们纷纷散开准备上船返回希腊，奥德修斯则带着阿伽门农的权杖四处说服士兵留下了，当他看到位高权重者便"用温和的话语阻止他"（《伊利亚特》2.189），当他看到普通士兵时便责骂甚至殴打他（《伊利亚特》2.199）。

在《奥德赛》当中，奥德修斯还能够像缪斯女神那样把谎言说得跟真的一样（《奥德赛》19.203），他在返乡途中和家中遇到许多人，为他们编造了许多谎言和歌曲，使得听众如痴如醉。他在阿尔基诺奥斯王宫讲述或杜撰自己的流浪故事时，众人听得如痴如醉，讲到冥府故事的一半时，王后阿瑞塔立即号召所有人为奥德修斯赠送礼物，而国王阿尔基诺奥斯则对奥德修斯说：

>   尊敬的奥德修斯，我们见到你以后，
>   便认为你不是那种骗子、狡猾之徒，
>   虽然这类人黑色的大地哺育无数，
>   那些人编造他人难以经历的见闻，
>   但你却有一副高尚的心灵，言语感人。
>   你简直有如一位歌人，巧妙地叙述，
>   阿开奥斯人和你自己经历的可悲苦难。

第11章 奥德修斯的悲剧

> 现在请你再说说，要直言叙述不隐瞒，
> 你可曾见到勇敢的伴侣们，他们和你
> 一起去到特洛伊，在那里遭到死亡。
> 长夜漫漫，还不是回家睡觉的时候，
> 请把你们的神奇事迹给我详叙述。
> 我愿意聆听你直至神妙的黎明来临，
> 只要你愿为我叙述你经受的种种苦难。（《奥德赛》11.362-376）

荷马把奥德修斯的形象塑造得简直比诗人还要像诗人。如前所述，奥德修斯讲述自己返乡的言辞肯定有所隐瞒，但是这些言辞所描述的神奇事件是否符合他真实的经历则是无人知晓的。重要的问题在于，他用怆然泪下的讲述让自己历尽艰辛的不幸感动了虔诚的费埃克斯人，使得他们相信他不是骗子，奖励他比特洛伊战争所得还多的礼物，并最终顺利把他送回伊塔卡。

一个人能否精彩地叙述自己的不幸是一回事，听众是否为之感动和相信又是另一回事。当奥德修斯同样用精彩的言辞向牧猪奴欧迈奥斯叙述（虚构）自己的不幸、他跟"奥德修斯"的关系，并预言奥德修斯一定会回来时（《奥德赛》14.199-359），欧迈奥斯赞赏他的叙述和同情他的不幸，却不相信他跟"奥德修斯"的关系和奥德修斯必定会回来（《奥德赛》14.360-389）。直到奥德修斯以宙斯发誓并赌上自己的身家性命（《奥德赛》14.390-400），欧迈奥斯才肯相信奥德修斯的言辞，但他仍然对"奥德修斯必定回来"的说法不置可否（《奥德赛》14.401-408）。奥德修斯同样向妻子佩涅洛佩叙述（虚构）自己的不幸和他跟"奥德修斯"的关系（《奥德赛》19.164-202），佩涅洛佩同样被他的叙述感动却也不相信他跟"奥德修斯"的关系（《奥德赛》19.204-219）。接着奥德修斯细致描述他的"衣衫"、传令官的"长相"，以及奥德修斯与传令官的亲密关系，才使得佩涅洛佩相信他果然认识"奥德修斯"（《奥德赛》19.220-260）。最后，奥德修斯指出"奥德修斯"马上会归来，并以宙斯发誓（《奥德赛》19.261-307），佩涅洛佩跟欧迈奥斯一样对"奥德修斯必定回来"的说法不置可否（《奥德赛》19.308-334）。荷马在描述奥德修斯的精彩言辞的同时也展示出言辞的局限，人的言辞能够描述过去却无法预示未来，能够欺骗却难以证实，能够感动人却未必令人信服。奥德修斯要显示自己本性或者让普通人认识到自己的本性，他需要借助一些共同的经历或记忆，例如伤疤、衣衫、婚床、果树等。

奥德修斯还是一位喜欢作战和热衷冒险的英雄。奥德修斯腿上的伤疤证明了他的勇敢：他年轻时前往外公奥托吕克斯家参加狩猎活动，在众多舅舅当中他试图率先攻击野猪，不料被野猪咬了一口，之后他快速用长矛杀死野猪（《奥德赛》19.427-466）。他虽然因缺乏狩猎经验而受伤，却因勇敢和技巧赢得美名和外公所赠予的贵重礼品。奥德修斯向牧猪奴欧迈奥斯进行自我介绍时强调自己总是喜欢出游、战斗和冒险，他说：

> 我当年就是这样作战，却不喜欢
> 干农活和家庭琐事，生育高贵的儿女，
> 我一向只是喜欢配备划桨的战船、
> 激烈的战斗、光滑的投枪和锐利的箭矢，
> 一切令他人恐惧、制造苦难的武器。
> 定是神明使我心中喜爱这一切、
> 其他人则以种种其他劳作为乐事。（《奥德赛》14.222-228）

好战是奥德修斯外公的特点之一，而喜欢干农活和处理家庭琐事则是奥德修斯父亲的特点之一，奥德修斯的自我介绍表明他更多继承了外公的特点。当然，好战并不意味着擅长作战，在《伊利亚特》所描述的四场战斗中，奥德修斯的作战能力并不属于最精锐之列（比较《伊利亚特》7.161-9；10.227-232）。奥德修斯最令人记忆深刻的一次行动是跟随狄奥墨得斯一起夜探敌营（《伊利亚特》卷10），他在打探军情、偷袭和盗取敌资方面展示出无人能及的本领，这又充分体现出他那"盗贼"外公的特点。

在《奥德赛》当中，奥德修斯向不同的人做出（或虚构）自我介绍，他无一例外突出自己喜欢冒险和好战的性格，他还把自己的苦难和成功都归

因于宙斯。他跟阿尔基诺奥斯说他在特洛伊战争之后的整个流浪过程都是拜宙斯所赐（《奥德赛》9.38）。他跟欧迈奥斯说一整年"也难讲完我经历的种种伤心事情，按照神明意愿我曾忍受的种种苦难"（《奥德赛》14.196-8），包括远征特洛伊的征途、从特洛伊返回的苦难，以及回到家后再次出游的不幸（《奥德赛》14.235-243）。他跟求婚者安提诺奥斯说宙斯毁灭了自己的幸福生活，"让我与游荡的海盗们一起去埃及，长途跋涉，使我遭不幸"（《奥德赛》17.425-6）。他跟妻子佩涅洛佩说"夫人，我们二人经历种种苦难，你在家为我的苦难归程忧伤哭泣，宙斯和其他众神明却用种种磨难把我久久地羁绊，使我不得归家乡"（《奥德赛》23.350-3）。他跟父亲说"神灵背逆我的意愿，把我从西卡尼亚送来这里"（《奥德赛》24.306-7）。奥德修斯的谎言包含了他对诸神抛弃他的抱怨。

第二节　奥德修斯的归程

1. 奥德修斯的回忆

奥德修斯的悲剧是《奥德赛》要表现的主题。荷马在三个地方描述了奥德修斯的处境和选择，第一个地方是卡吕普索所在的奥古吉埃岛，第二个地方是费埃克斯人所在的斯克里埃，第三个地方是奥德修斯的故乡伊塔卡。

奥古吉埃岛位于大海中心，四面环水（《奥德修斯》1.50），与之相对的是位于大地中心、四面环山的德尔斐（Delphi）神庙。这个岛屿远离大地，连宙斯信使赫尔墨斯穿上金靴也要很久才能抵达，他从奥林波斯山出发，飞越高空，在皮埃里亚中转，继而掠过层层波澜才能抵达该岛。我们通过赫尔墨斯的观察得知，岛上有个宽阔的洞穴，洞穴里面住着女神卡吕普索，这位女神燃烧着松柏，一边唱歌，一边织布，以神的食物和饮料为生活。洞穴外面是一片生机盎然的自然景象，有大树、葡萄树、青草和野菜，也有鸟类和泉水，只是因为远离陆地而没有走兽（《奥德赛》5.43-75）。看起来这里是人间仙境，可是赫尔墨斯却说谁也不愿意来这个岛屿，因为"附近没有凡人的城市，从而也没有凡人向神明敬献祭礼和丰富的百牲祭"（《奥德赛》5.101-2）；奥德修斯也正是了解这一点："任何天神或有死的凡人均与她无往来"（《奥德赛》7.247）。卡吕普索看起来就像是一位生活在大自然中的野神，她很可能是受到提坦神反抗宙斯统治这个政治事件的牵连而被抛弃或流放在此。①

根据奥德修斯的讲述，由于同伴们不听从劝告，偷吃了赫里奥斯的牛群，从而惹怒阿波罗，奥德修斯的船队遭到宙斯用霹雳打击，船上几乎所有的人都掉入海中淹死。唯有奥德修斯谨记基尔克的告诫，没有吃牛肉而存活下来，他在海面漂浮了十天，登上奥古吉埃岛。奥德修斯也像卡吕普索那样被神抛弃或流放在这个岛屿，而且一待就是七年。七年的时间正好对应赫里奥斯的七群牛②，这是奥德修斯为自己一夜沉睡（《奥德赛》12.338-366）所需要接受惩罚的"刑期"，因为他沉睡而没有能够及时觉察和禁止同伴偷吃牛。奥德修斯的七年刑罚也许正是消弭伊塔卡贵族对奥德修斯的怨恨所需要的时间，而且肯定是奥德修斯的家人和伊塔卡城邦等待奥德修斯归来所能承受的极限。③ 七年的时间正好也对应佩涅洛佩纺织拉埃尔特斯寿衣拖延婚期的时间，也为特勒马科斯长大成年（20岁）以协助父亲屠杀求婚者埋下伏笔。无巧不成书，埃吉斯托斯也是在杀死阿伽门农之后统治阿尔戈斯七年，而后阿伽门农的儿子奥瑞斯特斯长大成年（20岁），返回家里杀死叔叔埃吉斯托斯和母亲克吕泰墨涅斯特拉，成功地为父亲复仇；此时墨涅拉奥斯也正好在海外漂流了七年之后返回斯巴达（《奥德赛》3.302-312，4.82）。④

---

① 卡吕普索的父亲是阿特拉斯（Atlas），而阿特拉斯、普罗米修斯、厄庇米修斯（Epimetheus）和墨诺提奥斯（Menoetius）是伊阿佩托斯（Iapetus）的四个儿子，他们因为对抗宙斯而遭到惩罚：阿特拉斯被罚撑天，普罗米修斯被鹰啄心肝，厄庇米修斯被潘多拉祸害，阿特拉斯和伊阿佩托斯则被封印在塔耳塔洛斯（Tartarus）里面。

② 赫里奥斯有7群牛和7群羊，每群有50头，因此共350头牛和350头羊，参见《奥德赛》12.129-131。奥德修斯的同伴只吃牛，没有吃羊。350这个数字接近一年的天数，而7群牛则象征7年。

③ 参见［美］伯纳德特《弓弦与竖琴：从柏拉图解读〈奥德赛〉》，程志敏译，华夏出版社2003年版，第43—44页。

④ 特勒马科斯所面临的困难比奥瑞斯特斯要大得多，前者需要对付100位求婚者（《奥德赛》16.244-251），而后者只需对付两个人就可以了；而且前者屠杀求婚者的理由也没有奥瑞斯特斯杀死叔叔和母亲的理由那么明确和强烈。

第 11 章 奥德修斯的悲剧

奥德修斯在奥古吉埃岛上面临两个选择，一个是选择忘记伊塔卡，跟卡吕普索一直愉快地生活下去，另一个选择是渴望返回故乡，郁郁寡欢，终日以泪洗面。① 如果奥德修斯选择第一种生活，他将会得到精心照料，并被允诺长生不老和永葆青春，正如卡吕普索所言：

> 我对他一往情深，照应他饮食起居，
> 答应让他长生不死，永远不衰朽。（《奥德赛》5.135-136）

卡吕普索比奥德修斯的妻子佩涅洛佩有着更漂亮的容貌和更妙曼的身材，她不仅精心照料奥德修斯的饮食起居（《奥德赛》5.195-200），甚至还能满足奥德修斯的性需求（《奥德赛》5.225-227），然而奥德修斯却毅然选择第二种生活：

> 这些我全都清楚，审慎的佩涅洛佩
> 无论是容貌或身材都不能和你相比，
> 因为她是凡人，你却是长生不衰老。
> 不过我仍然每天怀念我的故土，
> 渴望返回家园，见到归返那一天。
> 即使有哪位神明在酒色的海上打击我，
> 我仍会无畏，胸中有一颗坚定的心灵。
> 我忍受过许多风险，经历过许多苦难，
> 在海上或在战场，不妨再加上这一次。（《奥德赛》5.216-224）

卡吕普索允诺给奥德修斯的生活难道不是凡人梦寐以求的理想生活吗？在特洛伊战争的战场上，宙斯之子萨尔佩冬曾经如此激励格劳科斯：

> 朋友啊，倘若我们躲过了这场战斗，

---

① 《奥德赛》（1.56-30；5.13-17；5.151-158；7.255-260）。

便可长生不死，还可永葆青春，

那我自己也不会置身前列厮杀，

也不会派你投入能给人荣誉的战争。

但现在死亡的巨大力量无处不在，

谁也躲不开它，那就让我们上前吧，

是我们给别人荣誉，或别人把它给我们。（《伊利亚特》12.322-328）

萨尔佩冬的言辞对比了两种生活方式：第一种是长生不老，永葆青春，但是没有荣誉；另一种不畏死亡，勇往直前，追求荣誉。当然，萨尔佩冬还暗含第三种大多数人那种"有死而无荣誉"的生活方式。他认为第一种生活比第二种生活更值得选择，这并不是说爱身体的生活比爱荣誉的生活更值得选择，而是说第二种生活充满不确定性，一个人也许能够获胜（长寿）而得到荣誉，也许会战败（短命）得不到荣誉。但是他明白第一种生活对于人而言是不可能的，因此人只能在第二种与第三种生活中选择。在萨尔佩冬看来，生命的厚度比生命的长度更加值得选择，因此，与其碌碌无为而不可能获得荣誉，不如冒着生命危险去追寻可能的荣誉。这种选择跟阿基琉斯的选择如出一辙，阿基琉斯的选择是：与其碌碌无为而不可能获得荣誉，不如用短暂的生命换来必然的荣誉。①

表 11-1　　　　　　　　　荣誉与死亡的关系

	有荣誉	可能有荣誉	无荣誉
不死	奥林波斯诸神	墨涅拉奥斯	卡吕普索
有死	阿基琉斯、奥德修斯	萨尔佩冬	普通人

奥德修斯作为一位英雄，当然也渴望追求荣誉。如果跟女神在一起能

---

① 阿基琉斯在地狱表示自己如果从头再来宁愿选择活得久一些而没有荣誉的生活，这里是否意味着阿基琉斯后悔了呢？并不是。我们必须区分这两次选择：第一次选择代表人间的阿基琉斯，第二次选择代表地狱的阿基琉斯，地狱是人所能达到的最低点，因此第一次选择远比第二次选择更高级和更高贵。

第 11 章 奥德修斯的悲剧

够有荣誉的话,奥德修斯并不排斥这种生活,正如沉迷于基尔克的温柔乡里面,还可以从伙伴那里得到敬重和荣誉那样,直到一年后他的伙伴劝告他时,他才恍然想起返回故乡这件事情(《奥德赛》10.466-474)。在艾艾岛上,奥德修斯的伙伴是因为喝了药酒才遗忘故乡(《奥德赛》10.235-236),奥德修斯本人是自愿遗忘故乡。奥德修斯乐意做女神基尔克的丈夫,而他向佩涅洛佩讲述自己历程时却故意隐瞒这点,由此我们至少可以肯定奥德修斯渴望返回故乡并不是为了夫妻团圆,尽管荷马说他"深深怀念着归程和妻子"(《奥德赛》1.13)。荷马在《奥德赛》中反复提到奥德修斯在奥古吉埃岛上不愿意跟卡吕普索一起生活[①],他渴望返回故乡,却因为无法返回而泪流满面。他之所以不愿意跟卡吕普索一起生活,是因为这种生活没有荣誉可言,奥古吉埃岛是神人罕至的地方,卡吕普索没有荣誉[②],奥德修斯更没有荣誉。在不朽与荣誉的两个极端当中奥德修斯选择了荣誉,他宁愿立即死去而获得荣誉,也不愿意毫无荣誉地活着(《奥德赛》5.311-312)。

从另一个方面来看,奥德修斯在基尔克那里还发现,与女神生活在一起很可能成为一个没有灵魂和思想的人,或者灵魂和思想受制于身体的人,例如基尔克用魔法抑制了狼和狮子的灵魂,使得它们变成像温驯的家犬那样(《奥德赛》10.212-219),也用魔法把奥德修斯的同伴变成猪,使得他们的灵魂失去记忆和思想受制于肉体(《奥德赛》10.236-243)。事实也证明,奥德修斯跟卡吕普索在一起生活时,他的灵魂和思想确实失去能力,否则足智多谋的他为什么从未想过对付(或欺骗)卡吕普索,以及从未想过自己制造航船离开呢?[③] 奥德修斯非常清楚,神与人是不同的,例如神远比人强大得多,神的饮食跟凡人不同,神比人幸福得多(《奥德赛》

---

① 墨涅拉奥斯说(《奥德赛》4.555-560);雅典娜说(《奥德赛》1.48-59,5.13);荷马说(《奥德赛》1.13,5.81.84);卡吕普索说(《奥德赛》5.151-158);奥德修斯说(《奥德赛》7.259-260)。

② 附近没有凡人的城市,从而也没有凡人向神明敬献祭礼和丰富的百牲祭(《奥德赛》5.101-102)。

③ 一种解释也许是,经过七年奥德修斯或者雅典娜才使得奥古吉埃岛具有足够多的枯萎的大树来造船(《奥德赛》5.239)。

6.209-210），更重要的是，唯有奥林波斯众神才是不朽的和必定有荣誉的，凡人若得不到宙斯的允诺是绝不可能像神那样同时拥有不朽和荣誉的，因此凡人想要成为神就是想要获得超越自己命限的东西，就是一种渎神或狂妄的行为，最终注定会遭到诸神的惩罚。正如奥德修斯在地狱见到的情形：伊菲墨得娅（Iphimedia）夸耀自己跟波塞冬欢爱，她生下两个狂妄的儿子，这两个儿子竟然狂妄到威胁诸神，要跟诸神开战，最终未及成年便被阿波罗杀死（《奥德赛》11.305-320）。奥德修斯不清楚而卡吕普索已经暗示出来的是，他如果跟女神生活在一起很可能也会遭到灭顶之灾。卡吕普索抱怨诸神"太横暴，喜好嫉妒人，嫉妒我们神女公然同凡人结姻缘，当我们有人为自己选择凡人做夫婿"（《奥德赛》5.117-118）。她接着连续举了两个例子，黎明女神（Dawn）爱上奥里昂（Orion），结果奥里昂被阿尔特弥斯用弓箭射死，德墨特尔（Demeter）爱上伊阿西昂（Iasion），结果伊阿西昂被宙斯用霹雳击毙（《奥德赛》5.119-128）。凡间男子即使不是主动追求女神，而是被女神所爱，如果得不到宙斯或其他有权力的诸神的认可，同样会遭到灭顶之灾，尽管他是毫无恶意或罪行的。同样的故事也会发生在凡间女子身上，例如伊俄（Io）、尼俄珀（Niobe）等。

我们看到，奥德修斯在奥古吉埃岛面临选择的困境，但是他最终做出一个最合适的选择，他的选择基于他对荣誉的渴望，他对自己具有获得荣誉的能力和结果的自信，以及他对于人与神存在难以跨越的沟壑的清醒认识，正如他在向阿尔基诺奥斯介绍自己时所言，"我就是那个拉埃尔特斯之子奥德修斯，平生多智谋为世人称道，声名达天宇"（《奥德赛》9.19-20）。我们还应该看到，奥德修斯是在不知道自己注定可以返回故乡和见到亲人这个神意的前提下做出这个选择的，而且他是在知道做出这个选择意味着他必定还要经受许多苦难的前提下做出这个选择的，这就更加凸显出奥德修斯的勇敢和智慧。

2. 奥德修斯的归程

在雅典娜的建议下，宙斯派赫尔墨斯通知卡吕普索释放奥德修斯，在得到卡吕普索同意奥德修斯离开的重誓之后，奥德修斯仅用了四天就造好

第 11 章　奥德修斯的悲剧

了返航的帆船。经过 18 天的艰难航行和两天的海面漂泊，奥德修斯在伊诺的帮助（《奥德赛》5.351）和雅典娜的建议（《奥德赛》5.427，437）下登上了斯克里埃岛——费埃克斯人的国土。值得注意的是，奥德修斯即使被波塞冬打翻在海面上，他也从未卑微地祈求诸神，尽管他也接受诸神的主动帮助和建议，这说明他不信任一切神人，只相信人力和自己。例如，他一上岸就开始思考是在冒着被冻死的风险在海边过夜，还是冒着被野兽吃掉的危险躲进林间枯叶里过夜（《奥德赛》5.465-474）；他赤身裸体走出丛林看见公主瑙西卡娅时便思忖是前去抱住姑娘祈求赠衣，还是站得远远地用温和的语言祈求赠衣（《奥德赛》6.141-145）。

在费埃克斯人的国土上，奥德修斯又面临两个选择，一个是留下来娶公主瑙西卡娅，成为国王阿尔基诺奥斯的乘龙快婿，另一个是请求费埃克斯人送他返回故乡。公主一见到雄狮般的奥德修斯恢复人样，便情窦初开，情不自禁地对侍女们说："我真希望有这样一个人在此地居住，做我的夫君，他自己也诚心愿意留在这里"（《奥德赛》6.243-244），而且她本人也委婉地向奥德修斯表达了自己的想法（《奥德赛》6.276-281）。国王阿尔基诺奥斯也向奥德修斯说：

> 请天父宙斯、雅典娜、阿波罗为我作证，
> 我真希望有个像你这样的秉性，
> 意气与我相投之人娶我的女儿，
> 留下做女婿。我会给你家宅和产业，
> 如果你愿意。（《奥德赛》7.311-315）

Ἀλκίνοος（阿尔基诺奥斯）这个名字由 Ἀλκί 与 νόος 组成，Ἀλκί 是 Ἀλκή 的不规则与格，指身强力壮、精力旺盛和防护战斗，而 νόος 是古希腊哲学最重要的概念之一，指智力、知性或宇宙动力，因此这个名字有"大智力和大王"的寓意。公主瑙西卡娅曾经这样向奥德修斯介绍自己，"我就是英勇的阿尔基诺奥斯的女儿，他就是费埃克斯人之力量（κάρτος）和权力（βίη）的体现"（《奥德赛》6.196-7）。诸如"力量"和"权力"此类修饰语也许

是为了满足史诗韵律的需要（比较《奥德赛》，4.415,13.143,18.139），但是它们一定程度上反映出这位国王的本性，即大智力和大王。国王阿尔吉努斯的形象也出现在阿波罗尼俄斯的《阿尔戈英雄纪》里面，他曾经帮助伊阿宋、美狄亚以及阿尔戈斯英雄摆脱科尔齐斯（Colchis）的追兵。[1] 阿尔吉努斯的本性跟他自己的评价相称，他说"我胸中的心灵并不喜好随意恼怨，让一切保持分寸更适合"（《奥德赛》6.309-310）。这位有大智力、有力量、有权力和有分寸的国王阿尔基诺奥斯娶了自己的侄女阿瑞塔（Ἀρήτη）为王后（7.66）。阿瑞塔的名字寓意"德性"，那位雅典娜女神幻化的少女称赞她"富有智慧，心地高尚纯正，为人善良"，甚至调解男人间领导纠纷，她的丈夫对她"无比尊重，超过世上任何一位受敬重的女人"，她的子女和人民一直对她"真心诚意的尊敬，视她如神明"（7.67-73）。

由此看来，费埃克斯人的统治者（国王和王后）似乎是力量和德性的合体，宛如柏拉图所说的"哲人王"，为什么奥德修斯还是不愿意做国王的女婿，而是一开口就向王后阿瑞塔请求返回家园呢？（《奥德赛》7.146-152）。

瑙西卡娅曾经告诉奥德修斯，费埃克斯人"心性傲慢无礼"，要是他们看到她跟这位高大帅气的外乡人奥德修斯一道走路，就会恼羞成怒驱逐她，因为她蔑视所有向她求婚的费埃克斯子弟（《奥德赛》6.274-284）。奥德修斯非常理解瑙西卡娅的话，因为他以前曾经见识过海伦的求婚者有多么"心性傲慢无礼"，并为廷达瑞斯献计摆脱其择婿的困境。[2] 奥德修斯从他的经验里深知"我们世间凡人生性心中好恼怨"（《奥德赛》6.307），他后来返回故乡也目睹那些求婚者是多么的"心性傲慢无礼"。阿尔基诺奥斯举行的竞技赛证实了费埃克斯青年对奥德修斯的傲慢，欧律阿洛斯讥讽奥德修斯像从事海上贸易的商人，一心只想赚钱，完全不懂竞技（《奥德赛》8.159-164），意思是暗讽奥德修斯如果不参加竞赛而获得费埃克斯人的赠礼是不劳而获的、羞耻的。奥德修斯抓起一块更重的石饼扔出超过

---

[1] 参见[古希腊]阿波罗尼俄斯《阿尔戈英雄纪笺注》，罗逍然译笺，华夏出版社2011年版，第183—191页。

[2] 让海伦通过抽签的方式选夫婿，求婚者共同事先发誓，无论谁被选中，其他求婚者不得夺抢，如果有谁夺抢，那么求婚者必须合力把海伦夺回来。

第 11 章 奥德修斯的悲剧

所有人的距离,并宣称除了跑步其他所有项目都能参加,由此让众人立即闭嘴。所有这些都说明奥德修斯完全有能力和智慧解决任何"心性傲慢无礼"之徒,他并不是因为惧怕那些人而不愿意跟瑙西卡娅生活。

那么原因究竟是什么呢?阿尔基诺奥斯看上去并不像表面那样好客,当奥德修斯向阿瑞塔祝福费埃克斯人和请求他们帮助他返乡时,阿尔基诺奥斯等人沉默不语。他的沉默立即揭示出他的两难处境:一方面他相信一切外乡人和求援者都是宙斯遣来的,必须招待和满足客人和求援者的愿望(《奥德赛》6.206-208,7.164-184;7.316);另一方面他从父亲瑙西托奥斯(Nausithous)那里得知,如果他安全地送走所有客人,终有一天他那艘神奇的船会被击毁,他的城邦也会被一座大山包围(《奥德赛》8.565-569)。他试图把奥德修斯留下来不过是出于对宙斯和雅典娜(她使得奥德修斯像神一样)的敬畏和对这个预言的担忧,而不是真正欣赏奥德修斯本人。他允诺给奥德修斯女人、家宅和田产,却没有允诺给他权力,因此奥德修斯在费埃克斯人这里很难获得权力和荣誉。

诚然,他还有很多儿子继承他的王位,允诺给奥德修斯权力必然超出了他的所能,但是从根本上说奥德修斯与费埃克斯人是格格不入的。费埃克斯人的真正统治者是阿瑞塔,而不是阿尔基诺奥斯,尽管他宣称自己掌权,这意味着他们的统治不是基于力量,而是基于德性。事实证明,费埃克斯人并不擅长竞技、战斗和战争,而是擅长跑步、航船和跳舞(《奥德赛》6.270-272;8.246-255),因此他们并不擅长进攻或防守,而是擅长逃避和独处(《奥德赛》6.5-10)。费埃克斯人跟库克罗普斯人都是波塞冬的后裔,他们都无须耕种劳作,但是他们确有完全不同的秉性,前者弱小、虔诚、有分寸、好客,后者则强大、狂妄、无法无天和充满敌意。阿瑞塔的德性统治实质上并不是依赖跟人相关的德性,而是依赖跟神相关的德性,[①] 这也就表明费埃克斯人的生活能力和幸福与否完全取决于诸神[②]而不是他们自己。仰赖神明而缺乏力量和智慧的统治不仅不利于抵抗外敌,

---

[①] 他们以建神庙立国(《奥德赛》6.10),从早到晚都要对神明进行祭奠(《奥德赛》7.138)。

[②] 《奥德赛》(6.203;7.110,132;13.24-26,50-56)。

甚至无法使得被统治者朝向德性,费埃克斯人的"心性傲慢无礼"就从事实上表明仅仅依靠神灵德性并未能够真正起到教化作用。

当奥德修斯讲述完他自己在地狱所见的女人,对比了虔诚的女子与不虔诚的女子在地狱的不同处境之后,王后阿瑞塔显然相信自己的虔诚将让她在死后可以过上美好的生活,因此她高兴地提议所有人再次赠送奥德修斯礼物(《奥德赛》11.335-341)。阿尔基诺奥斯也在听完奥德修斯讲述的地狱男人和奥德修斯从基尔克流浪到卡吕普索的历程后,显然也相信自己死后会像那些虔诚的男人那样过上美好的生活,于是他也再次以城邦名义赠送奥德修斯礼物(《奥德赛》1310-15)。奥德修斯能言善辩,他能根据不同人的心理需要讲述不同的故事,并且达到自己想要的结果。然而,国王和王后似乎并没有充分领会到奥德修斯的故事的教导意义,对于女性而言,那些在地狱过上美好生活的女子是因为她们直接得到神灵的爱情才过上美好生活,而对于男性而言,在地狱为王的阿基琉斯恰恰是最不敬畏神灵的男子汉。

仰赖神明的生活并非奥德修斯所愿的生活,似乎也不是荷马内心最深处所真实肯定的。奥德修斯一来到阿尔基诺奥斯的王宫,就发现门前有两个黄金白银制造的狗,"他们永远不会死亡,也永远不衰朽"(《奥德赛》7.94)。如果我们再对比基尔克的狮子和狼,以及卡吕普索的飞鸟和繁茂植物,我们同样可以设想,即使费埃克斯人能够过上不朽的生活,这种完全依赖神明的生活在奥德修斯看来不过是像这两尊没有灵魂和思想的看门狗罢了。正是出于对人自身的确信和肯定,出于对权力和荣誉的渴望,奥德修斯执意要离开并且急切渴望离开斯克里埃岛,他是第一个来到斯克里埃岛的凡人(《奥德赛》6.205),也将是最后一个离开斯克里埃岛的凡人。他的到来使得费埃克斯人陷入两难处境,他所讲述的故事安慰了费埃克斯人,而他的离开则给费埃克斯人带来了灾难,也给他们提供了一个残酷而现实的教训。与此同时,奥德修斯也以凡人的方式报复了波塞冬,波塞冬只能用惩罚自己子孙的方式来替儿子波吕斐摩斯复仇!

奥德修斯选择回家同样会面临重大困难和挑战。奥德修斯下降到地狱从先知特瑞西阿斯之口得知,他返回故乡将会"遭遇患难和狂妄的人们"(《奥德赛》11.115-116),即使他把他们杀死还得再次外出,而且他必须重新恢复对诸神的信仰,如此才能寿终正寝和建立幸福城邦(《奥德赛》11.119-136)。对于不信神的奥德修斯而言,返乡的道路比离家(漫游)的道路充满更多更大的困难和挑战,阿伽门农的悲惨结局便是明证。阿伽门农把自己的悲惨归咎于妻子的不忠和狠毒,将妻子的恶毒普遍化为所有女人的潜在属性,以此为自己的骄傲之心和麻痹大意开脱,并警告奥德修斯要提防女人并偷偷返回故乡,而奥德修斯则把阿伽门农的悲惨归咎于宙斯,用这种不可抗拒的力量来安慰阿伽门农,并以自己也遭受相应的苦难跟阿伽门农共情(《奥德赛》11.405-456)。奥德修斯后来打扮成乞丐返乡,显然是从阿伽门农那里吸取了教训,毕竟他的妻子佩涅洛佩跟海伦和克吕泰墨斯特拉是堂姐妹。也许对于奥德修斯而言,困难尤其在于重新建立起新的诸神信仰,这一点将是他第三次选择的困境。

一个人如果知道了自己未来命运是美好的,那么他言辞的真实性肯定像墨涅拉奥斯那样多少大打折扣,但是一个人如果知道自己未来的命运是不幸的,那么他的行动也许会变得无力,但是奥德修斯反而变得更勇敢和更智慧。他的勇敢并不出于先知和诸神,而是出于他对自己的确信。用不着阿尔基诺奥斯的儿子拉奥达马斯告诉他"须知人生在世,任何英名都莫过于他靠自己的双脚和双手赢得荣誉"(《奥德赛》8.147-148),他也非常清楚这一点,而且他比所有人都更渴望和更有能力去做到这一点。关键的问题在于,见识过费埃克斯人这个种族及其思想后,奥德修斯是否还在乎世间的荣誉。奥德修斯在第二次选择当中当然也做出了一个明智的选择,然而这个选择似乎会使得他像地狱的阿基琉斯那样看透了人世间最值得追求的荣誉的虚无本质,也就是说荣誉要么来自诸神的恩赐,要么来自不如他本人的人的传颂。

第三节 奥德修斯的再起航

在费埃克斯人的帮助下,奥德修斯一夜功夫就回到了伊塔卡,他仿佛经历了一次重生,"安稳而甜蜜地睡去,如同死人一般。……忘却了往日的苦难"(《奥德赛》13.80,92)。奥德修斯及其礼物被放在伊塔卡港口的洞穴里面(《奥德赛》13.96-25),醒来的奥德修斯瞬间认不出他的国土(《奥德赛》13.188),他的家人和臣民也将认不出他,这种双重的陌生感就像柏拉图的哲人从洞穴下降时突然看不清,而洞穴的人也无法看清(理解)他一样。

先知特瑞西阿斯曾经告诉他,要么使用计谋,要么公开使用铜器将求婚者杀死。孤身一人的奥德修斯顿时进退维谷。如果他选择公开杀死求婚者,那么他首先会由于公开身份而难以辨识家人、奴仆和臣民的善恶忠奸,也会导致自己陷入阿伽门农那样的危险(《奥德赛》13.383-385)。即使他能够辨识善恶忠奸,也难以对付那些早已作好准备的众多求婚者。如果奥德修斯选择暗地里使用计谋来对付求婚者,他可能很难做到彻底的伪装,他的某些身体特征可能会暴露身份,例如他那条老狗一见到他便认出他,他腿上的伤疤也很容易使得他的身份暴露出来。他还可能由于无法控制自己的愤怒而暴露身份,例如他几次按捺不住想要当场杀死牧牛奴(《奥德赛》17.233-238)、女仆(《奥德赛》20.6-16)和乞丐伊罗斯(《奥德赛》18.88-94),差点暴露身份惹来麻烦。即使奥德修斯足智多谋,他又能够用什么计谋一次性对付求婚者呢?奥德修斯的两难处境在于他既要隐匿身份来考察伊塔卡人的善恶忠奸,又要略微显露自己的身份以寻求帮手,还要使用力量一次性杀掉求婚者。以意见和欲望作为基础的人类生活似乎为人的智慧设定了界限。

为了解决这个困境,奥德修斯不得不第一次主动请求神灵的帮助,他不得不借助超人类的方式来解决人类的问题。奥德修斯在整个归途中遭遇许多困难和痛苦,但是他从未主动祈求神灵的帮助,尽管他多次得到赫尔墨斯和雅典娜的帮助;他也从未认出赫尔墨斯和雅典娜,直到他登上自己的国土才首次认出雅典娜(《奥德赛》13.318-319),并主动请求她帮忙"谋划"报复求婚者,赐予他"勇气和力量"(《奥德赛》13.386-391)。雅典娜答应帮助他,并将他变成一个无人能够认出的乞丐(《奥德赛》13.429-438)。然而奥德修斯已经从费埃克斯人的命运中发现完全依赖神明未必是明智的，这将使得他丧失自主性，因此奥德修斯并没有充分信任和遵从雅典娜，例如雅典娜从未建议他去考验任何人，而他却考验所有人。奥德修斯为什么要考验伊塔卡所有人呢？奥德修斯在流浪过程中发现仅仅依靠说服（《奥德赛》9.44）或誓言（《奥德赛》12.270-365）是无法统治手下的，仅仅依靠暴力手段也并非总是有效的（比较《奥德赛》9.88，10.438.441），完全隐瞒真相也于己不利（《奥德赛》10.34-49）。这些因素促使他重新评估他以往在伊塔卡所采取的仁慈（《奥德赛》14.139）统治方式，如今他必须以怀疑一切的态度来重新认识和考验他的城邦，以便能够在更真实和更可靠的基础上谋划他未来需要采用的统治方式。

奥德修斯远征后对伊塔卡的第一次了解来自他母亲亡灵的说辞。他母亲告诉他：佩涅洛佩忠诚，王权仍在，特勒马科斯安稳拥有财产，拉埃尔特斯仍在庄园过着贫苦的生活，而她自己却因为思念儿子奥德修斯而衰竭死亡（《奥德赛》11.180-203）。奥德修斯的母亲没有提及求婚者，她应该在求婚者到来之前就去世了，所以她说一切安好。求婚者在特洛伊毁灭后第四年来到奥德修斯王宫，佩涅洛佩用纺织寿衣的方式拖延了三年婚期（《奥德赛》19.140-156），随后求婚者在王宫挥霍三年（《奥德赛》13.377），如今正好是第十年。因此，他母亲的说法不符合当前的情况。

奥德修斯对当下伊塔卡的第一次了解则来自雅典娜。雅典娜说求婚者是一群无耻之徒，他们甚至图谋杀死特勒马科斯，所以应该消灭他们（《奥德赛》13.372-378，428）；牧猪奴欧迈奥斯忠贞不贰，应该去找他打听一切（《奥德赛》13.404-415）；特勒马科斯平安无恙且博得声誉（《奥德赛》13.320-324）。雅典娜对于佩涅洛佩是否坚贞不置可否，只是说她伤心流泪，盼望奥德修斯归来，继续拖延求婚者（《奥德赛》13.337-338，379-381）。随后我们看到，奥德修斯仍然三番五次考验欧迈奥斯的忠诚，第一次考验他是否感激拉埃尔特斯和敬畏奥德修斯（《奥德赛》14.115-147），第二次考验他是否敬畏宙斯并相信主人会回来（《奥德赛》14.148-408），第三次考验他是否真正关心他这位流浪汉（《奥德赛》14.459-522），第四次考验他是否继续热情接待他（《奥德赛》15.304-306）。这足以说明奥德修斯也不完全相信神灵，或者说他必须用自己的方式使得自己相信神灵，也说明奥德修斯的考验是极其严苛的。

欧迈奥斯的忠诚经受了奥德修斯的严苛考验，他将成为奥德修斯信任的助手，不过，囿于生活和眼界所限，欧迈奥斯关于伊塔卡情况的报道虽然是真实的却并不全面。例如欧迈奥斯只讲述了求婚者求婚和挥霍家畜，没有提到他们跟女仆鬼混和试图谋杀特勒马科斯，他只提到佩涅洛佩不断打听奥德修斯的消息和悲伤流泪（《奥德赛》14.126-130），但他跟佩涅洛佩接触较少而无法提供更多信息（《奥德赛》15.374-379）。但是欧迈奥斯能否守口如瓶是奥德修斯所担心的问题，因此奥德修斯仍然没有向他显示身份。直到特勒马科斯返回田庄，奥德修斯第二次了解到伊塔卡的情况，尤其明白佩涅洛佩的心思，特勒马科斯说：

> 我那母亲，她胸中的心灵正在思虑，
> 是继续留在我身边，关照这个家庭，
> 尊重她丈夫的卧床和国人们的舆论，
> 还是嫁给一位在大厅向她求婚、
> 赠送礼物最多、最高贵的阿开奥斯人。（《奥德赛》16.73-77）

特勒马科斯也曾经对雅典娜讲述过他母亲的心思：她不拒绝求婚者的追求，又无法结束混乱（《奥德赛》1.249-250）。我们由此可知，如果奥德修斯已经死去，佩涅洛佩改嫁似乎是必然的结局（《奥德赛》1.275-278），尽管特勒马科斯还能保留自己的家业和财产，但是奥德修斯的王权自然就落入其他家族手中（《奥德赛》1.396-404），而这一切改变对于佩涅洛佩而言并没有任何损失。由于未能确定奥德修斯是否已经去世或者是否还能返回，这就使得聪明绝顶的（《奥德赛》1.115-121，11.445）佩涅洛佩不得不考虑群众对她的谴责（《奥德赛》23.148-151），最重要的是不得不考虑奥德修斯生还的可能性，以及奥德修斯生还可能会给自己带来的毁灭性后果。[①] 佩涅洛

[①] 因为求婚者是一群软弱胆小、狂妄之徒，奥德修斯有能力赶跑他们或跟其他人一起战胜他们（《奥德赛》2.59，24.528），届时奥德修斯必定不会饶恕佩涅洛佩，正如他对奶妈发出的威胁那样。

第 11 章　奥德修斯的悲剧

佩就像海伦那样是超越城邦的存在者,她的忠诚似乎跟奥德修斯和伊塔卡无关,而跟她自身的地位、明智和荣誉相关(《奥德赛》1.124-125,18.255,19.329-334)。她无须参与和见证奥德修斯杀戮求婚者的过程,奥德修斯也没有让她参与和见证重建这个新的城邦秩序的过程。

特勒马科斯用神灵来解释家庭混乱的原因,以此来掩饰自己的年轻和无能为力(《奥德赛》16.71-72,117-129),显然,奥德修斯明白儿子虽然虔诚却不够勇敢,这是由于儿子年龄尚小和缺乏父亲教育,但是神灵的支持和奥德修斯的教育将会弥补这个缺陷。正是特勒马科斯的虔诚使得他能够立即承认眼前的流浪汉就是自己的父亲,当然父子相认的理由还有他们在外貌和气质上的相似性(《奥德赛》1.207-209,4.141-150)。宙斯和雅典娜的帮助,加上奥德修斯的教育,特勒马科斯立即变得勇敢和明智起来(《奥德赛》16.310-320)。

奥德修斯在听了欧迈奥斯和特勒马科斯关于当前城邦情形的报告之后,他还需要亲自考察。他以流浪者的身份考验求婚者,这种考验超越了挥霍家产、求婚和夺权的罪恶,它是对于求婚者是否敬畏宙斯和神灵的考验。整个《奥德赛》不断重复着这个礼俗和律令:流浪者和祈求者为宙斯所保护,神明常常幻化成流浪者和外乡人,巡游许多城市,以考察人们是狂妄还是遵守法度。[①] 如果奥德修斯确实已经死去,求婚者向佩涅洛佩求婚并争夺伊塔卡王权的行为本身是符合社会规则的(《奥德赛》18.269-270),而且也是恢复伊塔卡秩序的必要手段。关键的问题在于求婚者为了实现自己的目的而采取了邪恶的手段:他们本应该带上礼物向佩涅洛佩的父亲伊卡里奥斯提亲,而不是直接向佩涅洛佩逼婚(《奥德赛》2.48-59,18.274-280);他们本应该用自己的财产轮流筹办宴会(《奥德赛》2.138-140),而不是挥霍奥德修斯的家产[②];他们本应该感恩奥德修斯的仁慈(《奥德赛》4.387-691,16.424-446)和敬畏宙斯的意志(《奥德赛》16.401)而协助和保护特勒马科斯,而不是一而再地想要杀死特勒马科斯并瓜分其家产(《奥德

[①]《奥德赛》(6.207-208,7.164-165,14.56-58,17360-363,17.484-487)。
[②] 根据牧猪奴的说法,求婚者每天要吃掉一头猪、一头牛、一只绵羊和一只山羊(14.100-108),那么三年来他们共吃掉4380(=4*365*3)头牲畜。

赛》4.669-672，16.383-392）。求婚者之所以采取这些邪恶手段，根本原因在于他们的狂妄傲慢和不敬畏神灵（《奥德赛》18.564-565）。而造成这些根本原因也许归咎于奥德修斯以往的统治方式过于仁慈，以及他们大部分人是在缺乏奥德修斯统治和教导下成长起来的新一代。

奥德修斯实际上还有一种选择方案：他可以选择驱散求婚者（《奥德赛》2.59），或者选择杀死全部求婚者，或者选择饶恕部分求婚者（他饶恕了歌手费弥奥斯和墨冬，《奥德赛》22.330-377）。他自己曾经考虑过，如果杀死全部求婚者，自己也将面临报复，或者不得不出逃（《奥德赛》20.41-43）；直到他得到雅典娜将会持续支持他的明确答复，他才下定决心杀死全部求婚者（《奥德赛》20.44-53）。人们也许会认为奥德修斯意图杀死全部求婚者是否过于苛刻和残忍，是否超出了正义的界限。只有从神的视角来理解奥德修斯的选择，我们才能充分看到其合理性：奥德修斯的同伴不听劝阻而偷吃赫利奥斯的牛群，他们全都被宙斯杀死（《奥德赛》12.415-419），同样，求婚者们不听所有人的劝阻而消耗奥德修斯的牲畜，他们全都被宙斯（《奥德赛》21.413）和雅典娜（《奥德赛》22.205）所支持的奥德修斯杀死。奥德修斯能否重建城邦秩序除了依赖神灵的帮助，还需要依赖他证明自己的力量和勇气（《奥德赛》22.234-240），因此杀死全部求婚者也是他证明自己的力量和勇气的最佳方式。

正如《奥德赛》开篇所言，奥德修斯是一位机敏的英雄，他见识过不少种族的城邦和他们的思想，经历了无数的苦难，这个形象非常类似于柏拉图《理想国》洞穴的哲人王：他走出洞穴（城邦）追求真理又返回城邦掌握权力。在荷马《奥德赛》的叙事中，奥德修斯其实只经历了三个地方：卡吕普索所在的奥古吉埃岛，费埃克斯人所在的斯克里埃，他的故乡伊塔卡。奥德修斯在这三个地方面临三个主要困境和三次主要选择，尽管凭借过人的智慧奥德修斯总是能够做出更正确的选择，但是他最终仍然无法解决自己的困境。一方面，他重建政治秩序最终仍然要依赖超人类的方式（神）来解决人类的问题。超人类的方式要么是完全必然的，要么是纯粹偶然的，它完全不在人类的掌握范围之内，也就不在人类的考虑和选择范围之内。另一方面，他本人最终仍然无法避免再次离开家园，无法避免衰老，无法避免死亡（尤其是死在海上），这样的余生和结局不能令他和妻子感到"欢欣"（《奥德赛》23.266）。荷马的叙事表明，奥德修斯代表了那类最具有智慧的人，代表了凭借人自身智慧所能达到的最有德性者，也代表了能够给人民带来福祉的理想君主。荷马的叙事也为人类的智慧划定了界限：人类的智慧在神的必然性和偶然性面前是无能为力的，在人类政治社会的欲望和意见面前也是捉襟见肘的。

第 12 章　英雄主义

荷马史诗中的英雄和英雄主义是一个令人熟悉又陌生的话题，一方面是因为我们这个时代缺乏英雄，另一方面是因为很多时候我们自以为熟悉的东西，其实我们并不熟悉。

关于英雄，我们最熟悉的莫过于"人民英雄永垂不朽"这句话了，这句话是毛泽东同志书写的，铭刻在北京天安门的人民英雄纪念碑上，这里的英雄主要指那些为人民解放战争牺牲的人。毛泽东同志还有一句非常著名的诗句，"江山如此多娇，引无数英雄竞折腰"（《沁园春·雪》），这里的英雄则主要指那些领袖人物，也就是有才能和见解超群的人。因此，在汉语语境当中，英雄主要指战士、谋士和领袖。荷马史诗的"英雄"概念也指这些人物，但是它还有一些特别的含义。

古希腊著名哲学家柏拉图创作过一部对话录，叫作《克拉底鲁》，这部对话录的主要功能是解释词语和词源，有点类似于我们古代十三经之一《尔雅》，用今天的话来说就是词典。《克拉底鲁》里面的人物苏格拉底在谈到"英雄"这个概念时说道：

> 英雄是半神半人……所有英雄要么出自男神对会死女人的爱欲（eros），要么出自会死的男人对女神的爱欲（eros）。倘若你从古阿提卡语言来加以验证，你就好理解了，因为它表明英雄（ērōs）这个词不过是爱欲（eros）一词的稍微变体，英雄出自爱欲。他们之所以被称为"英雄"，要么是基于上述理由，要么是因为他们是智者、精明的修辞家（rhetores）、雄辩家、巧妙的追问者（erōtan），因为讲话（eirein）等于说话（legein）。综上所述，在阿提卡方言中，英雄就是

第 12 章 英雄主义

修辞家和追问者。进而英雄的高贵后裔就是修辞家和智者这类人（柏拉图，《克拉底鲁》398c-e）。

柏拉图这里提到两种"英雄"：一种跟"爱欲"相关，也就是神与人因为相爱而结合的后代，这种人高大威猛，帅气漂亮，力大无比，能征善战，天生与众不同；另一种跟"说话"相关，也就是智者、修辞家、雄辩家和追问者，这种人能说会道，信口雌黄，是非不分，粉丝众多，腰缠万贯。

这第二种"英雄"是公元前 5 世纪才开始出现的，这种人类似于今天的学术明星，他们从事文化产业，收取高额学费，教人说话、写作和论辩，以便在政治竞选和法庭审判上获胜，因而被人们当作英雄来崇拜。柏拉图这里称之为英雄，实际上是带有强烈的讽刺意味。但是第一种英雄则比较符合荷马史诗及其他古老诗人的看法。根据赫西俄德《劳作与时日》的记载，赫西俄德是生活在公元前 7 世纪的大诗人，他把人类历史划分为五个时代，第一个是黄金时代，第二个是白银时代，第三个是青铜时代，第四个是英雄时代，第五个是黑铁时代。

在黄金时代的人，他们生活知足常乐，他们死后变成精灵。白银时代的人开始变得愚蠢，狂妄，受苦受难，死后变成了一个凡人。在青铜时代的人，开始越来越残暴，他们喜欢战争，没有节制，死后就默默无名。英雄时代的人，则保持正义，他们也会发动战争，但是他们死后变成一个非常快乐的一个种族。黑铁时代的人生活得越来越悲惨，他们要承受各种各样的劳苦，他们没有任何的德性，过着非常邪恶的生活。

我们看到，赫西俄德这样的历史观有两个特点。第一个特点，整个人类的历史实际上是朝着一个不断堕落的方向前进，这跟我们接触到的马克思主义的历史发展观完全相反。马克思主义认为人类历史是不断向前发展的，经历了原始社会、奴隶社会、封建社会、资本主义社会、社会主义社会和共产主义社会。

第二个特点，曾经有这么一个时代，诸神和人类共同生活，有时候他们会相亲相爱并生下后代，这些后代就被称为英雄。所以英雄不仅是一个群体，也是一个时代。后来神和人开始分离，神再也不会跟人结合，人再也不能有诸神血脉，人类只能依靠自己来生活。

英雄作为神人之后代，必然具有非同常人之处：他们在力量、速度、技巧、战斗力方面都是一流的，比如神样的阿基琉斯，神样的萨尔佩冬；在身材、外貌或言谈方面也是很出色的，比如白臂的海伦。不过那些凡人当中也有一些人像英雄这般行动，因此，这样的人虽然不是天生的英雄，但是也被荷马称为英雄，比如英雄阿伽门农、英雄阿尔基诺奥斯等。这类凡人英雄主要指那些超凡出众的国王和战士。

所以，我们看到"英雄"这个概念在诗人那里有三种含义：第一，专指那些神与人所生的后裔；第二，特指人类历史上的一个时代；第三，泛指那些智勇双全的国王和战士。

第一节　死亡意识

在明白了英雄这个概念的基本含义之后，让我们来看一看，英雄主义这个概念又有什么样的含义。在这一节当中，笔者将着重介绍跟英雄主义相关的三个核心要素。第一个要素是死亡意识，英雄们通过自然轮回和诸神不朽，认识到人是要有死的。第二个要素是社会意识，英雄们在羞耻感和荣誉感的驱动下，去思考、表达和行动。第三个要素是超越意识，英雄们建立功勋，希望被人敬仰，被后世传颂，以便实现永垂不朽。

死亡是一个非常奇妙的现象，也是一个非常难以理解的现象。因为对于我们任何活着的人而言，死亡是一个无法体验、无法表述的东西。我们说饥饿，疼痛，痒，乃至孤独，都是可以体验和表述的，但是没有人能够体验到死亡到底是什么，也没有人能够告诉我们死亡是怎样一种体验。

我们知道人总是要死的，然而这个结论也是一种不完全归纳。由于我们看到过去所有人都死去，于是我们确信我们都要死去，后面的人都要死去，因而得到一个结论，所有人都要死去。然而，我们天天看见太阳东升西落，难道我们就确信太阳明天还会东升西落？休谟会认为不一定。因此，死亡是人类生存和认识的一个界限，甚至说是一个终极界限。所以古

第12章 英雄主义

希腊哲学家伊壁鸠鲁曾经说过,我们不必害怕死亡,因为我们活着的时候,死亡还没有来临,而死亡来临的时候,我们已经不在了。

荷马史诗的英雄对于死亡有很多论述,这说明他们对于死亡是有所认识的,他们的认识基于他们对自然的观察和对诸神的想象。我们先来看看《伊利亚特》卷6的一段话,当时狄奥墨得斯和格劳科斯兵戎相见,狄奥墨得斯问格劳科斯是谁,格劳科斯在回答自己的家世之前,先表述了自己对于死亡的看法,他说道:

> 为什么问我的家世?
> 正如树叶的枯荣,人类的世代也如此。
> 秋风将树叶吹落到地上,春天来临,
> 林中又会萌发,长出新的绿叶。(《伊利亚特》6.145–149)

这段话经常被人们引用,它说得非常精彩,非常豪迈,也非常具有哲理性,因为,它以类比的方式清楚地表明自然与人的内在一致性。大自然的植物能够随着春夏秋冬的季节变化而不断循环,它们可以从生到死,也可以从死到生。同样的道理,人类也是一种自然动物,也可以这样循环。接下来,格劳科斯讲述了自己的家世,这又深刻地揭示了自然与人的内在差别。大树或小草,作为一个种类或一个个体都可以实现这种生死循环,但是人类只有作为一个种类才能实现这种生死循环,而作为个体是永远做不到的。因此,通过自然与人类的对比,英雄获得对人类、个体和自我之死亡的意识。

我们再来看看《奥德修斯》卷6的一段话,那里以诸神与人类对比的方式表明人的有死性。荷马说:

> 奥林波斯,传说那里是神明们的居地,
> 永存不朽,从不刮狂风,从不下暴雨,
> 也不见雪花飘零,一片太空延展,
> 无任何云丝拂动,笼罩在明亮的白光里,

常乐的神明们在那里居住，终日乐融融。(《奥德赛》6.42-46)

荷马设想了奥林波斯山上居住着诸神，并以诸神作为一面纯粹的镜子来反观人类。前面我们说过，因为神与人分离了，所以神与人是不同的。诸神是永存不朽的、永远快乐的，人类则是终有一死的、难免痛苦的。如果有谁妄想获得神那样的生活状态，那么这种人就被视为狂妄之人，最终必定会遭到诸神的惩罚。而这惩罚机制正是后来古希腊悲剧要表现的主题。

人的伟大首先在于意识上的伟大，英雄知道人的有死性，他们也渴望活着，但是他们并不害怕死亡，这才是真正的勇敢。初生牛犊不怕虎，这并不是由于勇敢，而是由于无知；自杀也不是由于勇敢，而是由于他不想活着。当然，仅仅意识到死亡和渴望活着还不够，因为这样的人也有可能是一个享乐主义者，他需要一些社会意识，才能转变成英雄。

第二节 社会意识

古希腊人认为，人是社会的动物，是政治动物，人如果脱离了社会，脱离了城邦，那么他要么是野兽，要么是诸神。所以英雄主义必须跟英雄所处的共同体相关。英雄行动主要受到荣誉感和羞耻感的驱使，荣誉感驱使他去做某事情，而羞耻感则阻止他去做某事情。

在《伊利亚特》卷18，阿基琉斯对他的母亲说：

> 我现在就去找杀死我的朋友的赫克托尔，
> 我随时愿意迎接死亡，只要宙斯
> 和其他的不死神明决定让它实现。
> 强大的赫拉克勒斯也未能躲过死亡，
> 尽管克罗诺斯之子宙斯对他很怜悯，
> 但他还是被命运和赫拉的嫉恨征服。
> 如果命运对我也这样安排，我愿意

倒下死去，但现在我要去争取荣誉

……

母亲啊，我不会被说服，不要阻拦我上战场。（《伊利亚特》18.114-126）

阿基琉斯非常清楚，人总是有死的，人也总是想活着，但是英雄是不怕死，时刻准备为了荣誉而战斗。荣誉一方面体现在物质方面，也就是说他可以享受更多、更好的物质条件，另一方面更加体现在非物质方面，例如他可以坐在领导位置上，他被人钦佩、尊重和称赞。英雄做某种事情，他的动机，他的目的，跟普通人是很不一样的，普通士兵也许仅仅由于命令、薪水、保命、复仇去战斗，但是英雄还有更高、更纯粹的目的，那就是为了荣誉而战。因此，荣誉感作为一种驱使人去行动的社会情感，成为我们衡量英雄之所以为英雄的重要标志之一。

另外，羞耻感也是英雄必须具备的社会情感，它的主要功能是阻止一个人去做某种事情，我们略举两个例子加以说明。在《伊利亚特》卷 2，阿伽门农假装让全军撤兵，然后士兵们一哄而散，但是奥德修斯劝告士兵们留下来继续作战，他说道：

我们待在这里，已经有九个年头
不断旋转而去，阿开奥斯士兵们
在弯船旁边感到烦恼也很自然。
但逗留这么久空手回家也是可耻的。
朋友们，忍耐忍耐吧，再待一个时期，
好知道卡尔卡斯发出的预言真实不真实。（《伊利亚特》2.295-300）

在《伊利亚特》卷 22，赫克托尔将要跟阿基琉斯交战，他心里想道：

天哪，如果我退进城里躲进城墙，

波吕达马斯会首先前来把我责备,
在神样的阿基琉斯复出的这个恶夜,
他曾经建议让特洛伊人退进城里,
我却没有采纳,那样本会更合适。(《伊利亚特》22.99-100)

我们看到,奥德修斯和赫克托尔都非常清楚羞耻感,作为一个英雄,他绝不能撤退,不能退缩,不能丢盔弃甲,不能放弃战斗,否则就会被别人鄙视,被别人嘲笑,被别人责备。荣誉感主要驱使英雄去行动,而羞耻感则主要阻止英雄去行动,普通士兵也有这两种社会情感,但是没那么强烈,人们对他们的期许也没那么高。因此,现代著名学者多兹曾经把这种古希腊英雄文化称为"耻感文化",他说:"荷马笔下的人知道,最强烈的道德压力不是对诸神的恐惧,而是对社会意见的尊重。"[①]

第三节　超越意识

人的有死性,人的社会属性,恰恰说明人是有限的,而且是极其有限的,英雄意识到人的有限性,并试图超越这种有限性。每个民族都有这种超越意识,只是其表现形式有所不同。比如,儒家传统强调三不朽,"太上有立德,其次有立功,其次有立言,虽久不废,此之谓不朽",也就是说通过立德、立功、立言来超越有死性。佛家传统也强调生死流转以及通过佛法超脱生死困厄。基督教传统也强调信仰上帝,爱上帝,盼望上帝,死后前往天堂,获得不朽喜乐。

荷马史诗的英雄的超越意识跟儒家很相似,都是立足于尘世的不朽。英雄们建功立业,完善美德,希望能够被别人记住,被别人传颂,在这个意义上获得不朽和幸福。在《伊利亚特》卷8,赫克托尔安排战斗事务,并期望自己明天有更好表现,他说道:

---

① E. R. Dodds, *The Greeks and the Irrational*, Berkeley, Los Angeles and London: University of California Press, 1951, p.18.

第12章 英雄主义

> 但愿我在自己的日子里
> 能长生不老,像雅典娜、阿波罗受尊重,
> 像明天会给阿尔戈斯人带来祸害一样。(《伊利亚特》8.539-541)

赫克托尔的意思当然不是说自己可以长生不老,而是说他将会努力战斗,杀死最多的敌人,被人们敬重如神明,然后被别人记住和传颂,这样就实现了某种意义上的不朽。

奥德修斯的名字是"愤怒"的意思,但他尤其以足智多谋著称,希腊军队正是借助他的智谋才能攻克特洛伊城。一般而言一个人死后才会被不断传颂,但是奥德修斯在活着的时候已经被不断传颂,而且自己亲耳听见别人传颂自己,这是非常罕见的事情,足以说明他的声名之大,他的智谋之高。因为被传颂,所以奥德修斯像神一样获得一种不朽。

当然,英雄的超越意识并不意味着英雄要跟神匹敌,并不意味着英雄渎神,而是意味着英雄对神的虔诚和模仿,他认为神那样的生活,那样的存在状态是最好的,然后以神为榜样,希望自己变得像神那样。普通人、普通士兵,缺乏这种伟大的意识,更无法实现这种伟大的行动,因而他们无法获得这种不朽人生,他们的生命就像沙滩上的脚印,大浪一来,就被冲刷得无影无踪,他们曾经来过,然后消失,什么也没有留下。

我们还可以把古希腊的英雄主义划分为个体主义的英雄主义,以及集体主义的英雄主义。所谓个体主义的英雄主义,它强调个人的一种高超的品质,比如阿基琉斯,他之所以被称为英雄,更多的是基于他自身速度、技巧、勇敢等。所谓集体主义的英雄主义,它更强调个人为他人和城邦作贡献,乃至于牺牲自己,比如赫克托尔。

个体主义的英雄类似于古希腊奥林匹克比赛冠军,他的成就更多跟他自身的能力相关,这种人不管是哪个城邦、哪种文化的公民,他总是他自己,而且他总是得到全希腊人的钦佩和赞扬。集体主义的英雄则更多跟他所生活的国家和文化相关,例如在两国交战当中,任何国家总是把自己的战士视为英雄,授予那些阵亡战士以英雄荣誉,并把另一个国家的战士视为敌人、恶人、坏人。英雄就是那种被一个国家的人或世上所有人歌颂和

记住的人，在这个意义上他永远活着，正如臧克家在《有的人》这首诗的开篇所说的：

> 有的人活着
> 他已经死了；
> 有的人死了
> 他还活着。

毫无疑问，《伊利亚特》的主角阿基琉斯和《奥德赛》的主角奥德修斯都是这样的人，经由荷马的歌颂，他们生前死后都被人们永远铭记在心。

第 13 章　荷马史诗的灵魂观

第一节　灵魂与生命

如果灵魂是不可触摸的,那么人体上可以触摸的就不属于灵魂,而是属于身体,例如毛发、皮肤、血液、骨头,等等,以及一系列融入其中的元素,如水、碳、铁、盐等。身体随着灵魂的消失而失去所有自然功能,因此人最重要的核心在于灵魂,身体是硬件,灵魂是软件,而且这个硬件离开软件将不复存在。因此我们将重点分析灵魂这个概念。

由于荷马经常在死亡的语境下谈到灵魂,因此灵魂被视为无关乎身体的东西,以至于许多学者认为,灵魂只是生死的标志,没有具体的含义。例如,德国学者布克特(Walter Burkert)说:"在荷马的语言中……只有事关生死时,才涉及 psychē。psychē 不是感觉或思想的承载者,它并不代表那个人本人。"[1] 然而,笔者更愿意把灵魂视为一个综合的、整体的东西,它附属于身体,跟各个身体器官产生具体功能,例如附属于肺而具有"元气"(psychē),附属于心肺便产生"血气"(thumos),附属于心胃便产生"欲望"(epithumia),附属于心脑便具有"理性"(noos)。我们分别分析呼吸、血气和理性,来理解荷马的灵魂观。

"灵魂"这个词译自古希腊名词 psychē,psychē 又源于动词 psychō(吹气),所以 psychē 的基本含义是"呼吸、气息",然后又引申为元气、生命、灵魂、鬼魂、心灵、理解力等。"灵魂"这个词,在中文里面的基

---

[1] Walter Burkert, *Greek Religion: Archaic and Classical*, tran., John Raffan, Oxford: Wiley-Blackwell, 1991, p. 550.

本含义是"宗教所信居于人的躯体内主宰躯体的精神体"①，这个定义表达了两个意思，即灵魂可以脱离身体，以及灵魂主宰身体。

在荷马史诗这里，灵魂作为生命体征的主宰也跟呼吸相关。在《伊利亚特》卷5，萨尔佩冬杀死特勒波勒摩斯，却被特勒波勒摩斯击中左腿，当萨尔佩冬的伴侣把长枪拔出来时，萨尔佩冬经历了生死的转变，荷马说：

> 他很快昏迷过去，
> 一团雾降到他眼前；但是他又开始呼吸，
> 冷爽的北风轻轻吹到他的身上，使他
> 重新苏醒过来，又恢复了他的生命。（《伊利亚特》5.695-9）

无独有偶，在卷14、15，特洛伊主帅赫克托尔被大埃阿斯用石头砸伤，赫克托尔几乎晕了过去，当他醒过来时，阿波罗以让他"呼吸"的方式给他灌输力量（《伊利亚特》15.262），赫克托尔顿时犹如神勇。

所以说，一个人能不能呼吸，成为判断他是否有生命的主要体征，也就是判断他的灵魂是否还存在的主要体征。在卷9，阿基琉斯对他的老师福尼克斯说："只要我胸中还有气息，膝头还强健，那就是我在我的有弯顶的船上的命运。"（《伊利亚特》9.609-10）

宙斯说："在大地上呼吸和爬行的所有动物，确实没有哪一种活得比人类更艰难。"（《伊利亚特》17.446）呼吸是衡量一切动物是否活着的普遍标志，但是苦难才是人类独立于动物的标志。人的苦难在于人的情感、欲望和思想，所谓"人生识字忧患始"，如果没有这些人就会不感觉到苦难，就活得跟动物一样了。

人有了气，他的心脏就能跳动，血液就能够流动，情绪就可以发生，由此产生一种可以称为 thumos 的东西。thumos 笔者翻译为"血气"，但是在荷马史诗当中，它具有更广泛的含义。血气的核心要义是情感的发源

---

① 辞海编辑委员会编纂：《辞海》，上海辞书出版社1999年版，第3028页。

地,尤其指过于激动的情感,例如冲动、愤怒、激情等。在《伊利亚特》第1卷,阿伽门农扬言要夺取阿基琉斯的女人,阿基琉斯:

> 毛茸茸的胸膛里有两种想法,
> 他应该从他的大腿旁边拔出利剑,
> 解散大会,杀死阿特柔斯的儿子,
> 还是压住愤怒,控制自己的血气。
> 他的内心(phrena)和血气在这两者徘徊,
> 他的手正要把那把大剑拔出鞘的时候,
> 雅典娜奉白臂赫拉的派遣从天上下降。(《伊利亚特》1.189-95)

血气并不是独立的器官,而是灵魂附属于心肺的体现。公元3世纪的阿尔吉努斯指出:"他们(诸神)命令血气部分居住在心中……他们为了心脏的缘故,把肺造得软绵绵的,没有血丝和充满洞孔,这样在怒气腾腾时就有东西缓和心跳。"① 雷菲尔德也说:"血气是情感生活之所,包括感情、计划、希望、倾向等。……但它却不是器官,而是充盈于肺这个器官的物质。"② 的确,在我们的日常生活当中,我们也可以体会到,当人的心跳加速,血量增加时,就会感到发热和激动,最极端的表现就是愤怒和暴怒。血气本身并不会思考,但是它会影响思考,一个人血气过剩会导致草率和鲁莽行事,而血气不足则会导致思前想后胆小怕事,只有血气适度才能够认真思考问题并达到正确目的。雅典娜从天而降,让阿基琉斯的过剩血气得到一定程度的缓解,因而他最终以理智战胜冲动,没有杀死阿伽门农。

与血气相关的另一个词语是 epithumos(欲望),这个词由 epi 和 thumos 两个词组成,意为"在血气之前"。人与其他动物的区别在于人的行

---

① [古希腊]阿尔吉努斯:《柏拉图学说指南》,狄龙英译注疏,何祥迪译,华东师范大学出版社2016年版。
② James M. Redfield, *Nature and Culture in the Iliad: The Tragedy of Hector*, Chicago and London: The University of Chicago Press, 1994, p.173.

动主要由"血气"所驱动，而动物的行动则仅由"欲望"所驱动，因此，正如欲望在血气之前一样，动物也在人之前，人在动物之后，简而言之，人比动物更有意志。

虽然 epithumos 这个词在古希腊比较常用，但是并没有出现在荷马史诗当中，实际上，荷马对"血气"的使用已经包含了"欲望"的意思。例如：在《伊利亚特》卷 4，阿伽门农鼓励伊多墨纽斯（Idomeneus）战斗，他说他们是平等的，平等地喝酒，想喝多少就喝多少（《伊利亚特》4.263）；在卷 9 阿伽门农向阿基琉斯求和，他说等到攻陷特洛伊，阿基琉斯想拿多少青铜都可以（《伊利亚特》9.138）。综上所述，灵魂的血气附属于心肺，主要跟情感相关，也会影响思考，以及包含欲望之意。

自古以来，人们都认为人区别于动物的本质是人具有理性，而这个传统可以说发端于荷马史诗。在《伊利亚特》卷 9，涅斯托尔小心翼翼地劝告阿伽门农向阿基琉斯求和，他首先恭维阿伽门农一番，然后这样说道：

> 你应当比别人更能发言，听取意见，
> 使别人心里叫他说的于我们有益的话
> 成为事实，别人开始说的要靠你实行。
> 因此我要说出我认为是最好的意见。
> 自从你、宙斯的后裔从愤怒的阿基琉斯的
> 营帐里面把少女布里塞伊斯带走——
> 那件事并不合我们的心意，没有别人
> 想出（noēsei）比我到现在想出（noeō）
> 的更好的想法（noon）。（《伊利亚特》9.101-105）

荷马并没有说人的理性在大脑（karē），而是说在心里；他甚至也没有使用心（kardia）这个概念，而是使用血气。这并不表明荷马缺乏这些词汇，或者他搞错了这些功能，而是反映出在他那个时期，人们对身体机能的认识还达不到今天这个科学程度。实际上我们也经常说"用心去想"或"用脑子想"。荷马的重要性在于，他确定了行动的理性原则，即我们更应

该依据理性而不是情感或欲望来行事。

在这个基础上,我们可以设想,涅斯托尔认为阿伽门农依据欲望来行事是不正确的,因为他想要占有更多的女人;而阿基琉斯依据情感来行事也是不正确的,因为他一怒之下退出了战斗;阿伽门农比阿基琉斯更不正确,因为欲望比情感更低级,而涅斯托尔希望阿伽门农和阿基琉斯都听他的建议,因为他认为他的建议是最好的。这个建议就是阿伽门农向阿基琉斯求和,而阿基琉斯答应阿伽门农的求和。最后的结果是阿伽门农听从,而阿基琉斯不从。由此我们可以看到,理性在行动方面并不是万能的,这也是我们分析所有荷马史诗人物形象的切入点,由于理性不是万能的,所以每个人都是一出悲剧。

关于 noos(思维,理智,知性),雷菲尔德曾经指出:

> noos 是一种理论能力,它可以在那些曾感知或想象过的事物中辨认其含义。……第一,它直接把握事物的含义;noein(去分辨)可能会有时麻痹或迷惑,但是一旦有了眼力的直观性,就会获得明晰性,在荷马那里,nous 从未指理性(reason),noein 也从未指推论(to reason)。第二,它所把握的这些含义是特定的人已经知道了的,故不同人的 nooi 以及不同社会的人的 nooi 皆有所不同。Noos 并不发现意义的普遍模式或永恒真理;它毋宁是一种能力,我们通过它分辨那已经分辨过的事物的意义。[1]

雷菲尔德总体上是在"回忆或辨认"的层面上理解 noos,笔者认为这是不恰当的,因为如果 noos 仅仅是一种回忆或辨认,那么人们用什么来思考、推论、判断和选择呢?显然,在荷马史诗当中,只有 noos 扮演了这些角色,因此必须把 noos 理解为跟领悟相关的理性。例如在卷 15,大埃阿斯这样鼓励希腊人作战:

---

[1] James M. Redfield, *Nature and Culture in the Iliad: the Tragedy of Hector*, Chicago and London: The University of Chicago Press, pp. 176–177.

我们现在没有更好的办法（noos）和计策（mēts），

除非和他们近战，凭我们的勇气（cheira）和力量（menos）。
（《伊利亚特》15.509-510）

在这里，荷马把灵魂的思想和身体的能力作对比，在没有更好办法的情况下，只有依靠武力；反之，如果有更好的办法，完全可以不用依靠武力。在这里，灵魂思考对于身体能力的优越性一目了然。

第二节　灵魂与死亡

生是人在此世的开端，它涉及我们从何而来的问题；死是人在此世的终结，它涉及我们将走向何方的问题。这生与死之间的便是我们的生活，它涉及我们如何生活的问题。生活是一个过程，一个由生到死的过程，因此生与死是生活的界限，生活由生与死所框定，我们要理解我们的生活，必须先理解我们生活的界限，因此理解生与死就成为我们有意识地生活的首要前提。

中国传统本来是不注重理解死的，尽管人们非常隆重和严肃地对待死亡。孔子说："未能事人，焉能事鬼？"又说："未知生，焉知死？"孔子所说的生乃生活，而不是作为生活之开端的生，孔子注重生活制度，而不注重生与死这个自然事件本身。道教的修身和修仙主要关注生活，试图否定死亡，因此，也不关注生与死问题。后来佛教东传，恰好弥补了中国传统的这个不足，因为佛教除了有超越生死的高深理论，也有很多关于生与死的世俗说法，比如投胎、地狱、轮回等。现代科学在认识"生"这方面已经深入到能够绘制基因组了，但是想要解开"生"的本质和真谛仍然道阻且长，而且现代科学对于死亡之后的情形是一无所知的，如此，就对生命缺乏完整性的理解，也就无法在真正意义上指导人的生活。

在西方传统当中，生与死的问题都是理解生活的关键点，由此也形成了各种样式的生死观，先有荷马史诗的生死观，随后是古希腊哲人的生死观，再往后是天主教和基督教的生死观。因此，我们理解荷马史诗的生死

第 13 章　荷马史诗的灵魂观

观对于把握西方传统是非常重要的。在荷马史诗当中，死亡并不是生命的终结，而是被理解为灵魂与身体的分离。

阿基琉斯一怒之下退出战斗，导致大量希腊士兵阵亡，这些士兵的灵魂与身体发生了分离，身体被动物吃掉而消亡，灵魂没有消亡而进入冥府。类似这样的说法，屡见不鲜，在卷3，阿伽门农为帕里斯与墨涅拉奥斯安排决斗，决斗前他代表所有人向诸神起誓：

> 宙斯、伊达山的统治者、最光荣最伟大的主宰啊，
> 他们两人谁给双方制造麻烦，
> 就让他死在枪下，阴魂进入冥府，
> 让我们保证友谊和可以信赖的誓言。（《伊利亚特》3.320-324）

在卷5，特勒波勒摩斯对萨尔佩冬说：

> 我看你从吕西亚前来尽管强大，
> 却不能成为特洛伊人的坚固堡垒，
> 反要倒在我手下，进入冥府的大门。（《伊利亚特》5.644-6）

萨尔佩冬则反击道：

> 我认为屠杀和阴暗的命运将由我在这里
> 为你注定，你一定会败在我的枪下，
> 赠我以荣誉，性命却去闻名的哈得斯。（《伊利亚特》5.652-4）

死亡不是人的终结或消散，而是意味着灵魂与身体的分离，人们对待死后灵魂的态度形成了一种来世观，而对待死后尸体的态度则演变出一系列葬礼仪式。葬礼的首要目的是防止身体被动物吃掉。古希腊人认为，一个人暴尸野外，被动物吃掉，那是最悲惨的人生结局。例如普里阿摩斯担心特洛伊沦陷后，他自己被动物吃掉，他这样说道：

> 灵魂离开身体，我最后死去的时候，
> 贪婪的狗群将会在门槛边把我撕碎，
> 它们本是我在餐桌边喂养的看门狗，
> 却将吮吸我的血，餍足地躺在大门口。
> 年轻人在战斗中被锐利的铜器杀死，
> 他虽已倒地，一切仍会显得很得体，
> 他虽已死去，全身仍会显得很美丽，
> 但一个老人若被人杀死倒在地上，
> 白发银须，甚至腹下被狗群玷污，
> 那形象对于可怜的凡人最为悲惨。（《伊利亚特》22.67-76）

为此，人类发明各种葬礼方式，避免尸体被动物吃掉，例如火葬、土葬、水葬、风葬、洞葬、树葬、沙葬，等等，这火葬加土葬便是古希腊的文化传统。在古希腊社会当中，葬礼具有一系列仪式，这些仪式对于死者和仍然活着的人都具有重要功能。

第一，净化功能。一个凡人的尸体即使不被动物吃掉，也难免腐烂而变得恶臭。例如，阿基琉斯担心他上战场后：

> 这时苍蝇会来叮吮墨诺提奥斯的
> 勇敢儿子身上被铜器砸破的伤残，
> 在那吮滋生蛆虫，毁坏他的肌体，
> 使肉腐烂，因为生命已经离开他。（《伊利亚特》19.24-7）

对于臭和脏的厌恶，对于香和洁的喜爱，这是人类跟动物区分开来的首要标志之一。虽然每个民族对于脏臭的定义有所不同，但是对于脏臭的厌恶则是相通的。因此，处理尸体首先就是要避免死者危害活着的人。

第二，分离功能。在《伊利亚特》卷23，帕特罗克洛斯给阿基琉斯托梦，对他说：

第13章　荷马史诗的灵魂观

> 阿基琉斯啊，你睡着了，把我忘记；
> 现在我死了，我活着时你对我不这样。
> 快把我埋葬，好让我跨进哈得斯的门槛！
> 那里的亡魂、幽灵把我远远地赶开，
> 怎么也不让我过河加入他们的行列，
> 使我就这样在哈得斯的宽阔大门外荡游。
> 我求你把这只手伸给我，因为你们
> 一把我焚化，我便不可能从哈得斯回返。（《伊利亚特》23.69-76）

从这里可以看到，葬礼意味着死者跟活着的人做个了断，从此阴阳分隔，永不干涉。如果没有葬礼，不仅死者的灵魂无法进入冥府，成为孤魂野鬼，而且活着的人会受到死者的困扰，乃至不得安生。这就解释了荷马史诗中为何经常出现抢夺尸体的场景，也可以理解《伊利亚特》卷8战斗双方商议停战火化尸体的必要性。后来，悲剧家索福克勒斯的杰作《安提戈涅》正是要展示这种葬礼观念如何强有力地支配着安提戈涅的思想，让她敢于冒死去埋葬自己的哥哥。

第三，调整功能。死者原本属于一个完整的社会圈子，由于死者的离开，这个完整的圈子变得不完整，因此这个圈子的结构需要重新调整。正如一个父亲去世，他的儿子调整为一家之主一样。我们注意到，阿基琉斯火化并埋葬了帕特罗克洛斯之后，他举行了一系列竞技游戏，包括赛车、拳击、摔跤、赛跑、打斗、掷铁饼、射箭和标枪这8个项目。这些竞技项目显然跟战斗相关，是对战斗场景的模仿，这也许是后来奥林匹克竞赛的起源。

在竞技游戏当中，叙事的重点更多放在人际关系上，以呈现非战斗时期的社会结构，而这个结构跟战斗时期的社会结构有所不同。社会地位部分由战斗力量来决定，狄奥墨得斯夺得赛车冠军，埃佩奥斯（Epeius）获得拳击冠军等。但是智慧也重新被肯定，阿基琉斯把双耳罐送给未能参加竞技的涅斯托尔，足智多谋的奥德修斯最终在赛跑当中战胜勇猛的大埃阿斯。最重要的是，阿伽门农未经比赛就被阿基琉斯授予冠军，这说明阿伽门农恢复了作为全军统帅的位置。

帕特罗克洛斯的死亡葬礼仪式，让整个希腊军队意识到自身，并通过模仿战斗这种无害的方式进行结构调整。整个社会又回到一个完整的次序当中。不过值得注意的是，阿基琉斯并没有参与这些竞技游戏，他自绝于他人，再也无法融入这个新的社会，不仅因为他注定要跟帕特罗克洛斯死在一起，更因为这个新的社会根本没有他的立锥之地。这似乎是阿基琉斯为文明（控制）进步所作的"贡献"。

第三节　灵魂与末世论

在后来的希腊人那里，例如在俄耳甫斯、毕达哥拉斯和柏拉图等人的思想观念当中，灵魂在地狱必须接受审判，而且必须经过反复投胎和转世，但是在荷马史诗这里，灵魂也必须接受审判，但是不能投胎和转世。

1. 灵魂的处境

死者的灵魂如幻影、梦幻、烟雾或气体飘离人的身体，但它的外观跟生前一模一样。当阿基琉斯看到好友帕特罗克洛斯的灵魂时，他想要拥抱他，而亡灵则如"一团烟雾"钻入地下，阿基琉斯伤心道：

> 啊，这是说在哈得斯的宫殿里还存在
> 某种魂灵和幽影，只是没有生命。
> 可怜的帕特罗克洛斯的魂灵整整一夜
> 站在我身旁，模样和他本人完全一样，
> 不住地流泪哭泣，吩咐我一件件事情。（《伊利亚特》23.153-7）

奥德修斯下到冥府，看到母亲的亡灵，他想要拥抱母亲，母亲的灵魂却犹如幻影或梦幻，从手里滑落。他母亲说：

第13章 荷马史诗的灵魂观

这是任何世人亡故后必然的结果。
这时筋脚已不再连接肌肉和骨骼，
灼烈的火焰的强大力量把它们制服，
一旦人的生命离开白色的骨骼，
魂灵也有如梦幻一样飘忽飞离。（《奥德赛》11.198-222）

灵魂脱离身体后，虽然变成非物质的东西，无法行动，不能被触摸，但是还可以辨认，回忆，以及体验。在《奥德赛》卷11，奥德修斯下降到冥府，寻找先知特瑞西阿斯，询问自己未来的命运。他见到许多死者的亡灵，他的母亲第一个认出他来，并且认出他不是一个死人，而是一个活人。接着是阿伽门农、阿基琉斯等亡灵纷纷认出他来。同时，我们也看到，这些亡灵听了奥德修斯的答复，有的感到悲伤，有的感到快乐，有的感到后悔，有的感到愤怒。

灵魂在冥府必须接受审判，并得到相应的奖惩。冥府的判官有三位：分别是主审言论的拉达曼迪斯（Rhadamanthys），主审思想的米诺斯，以及主审行动的埃阿科斯。奥德修斯下冥府既看到有人遭到惩罚，也看到有人得到奖赏：坦塔罗斯因蔑视众神而遭到饥饿和恐惧的酷刑，西西弗斯因贪得无厌而遭到反复推动石头的惩罚；而阿基琉斯由于巨大战功得以统治亡灵，赫拉克勒斯由于巨大战功甚至能够与神同乐。

冥府的审判是阳间生活的盖棺论定，冥府的正义是阳间正义的延续或实现。一个人如果在阳间罪大恶极，那么到冥府也会接受惩罚，尽管他可能在阳间逃离惩罚。反之，一个人如果在阳间扬善除恶，那么到冥府就会得到奖赏，尽管他可能在阳间遭受不公正。一个人的有生之年不过百，而在冥府的岁月是无限的，因而人们在行善或作恶时就得衡量，他这样做是否值得。这套学说具有很强的道德教化意味，而且在人类理性尚未充分认识世界，尚未为自己立法和严格遵守法律之前，这种道德原则就是最直观、最重要的生活原则。

我们对于诗人所讲述的冥府事件，既无法证实，也无法证伪，因为它本身是一种信仰，信它，就不敢胡作非为；不信它，很可能为所欲为。总之，古希腊人对待葬礼以及对待亡灵所发展起来的来世论，最终都指向我们应该如何生活的问题。

2. 灵魂的审判

一般来说，任何人任何时候都认为，"论功行赏，有罪必罚"是公平正义的，例如犹太教主张"以牙还牙，以眼还眼"，佛教强调"因果报应"，孔子也说"以直报怨，以德报德"。但是，在实际生活当中，这条公平正义的原则未必就得到落实，它经常出现错位现象，甚至完全颠倒也是有可能的。例如，《圣经》描写该隐杀兄弟而活着，而亚伯守信义而被杀；庄子也说，"窃钩者诛，窃国者侯"。这种公平正义的原则也弥漫在荷马史诗当中。除此之外，荷马史诗强调神对人的干预，因此，我们需要讨论两个问题。其一，荷马如何表述他的奖惩观念？其二，荷马史诗的奖惩错位揭示了什么真理？

荷马史诗要实现宙斯的意愿，宙斯的意愿表面上是帮助阿基琉斯恢复荣誉。宙斯之所以要帮助阿基琉斯，一方面是要报答阿基琉斯母亲忒提斯当年的恩情，另一方面，更重要的是，阿基琉斯是受害者，他的女人被阿伽门农强占了，扫了面子，没了荣誉，因此，帮助阿基琉斯是符合公平正义的。由此，我们可以说，宙斯的意愿实质上是实现人间的公平正义。

宙斯唯有成为最高的统治者和审判者，才能够实现人间的公平正义。在荷马史诗当中，宙斯确实被视为最高的统治者和审判者，这一点可以从人们以宙斯之名发誓略见端倪。

《伊利亚特》第一个誓言是阿基琉斯所作。在卷1，他以"权杖"发誓要退出战争，让阿伽门农因战败而悲伤、忧愁和恼怒（《伊利亚特》1.234-244）。阿伽门农的权杖属于统治者，而阿基琉斯的权杖则属于审判者，"即那些依据宙斯法律进行审判的人"（1.238）。

《伊利亚特》第二个誓言是阿伽门农所作。在卷3，帕里斯与墨涅拉奥斯进行决斗，阿伽门农代表希腊人和特洛伊人，向宙斯、阿波罗、河神、该亚神和报复神发誓，由这场决斗决定海伦及其财产的归属，并决定整个战争的胜负（《伊利亚特》3.277-291）。

第 13 章 荷马史诗的灵魂观

巧合的是,《伊利亚特》最后一个誓言是阿基琉斯所作,而倒数第二个誓言则是阿伽门农所作,这里再次印证了环形创作的结构。阿伽门农在卷 19 向宙斯、阿波罗和报复神发誓,从未碰过阿基琉斯的女人布里塞伊斯(《伊利亚特》19.257-265);而阿基琉斯则在卷 23 向宙斯发誓,自己如果不能埋葬好友帕特罗克洛斯,绝不洗澡和吃喝(《伊利亚特》23.43-47)。

以上四个例子表明,自始至终,希腊人在处理最重要的事情方面,都以宙斯之名发誓,他们相信宙斯拥有最高权力,宙斯一定会主持公平正义。实际上,在荷马的笔下,以上四个誓言都得到保证。宙斯通过挫败希腊军队,让阿伽门农痛苦、忧愁、流泪、负伤、后悔和道歉,最终让阿基琉斯重返战场,希腊军队反败为胜,彰显了阿基琉斯的重要性。特洛伊城邦因为再三陷入不正义,以至于宙斯不再宠爱普里阿摩斯家族,特洛伊城邦最终沦陷。

作为奖惩的主宰,宙斯对人的行动进行奖惩,但宙斯的奖惩乃行动的结果,而不是行动的原因。也就是说,当人们说宙斯给人类送来福祸时,我们不能理解成宙斯应该为人类的行动负责,而应该理解为这是人类行动的结果。在《伊利亚特》卷 24,阿基琉斯说:

> 宙斯的地板上放着两只土瓶,瓶里是
> 他赠送的礼物,一只装祸,一只装福,
> 若是那掷雷的宙斯给人混合的命运,
> 那人的运气就有时候好,有时候坏;
> 如果他只给人悲惨的命运,那人便遭辱骂,
> 凶恶的穷困迫使他在神圣的大地上流浪,
> 既不被天神重视,也不受凡人尊敬。
> 神们就是这样在佩琉斯出生的时候,
> 赠送他美好的礼物,使他在全人类当中
> 无比幸福与富裕,统治着米尔弥冬人,
> 他身为凡人,神们却把女神嫁给他。

但是天神又降祸于他，使他的宫中

生不出王孙的后裔，却生个早死的儿子。(《伊利亚特》24.526-538)

在这里，佩琉斯的不幸并不是宙斯造成的，而是佩琉斯自己造成的，他杀了自己的兄弟，然后逃到佛提亚，因此，他拥有短命的儿子乃对他的罪行的惩罚。这种惩罚体现了公平正义的原则，因此在凡人看来的不幸，在诸神看来其实是正义使然。

又比如在卷3，普里阿摩斯要为海伦的罪行开脱，他当着所有元老的面说道：

在我看来，你没有过错，
只应归咎于神，是他们给我引起
阿开奥斯人来打这场可泣的战争。(《伊利亚特》3.164-6)

《伊利亚特》一再表明，特洛伊战争是帕里斯拐走海伦所引起的，这场战争最终让希腊人洗劫了特洛伊，这应该理解为宙斯的公平正义得到了伸张，而不是宙斯给特洛伊人送来祸害。在卷19，阿伽门农也把自己的责任归咎于诸神和阿特女神，他说：

阿开奥斯人常常向我诉说那件事情，
一再责备我，但那件事不能唯我负咎。
是宙斯、摩伊拉（Moira）和奔行于黑暗中的埃里倪斯（Erinyes），
他们在那天大会上给我的思想灌进了
可怕的迷乱，使我抢夺阿基琉斯的战利品。(《伊利亚特》19.85-89)

我们之前说过，阿伽门农在长老集会上承认是自己做事愚蠢，才抢夺了阿基琉斯的女人，如今他在公民大会上为了保持作为全军统帅的面子，

才以诸神为借口推脱自己的责任。当然，我们由此也可以看出，不可能期待一位最高领导在公众面前承认错误和道歉，最高领导并不因为是正确和完美的才是最高领导，而是因为他们是最高领导才是正确和完美的。正如美国最高法院的法官们常说的，我们并不是因为正确才是终审，而是因为终审才是正确的。

3. 奖惩的类别

我们从行动理论可以知道，一个行动由行动者的动机、信念和目标所构成："一位行动者（S）的任何举止（A）都是一个行动，当且仅当S的A是由正确方式所引起的，并且在原因上可以用某些合适的非行动的精神要素——促成或构成S做A的理由——来解释。"[1] 据此，我们进一步规定，要判断一个人的行动，就要看其动机是否出于个人意愿，其信念是否正确，其目标是否善良。因此，从逻辑上讲，一个人的行动存在以下八种可能性（见表13-1）。

表13-1　　　　　　　　　　行为与动机、信念

动机	自愿				被迫			
信念	正确		错误		正确			
目标	善	恶	善	恶	善	恶	善	恶
奖惩	1	8	3	6	2	7	4	5

笔者按照奖惩次序，将这八种可能性做了一个排序，从1到8是奖励逐渐递减的过程，或者反过来从1到8是惩罚逐渐递增的过程。荷马史诗的奖惩观念大体上体现出这些可能性。

第一种可能性，以希腊联军的涅斯托尔和奥德修斯，以及特洛伊联军的波吕达马斯和萨尔佩冬为代表。这些人物的行动基本上属于自愿的，他们不远万里来参加战斗，他们拥有正确的信念，旨在达成某个善的目标，

---

[1] Jesús H. Aguilar and Andrei A. Buckareff eds., *Causing Human Actions: New Perspectives on the Causal Theory of Action*, Cambridge, Mass.: MIT Press, 2010, p. 2.

要么维护君王权威，以完成全军大业，要么英勇作战，实现个人荣誉。萨尔佩冬虽然战死，但是宙斯赐予他巨大荣誉（《伊利亚特》16.456-7）；波吕达马斯得到阿波罗的帮助，幸免战死沙场（15.521-2）；奥德修斯和涅斯托尔最终都在攻陷特洛伊后返回家园。

第二种可能性，以希腊一方的大埃阿斯，以及特洛伊一方的埃涅阿斯为代表。埃涅阿斯的行动很大程度上是被迫的，他不被普里阿摩斯重视，在战场上消极应战，后来又在阿波罗的鼓励下，勉强跟阿基琉斯进行战斗，最后被波塞冬救出战场，免遭阿基琉斯的毒手。好在，埃涅阿斯有自知之明，他对自身、敌人和神灵都有清醒认识，最终他也证明了自己的能力，得到宙斯的宠爱，成为特洛伊的新王。大埃阿斯也是一个被动的角色，他在卷7被抽中跟赫克托尔决斗（《伊利亚特》7.189），在卷9被派去劝说阿基琉斯，在卷17被迫在所有领袖受伤时继续作战。他的忠诚和勇敢换来了宙斯的感动（《伊利亚特》17.648），最终可以全身而退。

第三种可能性，以希腊人帕特罗克洛斯，以及特洛伊人阿西奥斯为代表。帕特罗克洛斯怜悯同胞，为了挽救同胞而上战场，但是他高估了自己的实力，忘记了阿基琉斯的警告，无视神明阿波罗的再三警告，他的动机和目标都是好的，却因为错误的信念而命丧黄泉，宙斯没有表示丝毫的怜悯。阿西奥斯也一心为了夺取荣誉，而无视波吕达马斯的警告，坐着战车径直冲向希腊人的堡垒，最终战死（《伊利亚特》13.385-394），他死前曾经向宙斯祷告，然而宙斯并不听取（《伊利亚特》12.162-174）。

第四种可能性，以赫克托尔为代表。虽然他的父母哀求他，让他别跟阿基琉斯决斗，但是他的责任心、他的羞耻心、他的懊恼情绪，迫使他不得不到城邦外面战斗。此外，雅典娜又让他做出了错误的判断，等他醒悟过来为时已晚，最终成为烘托阿基琉斯英勇的棋子。赫克托尔得到阿波罗的怜悯，但是并没有得到宙斯的赞赏，反而遭到宙斯私下批评（《伊利亚特》17.200-8）。

第五种可能性，在荷马史诗当中似乎没有，没有谁被迫去作恶，而且带有错误的信念。

第六种可能性，以阿伽门农和帕里斯为代表。阿伽门农想要通过占有女人、侮辱或欺骗男人的方式，彰显自己的地位和权威；他的目标是恶劣的，他的信念是错误的，因为他本来应该通过如下方式来彰显自己德高望重，例如在战场上的勇气，在分配上的正义，在言辞上的得体，在决策上的兼听，等等。在《伊利亚特》中，阿伽门农被塑造得专横独断，愚蠢无能，他从来没有得到任何神灵的帮助；在《奥德赛》中，宙斯告诉我们，阿伽门农在回国时死于妻子之手。帕里斯也想要通过占有女人来表现自己，满足自己的私欲。

第七种可能性，以希腊人阿基琉斯和海伦为代表。在《伊利亚特》卷1，阿基琉斯被阿伽门农夺取了女人，于是他退出战斗。他退出战斗，让战友牺牲，以此报复阿伽门农，其信念是正确的，而且达到效果，但是其目标则是险恶的。同理，在《伊利亚特》卷22，阿基琉斯被迫加入战斗，杀死赫克托尔，为朋友复仇。他确实杀了赫克托尔，但是他复仇成功之日，便是自己死亡之时，这不能不说对他而言也是恶的。

海伦是否被帕里斯强迫私奔，我们并不清楚，但是我们在《伊利亚特》卷3得知，海伦是被阿佛罗狄忒强迫的。海伦与帕里斯固然满足了自己的私欲，但这是违反礼法要求的，而且最终祸国殃民，实在是大恶。

第八种可能性，以希腊人特尔西特斯与特洛伊人潘达罗斯作参考。前者故意辱骂主帅阿伽门农，遭到奥德修斯的一顿痛打，成为希腊人的笑料。后者则偷偷违背宙斯誓言，暗杀墨涅拉奥斯，最终死不足惜。这两位是荷马史诗当中最卑鄙下流的人物，因而荷马史诗对他们的描写带有讽刺效果。

荷马通过人物形象来表达奖惩观念，目的就是要树立各种人生榜样，教导他的听众分辨哪些动机是良好的，哪些行为是正确的，以及哪些目标是善的，最终懂得如何更好地生活。

4. 奖惩的错位

所谓奖惩错位，其表现形式是多种多样的。其一，奖惩的时间发生错位：有些在行动之后立即实现，例如特尔西特斯和潘达罗斯立即被杀；有些随后才实现，例如阿伽门农回家才被杀；有些死后才实现，例如西西弗斯在地狱被惩罚。其二，奖惩的程度发生错位：有些作恶程度轻的却惩罚加重，例如赫拉克勒斯可以与诸神同乐；有些作恶程度重的却惩罚减轻，例如阿基琉斯的罪不至死。其三，惩罚的对象发生错位：有些人让他人承担，有些人让后代承担，有些人则根本没有惩罚，例如海伦等。

第一种形式是可以理解的，而且并不影响正义的原则，毕竟行动者最终获得了自己的奖惩。第二种形式仍然是可以理解的，因为每个行动在具体环境下会有所不同，而且每个行动者的意愿、态度、方式也有所不同，因此奖惩的程度差异并不影响正义原则的实施。但是第三种形式我们似乎很难理解：按理说，一人做事一人当，一个人的行动不是应该由自己来负责吗？怎么能由他人来代替自己，获得奖赏和惩罚呢？

要解决这两个问题，我们需要对现代的或自己的观念进行反思，当我们说"一人做事一人当"时，其实我们是站在个人主义的立场来看问题，而不是站在群体主义的立场来看问题。也就是说，我们假定每个人都是独立的个体，每个人的行动都跟他人无关，因此行动的结果也应该由行动者来承担。

这种假定根源于16世纪的思想家霍布斯，他曾经把这种状态的人比喻为"蘑菇人"，这种"蘑菇人"从大地独立生长出来，跟他人无关，这种蘑菇人就是人最初的自然状态。所不同的是，霍布斯认为，虽然人的自然状态是个体，但是人放弃了这种自然状态，转而建立国家，因此每个人跟主权国家相关；而个人主义者则会从自然状态来论证人在国家状态下也具有绝对的个体性和自由。

荷马史诗并不是这样看问题的。作为一种社会生活的反映，荷马史诗从群体主义的角度来理解人，每个人都不是独立的个体，每个人跟他人、跟家庭、跟城邦都存在千丝万缕的关系。城邦沦陷，个人就沦为奴隶；反过来，每个人的行动都会影响他人和城邦，阿伽门农的傲慢，阿基琉斯的任性，帕里斯的好色，都会导致他人死亡、军队失败，乃至城邦毁灭。所以拉福劳伯（Kurt A. Raaflaub）说得好：

> 从最初的表现形式来看，希腊思想集中处理那些人与人之间的问

第 13 章 荷马史诗的灵魂观

题：领导层冲突、国王们与贵族们的不负责任所产生的不良后果；避免这种冲突和行动的可能性，或若它们出现则控制和克服它们的可能性；集体利益与个人利益之间的矛盾；改进和强化正义的可能性；共同体和贵族阶级为社会底层和外人承担的责任；牵涉战争的政治问题和道德问题。所有这些政治问题对于共同体的生存和安定无比重要，既存在于古希腊思想，也存在于后世。[①]

所以，第三种奖惩错位的形式，恰恰体现出希腊文明朝向城邦观念发展的方向，这一点在赫西俄德的《劳作与时日》当中就非常明显了，赫西俄德这样说道：

> 有些人对待外邦人如同本邦人，
> 给出公正审判，毫不偏离正途，
> 这些人的城邦繁荣，民人昌盛，
> 和平女神在这片土地上抚养年轻人，
> 远见的宙斯从不分派痛苦的战争。（《劳作与时日》225-229）

> 有些人却执迷邪恶的无度和凶行，
> 克罗诺斯之子远见的宙斯必要强派正义。
> 往往一个坏人祸及整个城邦，
> 这人犯下罪过，图谋不慎，
> 克罗诺斯之子就从天上抛下大祸：
> 饥荒和瘟疫，人们纷纷死去，
> 妇人不生育，家业渐次衰败，
> 奥林波斯的宙斯智谋如此。（《劳作与时日》238-245）

我们可以看到，每个人的行为的善恶都关涉自己的奖惩，即使自己本

[①] Kurt A. Raaflaub, "Homer and the Beginning of Political Thought in Greece", in Eric W. Robinson, ed., *Ancient Greek Democracy: Readings and Sources*, Oxford: Blackwell Publishing, 2004, p. 34.

人没有得到奖惩，其家庭和城邦也一定会受到奖惩，因为人就是家庭和城邦的一员。这样，正义的原则仍然没有被破坏。

作为一种艺术作品，荷马史诗的第三种奖惩错位现象又是必需的，正是通过这种错位现象，荷马激发出观众对于英雄悲剧的恐惧和怜悯之情，以此获得一种观赏的快感。在艺术欣赏或审美当中，当我们看到一个远比自己高大威猛的对象时，这个对象会给我们带来一种力量，一种压倒性的力量，我们会感到恐惧。但是我们同时又意识到，这是艺术，而不是现实，因此我们克服了自己的恐惧，我们对这个对象的恐惧感转变成一种崇高感，当我们获得这种崇高感时，我们就体会到艺术的美感，进而实现艺术的目的。

荷马史诗正是通过塑造一个又一个的英雄人物，也就是远比我们高大威猛的英雄人物来激发和克服观众的恐惧，给人带来一种崇高感。例如荷马说：

> 他（狄奥墨得斯）冲过平原，有如冬季满河的洪水
> 快速奔流，冲毁堤坝，堤坝堵不住，
> 丰产的葡萄园的围墙也没有力量阻挡
> 突来的激流用宙斯的雨水发起的冲击，
> 人们的许多美好的东西被洪水冲毁。（《伊利亚特》5.87-91）

又说，

> 萨尔佩冬当即倒下，有如山间橡树
> 或白杨或高大的松树倒地，被伐木人
> 用新磨的利斧砍倒准备材料造船。（《伊利亚特》16.482-4）

当我们阅读或听到诸如此类的描述，必定产生一种恐惧感，但是我们知道这是荷马的表演，于是我们不再恐惧，转而产生崇高感。

怜悯感产生于本不该死去的人却死去了。诸如萨尔佩冬、帕特罗克洛

斯、阿基琉斯、赫克托尔等英雄，他们不仅高大威猛，还高贵善良。这些人因为犯了错而死亡，但是他们罪不至死。因为这种错是在两难的处境当中发生的，而且这种错误是人性共有的错误，也就是每个人在这个处境当中都可能会面临的错误。于是，我们对他们的死感到怜悯，我们也期待以后我们犯错之后能得到别人的怜悯。怜悯感正是由于第三种奖惩的错位所引发的。荷马在描述萨尔佩冬临死之前，通过宙斯的言行表达了他的怜悯之情：

> 可怜哪，命定我最亲近的萨尔佩冬将被
> 墨诺提奥斯的儿子帕特罗克洛斯杀死。（《伊利亚特》16.432-3）

当宙斯挽救儿子的想法遭到赫拉的严厉驳斥之后：

> 他立即把一片蒙蒙血雨洒向大地，
> 祭祀儿子，因为帕特罗克洛斯就要
> 把他杀死在远离祖国的特洛伊沃土。（《伊利亚特》16.459-461）

在荷马笔下，萨尔佩冬纯粹是为了荣誉来参战，他是一个纯粹的英雄，而他本不应该这样死去，他的死让我们感到惋惜和同情。同样，我们也知道这是荷马的表演，因而这种怜悯之情也会得到净化，从而获得一种审美的快感。

现在我们总结一下，荷马史诗的奖惩错位现象，既是荷马从群体主义来理解人类行动的体现，也是古希腊悲剧艺术的必然要求。它表明人与人、人与城邦有割不断的联系，因此个人行动的善恶所导致的奖惩可能会由他人代替。同时，英雄因为无辜或小小过失而毁灭，激发了读者和听众的恐惧和怜悯，并从中获得审美的体验。

第 14 章 荷马史诗的政治思想

第一节 政治观念与实践

1. 古希腊政治观念

"政治"这个概念对于古希腊人有着绝对的重要性。古希腊人跟我们有一个重大的差别,就是他们生活在一个政治空间里面,每位成年男子都必须参与政治活动,必须参与公民大会、重大法律审判、对外战争等活动,否则他就失去公民权。没有公民权的人,要么是奴隶,要么是未成年人、妇女、不能自理的老人。对于古希腊人而言,政治不仅跟每个人息息相关,更是使得人之为人的东西,一个不过政治生活的人简直不配称为人。

所有涉及政治的因素都跟城邦这个概念相关。波默罗伊(Sarah B. Pomeroy)这样定义古希腊城邦:"什么是城邦?简单定义如下,一个城市及其毗邻地区构成的共同体,是自治、自主的政治团体。"[①] 城邦(polis)这个概念演变出城市(polisma),公民(politēs),政治家(politikos)和政治制度(politeia)等重要概念。

一个城邦就是一个重要城市加上周边地区形成的小国家。今天我们说希腊是一个主权国家,但是在古希腊时期它就是一个世界,这个世界分布着成百上千个岛屿和地区,进而形成成百上千个具有主权的城邦,所以古

[①] [美]波默罗伊等:《古希腊政治、社会和文化史》,周平等译,上海三联书店 2010 年版,第 99 页。

希腊城邦一般都比较小。据估算，最强大的斯巴达城邦，在古风时代，其男性人口也只有9000人，到了波斯战争结束（公元前480年）只有8000人，现在我们一个大学就相当于古希腊几个城邦了。

由于城邦小，所以建立起来很快，一批移民（殖民）集中在一个地方就形成一个城邦，但是它消失的速度更快，一批军队过去就把它消灭了。这种残酷的政治生态，给古希腊人带来强烈的幻灭感。我们在阅读古希腊文学、历史和哲学著作时，可以深切感受到他们普遍宣扬一种人生无常、幸福难得的主张。谁也不知道自己或城邦什么时候被消灭，谁也无法掌握自己和城邦的命运。

麻雀虽小，五脏俱全，再小的城邦它也存在公民身份与非公民身份的区别，存在统治者阶级与被统治阶级的区别。在一个城邦当中，统治者的数量和品质，统治者与被统治者的关系，公民与非公民的关系，这些因素都会直接决定城邦的治理或统治模式，而不同的模式则被理解为不同的政治制度。古希腊人依据一定的逻辑关系，把政治制度划分为以下六种：

表14-1　　　　　　　　　古希腊城邦的政制类型

制度	君主制	贵族制	共和制	僭主制	寡头制	民主制
统治者数量	一个人	少数人	多数人	一个人	少数人	多数人
正当性证明	智慧	德性	平等	安全	财富	自由
统治原则	法律	法律	法律	无法	无法	无法
统治目的	公利	公利	公利	私利	私利	私利
统治性质	最好	次好	最不好	最坏	次坏	最不坏

英国首相丘吉尔（Winston Leonard Spencer Churchill）有句名言说"民主制是最不坏的制度"，这个说法其实古希腊人早就说过了，所不同的是现代西方人不承认存在好的制度，只承认所有制度都是坏的，因此认为民主制不是最坏的而是人类试图找到最好的制度，而古希腊人则承认有好的制度，认为所有现存制度都是不好的，都应该以好的制度为指南进行改革和完善。是否区分善恶和是否把善置于恶之前，这是"古今之争"最为核心的方面。

古希腊人对政治变化所带来的生活改变有切肤之痛，所以他们下苦功夫去研究和实践各种不同的制度。现代西方思想家认为自由民主制具有普遍适用性，非自由民主制国家必定崩溃，所以他们无法理解中国，在某种意义上，他们甚至也无法理解他们的祖先。因为，古希腊人并不承认有普遍适用的制度，他们主张每个地区、每个民族、每种文化都应该根据具体情况采取不同制度。

在认识了古希腊政治概念之后，我们也许还会追问，荷马史诗是否也拥有这些跟城邦相关的政治观念呢？确实，人们普遍认为"城邦"这种生活方式是在公元前8世纪才逐渐形成，在此之前主要采取氏族或村落的生活方式，而荷马史诗所描述的社会发生在公元前12世纪，因此，从城邦政治的角度来理解荷马史诗似乎有时代错置的嫌疑。

荷马史诗是口耳相传的产物，它经历了青铜时代、黑暗时代和古风时代，因此荷马史诗也体现了这些时代的某些特征。另外，我们说荷马史诗是古希腊人的教科书，荷马史诗在文化和思想层面推动了氏族或部落朝城邦政治的方向发展，也深刻塑造了人们对于城邦政治的看法，因此，荷马史诗显然构成理解城邦政治的前提和背景。

最重要的是，在荷马史诗的世界里，我们已经看到很多关于城邦政治的实践，比如公民大会、议事会、审判会、政治战争、统治者与被统治者的区分，等等。在荷马史诗当中，荷马也表达了许多关于城邦政治的论述，比如论述什么样的政治制度才是好的政治制度，论述统治者合法性和合理性的根基，论述法律的权威性，等等。因此，我们探讨荷马史诗的政治观念（广义上的叙事伦理）是可能的，也是重要的。

2. 古希腊政治实践

《伊利亚特》描绘了以战争为背景的人类生活，因而主要描绘战士这类特定人群的生活。人类生活要么处于和平时期，要么处于战争时期，如果我们把和平时期看作为战争作准备的话，那么战争就是人类生活的本质处境。荷马设定处于战争时期的人类生活，实际上就是要认识人类生活的本质。无独有偶，16世纪伟大思想家霍布斯也说，人的本质处境就是所有人对所有人的战争,他这个看法似乎来源于他对荷马史诗和《伯罗奔尼撒战争史》这两部最著名的战争叙事的翻译,也表明他深谙荷马和那些古代伟大作家的教诲。

荷马史诗把所有战争事务都分为两部分,一部分是集会,另一个部分是战斗。例如荷马说:

> 阿基琉斯满腔愤怒,坐在快船边。
> 他不去参加可以博取荣誉的集会,
> 也不参加战斗,留下来损伤自己的心。(《伊利亚特》1.489-491)

集会是一个说话的地方,通过提出正确建议或最佳判断,从而获得智慧者的荣誉,而战斗则由双臂决定,通过正确执行命令,在战场上杀敌,从而获得勇猛者的荣誉(《伊利亚特》16.630)。所以,对人的教育包括两个方面,一方面是培养理性推理和语言表达能力,另一方面是培养执行力和战斗力。例如,福尼克斯对阿基琉斯说:

> 年高的策马人佩琉斯在那天从佛提亚
> 把你送往阿伽门农主上那里,
> 他把我和你一起送走,你还年少,
> 不懂得恶毒的战争和使人成名的大会。
> 为此他派我教你这些事,使你成为
> 会发议论的演说家,会做事情的行动者。(《伊利亚特》9.438-443)

阿基琉斯有理性,但是不懂语言艺术,常常语出伤人;他也最能战斗,但是桀骜不驯,因此他还没有充分完成教育,以致最终导致自己的悲剧人生。

战斗能力是最重要的行动能力。它决定一个人是否具有公民权,只有那些能够或者曾经能够上战场杀敌的男人,才具有真正的公民权,具有公民权的人才有资格参与政治决策和公共活动。那些无法上战场的人则必须附属于战士，比如特洛伊的妇女、小孩、女仆等，这些人的命运与战士的死活息息相关。我们看到，帕特罗克洛斯和赫克托尔一旦死去，那些跟他们相关的女人便为之痛苦，因为她们的处境将变得糟糕透顶。

战斗能力也是一个公民属于哪个阶级的重要指标，但不是唯一指标。通常而言，最具有战斗力的人也是领袖，领袖往往处于战斗的前锋位置，顶住最大的危险，带领战士们进行战斗，正如萨尔佩冬所言：

> 格劳科斯啊，为什么吕底亚人那样
> 用荣誉席位、头等肉肴和满斟的美酒
> 敬重我们？为什么人们视我们如神明？
> 我们在克珊托斯河畔还拥有那么大片的
> 密布的果园、盛产小麦的肥沃土地。
> 我们现在理应站在吕底亚人的最前列，
> 坚定地投身于激烈的战斗毫不畏俱，
> 好让披甲的吕底亚人这样评论我们：
> "虽然我们的首领享用肥腴的羊肉，
> 咂饮上乘甜酒，但他们不无荣耀地
> 统治着吕底亚国家；他们作战勇敢，
> 战斗时冲杀在吕底亚人的最前列。"（《伊利亚特》12.310-321）

在战斗能力的基础上，结合出身、家族、言辞等能力，战士这个公民团体可以划分为好几个阶级。最高的阶级是君王，君王一般扮演三个角色——最高领导、最高法官和祭司，所以他需要有力量、有正义、有虔诚（运气）。第二阶级是统帅，有时候君王和统帅是合二为一，有时则是分离的，前者如阿伽门农，后者如普里阿摩斯和赫克托尔。第三阶级是各族首领，首领也有三六九等，其地位取决于个人战斗能力，而不是他所带来的士兵多少，例如英雄榜上排名第一的阿基琉斯只有50条船，而排名第二的大埃阿斯只有12条船。最后一个阶级是普通士兵，普通士兵默默无名，没有发言权,战斗力弱,甚至会临阵脱逃。

　　阶级划分是政治生活的本质体现之一,有了阶级划分,人类生活才变得有秩序,每个人才能在自己的位置上各尽其能:上级命令而下级服从,老年人建议而年轻人执行。人人平等并不是政治生活的本质,而是动物生活或自然生活的本质,人人平等固然可以带来绝对的自由,也必定导致绝对的混乱。在古希腊,一个人能力越大,资产越多,地位越高,他对城邦的责任和义务也越大,那些底层阶级没有公民权利也没有参加保卫国家的义务和权利。这并不是说上层阶级更有道德责任,而是迫于一种现实的考虑。因为古希腊人没有移民一说,到其他城邦就是奴隶,被打败了也变成奴隶,所以他们的命运、财产和权利是跟城邦紧密联系的,而那些底层阶级本身就是奴隶,所以他们没有什么可以失去的,也就没有任何政治权利和义务。

　　荷马史诗的议事会可以分为两种,一种是政治议事会,另一种是审判议事会,前者讨论未来要做的事情,涉及利益问题,后者讨论过去发生的事情,涉及正义问题。比如希腊人召开过五次政治议事会,特洛伊人召开过一次,而诸神则召开过很多次。审判议事会可见于《伊利亚特》卷18,阿基琉斯的盾牌上有一幅审判场景,长老们为了一桩血案而在广场上召开议事会进行审判。

　　政治议事又可以分为两种,一种是长老集会,另一种是公民大会。长老集会,由少数最高级别的人员组成,秘密讨论计划;公民大会则是所有战士都可以参加,其功能不是讨论、审核或表决统治者的计划,而是传达和解释统治者的计划。例如,阿伽门农总是先召开长老集会制订计划,然后再召开公民大会宣告计划;在长老集会上,阿伽门农会谈论自己的真实想法,甚至承认自己做事愚蠢,但是在公民大会上,他经常会欺骗士兵,而且从不承认自己的过错。

　　在《伊利亚特》卷2,一位普通士兵特尔西特斯,在公民大会上辱骂全军统帅阿伽门农,挑战阿伽门农的计划,结果遭到奥德修斯一顿毒打,荷马说:

> 好哇，奥德修斯作为聪明的顾问
> 和布阵的长官，已经做过无数的好事，
> 这是他在阿尔戈斯人中做得最好的事情。（《伊利亚特》2.272-4）

虽然所有战士都有参加公民大会的资格，但是并不是每个人都有发言的资格。无论是在长老集会还是公民大会上，只有那些国王、首领、智慧者、高贵者以及杰出战士，才有资格发言，否则就会被轻视，被阻止，甚至被殴打。任何想要在议事会上发表意见的人，他首先得表明自己有发言资格。在《伊利亚特》卷1，涅斯托尔对阿伽门农和阿基琉斯说：

> 你们两人都比我年轻，要听我的话，
> 我曾经和那些比你们英勇的人交往，
> 他们从来没有一次瞧不起我。（《伊利亚特》1.258-260）

在《伊利亚特》卷14，狄奥墨得斯也对阿伽门农等首领说：

> 我也自豪自己出身于高贵的父亲
> ……
> 请你们不要以为我出身低下微贱，
> 蔑视我的话，即使我提出的是好建议。（《伊利亚特》14.113-127）

他在《劳作与时日》里区分了三种人来说明理性和集会的重要性，并希望自己的兄弟佩尔塞斯至少要做第二种人，他这样说道：

> 这是最好的人，他自己思考一切，
> 并指出随后和最后怎样［做］更好。
> 这也算好人，他听从良言。

既无法自己思考，又不把他人的忠告
记在心上，这种人是毫无益处的人。①

第二节　政治理想

1. 最佳政体

古希腊人把政治制度比作模具，公民比作材料，有什么样的政治制度就有什么样的公民。因此，在一个城邦当中，最重要的是政治制度。荷马史诗推崇君主制。足智多谋的奥德修斯在《伊利亚特》卷2所言：

> 这里的阿开奥斯人不能人人做国王：
> 多人统治并不好：只有一位统帅、
> 一位国王，那位狡诈克罗诺斯的儿子
> 授予他（阿伽门农）王杖和法律，以便为他们谋划。（《伊利亚特》2.203-6）

涅斯托尔在《伊利亚特》卷9也重申了这个立场，但他的侧重点有所不同，他说：

> 你（阿伽门农）是大军的统帅，
> 宙斯授予你王杖和法律为他们谋划。
> 因此你尤其应该发言和倾听，
> 然后去实践别人所说的，
> 如果他们的精神鼓舞他们说得好的话。（《伊利亚特》9.99-103）

---

① 吴雅凌撰：《劳作与时日笺释》（293-7），华夏出版社2015年版。

这两位智慧者告诉我们：君主制的正当性就在于"君权神授"，神授予君主权力和法律，因此我们说君主扮国王、法官和祭司的角色；君主制的合法性就在于"为人民服务"，君主为人民谋划，而谋划又要广开言路，用我们今天的话来说就是从群众中来，到群众中去；君主不是为所欲为的，否则君主就变成僭主，君主也要接受神的监督。比如在《奥德赛》卷17，荷马借一位无名的求婚者之口说：

> 神明们常常幻化成各种外乡来客，
> 装扮成各种模样，巡游许多城市，
> 探察哪些人狂妄，哪些人遵守法度。（《奥德赛》17.485-7）

君主如果为所欲为，最终会自食其果，国破家亡。整个《伊利亚特》也可以视为特洛伊沦陷的故事。特洛伊为什么会沦陷？原因正如地震之神波塞冬所言"普里阿摩斯氏族已经失宠于宙斯"（20.306）。普里阿摩斯氏族为什么会失宠于宙斯呢？因为帕里斯拐走海伦，违反宙斯之法；潘达罗斯在卷4射杀墨涅拉奥斯，又违反宙斯誓言；普里阿摩斯在卷7仍然支持不归还海伦，再次违反宙斯誓言。普里阿摩斯氏族反复犯下不正义罪行，最终被宙斯所抛弃。荷马设想一个更高的诸神，目的是要让统治阶层意识到自己的局限性，或者让人类意识到自身的局限性，然后通过这种自觉意识来进行自我限制，因此君主制并不是专制和暴政。实际上希腊的历史也表明，所有专制和暴政都会在极短时间内被公民推翻和清算。

2. 法治

刚才谈论法律时，我们强调君主与神的关系；接下来谈论法治，我们转而强调君主与公民的关系。无规矩不成方圆，任何国家任何时候都有法律，法律通常分为未成文法与成文法，顾名思义，未成文法就是没有写在法典里面的法，而成文法就是写在法典里面的法。未成文法又可以分为两类，文字没有出现之前，所有法律都是未成文法，文字出现之后，那些没有写下来却有效约束人们行为的规定、习惯都可以理解为未成文法。

第14章　荷马史诗的政治思想

既然荷马史诗是在文字没有出现之前创作的，那么当我们谈论荷马史诗的法律和法治时，我们都是指未成文法。在荷马看来，有无法律乃区分人与动物的重要标志之一，没有法律的人无异于野蛮人或者怪物，无法律的对立面是野蛮和强横（《奥德赛》9.172-6）。在《奥德赛》卷9，奥德修斯漂泊到库克洛普斯的居住地区，他发现那些独目巨人独自生活，并且没有法律，他说：

> 他们没有议事的集会，也没有法律。
> 他们居住在挺拔险峻的山峰之巅，
> 或者阴森幽暗的山洞，各人为
> 自己的妻子儿女立法，不关心他人事情。（《奥德赛》9.112-115）

奥德修斯仔细观察了其中一位独目巨人，发现他：

> 独自一人于远处牧放无数的羊群，
> 不近他人，独据一处，无拘无束。
> 他全然是一个庞然怪物，看起来不像是
> 食谷物的凡人，倒像是林木繁茂的高峰，
> 在峻峭的群山间，独自突兀于群峰之上。（《奥德赛》9.187-192）

荷马认为，保持敬畏之心，严格遵守法律，是人与人和平共处，也是社会得以正常运转的基本条件。在《伊利亚特》卷9，阿伽门农由于战败而提议撤军，狄奥墨得斯严厉谴责阿伽门农，而涅斯托尔则反过来批判狄奥墨得斯目无法纪，以下犯上，他说道：

> 一个喜欢
> 在自己的人中挑起可怕的战斗的人，
> 是一个没有族盟籍贯、没有炉灶、
> 不守法律的人。（《伊利亚特》2.62-5）

一个人如果不遵守法律，就会给共同体带来危险，将被从家庭、氏族、部落或地区开除出去。所以我们看到很多违法犯罪者，一般会逃亡到另一个地区，比如福尼克斯、墨诺提奥斯等。

在荷马看来，良好的法治系统不仅要求有优良法律，还要求人们遵纪守法，更要求法律审判保持公正。在《伊利亚特》卷22，工匠神赫菲斯托斯为阿基琉斯打造盾牌，他在盾牌上描绘了一个审判场景，长老们在广场上审判一桩命案，荷马说："场子中央摆着整整两塔兰同黄金，他们谁解释法律最公正，黄金就奖给他。"（22.507-8）两塔兰同黄金，大约26千克黄金，相当于今天1300万元，这个数量显然是夸张了，但是它表达了荷马对公正审判的价值和期待。

反过来，荷马认为，法律是神灵授予人类的，如果谁审判不公正，将会惹怒神灵，遭到神灵的惩罚。他把某些自然灾害视为对司法审判不公的惩罚，在《伊利亚特》卷16，他这样说：

有如秋季时节宽阔的黑色原野
被强烈的风暴疯狂肆虐，宙斯将暴雨
向大地倾泻，发泄对人类的深刻不满，
因为人们在集会上恣意不公正地裁断，
排斥公义，毫不顾忌神明的惩罚。
一条条溪涧水流暴涨，漫溢泛滥，
湍急的山洪将无数的岗峦横切割开，
从山头直泻而下，奔向混浊的大海，
喧嚣着沿途把农人的劳作完全毁坏。（《伊利亚特》16.385-393）

神法观念旨在强调法律和法治的重要性和权威。法治意味着规则，而社会习俗也起到规则的作用，因此法治也包含社会道德和社会习俗。阿伽门农不遵守以礼物换俘虏的规则而被阿波罗惩罚，阿基琉斯同样不遵守以礼物平息愤怒的规则而被所有人谴责，帕里斯觊觎朋友的妻子海伦最终导致特洛伊毁灭。

第三节　理性政治

在荷马史诗所描述的特洛伊战争当中,战争双方都有一位著名军师,希腊一方是涅斯托尔,而特洛伊一方则是波吕达马斯,他们的谋划和建议在战争中发挥重要作用。无巧不成书,在《伊利亚特》前面11卷,荷马着重描述涅斯托尔,在接下来的11卷,荷马着重描述波吕达马斯,在最后两卷荷马分别描述希腊人帕特罗克洛斯与特洛伊人赫克托尔的葬礼。如果我们结合整个战争的走势,我们就会发现《伊利亚特》前面11卷,恰好描写希腊人一步步走向失败,而接下来的11卷则描写特洛伊人一步步走向失败,荷马这个安排暗示着两位军师虽然足够优秀,但是他们自身也存在局限:他们的努力无法力挽狂澜。

1. 涅斯托尔的智慧

在《伊利亚特》卷1,涅斯托尔首次出现,他以调和阿基琉斯与阿伽门农的争吵的身份出现,荷马简明扼要地介绍了他,荷马说:

> 那个言语甜蜜的老人涅斯托尔跳起来,
> 他是皮洛斯人中声音清晰的演说家,
> 从他的舌头上吐出的语音比蜜更甜,
> 他已经见过两代凡人故世凋零——
> 他们曾经在神圣的皮洛斯出生和成长,
> 他是第三代人中的国王。(《伊利亚特》1.248-253)

涅斯托尔是皮洛斯城邦的国王,他的父亲是涅琉斯(Neleus)。涅琉斯生了12个儿子,除了涅斯托尔,其余全被大力神赫拉克勒斯所杀(《伊利亚特》11.690-695)。涅斯托尔年事已高,在希腊人当中年纪最大,他虽然无法舞刀弄剑,但是仍然能够为战士驾驭马车,因此荷马称他是"老年人"或"策马人"。

涅斯托尔最重要的功能是为军事行动提供建议，并对士兵进行鼓励和劝阻，荷马称他是"言语甜蜜的"，甚至说"他所提供的劝告向来都是最好的"（《伊利亚特》9.95）。因此，他是阿伽门农最敬重的长老（《伊利亚特》2.20-21），阿伽门农举办私人宴会，必定首先请他来参加；阿伽门农遇到困难，他必定出谋划策。这个地方有一个阐释上的小问题，就他到底是第三代人的国王，还是做了三代人的国王？学者们在这个问题上意见不一，不过我们不必考证它，这里主要是论证他年事已高，具有劝架资格。

根据涅斯托尔在《伊利亚特》的自述，他年轻时也是非常勇敢和善战的，他曾经杀死埃利斯人伊提摩纽斯（Itymoneus），抢其300多头牲畜来偿还债务，第三天又杀敌过百，为父亲、人民和自己赢得荣誉（《伊利亚特》11.669-761）。由于声名远扬，他还被邀请参加过马人（Centaurs①）战争。当年拉皮泰人（Lapithai）的国王波吕斐摩斯（Polyphemus），邀请马人参加婚礼，这些马人喝醉酒就调戏妇女，故而引发拉皮泰人与马人的战争，赫克托尔跟提修斯等"大地养育的人中最强大的人"一起并肩作战，"消灭了那些住在山洞的马人"（《伊利亚特》1.262-272）。

当然，涅斯托尔这两件事情，并不能充分证明他在武功上是最佳的。第一件事情之所以得手，是因为他代表正义，进而得到雅典娜、阿瑞斯和宙斯这些神灵的帮助。第二件事情的功绩主要取决于其他强大的人，而他主要作用是为他们提供建议。根据《伊利亚特》的描述，涅斯托尔这个人物角色的最主要特征是智慧，他的功能是为军事行动提供优良建议，对士兵进行鼓舞和劝阻。

在《伊利亚特》卷1，阿基琉斯与阿伽门农为了争夺女人和荣誉而吵得不可开交，涅斯托尔跳起来劝阻他们。涅斯托尔首先说明自己有资格进行劝告，一方面他们比他年轻，年轻的要听年长的，另一方面以前那些更强大的人都听从他的劝告，因此他们也应该听从他的劝告。然后他要求阿

---

① 马人就是人头马神，半人半马，也可以称为人头马，在一些文艺复兴的油画上可以看到半人半马的形象。

第 14 章　荷马史诗的政治思想

基琉斯与阿伽门农和解,他认为阿基琉斯代表正义,在个人方面是最勇敢的,而阿伽门农代表权威,在集体方面是最强大的,因此他们两个人都是最好的,不必为了争夺第一而争吵,阿伽门农不要夺取阿基琉斯的女人,阿基琉斯也不应该对阿伽门农动怒(《伊利亚特》1.259-284)。

涅斯托尔的劝告可谓费尽心机。第一步,涅斯托尔认为智慧来自经验,经验需要时间,因而在言辞和思想方面,年长者对于年轻者具有优先性。这种观念我们可以称之为习俗主义,它认为古老就是好的,越古老的就越好,既然诸神是最古老的——因为诸神是宇宙万物之开端,所以诸神是最好的。所以我们看到,一个人要夸耀自己是高贵的,他往往会把他的血脉追溯到诸神那里去,一个人要证明自己是智慧的,他往往也会强调自己的年纪。

对年纪的依赖是智慧的表现形式之一。在卷 3,墨涅拉奥斯对赫克托尔说,"年轻人的心变来变去,总是不坚定,但是老年人参与事情,他瞻前顾后,所以后果对双方都是最好不过"(《伊利亚特》3.108-110)。在卷 9,涅斯托尔对狄奥墨得斯说,"我自视比你年长,我要发表意见,把话完全讲出来;没有人会轻视我的话"(《伊利亚特》9.59-60)。在卷 9,阿伽门农说,"愿他(阿基琉斯)表示服从,我更有国王的仪容,我认为按年龄我和他相比也长得多"(《伊利亚特》9.160-1)。

涅斯托尔的确是有智慧的,他看到阿基琉斯与阿伽门农的差异,前者在个体和自然方面是最强大的,因为他最美、最敏捷、最有技巧、最有力量,而后者在集体和文化方面是最强大的,因为他统治最多人,最有财力,最有权力,最有地位。对于阿基琉斯而言,谁更强谁就应该是王,对于阿伽门农而言,谁是王谁就应该更强。涅斯托尔看到了这两种价值的差异,但是他似乎没有意识到,这两种价值的冲突是不可调和的,以至于他对双方的奉承,他劝告的言辞,并没有达到实际效果,最终阿伽门农还是夺取了阿基琉斯的女人,而阿基琉斯则怒发冲冠,退出战斗。

涅斯托尔很清楚,军队可以无良将,但是绝不能没有统帅,因此他的立场始终站在阿伽门农这边。在卷 2,当阿伽门农说宙斯托梦给他,说他可以在没有阿基琉斯的情况下攻下特洛伊时,涅斯托尔说:

241

> 诸位朋友，阿尔戈斯人的领袖和头领，
> 如果是阿尔戈斯人中别的人提起这个梦，
> 我们会认为它虚假而掉头不顾，但现在
> 阿开奥斯人中最高贵的人亲眼看见它，
> 让我们立即把阿开奥斯人武装起来。（《伊利亚特》2.79-83）

涅斯托尔话中有话。他知道过去九年里，阿基琉斯参加战斗都无法攻下特洛伊城，如今没有阿基琉斯要攻下特洛伊城简直是痴人说梦话。他说别人做梦我们不相信，但是我们应该相信阿伽门农的梦，我们之所以应该相信，并不是因为梦来自宙斯，而是因为出自阿伽门农之口和意志。因此，涅斯托尔要维护阿伽门农的权威，哪怕他明知不可为也要努力为之。

第一场战斗结束，希腊人失败了，尽管荷马让希腊人表现得比特洛伊人更勇猛，更有纪律。失败的原因是阿基琉斯退出了战斗，失败的标志是希腊人开始做防守措施。涅斯托尔明知道阿基琉斯是决定胜败的关键，但是为了维护阿伽门农的权威，他没有挑明这个事实，而是劝告希腊人做好防守措施，也就是建城墙，建大门，修大路，挖壕沟，以便他日阻挡敌人的进攻（《伊利亚特》7.339-343）。

第二天又开始第二场战斗，这场战斗希腊人又失败了，阿伽门农开始忧愁，痛苦，并打算撤兵，狄奥墨得斯批判阿伽门农，但是他们都没有提及阿基琉斯。而此时涅斯托尔无法继续隐瞒他的真实想法，他建议阿伽门农"用可喜的礼物和温和的话语把他（阿基琉斯）劝说"（《伊利亚特》9.113）。即便如此，涅斯托尔也没有说阿伽门农对阿基琉斯不正义，更没有说让阿伽门农道歉，他仍然站在阿伽门农的立场上看问题，他觉得用礼物可以收买阿基琉斯，用话语可以说服阿基琉斯。

然而，我们在《伊利亚特》卷1已经看到，涅斯托尔的话语根本无法说服阿基琉斯，而卷9的求和也表明，阿伽门农派出使者的话语也无法说服阿基琉斯，阿伽门农承诺的礼物非但无法软化阿基琉斯，反而激起他更强烈的愤怒。阿基琉斯希望阿伽门农亲自来，并亲口赔礼道歉，但是阿伽门农坚决不来,而且根本不承认错误。阿伽门农认为抢阿基琉斯的女人,跟那个女人上床,"那是凡人的习惯,男女间常有的事"(《伊利亚特》9.134)。涅斯托尔清楚意识到阿基琉斯是战争的关键,但是他对于如何让阿基琉斯重返战场却无能为力。

在第三场战斗中,涅斯托尔第三次运用他的话语力量,他从两个层面谴责阿基琉斯"对达那奥斯同胞不关心,不同情"(《伊利亚特》11.664-5),一方面,涅斯托尔自己年轻时为父亲、城邦和同胞奋斗,获得宙斯般高贵的荣誉,另一方面,涅斯托尔提到阿基琉斯的父亲的教导,"作战永远勇敢,超越其他将士"(《伊利亚特》11.784)。然后涅斯托尔提出两个计划,要么帕特罗克洛斯劝告阿基琉斯上战场,要么帕特罗克洛斯穿上阿基琉斯的铠甲上战场。

涅斯托尔说服了帕特罗克洛斯,成功地使得他穿上阿基琉斯的铠甲上战场;但是帕特罗克洛斯却说服不了阿基琉斯,涅斯托尔的谋划在阿基琉斯身上无法达到预期效果。

涅斯托尔是希腊人的军师,希腊人所有重要决议都是他提出来的,而且这些决议都是正确的。涅斯托尔的智慧是一种来自经验的智慧,一种老年人的智慧,这种智慧需要年轻人的配合才能产生最佳效果。由于阿基琉斯不听从、不接受和不执行涅斯托尔的建议,因此涅斯托尔的建议无法发挥作用,哪怕这些建议是非常正确的,这就是老年人智慧及其局限性。

2. 波吕达马斯的智慧

在《伊利亚特》卷11,希腊的军师涅斯托尔下场,然后在卷12,特洛伊的军师波吕达马斯开始登场。波吕达马斯是特洛伊人,帕托奥斯(Panthous)和弗戎提斯(Phrontis)之子(《伊利亚特》17.39)。他的父亲帕托奥斯已经年迈不能上战场,他也是跟普里阿摩斯在城墙上观战的长老(《伊利亚特》3.161)。波吕达马斯还有另外两位兄弟,一位是许佩瑞诺尔(Hyperenor),另一位是欧福尔波斯(Euphorbus),他们都被墨涅拉奥斯所杀(《伊利亚特》14.516,17.47)。

作为军师,波吕达马斯的主要功能——跟涅斯托尔一样——不是杀敌，而是为最高领袖和全军提供正确建议。在《伊利亚特》当中，波吕达马斯主要提出四个建议，我们发现这些建议都是准确的，当赫克托尔听从这些建议时，则可以取得最佳结果，反之则立即遭遇失败。

在《伊利亚特》卷12，当特洛伊人攻到希腊人的堡垒和壕沟时，波吕达马斯建议所有人下马下车，徒步突破希腊人的防线，因为他当时看到马和马车没法通过战壕，他也预见到如果希腊人反攻还可以快速撤退（《伊利亚特》12.60-79）。赫克托尔和其他首领都听从这个建议，唯独阿西奥斯固执己见，驾车前往，最终战车无法通过战壕而惨遭杀害，荷马严厉批评阿西奥斯，他说："他驾着战车驶向阿尔戈斯人的快船，愚蠢地注定不可能逃脱邪恶的死亡。"（《伊利亚特》12.113-4）

同样在《伊利亚特》卷12，波吕达马斯看到一只雄鹰抓住一条巨蟒，飞上天空，而巨蟒反咬一口，雄鹰不得不丢弃巨蟒而飞走。他把这个征兆解读为：特洛伊人现在猛烈攻击希腊人，然后希腊人会反击，最终特洛伊人不得不仓皇而逃。所以，他建议赫克托尔别越过希腊人的防线，以免希腊人反击时无法撤退（《伊利亚特》12.200-250）。然而赫克托尔此时深得宙斯器重，得意忘形，谴责波吕达马斯的鸟卜术。果不其然，在卷16，帕特罗克洛斯加入战斗，特洛伊人仓皇而逃，伤亡惨重（《伊利亚特》16.367-379）。

在打仗的过程当中，特洛伊部队越过堡垒后，无法众志成城，可能忙着抢东西去了，于是波吕达马斯向赫克托尔建议，要重新整理军队秩序，调动全军士气，集中火力进攻（《伊利亚特》13.725-747）。赫克托尔立即表示同意，关于这条建议，荷马给出很高的评价，他说：

> 特洛伊人本可能撤离阿开奥斯人的
> 船只和营帐，狼狈地逃回多风的特洛伊，
> 若不是波吕达马斯走近赫克托尔这样说。（《伊利亚特》13.723-5）

在卷18，由于帕特罗克洛斯被赫克托尔杀死，波吕达马斯预见到第二天阿基琉斯必定会重返战场，为帕特罗克洛斯报仇，因此波吕达马斯建议

第14章 荷马史诗的政治思想

赫克托尔和特洛伊人返回城里,以免遭遇不幸(18.249-283)。然而,赫克托尔怒骂波吕达马斯,坚持让士兵在城外过夜,等待第二天的战斗。荷马以自己的身份批判赫克托尔和特洛伊人,他说:

> 愚蠢啊,帕拉斯·雅典娜使他们失去了理智。
> 人们对赫克托尔的不高明的意见大加称赞,
> 却没人赞成波吕达马斯的周全主意。(《伊利亚特》18.311-3)

他们失去理智并不是因为雅典娜,而是因为他们被胜利冲昏了头脑,他们竟然忽视了最英勇的阿基琉斯,甚至赫克托尔竟然扬言要跟阿基琉斯决斗。我们在《伊利亚特》卷7和卷14已经看到,赫克托尔曾经两次被大埃阿斯用石头砸伤,而大埃阿斯是仅次于阿基琉斯的英雄,因此,赫克托尔无论如何也不可能是阿基琉斯的对手。事实证明波吕达马斯是正确的,而赫克托尔在面对阿基琉斯时也后悔莫及,他说:

> 天哪,如果我退进城里躲进城墙,
> 波吕达马斯会首先前来把我责备,
> 在神样的阿基琉斯复出的这个恶夜
> 他曾经建议让特洛伊人退进城里,
> 我却没有采纳,那样本会更合适。(《伊利亚特》22.99-103)

波吕达马斯的四次建议都是正确的,它们充分考虑到过去的事实、当下的处境以及未来的可能,它们被特洛伊人采纳便取得最佳效果,反之则特洛伊人损失惨重。波吕达马斯多次得到荷马本人的赞赏,这也表明他确实高瞻远瞩,这种智慧得益于他的天赋和神助。

波吕达马斯跟涅斯托尔有明显的差异。第一,涅斯托尔是老年人,他无法在战场上杀敌,而波吕达马斯是年轻人,因而他可以在战场上冲锋陷阵,他在第三场战斗中至少杀死了三位英雄:他在赫克托尔受伤后,第一个杀死萨特尼奥埃斯(女神的儿子 14.449-457),接着杀死墨基斯透斯

（15.339），又杀死波奥提亚人佩涅勒奥斯（17.597-99）。

第二，波吕达马斯深得阿波罗的恩宠，他在战场上凭借阿波罗的保佑而免遭死亡（15.520-2），他还是唯一掌握了阿波罗预言术的特洛伊人，荷马说：

> 明达事理的波吕达马斯首先发言，
> 他们中只有他一人洞察过去未来，
> 还是赫克托尔的同伴，出生在同一个夜晚，
> 一个擅长投枪，另一个擅长辩论。（《伊利亚特》18.250-252）

荷马把波吕达马斯与赫克托尔相提并论，尽管涅斯托尔也是阿伽门农的座上宾，但是他并没有得到神灵帮助，也没有精通预言术。

第三，涅斯托尔的智慧来自他的经验，即个人成长过程中慢慢积累的人生经验，而波吕达马斯的智慧乃天生的，正如波吕达马斯对赫克托尔所言：

> 神明让这个人精于战事，让另一个人
> 精于舞蹈，让第三个人谙于竖琴和唱歌，
> 鸣雷的宙斯又把高尚的智慧置于
> 第四个人的胸中，使他见事最精明，
> 他能给许多人帮助，也最明自身的价值。（《伊利亚特》13.730-4）

波吕达马斯把人的能力区分为行动能力和言辞能力，进一步依据良好的行动能力区分士兵与舞蹈者，以及依据良好的言辞能力区分歌唱家与智慧者。显然，战士比舞蹈者更好，智慧者比歌唱家更好。从这个划分我们可以知道，波吕达马斯的智慧在于两方面：一方面，他的智慧是天生的，或者是诸神赐予的，这种智慧不同于人自身积累的经验；另一方面，他清楚地意识到人与人在天性上的差异，并且知道自己拥有哪种天性，这种人我们称之为有"自知之明"的人，所以，荷马称他是"明达事理的"。

第 14 章　荷马史诗的政治思想

第四，波吕达马斯的建议总体上偏向保守和撤退，而涅斯托尔的政策总体上偏向激进和进攻。由于赫克托尔在战场上扮演战士与统帅这两个角色，因此，当他作为一位负责任的统帅时，他还能理智地听从波吕达马斯的建议，当他作为一名追求个人荣誉的战士时，他很难听从波吕达马斯的建议。这首先当然是赫克托尔的选择问题，但是也暗示出波吕达马斯这种智慧同样存在局限性。

涅斯托尔的智慧来自经验，而波吕达马斯的智慧来自诸神，但是他们都面临一种尴尬，他们有很高的能力，却处于较低的位置。在《伊利亚特》中很多人都面临这种尴尬，比如祭司克律塞斯和卡尔卡斯，战士阿基琉斯和埃涅阿斯等。正是这种尴尬处境，给涅斯托尔和波吕达马斯的智慧设置了界限，他们的智慧能否成功，取决于他们能否说服他们的对象。因此，在公元前5世纪，古希腊人发展出一门新的学问，那就是修辞学，研究如何论辩才能说服别人，正如中国先秦时期的纵横术。

第 15 章 政治变革

这一章笔者将以埃涅阿斯当新王为例分析荷马史诗的政治变革思想。埃涅阿斯是荷马史诗《伊利亚特》里面的一位英雄,他是特洛伊王子赫克托尔(储君)的堂弟,也是整个特洛伊联盟最重要的领袖之一。他也是维吉尔诗歌《埃涅阿斯纪》的主人公,据称他在特洛伊毁灭之后,带领特洛伊遗民流亡到意大利,历经千辛万苦,最终建立罗马城。有诗为证:

> 普里阿摩斯氏族已经失宠于宙斯,
> 伟大的埃涅阿斯从此将统治特洛伊人,
> 由他未来出生的子子孙孙继承。(《伊利亚特》20.306-8)

> 现在特洛伊把它的一切圣物,把它的神祇,都托付给你了;
> 把它们带着,和你同命运,再给它们找一个城邦,
> 当你漂洋过海之后,最终你是要建立一个伟大城邦的。①

一般认为,《伊利亚特》讲述的是希腊人为了讨回海伦及其财产而远征特洛伊人的故事。这场战争跟波斯战争和伯罗奔尼撒战争一样成为现代西方学者的历史想象,即代表正义(或自由民主)的西方人战胜了代表不正义(或君主专制)的东方人。依据这种想象,《伊利亚特》的主角是阿基琉斯,"诸如格劳科斯、萨尔佩冬和埃涅阿斯这些英雄,尽管他们常常反复出现,兴许还连贯一致,但是他们的形象在诗歌连续性

---

① [古罗马]维吉尔:《埃涅阿斯纪》,杨周翰译,译林出版社1999年版,第37页。

方面作用不太"①。换言之，特洛伊一方除了赫克托尔，其他人物都不重要，不仅在诗歌叙事上不重要，在政治道德上也不重要。

但是罗马人并不像现代西方学者这样看待《伊利亚特》和埃涅阿斯，在他们看来，特洛伊人并不像人们常说的那样罪有应得，相反，他们是值得同情的侵略者，而且埃涅阿斯是最伟大的英雄。诗人维吉尔以埃涅阿斯为题创作了史诗《埃涅阿斯纪》，以此歌颂罗马的国父；政治史家李维在《自建城以来》开篇就说：

> 首先足以肯定的是特洛伊陷落后，其他的特洛伊人都受到残暴的对待；埃涅阿斯由于类似的灾难而逃离家乡，但他被更重要的开创事业的命运所驱赶，起初来到马其顿（Macedonia），然后为寻找居住地流落到西西里，再由西西里带领船队驶向劳伦图姆（Laurentum）土地。②

李维的史书明确表示，特洛伊人"受到残暴的对待"，而埃涅阿斯则是建立罗马人的"国父"。后来马基雅维利（Niccolò Machiavelli）在《论李维》评论这段话时说，把罗马的建成者追溯到埃涅阿斯或罗穆卢斯，都是表明"罗马城有一个无恃于任何人都自由的起点"③。同样，马基雅维利认为，埃涅阿斯追求自由，并为后来的罗马人奠定自由的基础，他还称赞埃涅阿斯有力量、德性和神助。④

因此，如果我们抛开古希腊人、古罗马人和现代西方人的偏见，从叙事伦理视角重新考察荷马史诗，我们就会看到《伊利亚特》和《奥德赛》也讲述了"王权变革"这一故事的两个方面，前者讲述一个家族如何丧失

---

① Cedric H. Whitman, *Homer and the Heroic Tradition*, Cambridge, Mass.: Harvard University Press, 1958, p. 174.
② [古罗马]提图斯·李维：《自建城以来：第一至十卷选段》，王焕生译，中国政法大学出版社 2009 年版，第 7 页。
③ [意]尼科洛·马基雅维里：《论李维》，冯克利译，世纪出版集团 上海人民出版社 2005 年版，第 47 页。
④ 参见[意]尼科洛·马基雅维里《论李维》，冯克利译，世纪出版集团 上海人民出版社 2005 年版，第 46 页。

王权，后者是讲述一个家族如何重建王权。这种叙事后来也再现于希罗多德的《历史》与修昔底德的《伯罗奔尼撒战争史》当中。但是，我们认为《伊利亚特》"埃涅阿斯当新王"的故事对于理解古希腊王权转移的模式更具有典型性，因为埃涅阿斯的母亲是阿佛罗狄忒，这不仅可以在埃涅阿斯的故事与特洛伊战争的始因之间建立内在关系，还可以通过类比诸神世界和人类世界的王权斗争，深入把握古希腊世界的王权变革模式。

第一节　阿佛罗狄忒的谋划

一般认为特洛伊战争的直接原因是帕里斯拐走海伦及其财产，但是笔者这里要把特洛伊战争的根本原因追溯到阿佛罗狄忒的谋划。根据金苹果判断的故事，忒提斯女神下嫁佩琉斯国王，他们宴请诸神（《伊利亚特》24.55-63），唯独落下不和女神厄里斯（Eris），厄里斯觉得自己受到轻视，便试图挑起事端，她来到宴席留下一个金苹果，美其名曰"献给最美者"。赫拉、雅典娜和阿佛罗狄忒都想得到那金苹果，表明自己是最美的女神，她们为此争执不休，于是宙斯令她们找正在牧羊的帕里斯来判断。帕里斯不要天后赫拉所承诺的至高权力，也不要战神雅典娜所承诺的至高荣誉，偏偏要爱神阿佛罗狄忒所承诺的最美女人，于是将金苹果判给阿佛罗狄忒，由此引发赫拉和雅典娜对阿佛罗狄忒的嫉妒，以及对帕里斯和特洛伊的怨恨（《伊利亚特》24.26-30）。再后来，帕里斯到斯巴达探访姑姑，得到墨涅拉奥斯的热情款待，却乘机拐走其妻子海伦及其财产（《伊利亚特》3.46-51，13.626-627）。最后，墨涅拉奥斯请求阿伽门农联合当时"希腊"各族，远征特洛伊，追讨海伦及其财产（《伊利亚特》1.158-160；9.338-339）。[①]

这个故事听起来简单，却隐含战争的真正原因，并构成埃涅阿斯当新王的伏笔。按照荷马的讲法，特洛伊战争的原因是帕里斯的"糊涂"（和海伦的"无耻"，《伊利亚特》6.356），他竟然得罪赫拉和雅典娜，将金苹果判给那位"引起致命"的爱神阿佛罗狄忒（《伊利亚特》24.28-30）。

[①] 关于这个传说更详细动人的版本，可参见［德］古斯塔夫·施瓦布《希腊古典神话》，曹乃云译，译林出版社2010年版，第272—297页。

第 15 章 政治变革

帕里斯的"糊涂"是阿佛罗狄忒诱惑的结果,在人类看来,人间的痛苦都源于诸神(《伊利亚特》9.502-512;16.805;19.87-96),但是在诸神看来,人间的痛苦却源于人类的不理智(《奥德赛》1.32-34)。因此我们不能因为爱神的原因而免去帕里斯本人的责任,帕里斯不仅在判断上盲目,在行动上也盲目(拐跑海伦),他是特洛伊战争的直接原因,但是他的盲目却是阿佛罗狄忒所引发的,因此战争的真正原因可以追溯到阿佛罗狄忒。

或者说,特洛伊战争的最终原因可以追溯到忒提斯和佩琉斯,因为他们没有邀请不和女神参加婚宴,犯下重大过错,所以他们最终必须要为此付出重大代价,即阿基琉斯之死。但是这个原因只能解释阿基琉斯的悲剧,无法解释特洛伊的悲剧。我们甚至可以设想,假如当初帕里斯把金苹果判给赫拉或者雅典娜,那么整个故事就必须改写了,也许会变成特洛伊人远征希腊人,帕里斯成为希腊的阿伽门农(赫拉承诺的权力)或者阿基琉斯(雅典娜承诺的荣誉)。因此,特洛伊战争的原因就特洛伊毁灭这个层面而言只能追溯到阿佛罗狄忒。

阿佛罗狄忒诱惑帕里斯表面上是为了获得那个金苹果,实际上隐含着长远的谋划,那就是让普里阿摩斯氏族陷入不正义,然后借赫拉和雅典娜之手毁灭特洛伊,最终让自己的儿子埃涅阿斯当新王。我们知道,阿佛罗狄忒不是战神,也不是天后,而是掌管性爱的女神(《伊利亚特》5.428-430),然而这正是她最有力的武器,这种武器甚至可以让宙斯变得"盲目"(《伊利亚特》14.214-223;312-328)。阿佛罗狄忒用美人计造成帕里斯两次糊涂,使得特洛伊人陷入不正义,她还联合阿瑞斯、阿波罗和波塞冬这些神灵①,最终借助赫拉和雅典娜的嫉妒和愤恨,毁灭特洛伊。

阿佛罗狄忒这个意图并没有直接的文本依据,但是这种推究绝非空穴来风,如果我们拿她的策略跟忒提斯的策略对比,马上会发现两者具有异

---

① 据说阿佛罗狄忒还跟阿瑞斯偷情,结果被丈夫赫淮斯托斯抓住,引来众神嘲笑(《奥德赛》8.266-366),这也许解释了阿瑞斯为什么懒于保护特洛伊人,因为他被阿佛罗狄忒收买了;还解释了为什么赫淮斯托斯要跟阿瑞斯和阿佛罗狄忒为敌(《伊利亚特》20.31-74)。阿佛罗狄忒甚至协助赫拉诱惑宙斯(《伊利亚特》14.214-223),导致赫克托尔差点被大埃阿斯杀死(《伊利亚特》14.402-420)。

曲同工之妙。阿基琉斯遭到阿伽门农侮辱，于是愤而退出战争，然后他的母亲忒提斯祈求宙斯，让特洛伊人屠杀希腊人，好让希腊人尊重阿基琉斯。同理，埃涅阿斯也未曾受到普里阿摩斯器重，于是心灰意冷不恋战（《伊利亚特》13.459-461），然后他的母亲阿佛罗狄忒假借诸神之手，让希腊人毁灭特洛伊，好让埃涅阿斯当新王。

第二节　埃涅阿斯当新王

阿佛罗狄忒要辅佐埃涅阿斯当新王，起码得满足两个必要条件：第一，旧秩序崩溃；第二，埃涅阿斯具备新王的能力。旧秩序崩溃绝非偶然，而是一系列因果关系的必然结果。

最初，帕里斯拐跑墨涅拉奥斯的妻子海伦，违背了主客之道，犯下不正义。主客之道向来受到宙斯保护[①]，违背它必定会受到惩罚（《奥德赛》17.485-487），因此每个人都不可冒犯好客的主人或远道而来的客人（比较柏拉图《法义》729d-730a）。这种观念在古希腊世界非常重要，我们可以从狄奥默得斯与格劳科斯因此在战场上握手言和而可见一斑（《伊利亚特》6.119-231）。不难想象，帕里斯这种行径会遭到所有人的谴责[②]，他本人也很清楚自己的过失（《伊利亚特》3.59；6.333），海伦亦时常为此将责备挂在嘴上（《伊利亚特》3.173-176；6.344-348，比较《奥德赛》4.261-263）。

帕里斯本人的过失并非致命的，只要他愿意将海伦及其财产归还，并添加一部分补偿，他仍然可以纠正自己的过失，这正是《伊利亚特》卷3帕里斯与墨涅拉奥斯进行决斗的协议。但是这场决斗因帕里斯被阿佛罗狄忒救起而发生戏剧性变化，以至于我们难以判断他不归还海伦是否合理，因为双方的协议本身是模糊的：帕里斯和赫克托尔提出谁强大（krōisōn）

[①] 《伊利亚特》（3.104-5；276-280）；《奥德赛》（7.180-181；9.269-271；14.283-284）。关于主客之道与宙斯的关系，可参见 James V. Morrison, *A Companion to Homer's Odyssey*, Westport: Greenwood Press, 2003, pp.25-26。

[②] 赫克托尔羞辱他（《伊利亚特》3.38-52；6.325-331；13.769），特洛伊元老们抱怨他（《伊利亚特》3.155-160；6.347-358）。

谁就能获得海伦及其财产（《伊利亚特》3.67-75，85-94），而阿伽门农则宣称谁杀死（katapephnēi）对方谁就能获得海伦及其财产（《伊利亚特》3.276-291）。尽管所有人都认为墨涅拉奥斯赢了[①]，但是帕里斯没有被杀死，虽然他没有赢，但是不能说他不归还海伦就是完全错误的，他本人也是这么想的。

接着，潘达罗斯暗箭射伤墨涅拉奥斯，这才标志特洛伊人真正违背了誓言（其他人不许插手），标志特洛伊人再次犯下招致自己毁灭的不正义。当阿伽门农看到弟弟被放冷箭，以为他已死去，于是激发摧毁特洛伊的念头，他说道：

> 有件事在我的灵魂和心里非常清楚，
> 神圣的特洛伊、普里阿摩斯和普里阿摩斯的
> 有梣枪的人民毁灭的日子定会到来，
> 克罗诺斯的高坐宝座、住在天上的儿子宙斯
> 会愤慨他们的欺诈，提着黑色大盾牌
> 向他们冲去。这些事定会成为事实。（《伊利亚特》4.163-168）

就在墨涅拉奥斯几乎要同意特洛伊人阿德瑞斯托斯（Adrestus）的求饶时，阿伽门农奔过来恶狠狠地说：

> 你可不能让他逃避
> 严峻的死亡和我们的杀手，连母亲子宫里的
> 男胎也不饶，不能让他逃避，叫他们
> 都死在城外，不得埋葬，不留痕迹。（《伊利亚特》6.57-60）

阿德瑞斯托斯旋即遭到阿伽门农的屠杀，这是《伊利亚特》里面特洛伊人中第一个求饶者遭到屠杀的例子。在荷马史诗的世界里面，战场上的

---

① 海伦（《伊利亚特》3.428-436）；阿伽门农（《伊利亚特》3.455-460）；宙斯（《伊利亚特》4.14）。

求饶者或投降者通常会得以幸存，他们将会被卖掉或者被赎回，日常生活中犯罪的人也可以使用礼物去平息受害者及其家属的愤怒，并获得原谅①，但是当特洛伊人再次破坏誓言之后，这种古老的"战争法"被希腊人彻底抛弃了。

值得注意的是，《伊利亚特》描写了许多特洛伊人向希腊人求饶的场景，但从未见希腊人向特洛伊人求饶，这表明希腊人比特洛伊人强大和有骨气，同时也表明荷马站在代表正义的希腊人这边。所有求饶者无一例外都遭到屠杀②，这似乎又暗示希腊人比特洛伊人更残忍无情，同时又暗示荷马批判希腊人对不正义的惩罚超过了应有的界限。所有这些细节都暗含着荷马伦理的复杂性，而不是像龚群教授根据社群主义者麦金泰尔的理论那样简单地用一个人能否履行社会职责来判断他的善恶。③

第一场战斗结束，特洛伊长老建议归还海伦及其财产，但是帕里斯坚持保留海伦，只归还其财产，并添加一部分，他的做法印证了上述决斗誓言本身的模糊性。④ 普里阿摩斯出于对帕里斯的爱，从未埋怨过海伦（《伊利亚特》3.164-166），并直接支持帕里斯这个提议（《伊利亚特》7.368-378），考虑到赫克托尔也从未埋怨过海伦（《伊利亚特》6.360-364），他也默认这个提议。⑤ 就在这个提议传至希腊人那里时，全军将士保持沉默，只有狄奥默得斯义愤填膺地说：

> 不要让人接受阿勒珊德罗的财产
> 或是海伦。人人知道，连蠢人也知道，
> 毁灭的绳索套在特洛伊人的脖子上。（《伊利亚特》7.400-402）

---

① 《伊利亚特》(1.12-23；2.225-34；6.425-28；9.524-599；9.632-635；10.375-456；11.101-12；22.44-54；24.683-88)。

② 多隆之死（《伊利亚特》10.375-357）；佩珊德罗斯和希波洛科斯之死（《伊利亚特》11.122-147）；特罗斯之死（《伊利亚特》20.463-471）；吕卡昂之死（《伊利亚特》21.64-135）；赫克托尔之死（《伊利亚特》23.336-369）等。

③ 参见龚群《荷马史诗中的英雄伦理观》，《道德与文明》2004年第1期。

④ 帕里斯应该收买了不少人支持他这个决定，比如特洛伊人民（《伊利亚特》3.55），斐瑞克洛斯（《伊利亚特》4.60-64），安提马科斯（《伊利亚特》11.122-125）。

⑤ 海伦激发了史上著名的战争，而赫克托尔则通过保护海伦来名垂千古，两人存在共谋关系，参见［美］雷切尔·贝斯帕洛夫《海伦》，林为进译，《南方文坛》2002年第4期。

第 15 章 政治变革

狄奥默得斯的话符合阿伽门农的想法。由此可见，特洛伊人再三陷入不正义，引起人神摧毁特洛伊的念头。所有这一切都可以追溯到阿佛罗狄忒的诱惑：潘达罗斯受到雅典娜的怂恿而暗杀墨涅拉奥斯（《伊利亚特》4.64-103），雅典娜是在赫拉的指使下才怂恿潘达罗斯，而赫拉恰恰是因为阿佛罗狄忒的诱惑和帕里斯的判断，才如此仇恨特洛伊（《伊利亚特》4.31-38）。

即便希腊人有毁灭特洛伊的意愿，若不是特洛伊联盟财富耗尽和首领战死，他们仍然不会成功。特洛伊城邦原来非常富足，荷马在卷 2 罗列双方联盟时，并未提到希腊人的财富，反而多次论及特洛伊人的财富（《伊利亚特》2.825，857，872）。阿基琉斯更是说，特洛伊在和平时代的财富堪比阿波罗的财富（《伊利亚特》9.401-405）。但是，九年战争过去后，特洛伊的财富流失使得守城无望了，当波吕达马斯建议撤军回城时，赫克托尔的谴责道出了其中的真相：

> 波吕达马斯，你刚才的话太令人恼怒，
> 你竟然劝大家向后撤退躲进城里，
> 或者你对被围在城里还嫌不够？
> 以前世间人们都称誉普里阿摩斯的
> 都城是富有黄金、富有铜块的城市，
> 现在宫中的精美珍藏已消耗殆尽，
> 许多瑰宝被卖到弗里基亚和可爱的
> 墨奥尼埃，自伟大的宙斯对我们动怒。（《伊利亚特》18.285-292）

纵观《伊利亚特》文本，我们发现特洛伊联盟基本借助四种手段形成：家族、联姻、荣誉和财富[1]，这恰恰解释了它是一个缺乏统一秩序的联盟[2]，也解释了为什么它无法完全受制于普里阿摩斯和赫克托尔。随着特洛伊财

---

[1] 《伊利亚特》（16.715-719，20.215-240；6.244-250，13.363-369；6.206-210，12.310-328；11.122-125）。

[2] 关于希腊联盟的统一有序与特洛伊联盟的杂乱无序对比，参见《伊利亚特》（3.1-9；4.428-438）。

富流失，那些为财而来的战士一定会疏于战斗或离去，那些为荣誉而来的首领则纷纷战死了①，包括普里阿摩斯的许多儿子②。当赫克托尔被阿基琉斯杀死后，特洛伊全城陷入悲哀（《伊利亚特》22.405-515），他们与其说是哀悼赫克托尔之死，不如说是恐惧赫克托尔之死所带来的结果，即特洛伊城不可避免地被攻破和毁灭。我们应该注意到，赫克托尔之死一定程度上与雅典娜相关，正是她化身得伊福波斯，诱骗赫克托尔跟阿基琉斯决斗（《伊利亚特》22.226-305），雅典娜的行为让我们不禁又想起阿佛罗狄忒的谋划。

赫克托尔是特洛伊人最后的堡垒，正如大埃阿斯被称为希腊人最后的堡垒一样，赫克托尔一死，特洛伊注定要灭亡了，普里阿摩斯本人对此很清楚，我们从他谴责仅存的九个儿子可以看出来：

> 哎呀，我真是不幸，因为我在辽阔的特洛伊
> 生下来一些最好的儿子，但是我要说，
> 没有一个留下来，比如神样的墨斯托尔（Mestor），
> 那乘车作战的特洛伊洛斯（Troilus），还有赫克托尔，
> 他是人中的神，不像凡人的儿子，
> 而像天神的儿子，他们都没有留下来，
> 是被阿瑞斯杀死，但这些辱没我的留下了。
> 他们撒谎，踏地跳舞，偷人民的羊群。（《伊利亚特》24.255-262）

按照普里阿摩斯的讲述，墨斯托尔或特洛伊洛斯似乎比赫克托尔更优秀，这暗示赫克托尔并非储君的最佳人选，而只是最后一位合格的候选

---

① 《伊利亚特》（5.39-42；5.290-296；5.576-579；6.37-65；6.610-617；16.284-292；16.477-505；17.288-303；17.312-315）。

② 狄奥默得斯杀埃肯蒙和克罗弥奥斯（《伊利亚特》5.159-165）；透克罗斯杀戈尔古提昂（《伊利亚特》8.300-308）；阿伽门农杀伊索斯和安提福斯（《伊利亚特》11.101-109）；阿基琉斯杀波吕多罗斯（《伊利亚特》20.407-418），杀马卡昂（《伊利亚特》22.34-119），杀赫克托尔（《伊利亚特》22367-368）。

第15章 政治变革

人。的确，我们从《伊利亚特》看到，赫克托尔的表现不像阿伽门农那样发号施令的首领，反而像默默地服从命令的最好战士：波里特斯（埃里斯的化身）吩咐他召集军队战斗（《伊利亚特》2.802-810），帕里斯要求他安排决斗（《伊利亚特》3.67-75），萨尔佩冬督促他鼓励将士坚守阵地（《伊利亚特》5.471-498），赫勒诺斯呼吁他回城向雅典娜献祭（《伊利亚特》6.77-102），连格劳科斯也请求他守护萨尔佩冬的尸体（16.537-553）。按理说，普里阿摩斯还有九个儿子，他还可以将王权传给其他儿子，未必轮到埃涅阿斯当新王，诚如阿基琉斯所言：

> 埃涅阿斯，你为什么来这里，
> 离开自己的军队那么远？你和我打仗
> 是想继承普里阿摩斯享有的荣耀，
> 统治驯马的特洛伊人？但即使你杀了我，
> 普里阿摩斯老王也不会把权力交给你，
> 因为他有那么多儿子，他自己也还康健。（《伊利亚特》20.178-183）

然而，普里阿摩斯的儿子们都是纨绔子弟，他们根本无法承担保护城邦和联盟的责任，而埃涅阿斯是仅次于赫克托尔的英雄，因此只有他能够捍卫普里阿摩斯的王权。埃涅阿斯是阿佛罗狄忒和安基塞斯的儿子，因此是一位名副其实的英雄。① 阿佛罗狄忒从乌兰诺斯的阳具的血液所生，辈分比宙斯还高，宙斯得管她叫姑妈②；安基塞斯则是宙斯的第六代孙，跟普里阿摩斯是堂兄弟，因此埃涅阿斯与赫克托尔也是堂兄弟（《伊利亚特》215-241）。

埃涅阿斯在武功和胆量方面显然不及赫克托尔。他曾经被狄奥默得斯所

---

① 《伊利亚特》（2.819-824；5.247-248；312-314；20.208-209）。
② 吴雅凌撰：《神谱笺释》（1011-1018），华夏出版社2010年版，第98—106页。在荷马史诗里面，阿佛罗狄忒是宙斯的女儿（《伊利亚特》3.373；5.131-132，312，820；14.224；20.105），荷马也许试图降低阿佛罗狄忒的身份，隐藏她的阴谋，凸显阿基琉斯的重要性。

伤，若非阿佛罗狄忒和阿波罗相救，早已战死沙场（《伊利亚特》5.297-346，432-453），而赫克托尔则次于大埃阿斯（《伊利亚特》7.224-272，402-418），强于狄奥默得斯。埃涅阿斯和墨里奥涅斯旗鼓相当（《伊利亚特》16.608-625），后者在希腊英雄榜上能进入前十名左右（《伊利亚特》7.161-169）。埃涅阿斯不敢跟阿基琉斯决斗，在阿波罗的鼓励下才勉强上阵（《伊利亚特》20.79-111），而且只能对阵一个回合，若非波塞冬搭救，险些丧命（《伊利亚特》20.176-339）。赫克托尔则敢对阵阿基琉斯（《伊利亚特》20.364-372），至少能够抵住四回合（《伊利亚特》20.442-447）。

但是埃涅阿斯在责任心和领导力方面丝毫不亚于赫克托尔。他们经常并肩作战，早已被视为最好的特洛伊人（《伊利亚特》17.512），或者特洛伊人共同的首领，正如赫克托尔的兄弟赫勒诺斯所言：

> 埃涅阿斯，还有你赫克托尔，你们肩负着
> 特洛伊人和吕西亚人作战的重担，
> 因为你们在一切活动中，战场上，议事时，
> 都是最高明，你们要稳住阵地，去各处
> 阻止士兵到城门，免得他们溃逃
> 倒在妇女的怀中，成为敌人的笑柄。（《伊利亚特》6.77-82）

埃涅阿斯本人出身比赫克托尔高贵，又深得阿佛罗狄忒、阿波罗、波塞冬等诸神辅助，只有他才有条件继承和捍卫普里阿摩斯的王权。荷马没有直接提到埃涅阿斯有德性，但是暗示他有自知之明，即他知道自己不是阿基琉斯的对手而不敢贸然迎敌，这起码说明他有节制。普里阿摩斯家族一次次陷入不义，一步步丧失力量，最终遭到宙斯的唾弃，而埃涅阿斯凭借力量和德性肩负起统领城邦的职责，当赫克托尔去世后，他成为新王的不二人选，但是推动这一切的幕后操刀手却是阿佛罗狄忒。

第三节 政治变革的模式

如果说《伊利亚特》背后隐含着阿佛罗狄忒谋划埃涅阿斯当新王的主

题，那么我们进一步可以说她的谋划反映出天上的诸神之争（《伊利亚特》22.383-514）。诸神之争并不是指三位女神关于金苹果的争夺，或者在特洛伊战争中的对阵，而是指诸神争夺王权或者挑战宙斯权威。

我们知道，克罗诺斯推翻父亲乌兰诺斯当新王，而宙斯又推翻父亲克罗诺斯当新王，但是只有宙斯的秩序才能够长治久安，这仍然可以从以上三个要素来加以解释。根据赫西俄德《神谱》的讲法，宙斯的新秩序奠基于力量、德性（正义）和神助，但是宙斯的新秩序起初并不稳定，时刻遭到来自各方面的挑战。一方面是旧势力的直接挑战，比如宙斯推翻克罗诺斯的统治之后，遭到伊阿佩托斯家族的挑战，包括阿特拉斯、莫诺提俄斯、普罗米修斯和厄庇诺米斯（《神谱》507-616），遭到提坦诸神的挑战（《神谱》612-819），以及遭到提丰的挑战（《神谱》820-880）。另一方面是新势力的挑战，宙斯所领导的革命军为了王权而战（《神谱》74-74；881-885），宙斯确立王权后，其余诸神继续借助干预人间王权转移而间接挑战宙斯的权威。由此我们可知，宙斯的新秩序要想得到全面巩固，除了在上层（神界）建立自己的统治，还要在下层（人间）确立自己的权威，这正是为什么宙斯当上神王以后经常跟人间女子结合的原因，他需要尽量让自己的后代担任人间的国王。

在荷马史诗之中，宙斯已经彻底推翻了克罗诺斯的旧秩序，并基本建立了自己的至高地位，因此不存在赫西俄德所描述的那些来自旧秩序的直接挑战，但是新势力的挑战确是存在的。在《伊利亚特》第1卷，阿基琉斯祈求母亲忒提斯去请宙斯帮忙恢复他的尊严和荣誉，其中他提到当年宙斯的新秩序所面临的内在挑战：

> 你［忒提斯］曾经独自在天神中为克罗诺斯的儿子，
> 黑云中的神挡住那种可耻的毁灭，
> 当时其他的奥林波斯天神，赫拉、
> 波塞冬、帕拉斯·雅典娜都想把他绑起来。
> 女神，好在你去到哪里为他松绑，
> 是你迅速召唤那个百手巨神——

> 众神管他叫布利阿柔斯,凡人叫埃盖昂——
> 去到奥林波斯,他比他父亲强得多。
> 他坐在宙斯身边,仗恃力气大而狂喜,
> 那些永乐的天神都怕他,不敢捆绑。(《伊利亚特》1.399-406)

旧秩序刚被推翻,诸神纷纷想自立为王,宙斯的兄弟、姐妹甚至儿女都试图火并宙斯,多亏忒提斯唤来百手巨神,平息了这场千钧一发的战斗。一个政治秩序,即使它是正义和有神助的,倘若缺乏强大力量,仍然不稳定和不持久①,宙斯也要依赖百手巨神,不过,经历过这番政治斗争以后,宙斯建立了依赖自己个人的绝对权威(《伊利亚特》8.7-27)。

此外,我们在《伊利亚特》卷19还看到另外一种挑战宙斯权威的方式,即干预人间王权的继承和变革。当阿基琉斯渴望加入战斗,杀死赫克托尔,替帕特罗克洛斯报仇时,他召开公民大会,并跟阿伽门农和解。正是在那个公民大会上,阿伽门农为自己的过错辩护,认为那是欺骗神"阿特"所造成的,他还说当年宙斯也被骗过(《伊利亚特》19.95-133)。宙斯之子赫拉克勒斯即将出生,那天宙斯宣布当天出生的人将成为阿尔戈斯的国王;赫拉让宙斯发誓,然后勒令助产女神挨勒提埃(Eileithyia)提前接生欧律斯透斯(Eurystheus),推迟接生赫拉克勒斯,最后欧律斯透斯成为阿尔戈斯的国王。因此宙斯气急败坏,遂驱逐阿特,吊打赫拉(比较《伊利亚特》1.590-4;15.16-33)。这个故事由如下事实得到证实:即阿尔戈斯、斯巴达和迈锡尼是赫拉的领地(《伊利亚特》4.51-51),而宙斯的领地则是特洛伊(《伊利亚特》4.44-49)。

当我们把目光转移到埃涅阿斯当新王这个主题时,该故事的发展脉络豁然开朗。荷马史诗的人间事务常常受到天上诸神的左右,因此人间埃涅阿斯当新王的故事也反映出诸神之争②,即诸神干预人间王权的继承和变

---

① 马基雅维里说得好:"所有武装的先知都获得胜利,而非武装的先知都失败了",参见[意]尼科洛·马基雅维里《君主论》,潘汉典译,商务印书馆1985年版,第27页。
② 神话故事反映人类生活,或者说人类生活渗透到神话之中。参见[瑞]雅各布·布克哈特《希腊人和希腊文明》,王大庆译,上海人民出版社2008年版,第74页。

革，从外部挑战宙斯的权威。于是，我们可以说，阿佛罗狄忒谋划让自己的儿子埃涅阿斯当新王，替代宙斯所喜爱的普里阿摩斯氏族，以此挑战宙斯在人间的权威。

阿佛罗狄忒的聪明和成功之处就在于：她是在新秩序允许的范围内作出一些调整，宙斯不得不容忍这样一种挑战，因为他曾经答应过忒提斯（她曾捍卫过宙斯秩序）。从这个角度看，连阿基琉斯的死也成为埃涅阿斯当新王的必要条件，阿基琉斯不死，埃涅阿斯就有可能被杀！尽管如此，诸神并未能真正动摇宙斯的统治，一方面这些挑战是有限的，不过是表达不满的一种宣泄罢了[①]；另一方面人间战争和王权更迭，对于永恒不朽和强大的诸神而言，没有任何实质性意义（《伊利亚特》1.574-577），诸神秩序不因人间纷争而改变（《伊利亚特》4.34-38，51-54）。

诸神王权的继承与变革反映出古希腊王权的继承与变革，甚至暗示现代文明之间的各种潜在冲突。[②] 如果我们把宙斯当新王和埃涅阿斯当新王的故事结合起来，大概可以看到这样一种基本模式：旧秩序反复陷入不义，又没有力量进行矫正，最终失去神助而崩溃，而新秩序必须依赖力量、德性和神助才能重建。这三种因素是变量，它们需要共同发挥作用，任何单独因素都不能保证王权稳定持久，哪怕某个因素处于最佳状态（参见下面四个例子）。

  A. 乌兰诺斯（淫欲）→克罗诺斯（弑父）→宙斯（力量、正义和神助）

  B. 阿特柔斯→提埃斯特斯→阿伽门农（力量、正义和神助）→埃吉斯托斯→奥瑞斯特斯

  C. 拉埃尔特斯→奥德修斯（力量、正义和神助）→特勒马科斯

  D. 佩琉斯→阿基琉斯（力量）→涅奥普托勒摩斯（力量、正义和神助）

---

① 陈中梅：《神圣的荷马：荷马史诗研究》，北京大学出版社2008年版，第223页。
② 参见陈中梅《神圣的荷马：荷马史诗研究》，北京大学出版社2008年版，第232页。

案例A。乌兰诺斯因失德而失位；克罗诺斯因力量上位，却因不义和缺乏神助而失位；最终是代表正义的宙斯当王（《神谱》74—74；881-885），他内化了外来的力量（闪电）、神助（天地）和智慧（吞妻），从而巩固了自己的王位。它反映出古代王权的世袭制，但并不能反映嫡长子继承制，因为克罗诺斯和宙斯都是最小儿子。

案例B。阿特柔斯依靠神助当王，因无力而失位；他的兄弟提埃斯特斯依靠武力夺取王位，因为不正义而失位；阿特柔斯之子阿伽门农凭借神助、正义和力量夺得王位（《伊利亚特》2.100-108），但他的力量并不像阿基琉斯那样基于自身，而是基于他者的承认（《伊利亚特》1.178-186，1.280-281），加之后来他犯下灭亲大罪——为征服特洛伊而杀长女——以致失去王位。[①] 埃吉斯托斯勾引阿伽门农的妻子谋害阿伽门农当王（《奥德赛》11.405-434，比较1.31-42），几年后便因为没有力量、无德性和没有神助而丧失王位。阿伽门农的儿子奥瑞斯特斯回来杀死叔叔和母亲，重新当上新王（《奥德赛》3.254-310），这既是旧秩序彻底崩溃的结果，也是宙斯最终为了避免政治动荡反复延续而承认的结果。[②] 晏绍祥教授在讨论阿伽门农氏族的王权变革时强调力量，也提到命运（神助），但是没有充分考虑到正义。[③] 有意思的是，这种王权变革似乎印证了王国维在《殷周制度论》的论断，即周以前王位以兄弟相传为主，以父子相传为辅。

案例C。奥德修斯远征特洛伊，王权岌岌可危，因为他的父亲拉埃尔特斯和儿子特勒马科斯都没有力量，甚至连一家之主都做不了。奥德修斯的王权之所以没有崩溃，一方面是因为他的妻子佩涅洛佩的忠诚和智慧，另一方面是因为他先前长期施行仁义统治。[④] 但是一旦他战死或没有及时回来，他的王权将转移到其他氏族那里（《奥德赛》394-398）。因此，奥

[①] 参见［古希腊］埃斯库罗斯《阿伽门农》，载《古希腊悲剧喜剧全集》（第1卷），张竹明、王焕生译，译林出版社2007年版，第358、364页。

[②] 参见［古希腊］埃斯库罗斯《奠酒人》，载《古希腊悲剧喜剧全集》（第1卷），张竹明、王焕生译，译林出版社2007年版，第408、441—442页。

[③] 参见晏绍祥《荷马社会研究》，上海三联书店2006年版，第138—152页。

[④] 《奥德赛》多次提到奥德修斯的仁义统治，参见门托尔（2.229-234），佩涅洛佩（4.688-93），雅典娜（5.8-12）。

德修斯千方百计要回家，首要的目标是重新夺回自己的权力，重新设定人类的生活准则①，而奥德修斯最终也是凭借力量和德性铲除求婚者，依靠神助建立和巩固新秩序（《奥德赛》24.482-485）。

案例 D。阿基琉斯的王权完全立足于个人力量，他在最后阶段抛弃任何人类社会的德性（《伊利亚特》16.97-100），也缺乏任何神灵的帮助（除了雅典娜帮他填肚子，《伊利亚特》19.352-4）。因此，阿基琉斯几乎遭到所有人的谴责②，最终战死沙场。后来他的儿子涅奥普托勒摩斯回到米尔弥冬当新王，并迎娶墨涅拉奥斯与海伦的女儿赫尔弥奥涅（《奥德赛》4.5-9），这不仅因为他是阿基琉斯之子（力量），还因为他具备建立新秩序所需的各种条件：能言善辩、行动勇毅、胆识过人（《奥德赛》11.520-537）。

以上四个案例表明，在希腊古风时期，城邦是一个公民面对面的共同体，城邦与公民生活血肉相连，因此王权的继承和变革并不局限于家族，王权乃至家长权必须依靠双手和头脑去争取（《伊利亚特》12.310-328）。正如雷德菲尔德所言：

> 王权是一个公共角色，王权的继承权由家庭关系以外的因素所决定……赫克托尔并非最得宠的儿子，他那个同父异母的最小兄弟波吕多罗斯才最得宠。我们被告知，人们称赫克托尔之子为王子，因为只有赫克托尔保卫特洛伊。赫克托尔是继承人，因为他挣得继承权。③

除了力量和德性，王权继承还依赖神助，也就是命运（《奥德赛》1.386-387）。命运是必然的，它不受人的意志而改变，也是偶然的，它不在人的权能和预料之内，希腊命运观体现出人类认知的局限，由此激发人的虔敬，并以此约束人类行动。这三种变量共同作用于王权，体现在古希

---

① 参见程志敏《荷马史诗导读》，华东师范大学出版社 2007 年版，第 261—262 页。
② 关于阿伽门农、涅斯托尔、帕特罗克洛斯对阿基琉斯的谴责，参见《伊利亚特》1.174-175；11.762-763；16.33-35；比较宙斯对阿瑞斯的谴责（《伊利亚特》5.890-891）。
③ James M. Redfield, *Nature and Culture in the Iliad: the Tragedy of Hector*, Chicago and London: The University of Chicago Press, 1975, p.122.

腊政治斗争的神话和现实当中，它揭示出荷马对政治生活的洞见：政治生活乃人的生活，但是政治生活处在许多不由人掌控的领域当中，从超出政治之外的诸神视角才能以更加整全的视角理解政治生活的确定性和不确定性，以及人的优越性和局限性。

参考文献

一 古希腊罗马著作

［德］恩斯特·狄尔编：《古希腊抒情诗集》（全四卷），王扬译注，上海人民出版社2018年版。

［古罗马］贺拉斯：《诗艺》，杨周翰译，人民文学出版社1962年版。

［古希腊］朗吉努斯：《论崇高》，王洁导读注释，上海译文出版社2020年版。

［古罗马］提图斯·李维：《自建城以来：第一至十卷选段》，王焕生译，中国政法大学出版社2009年版。

［古罗马］维吉尔：《埃涅阿斯纪》，杨周翰译，译林出版社1999年版。

［古希腊］阿波罗尼俄斯：《阿尔戈英雄纪笺注》，罗道然译笺，华夏出版社2011年版。

［古希腊］阿尔吉努斯：《柏拉图学说指南》，狄龙英译注疏，何祥迪译，华东师范大学出版社2016年版。

［古希腊］埃斯库罗斯：《阿伽门农》，《古希腊悲剧喜剧全集》（第1卷），张竹明、王焕生译，译林出版社2007年版。

［古希腊］埃斯库罗斯：《奠酒人》，《古希腊悲剧喜剧全集》（第1卷），张竹明、王焕生译，译林出版社2007年版。

［古希腊］柏拉图：《柏拉图四书》，刘小枫编译，生活·读书·新知三联书店2015年版。

［古希腊］柏拉图：《蒂迈欧篇》，谢文郁译，上海人民出版社2005年版。

李致远：《修辞与正义：柏拉图〈高尔吉亚〉译述》，四川人民出版社2021

年版。

［古希腊］柏拉图：《理想国》，何祥迪译，云南人民出版社 2021 年版。

［古希腊］柏拉图：《理想国》，王扬译注，华夏出版社 2012 年版。

［古希腊］柏拉图：《伊翁》，王双洪译疏，华东师范大学出版社 2008 年版。

［古希腊］第欧根尼·拉尔修：《名哲言行录》，徐开来、溥林译，广西师范大学出版社 2010 年版。

［古希腊］荷马：《荷马史诗·奥德赛》，王焕生译，人民文学出版社 1997 年版。

［古希腊］荷马：《荷马史诗·伊利亚特》，罗念生、王焕生译，人民文学出版社 1994 年版。

［古希腊］荷马等：《英雄诗系笺释》，崔嵬、程志敏译，华夏出版社 2011 年版。

吴雅凌撰：《劳作与时日笺释》，华夏出版社 2015 年版。

吴雅凌撰：《神谱笺释》，华夏出版社 2010 年版。

［古希腊］普鲁塔克：《希腊罗马名人传》（1—3），席代岳译，吉林出版集团有限责任公司 2009 年版。

［古希腊］希罗多德：《希罗多德历史 希腊波斯战争史》（全两册），王以铸译，商务印书馆 1959 年版。

［古希腊］希罗多德：《历史》，徐松岩译注，上海人民出版社 2018 年版。

［古希腊］修昔底德：《伯罗奔尼撒战争史》，何元国翻译、编注，中国社会科学出版社 2017 年版。

［古希腊］修昔底德：《伯罗奔尼撒战争史》，徐松岩、黄贤全译，广西师范大学出版社 2004 年版。

［古希腊］亚里士多德：《尼各马可伦理学》，廖申白译注，商务印书馆 2003 年版。

［古希腊］亚里士多德：《诗学》，陈中梅译注，商务印书馆 1996 年版。

［古希腊］亚里斯多德：《诗学》，罗念生译，人民文学出版社 2008 年版。

［古希腊］亚里斯多德：《修辞学》，罗念生译，上海人民出版社 2005 年版。

［古希腊］亚里士多德：《修辞术》，颜一译，载苗力田主编《亚里士多德

全集》（第九卷），中国人民大学出版社 1994 年版。

［古希腊］亚里士多德：《政治学》，吴寿彭译，商务印书馆 1965 年版。

［美］G. S. 基尔克，J. E. 拉文，M. 斯科菲尔德：《前苏格拉底哲学家：原文精选的批评史》，聂敏里译，华东师范大学出版社 2014 年版。

苗力田主编：《古希腊哲学》，中国人民大学出版社 1989 年版。

David A. Campbell ed. and tran., *Greek Lyric*, *Vol.* 1, *Sappho and Alcaeus*, London: Harvard University Press, 1990.

Donald A. Russell and David Konstan Heraclitus eds. and trans., *Homeric Problems*, Atlanta, GA: Society of Biblical Literature, 2005.

John M. Cooper and D. S. Hutchinson eds., *Plato Complete Works*, Indianapolis and Cambridge: Hackett Publishing Company, 1997.

Plato, *Platonis Opera*. John Burnet ed., Oxford: Clarendon Press, 1922.

二 国外研究论著

［比］吕克·赫尔曼、［比］巴特·维瓦克：《叙事分析手册》，徐强等译，中国人民大学出版社 2020 年版。

［德］恩斯特·卡西尔：《人论》，甘阳译，上海译文出版社 2004 年版。

［德］古斯塔夫·施瓦布：《希腊古典神话》，曹乃云译，译林出版社 2010 年版。

［德］黑格尔：《美学》（第三卷下册），朱光潜译，商务印书馆 1981 年版。

［德］利奇德：《古希腊风化史》，杜之、常鸣译，林立生、陈加洛校，辽宁教育出版社 2000 年版。

［德］吕迪格尔·萨弗兰斯基：《尼采思想传记》，卫茂平译，华东师范大学出版社 2007 年版。

［德］尼采：《悲剧的诞生》，杨恒达译，译林出版社 2007 年版。

［俄］E. M. 梅列金斯基：《英雄史诗的起源》，王亚民等译，商务印书馆 2007 年版。

［法］茨维坦·托多罗夫：《散文诗学：叙事研究论文选》，侯应花译，百花文艺出版社 2011 年版。

［法］茨维坦·托多罗夫：《叙事结构分析》，田佳友、蒋瑞华译，《文艺理论研究》1989 年第 4 期。

［法］库朗热：《古代城邦：古希腊罗马祭祀、权利和政制研究》，谭立铸等译，华东师范大学出版社 2006 年版。

［法］帕斯卡尔：《思想录论宗教和其它主题思想》，何兆武译，商务印书馆 1985 年版。

［法］皮埃尔·布迪厄：《实践感》，蒋梓骅译，译林出版社 2003 年版。

［法］西蒙娜·薇依：《〈伊利亚特〉，或力量之诗》，吴雅凌译，《上海文化》2011 年第 3 期。

［古印度］《〈梨俱吠陀〉神曲选》，巫白慧译解，商务印书馆 2010 年版。

［荷］米克·巴尔：《叙述学：叙事理论导论》，谭君强译，北京师范大学出版社 2015 年版。

［美］韦恩布斯：《小说修辞学》，付礼军译，广西人民出版社 1987 年版。

［美］阿尔伯特·贝茨·洛德：《故事的歌手》，尹虎彬译，中华书局 2004 年版。

［美］阿拉斯代尔·麦金太尔：《伦理学简史》，龚群译，商务印书馆 2003 年版。

［美］伯纳德特：《弓弦与竖琴：从柏拉图解读〈奥德赛〉》，程志敏译，华夏出版社 2003 年版。

［匈］格雷戈里·纳吉：《荷马诸问题》，巴莫曲布嫫译，广西师范大学出版社 2008 年版。

［美］华莱士·马丁：《当代叙事学》，伍晓明译，北京大学出版社 2005 年版。

［美］雷切尔·贝斯帕洛夫：《海伦》，林为进译：《南方文坛》2002 年第 4 期。

［美］列奥·施特劳斯：《自然权利与历史》，彭刚译，生活·读书·新知三联书店 2003 年版。

［美］波默罗伊等：《古希腊政治、社会和文化史》，周平等译，上海三联书店 2010 年版。

[瑞]雅各布·布克哈特：《希腊人和希腊文明》，王大庆译，上海人民出版社 2008 年版。

[意]尼科洛·马基雅维里：《君主论》，潘汉典译，商务印书馆 1985 年版。

[意]尼科洛·马基雅维里：《论李维》，冯克利译，世纪出版集团 上海人民出版社 2005 年版。

[意]维柯：《新科学》（上下册），朱光潜译，商务印书馆 1989 年版。

[英]多佛等：《古希腊文学常谈》，陈国强译，华夏出版社 2012 年版。

[英]吉尔伯特·默雷：《古希腊文学史》，孙席珍等译，上海译文出版社 1988 年版。

[英]简·艾伦·赫丽生：《古希腊宗教的社会起源》，谢世坚译，广西师范大学出版社 2004 年版。

Adam Zachary Newton, *Narrative Ethics*, Cambridge, Mass., London: Harvard University Press, 1997.

Barry B. Powell, *Homer*, Oxford: Blackwell Publishing, 2004.

Benjamin Stephen Haller, *Landscape Description in Homer's Odyssey*, Ph. D. dissertation, Pennsylvania: University of Pittsburgh, 2007.

Bryan Hainsworth, *The Iliad: A Commentary*, Vol. III: Books 9 – 12, Cambridge: Cambridge University Press, 1993.

C. M. Bowra, *Heroic Poetry*, London: Macmillan, 1952.

Cedric H. Whitman, *Homer and the Heroic Tradition*, Cambridge, Mass.: Harvard University Press, 1958.

Charles Rowan Beye, *Ancient Epic Poetry: Homer, Apollonius, Virgil*, Ithaca, New York: Cornell University Press, 1993.

E. R. Dodds, *The Greeks and the Irrational*, Berkeley, Los Angeles and London: University of California Press, 1951.

Elizabeth Belfiore, "Ovid's Encomium of Helen", *The Classical Journal*, Vol. 76, No. 2, 1980.

F. A. Wolf, *Prolegomena to Homer 1795*, trans., Anthony Grafton, Glenn W.

Most and James E. C. Zetzel, New Jersey: Princeton University Press, 1985.

F. J. Groten, "Homer's Helen", *Greece & Rome*, Vol. 15, No. 1, 1968.

Francesca Schironi, *The Best of the Grammarians: Aristarchus of Samothrace on the Iliad*, Ann Arbor: University of Michigan Press, 2018.

Frederick M. Combellack, "Homer and Hector", *The American Journal of Philology*, Vol. 65, No. 3, 1944.

G. S. Kirk, *The Iliad: A Commentary*, Vol. 1: Books 1-4, Cambridge: Cambridge University Press, 1985.

George E. Dimock, *The Unity of the Odyssey*, Amherst: University of Massachusetts Press, 1989.

George J. Ryan, "Helen in Homer" *The Classical Journal*, Vol. 61, No. 3, 1965.

George Steiner, Robert Fagles ed., *Homer: A Collection of Critical Essays*, Englewood Cliffs, N. J.: Prentice-Hall, Inc., 1965.

George Grote, *History of Greece*, Vol. II, New York: Harper & Brothers, Pybilshers, 1877.

Gérard Genette, *Narrative Discourse: An Essay in Method*, trans., Jane E. Lewin, Foreword by Jonathan Culler, New York: Cornell University Press, 1980.

Gregory Nagy, *The Best of the Achaeans: Concepts of the Hero in Archaic Greek Poetry*, Baltimore: The Johns Hopkins University Press, 1979.

Harold Bloom, *A Map of Misreading*, New York: Oxford University, 1975.

Henry George Liddell, Robert Scott comps., *A Greek-English Lexicon*, Revised by Henry Jones, Roderick Mckenzie, New York: Oxford University Press, 1996.

Hermann Diels, *Die Fragmente Der Vorsokratiker*, Berlin-Grunewald: Weidmannsche Buchhandlung, 1922.

J. A. J. Drewitt, "Some Differences between Speech-Scansion and Narrative-Scansion in Homeric Verse", *The Classical Quarterly*, Vol. 2, No. 2, 1908.

Jacques Derrida, "Plato's Pharmacy", in *Dissemination*, trans., Barbara Johnson, Chicago: Chicago University Press, 1981.

James M. Redfield, *Nature and Culture in the Iliad: the Tragedy of Hector*, Chicago and London: The University of Chicago Press, 1975.

James V. Morrison, *A Companion to Homer's Odyssey*, Westport: Greenwood Press, 2003.

Jasper Griffin, *Homer: The Odyssey*, New York: Cambridge University Press, 1987.

Jesús H. Aguilar and Andrei A. Buckareff eds., *Causing Human Actions: New Perspectives on the Causal Theory of Action*, Cambridge, Mass.: MIT Press, 2010.

Joachim Lataczm, *Troy and Homer: Towards a Solution of an Old Mystery*, trans., Kevin Windle and Rosh Ireland, Oxford: Oxford University Press, 2004.

John A. MacPhail Jr., *Porphyry's "Homeric Questions" on the "Iliad": Text, Traslation, Commentary*, Berlin: De Gruyter, 2011.

John Adams Scott, *The Unity of Homer*, Berkeley, California: University of California Press, 1921.

John Edwin Sandys, *A History of Classical Scholarship*, Vol. III, Cambridge: The Cambridge University Press, 1908.

Kurt A. Raaflaub, "Homer and the Beginning of Political Thought in Greece", in Eric W. Robinson, ed., *Ancient Greek Democracy: Readings and Sources*, Oxford: Blackwell Publishing, 2004.

Laurie Maguire, *Helen of Troy: From Homer to Hollywood*, Maiden, MA. and Oxford: Wiley-Blackwell, 2009.

Leslie Kirsten Day, *Bitch That I Am!: An Examination of Women's Self-Deprecation in Homer and Virgil*, Ph. D. dissertation, Arkansa: University of Arkansa, 2008.

M. L. West, *Immortal Helen: an Inaugural Lecture Delivered on 30 April 1975*, London: Bedford College, 1975.

Maria C. Pantelia, "Helen and the Last Song for Hector", *Transactions of the A-*

merican Philological Association, Vol. 132, No. 1/2, 2002.

Mark W. Edwards, Homer: Poet of the Iliad, Baltimore and London: Johns Hopkins University Press, 1987.

Martin L. West ed. and frans., Homeric Hymns, Homeric Apocrypha, Lives of Homer, Cambridge, Mass and London: Harvard University Press, 2003.

Matthew Arnold, On Translating Homer, London: Longman, Green, Longman, & Roberts, 1861.

Matthew Clark, "Formulas, Metre and Type-Scenes", in Robert Fowler ed., The Cambridge Companion to Homer, Cambridge: Cambridge University Press, 2004.

Adam Parry ed., The Making of Homeric Verse: The Collected Papers of Milman Parry, Oxford: Clarendon Press, 1971.

Nickolas Pappas, Routledge Philosophy Guidebook to Plato and the Republic, 2nd edition, London and New York: Routledge Taylor & Francis Group, 2003.

Norman Austin, Helen of Troy and Her Shameless Phantom, Ithaca: Cornell University Press, 1994.

Otto Skutsch, "Helen, Her Name and Nature", The Journal of Hellenic Studies, Vol. 107, 1987.

Richard Hunter, The Measure of Homer: The Ancient Reception of the Iliad and the Odyssey, Cambridge: University of Cambridge, 2018.

Robert Fowler ed., The Cambridge Companion to Homer, Cambridge: Cambridge University Press, 2004.

Robert Wood, An Essay on the Original Genius of Homer, London, 1775.

Robin Osborne, "Homer's society", in Robert Fowler ed., The Cambridge Companion to Homer, Cambridge: Cambridge University Press, 2004.

Terry Eagleton, Sweet Violence: The Idea of the Tragic, Oxford: Blackwell Publishing, 2003.

Thomas von Nortwick, "Like a Woman: Hector and the Boundaries of Masculinity", in *Arethusa*, Vol. 34, No. 2, 2001.

Walter Burkert, *Greek Religion*: *Archaic and Classical*, trans., John Raffan, Oxford: Wiley-Blackwell, 1991.

Werner Jaeger, *Paideia*: *The Ideals of Greek Culture*, *Volume I*, Archaic Greece: the Mind of Athens, trans., Gilbert Highet, Oxford: Basil Blackwell, 1964.

三 国内研究论著

朝戈金:《口头诗学》,《民间文化论坛》2018年第6期。

陈明珠:《亚里士多德〈诗学〉中的荷马》,《浙江学刊》2018年第6期。

陈戎女:《荷马的世界——现代阐释与比较》,中华书局2009年版。

陈斯一:《荷马史诗与英雄悲剧》,华东师范大学出版社2021年版。

陈中梅:《"投竿也未迟"——论秘索思》,《外国文学评论》1998年第2期。

陈中梅:《神圣的荷马:荷马史诗研究》,北京大学出版社2008年版。

程志敏:《荷马史诗导读》,华东师范大学出版社2007年版。

邓颖玲主编:《叙事学研究:理论、阐释、跨媒介》,北京大学出版社2013年版。

傅光宇:《"蛋生人"神话、传说与故事》,《民族艺术研究》1996年第4期。

龚群:《荷马史诗中的英雄伦理观》,《道德与文明》2004年第1期。

韩霞:《传统与颠覆:论欧里庇得斯的〈海伦〉中海伦形象的塑造》,《河南师范大学学报》(哲学社会科学版)2010年第4期。

贺方婴:《荷马之志:政治思想史视野中的奥德修斯问题》,华东师范大学出版社2019年版。

黄伯荣、廖序东主编:《现代汉语》(上册),高等教育出版社2002年版。

林太:《〈梨俱吠陀〉精读》,复旦大学出版社2008年版。

刘小枫:《沉重的肉身》,华夏出版社2020年版。

刘小枫:《古希腊语的"作诗"词源小辨》,《外国语文》2018年第6期。

刘小枫：《希罗多德与古希腊诗术的起源》，《文艺理论研究》2019 年第 1 期。

罗念生：《格律诗谈》，载《罗念生全集．第 8 卷，论古典文学》，上海人民出版社 2004 年版。

罗念生、水建馥编：《古希腊语汉语词典》，商务印书馆 2004 年版。

潘道正：《海伦和西施：关于女性美的悲剧》，《河南师范大学学报》（哲学社会科学版）2008 年第 4 期。

潘一禾：《爱欲与文明的冲突——荷马笔下的帕里斯和海伦》，《浙江学刊》1997 年第 4 期。

邱迪玉编译：《以量取胜的挂名文学评论家？——记八年前对布鲁姆的一次攻击》，《文汇报·文汇学人》2019 年 11 月 1 日第 2 版。

尚必武：《从"两个转向"到"两种批评"——论叙事学和文学伦理学的兴起、发展与交叉愿景》，《学术论坛》2017 年第 2 期。

申丹：《也谈"叙事"还是"叙述"》，《外国文学评论》2009 年第 3 期。

申丹、王亚丽：《西方叙事学：经典与后经典》，北京大学出版社 2010 年版。

孙大雨：《诗歌的格律》，载孙近仁编《孙大雨诗文集》，河北教育出版社 1996 年版。

孙基林：《叙事"还是"叙述"？——关于"诗歌叙述学"及相关话题》，《文学评论》2021 年第 4 期。

谭君强：《叙事学研究：多重视角》，中国社会科学出版社 2018 年版。

王柯平：《论古希腊诗与乐的融合——兼论柏拉图的乐教思想》，《外国文学研究》2003 年第 5 期。

王晓红：《试析海伦、娜拉出走之比较》，《中国科技信息》2006 年第 2 期。

王以欣：《塞壬的起源、形象与功能》，《古代文明》2019 年第 2 期。

辞海编辑委员会编纂：《辞海》，上海辞书出版社 1999 年版。

谢有顺：《铁凝小说的叙事伦理》，《当代作家评论》2003 年第 6 期。

晏绍祥：《荷马社会研究》，上海三联书店 2006 年版。

张江：《强制阐释论》，《文学评论》2014 年第 6 期。

赵毅衡:《"叙事"还是"叙述"？——一个不能再"权宜"下去的术语混乱》，《外国文学评论》2009 年第 2 期。

赵毅衡:《广义叙述学》，四川大学出版社 2013 年版。

朱光潜撰:《诗论》，朱立元导读，上海古籍出版社 2001 年版。